Im See

Helen M. Sand

der

Himmel

D1729800

Roman

Impressum

BoD produziert Bücher ausschließlich mit eingesetzten Papieren, die vom FSC zertifiziert wurden und somit aus einer verantwortungsvollen Forstwirtschaft stammen.

Copyright: © 2022 by Helen M. Sand
Umschlagbild: Helen M. Sand
Satz: BookDesigns, Heidesee
Gesetzt aus der Adobe Garamond Pro
Herstellung und Verlag: BoD – Books on Demand, Norderstedt

Printed in Germany
ISBN: 978-3-756236-98-5

Sie finden die Autorin auch im Internet unter www.helenmsand.de

Dieser Titel ist auch als eBook erschienen.

Bibliografische Information der Deutschen Nationalbibliothek: Die Deutsche Nationalbibliothek verzeichnet diese Publikation in der Deutschen Nationalbibliografie; detaillierte bibliografische Daten sind im Internet über dnb.dnb.de abrufbar.

Für Frank, Emily und Nicolas

„Im Ödland wird man wieder hören
die Stimme der Freude."

Jeremiah 33, 11

Liebe Leserinnen und Leser,

ich sehe das Bild meiner Großtante vor mir, wie sie ernst in die Kamera schaut. Es ist ihr Konfirmationstag und ihr Vater, mein Urgroßvater, ist an der Front. Und ich denke an meinen Großvater, den meine Großmutter durch Briefe an die Front kennengelernt hat und an den Zwillingsbruder meines anderen Großvaters, der aus dem 2. Weltkrieg nicht nach Hause kam. Lebensgeschichten, die anders verlaufen wären, hätte es den Krieg nicht gegeben. Sie dienten mir als Inspiration für Marias Geschichte.

Der Krieg hat ihr alles genommen. Es blieb ihr nichts als die Flucht aus der Heimat. Die Heimkehr schien ihr zeitlebens keine Option. Und doch kam sie zurück. Zurück nach Mühlbach.

Mühlbach, jener fiktive Ort in Süddeutschland. Jenes Dorf und jene Menschen, die es so nicht gibt und das doch so viele Namen, Orte und Geschichten enthält, die uns bekannt vorkommen. Weil wir fast alle schon einmal ähnliche Geschichten gehört haben, manche grausam, manche liebevoll und weil wir alle so ein Mühlbach kennen. Wir tragen es noch in uns oder wohnen noch dort. Der Grund auf dem unser Mühlbach gebaut ist, ist er nur Sand oder liegt dort weißes Gold begraben?

Maria macht sich auf den Weg in ihre alte Heimat und erfährt, dass Vergebung Frieden schenken und das Gefühl geben kann, zueinander zu gehören. Damals wie heute.

Helen M. Sand

1

HOME BASE

Greenville, 22. Oktober 2001

Die Morgensonne lachte oktobermild und überzog die schlafenden Zedern mit glitzerndem Goldstaub. Der Herbst hatte Einzug gehalten in den Carolinas und auf den hohen Eichen leuchteten rotgelbe Pinselstriche. Maria liebte den Indian Summer und heute wollten sie endlich wieder in die Blauen Berge, wo man Hoffnung und Zuversicht von den Bäumen pflücken konnte.

Jedes Jahr fuhren sie an schwülwarmen Septembertagen in die *Blue Ridge Mountains* zur *Sky Top* Apfelfarm, um ihre Lieblingsäpfel zu ernten, aber in diesem Jahr waren sie spät dran. Immer wieder hatte der gefräßige Wurm, der in Jacks Gedärm wütete, sie daran gehindert, doch heute begrüßte das Leben sie mit frischem Wind und obwohl Jack Maria nur ungern das Steuer überließ, genossen sie die Fahrt in ihrem roten *Ford Mustang*. Vor allem das letzte Stück auf der *Pinnacle Mountain Road*, wo sie in die warmen bunten Wogen des Herbstwaldes eintauchten, ließ sie Freude atmen und Schönheit im Überfluss fühlen.

Langsam schlängelte sich die Straße immer höher hinauf und um sie herum leuchteten die Blätter um die Wette. Maria schaltete das Radio an. Sie spielten *Yellow*. Maria liebte dieses Lied. Kurz schaute sie zu ihrem Mann hinüber: Seine Wangenknochen schienen weicher zu werden mit jedem Sonnenstrahl, der durch die Windschutzscheibe fiel. Das Leben war gut.

Für die letzten Kilometer öffneten sie das Verdeck, obwohl der Wind stärker geworden und hier oben in den Bergen die Luft deutlich kühler war. Sie ließen den Herbstwind die melancholische Lethargie des Spätsommers aus ihren Herzen wehen und es störte sie nicht, dass er sich in ihren Haaren verfing. Im Gegenteil, er schien sich an ihrem Lebensglück zu freuen und nur für sie die Blätter vor ihnen wie goldene Sterne tanzen zu lassen.

Maria fuhr schnell, sie genoss es die Kontrolle über das Auto zu haben, und die vielen Kurven luden sie ein, noch mehr zu beschleunigen. Viel zu schnell tauchte das Schild *Sky Top Orchard* auf und Maria ging vom Gas, um auf dem unebenen Terrain zu parken. Es war nicht viel los, nur einige wenige Autos standen auf dem Parkplatz und daneben zwei Schulbusse.

Der Wind hatte noch mehr aufgefrischt, und Maria musste sich an Jack festhalten, so kräftig blies er. Die Aussicht verschlug ihr auch diesmal den Atem: vor ihnen lag das Cherokee County in rot und gelb getaucht, im Hintergrund die verträumten Smoky Mountains und über ihnen ein strahlendblauer, wolkenloser Himmel.

Maria hielt sich heute länger an Jack fest als sonst – oder war es Jack, der seine Maria nicht loslassen wollte, weil sein Herz sich so mühen musste und sein Atem so schnell ging?

„Alles in Ordnung, Schatz?" Sie sah ihn besorgt an.

„Ja, alles gut, ist nur ganz schön windig heute!" Er gab ihr einen Kuss, nahm ihre Hand und ging mit ihr langsam in Richtung Apfelbäume.

Sie sah sich um. In den Jahren zuvor waren sie früher hier gewesen, überall war Leben gewesen, Familien, Kinderlachen, doch der Kinderspielplatz gähnte ihnen auf ihrem Weg ungewohnt leer entgegen und auch an den Ständen, an denen man frischen Cider und Donuts kaufen konnte, war niemand zu sehen.

Während Jack den Plan der Anlage studierte, ruhte seine Hand auf seiner Brust. Maria erkundigte sich an der Information nach den Apfelsorten, die sie heute pflücken konnten, und brachte einen kleinen Holzeimer mit. „Komm, heut pflücken wir eine Sorte, die wir noch nie hatten: *Jonathon*."

Sie ließen die Stände hinter sich und wanderten zwischen den Apfelbäumen, genossen die Ruhe und die Zeit zu zweit. Jack war viel kurzatmiger als sonst. Maria verlangsamte ihren Schritt und sah ihn besorgt an.

„Geh ruhig schon mal vor", brummte er. „Ich glaube, heute musst du das Apfelpflücken allein übernehmen!"

Bei den *Jonathons* ließ sich Jack erschöpft auf einer Bank nieder. Maria begann die tiefroten Äpfel zu pflücken und hätte am liebsten sofort einen probiert, doch sie sammelte so lange weiter, bis ihr kleiner Eimer voll war. Dann ging sie zurück zu Jack und setzte sich zu ihm auf die Bank.

Er war im Sitzen eingeschlafen, sein Atem ging ruhig. Er war alt geworden, ihr Jack. So wie sie auch. Letztes

Jahr hatten sie seinen achtzigsten Geburtstag gefeiert und sie wurde dieses Jahr sechsundsiebzig. Liebevoll sah sie ihn an und ließ ihren Blick zu den Apfelbäumen wandern. So viel Grün, so viel Hoffnung. Leise nahm sie einen Apfel aus dem Eimer und biss kräftig zu. Der Fruchtsaft spritzte: Eine herrliche Mischung aus sauer am Anfang, angenehm süß in der Mitte und wieder säuerlich am Schluss. Der Apfel schmeckte wie früher. Wie die Äpfel in Mühlbach.

Mühlbach, das Dorf aus dem sie geflohen war.

Maria erhob sich ruckartig und Jack schlug die Augen auf.

„Was ist los, Maria? Was hast du?"

„Ich musste gerade an früher und an Deutschland denken. Komm, lass uns nach Hause fahren."

„Maria, schau mich an." Seine grünen Augen waren wach und klar. „Du musst endlich deinen Frieden mit Deutschland machen. Du musst noch einmal zurückgehen. Es wird Zeit."

Maria schüttelte den Kopf. Stumm packte sie die Sachen zusammen, bezahlte die Äpfel und sie gingen zurück zu ihrem Wagen. Auch während der Fahrt nach Hause sprachen sie kein Wort.

Erst als sie in Greenville ankamen, sagte sie: „Ich kann nicht noch einmal zurück."

„Du brauchst keine Angst zu haben, du schaffst das."

So bestimmt hatte er das noch nie gesagt.

Später im Haus aßen sie eine Kleinigkeit zu Abend, doch sie hatten beide keinen rechten Appetit. Maria stocherte in ihrem Salat herum und Jacks Hand zitterte, so dass die knackigen Paprikastückchen einfach nicht den Weg in seinen Mund fanden. Schon bald stand Jack auf, um sich hinzulegen, aber Maria wollte noch etwas auf der Veranda hinter dem Haus sitzen. Sie gab ihm einen Gute-Nacht-Kuss.

Er nahm sie in die Arme und hielt sie ganz fest. „Versprich mir, dass du auf jeden Fall noch einmal nach Mühlbach gehst."

Maria sah ihn lange an. „Also gut, aber nur, wenn du mitkommst!"

„Ich liebe dich, ich werde dich immer lieben und all die Dinge, die du tust", flüsterte er, küsste sie und ging langsam die Treppe nach oben zum Schlafzimmer.

Maria setzte sich in ihre Hollywoodschaukel und sah in den Garten. Es war die Zeit der Abenddämmerung. Die Sonne hatte sich vor dem Mond verbeugt und die Streifenhörnchen hatten mit ihrer täglichen Mühe aufgehört und sammelten keine Eicheln mehr. Das Geräusch der Grillen vermischte sich mit dem Gute-Nacht-Lied der Kolibris und der endlose Fluss der Zivilisation schien durch das Bellen der Hunde, die nun endlich nicht mehr an ihrer Leine sein mussten, zur Ruhe zu kommen.

Maria liebte die Nachtluft in Greenville und den Duft der Nachtkerzen, die jetzt in der Dämmerung ihre Blüten öffneten. Sie atmete tief durch. Auch die Nachtkerzen waren spät dran in diesem Jahr, eigentlich war ihre Blütezeit bereits vorbei, aber überall leuchtete noch ihr Gelb. Sie liebte die großen Bäume, die ihren Garten umgaben. Das hier war ihr Zuhause, ihr Zufluchtsort. Hier konnte sie an das Gute glauben und an die Liebe. Hier kam ihr Herz zur Ruhe.

Sie betrachtete ihr Haus. Im Erdgeschoss gab es das Wohn- und Esszimmer, eine große Küche und ein Gästezimmer. Im oberen Stock war das Arbeitszimmer, das gemeinsame Schlafzimmer, in dem Jack das Licht schon ausgemacht hatte, eine kleine Küchenzeile und ein winziges Bad, in das gerade so eine Badewanne hineinpasste.

Im Garten stand ein hübsches Sommerhäuschen, ein großer Raum mit einer kleinen Küche und einem Bad. Ihre beste Freundin Angela wohnte dort, wenn sie zu Besuch war. Daneben war ihr Bienenhäuschen. Maria war eine begeisterte Imkerin und glücklich, wenn sie ihre Zeit bei ihren drei Bienenvölkern verbringen konnte. Bei den Bienen konnte man einfach seine Arbeit tun und ihnen zusehen, wie sie den Rest übernahmen. Mehr musste man nicht machen. Jede Biene wusste, was sie zu tun hatte, und das Netz ihrer Beziehungen war klar definiert.

Eigentlich ging es doch immer um Beziehungen. Sie waren ein Segen, aber wenn der Geist der Furcht sich in eine Beziehung eingeschlichen hatte, konnte der Segen zum Fluch werden. In ihrer Jugend hatte Maria das am eigenen Leib erfahren und war vor dem Fluch geflohen, aber ihre Seele hatte sich trotzdem an den Schmerz erinnert.

Maria wollte gerade hineingehen, um nach Jack zu sehen, da veränderte sich der Abendhimmel auf einmal: Strahlendes Pink leuchtete auf und der Himmel schien zu explodieren in flammendem Rot mit gelben Blitzen. Kräftiges Grün riss den orangenen Vorhang auf, um sich schließlich im Glanz einer goldgelben Aurora zu ergießen.

Maria hielt den Atem an, während vor ihren Augen das Meer aus Polarlichtern funkelte. Wie sagte man? Die Lichter am Himmel sind die tanzenden Seelen der Verstorbenen. Was für eine wunderschöne Vorstellung. Maria schaukelte sanft hin und her. Sie hatte darauf bestanden, die Schaukel auf die Veranda hinter dem Haus zu stellen. Jeden Abend hatten sie und Jack den Tag hier gemeinsam ausklingen lassen und Jack hatte es ebenso geliebt wie sie. Heute saß er zum ersten Mal nicht neben ihr. Auf einmal verkrampfte sich ihr Herz und sie konnte Jack nicht mehr spüren.

2

WAKE UP CALL

Greenville, 8. Februar 2002

In den Wochen und Monaten nach Jacks Tod fühlte sich Maria wie in Trance, nahm alles wie durch einen Nebel wahr. Ihre Seele schien sich aufzulösen, als wäre sie nicht mehr da, weit weg, verloren am Firmament, verweht vom Wind und verstreut im Meer. Sie wartete vergebens auf ein Wort, auf ein Zeichen des Trostes und so endeten die Tage, wie sie begonnen hatten.

Ihre Seele konnte nicht aufhören zu weinen. Und wenn es Abend wurde und das Abendlicht sie einlud, in die andere Welt abzutauchen, wünschte sie sich nichts mehr, als hinüber zu gleiten, um auch ihren Frieden zu haben und nicht mehr allein zu sein.

Jede Nacht tastete ihre Hand nach Jack und sie sehnte sich danach, in einen Traum zu entfliehen. Doch da war keine andere Welt, keine Stimme, nur Leere. Mit jedem Tag ohne Jack wurde ihre Einsamkeit lauter und Maria war, als ob alles, was sie im Leben verloren hatte, in ihr schmerzte und dieses Loch in ihrer Seele mit jedem Tag größer würde.

Als hörte sie das alte Lied ihrer Jugend, voller Sehnsucht, und sie nahm die Flügel der Morgenröte und flog in ihre alte Heimat zu all den Lieben, die sie zurückgelassen hatte.

Doch damit kamen auch die Erinnerungen an all die Kämpfe hervor wie Eiter aus der klaffenden Wunde, die sie verarztet hatte mit ihrem neuen Leben und ihrer Liebe zu Jack. Fast sechzig Jahre hatte das Pflaster gehalten, doch nun war Jack nicht mehr da.

Am 8. Februar, Jacks Geburtstag, fuhr sie mit Angela zum Friedhof, um einen Kranz mit einem Foto von Jack an seinem Grab abzulegen – das Foto, das er ihr vor langer Zeit geschenkt hatte, kurz nachdem sie nach Greenville gekommen war.

Maria, hatte er auf die Rückseite geschrieben, *lass nicht zu, dass die Kämpfe, die du kämpfen musstest, deinen Geist belasten. Lass sie zum Funken für dein Handeln werden, ein Funke, der dir Kraft gibt, dein Leben zu lenken und deinen Frieden zu finden. Jack*

„Sieht ganz so aus, als wollte da jemand, dass du dein Versprechen doch einlöst", sagte Angela, als Maria ihr das Bild zeigte. Auch die Sonne schien beschlossen zu haben, Marias Seelenwinter an Jacks Geburtstag ins Gesicht zu lachen und beschenkte die beiden Frauen bei ihrem Besuch auf dem Friedhof mit einem außergewöhnlich milden Februarmorgen.

Doch als Maria an Jacks Grab stand und den Kranz ablegte, flüsterte sie: „Ich kann nicht. Noch nicht, gib mir noch ein bisschen Zeit, ich bin noch nicht soweit."

Der Kranz sah verloren aus vor dem weißen Steinkreuz, und Maria beschloss Blumen zu pflanzen, sobald die Zeit dafür war. Dann verharrte sie mit Angela noch einige Minuten in schwesterlichem Schweigen. Später, als sie wieder zuhause waren, bereitete Angela in der Küche das Mittagessen zu und Maria zog sich in ihr Arbeitszimmer zurück, um ihre Emails zu lesen. Während sie den Computer hochfuhr, betrachtete sie die zwei Fotos, die auf ihrem Bücherregal standen. Die Mitarbeiter des *Greenville Memorial Hospitals* hatten ihr damals zum Abschied, als sie in den Ruhestand ging, ein Foto der gesamten Belegschaft geschenkt. Sie merkte, wie ein Lächeln über ihr Gesicht zog: Sie stand in der vorletzten Reihe, neben ihr ihre zwei jüngsten Schützlinge. Sie waren wie eine große Familie gewesen und als dienstälteste Krankenschwester hatte sie sich ein bisschen wie eine Mutter gefühlt. Sie hatte immer für alle ein offenes Ohr gehabt und gerade den Berufsanfängern immer unter die Arme gegriffen. Nie hatte sie vergessen, wie schwierig für sie damals der Berufseinstieg gewesen war. Zu den regelmäßig stattfindenden Barbecues hatte sie immer ihren deutschen Kartoffelsalat mitgebracht, den alle so liebten. Wie sehr ihr das gemeinsame Feiern und das gemeinsame Arbeiten, auch nach zehn Jahren, noch fehlte!

Jack hatte zu seinem Abschied aus dem Berufsleben auch ein Foto bekommen. Er war Pfarrer in der *Christ Episcopal Church* gewesen. Hilfe- und Schutzsuchende waren immer bei ihm willkommen gewesen und auf dem Foto wimmelte es nur so von Menschen. In der Mitte stand Jack wie ein Fels in der Brandung. Er war auch Marias Fels gewesen und gemeinsam hatten sie ihr Lebenshaus gebaut: ohne eigene

Kinder, aber immer voller Leben mit Freunden, Bekannten, Verwandten und fest gegründet auf einen tiefen Glauben an einen guten Gott.

Maria betrachtete das Foto genauer. Von den meisten Weggefährten hatten sie sich bereits verabschieden müssen und auch Jacks ältere Brüder waren ihm vor Jahren vorausgegangen. Deren Kinder hatte es in den Westen gezogen und nur zu Jacks Nichte Jenny und ihrem Sohn David hatte sie engen Kontakt. Sie lebten inzwischen in Charleston, hatten aber einige Jahre bei ihnen im Haus gewohnt. Nur selten hatte es damals eine ruhige Minute gegeben. Ganz anders als jetzt, wo die Stille bei Maria wohnte und die Einsamkeit.

Um so mehr hieß ihre Seele die Freunde aus der Ferne willkommen, die heute an Jacks Geburtstag gedacht hatten und von denen sie sich über Kupferkabel umarmt fühlte. Vor allem Jennys Abschiedssatz: „Was bleibt ist die Erinnerung" breitete sich in ihr aus und sie spürte, dass das Hasenherz, das in den letzten Wochen in ihr geschlagen hatte, dem Herz jener Frau zu weichen begann, die sie wirklich war, und die sich verirrt hatte im Labyrinth der Traurigkeit.

Maria musste wieder an Jacks Spruch auf dem Foto und an ihr Versprechen denken, als ihr plötzlich eine unbekannte Mailadresse auffiel: *sjz@t-online.de*

Mühlbach, den 8. Februar 2002

Liebe Tante Maria,
mein Name ist Sofia Jäger und ich bin die Ehefrau deines Großneffen Jens, Enkel deiner Schwester Käte. Wir haben letzte Woche zufällig eine alte Holzkiste gefunden. Sie war unter

dem alten Kirschbaum vergraben, den wir dieses Jahr leider fällen mussten.

In der Kiste fanden wir eine Postkarte von dir aus Greenville und mit ein wenig Recherche konnten wir deine E-Mail-Adresse ausfindig machen.

Wir hoffen, es geht dir gut. Es wäre wunderbar, wenn du uns besuchen kommen könntest und mit uns am 18. Mai 2002 den Geburtstag deiner Schwester Käte feiern würdest.

Wir würden uns sehr freuen, von dir zu hören.

Sofia und Jens Jäger

„Jetzt musst du gehen!", sagte Angela, als Maria ihr später beim Mittagessen davon erzählte.

„Ich weiß", antwortete Maria. „Aber ich habe Angst. Wenn Käte mich gar nicht sehen will? Und meine anderen Geschwister? Es ist so viel passiert und es ist so lange her."

„Genau, es ist so viel passiert und es ist so lange her. Es wird höchste Zeit. Wenn du willst, komme ich mit. Du musst da nicht alleine durch."

„Du hast recht, es ist höchste Zeit. Aber dies ist mein Weg, ich muss ihn allein gehen. Bitte begleite mich mit deinen Gedanken und deinem Gebet!"

„Das werde ich!", versprach Angela und nahm Marias Hand. „Und nun geh, und antworte Sofia!"

3

ANKUNFT

Frankfurt, 7. Mai 2002

Maria erwachte, als sich die Maschine im Landeanflug auf Frankfurt befand. Wie jedes Mal beim Fliegen hatte sie mit dem Druckausgleich zu kämpfen und suchte nach einem Kaugummi in ihrer geräumigen Handtasche. Stattdessen bekam sie die Einladungskarte zu Kätes Geburtstag zu fassen. Wie gebannt starrte sie auf das alte Schwarzweißfoto, das ihre Schwester zeigte, als sie zwölf Jahre alt war. Ihre Hände begannen zu zittern. Die Karte fiel zu Boden und mit ihr das Foto einer jungen Familie, das in der Klappkarte gelegen hatte. Eine zierliche Stewardess, die gerade herumging und die Passagiere ermahnte sich anzuschnallen, hob Karte und Foto für sie auf. Half ihr beim Anschnallen. Maria nahm den „Klick" des Anschnallers kaum wahr, flüsterte ein leises „Thank you" und konnte die Augen noch immer nicht von ihrer Schwester nehmen. Wie würde Käte bei ihrem ersten Zusammentreffen reagieren? Was würde der Anblick ihrer Schwester in ihr auslösen, wenn schon ihre Augen auf dem Foto sie zu durchbohren schienen? Wieso war ausgerechnet

Käte von allen Verwandten, die ihr je nahegestanden hatten, als einzige noch am Leben?

Maria hob das Schwarzweiß-Foto und betrachtete das Mädchen mit seinen runden Backen und langen Zöpfen genauer. Eigentlich waren da keine bösen Blicke, höchstens ein kritischer und zugleich forscher Ausdruck, der dem Betrachter sagte: „Hier komme ich!" War es ihre eigene Furcht gewesen, die dem Bild soviel Macht über sie gegeben hatte?

Sie steckte das bunte Familienfoto vor Kätes Porträt.

Kurz nach ihrem ersten Kontakt hatte Sofia Maria die offizielle Einladung geschickt und ein Bild von sich beigefügt. Eine junge Familie beim Rosenmontagsumzug strahlte ihr entgegen. Sofia war eine Indianerin mit echten dunkelbraunen Zöpfen und großen braunen Augen, die sie freundlich anlächelten. Auf ihrem Arm trug sie ein lachendes Kind, das als Pierrot verkleidet war und dessen spitzer Hut keck zur Seite stand. Umarmt wurde Sofia von einem Cowboy mit Sonnenbrille, der seinen großen Hut weit ins Gesicht gezogen hatte und dessen Erscheinung pures Glück ausstrahlte.

Von Anfang an hatte Maria zu Sofia eine Nähe verspürt, die sich mit jedem Telefonat vertieft hatte. In den drei Monaten vor ihrer Abreise hatte sie einiges erfahren über die kleine Familie, ihr Zuhause, ihre Alltagsfreuden und Alltagssorgen und war neugierig darauf und voller Vorfreude sie im echten Leben kennenzulernen – wenn da nicht der andere Teil der Familie wäre, über den sie auch Einiges erfahren hatte.

Wie kommt man zurück, wenn man nie auf Wiedersehen gesagt hat?

Sie würde die Antwort finden. Sie war nicht allein. Sofia würde sie Freude strahlend erwarten und als sie zögerlich den Schritt aus dem Flugzeug tat, begrüßte sie die morgendliche Maiensonne mit ihren hellsten Strahlen und ihr Freund der Wind zeigte ihr seine starke Schulter, an die sie sich anlehnen konnte. Für einen Atemzug wusste Maria, sie war genau dort, wo sie sein sollte und alles war gut.

Doch der Moment war vorüber, kaum dass Maria die Passkontrolle passiert hatte. Die Furcht legte in ihrem Herzen eine Schlinge aus und am liebsten wäre sie hineingesprungen. Stattdessen umklammerte sie den Griff des Gepäckwagens so fest, dass auf ihren Händen die blauen Adern hervortraten und schickte ihr Hasenherz in den Bauch des Flugzeuges, das sie gerade ausgespuckt hatte. Mit etwas leichteren Schritten ging sie zum Gepäckband mit der Anzeige Charlotte. Die ersten Koffer tauchten gerade auf dem Fließband auf, gefolgt von Kinderwägen und riesigen Sporttaschen.

Als sie zehn Minuten später versuchte, ihren großen Koffer, sie hatte ihn einige Male umpacken müssen, denn sonst wäre er zu schwer gewesen, vom Band zu nehmen, kam ihr ein junger Mann zu Hilfe und lächelte sie höflich an. Maria bedankte sich auf deutsch und es kam ihr vor wie das Natürlichste der Welt. Auch nach der langen Zeit.

Langsam ging sie zum Ausgang. Jens wollte sie abholen. Sofia konnte nicht dabei sein, sie hatte heute ihren letzten Schultag. Sie war im siebten Monat schwanger und ab morgen begann ihr Mutterschutz. Nachdem sich die Schiebetüren hinter ihr geschlossen hatten, suchte Maria die Wartenden nach Jens ab, aber sie sah niemanden, den sie erkannte. Sie zuckte zusammen, als ein junger Mann sie plötzlich von der Seite ansprach: „Sind Sie Frau Maria Pearis?"

Sie nickte.

„Ich bin Jens. Schön, dass du da bist, Tante Maria. Willkommen in Deutschland."

Auf dem Weg zum Auto erkundigte sich Jens nach dem Flug und Maria gab bereitwillig Auskunft. Jedes Mal, wenn sie ihn anschaute, musste sie feststellen, dass sein Haar, sein Gang ganz dem von Hans glich. Und mehr noch: Als sie beim Wagen angekommen waren und Jens Maria die Tür zum Beifahrersitz öffnete, lächelte er sie auf genau die gleiche Art und Weise an, wie Hans es gemacht hatte.

Maria nahm auf dem Beifahrersitz Platz und sie verließen das Parkhaus. Fast sechzig Jahre war es her, dass sie zum letzten Mal in Deutschland gewesen war, und Maria kam es vor, als sei sie in einem fremden Land. Alles war so modern, erinnerte sie eher an die USA als an das Deutschland ihrer Jugend. Erst bei Heidelberg kam ihr die Umgebung bekannt vor und auch die Autobahn, schmal und alt, erinnerte sie an früher. Gebaut, damit die Panzer besser rollen konnten. All die Jahre hatte sie versucht, nicht mehr an den schrecklichen Krieg zu denken und jetzt war alles wieder da. Der Krieg, die Angst, Mühlbach und Hans.

Immer wieder sah Maria zu Jens hinüber, betrachtete seine Augen und seine Nase.

„Du siehst wirklich genauso aus wie Hans."

Jens lachte und auch seine Zähne sahen aus wie die von Hans. „Das sagen alle. Ich bin anscheinend das genaue Ebenbild meines Großvaters. Meine Mutter meint immer, ich habe so gar nichts von ihr oder von meinem Vater, nur von Opa

Hans. Damit meint sie nicht nur mein Aussehen, auch in meiner Art bin ich ihm wohl ähnlich. Das kann ich allerdings nur schwer beurteilen, er starb, als ich ein Jahr alt war."

„Das tut mir leid. Ich habe deinen Großvater gut gekannt. An was ist er denn gestorben?" Maria versuchte ihre Stimme ruhig klingen zu lassen.

„Lungenversagen, glaube ich. Oma Käte ist nicht gerade sehr gesprächig, was Opa Hans angeht und meine Mutter wusste auch nicht viel mehr."

Maria nickte. „Wie geht es denn deiner Mutter?"

Jens berichtete von seinen Eltern und vor allem von seiner Tochter Zoe und Sofia.

„Schade, dass Sofia ausgerechnet heute ihren letzten Schultag hat. Sie wäre so gerne dabei gewesen, um dich abzuholen. Aber was soll man machen. Immerhin hat sie nur zwei Stunden. Wir fahren also erst zu uns und dann gemeinsam weiter zu Oma Käte."

„Wo ist noch einmal Sofias Schule?", erkundigte sich Maria.

„In Bruchsal. Meine Firma ist auch dort. Deshalb sind wir nach Bruchsal gezogen. Sofia kann jetzt zu Fuß zur Schule gehen."

„Ich bin gespannt, wie Bruchsal heute aussieht und natürlich Mühlbach. Es hat sich sicher alles sehr verändert." Maria schaute aus dem Fenster. Die Wälder am Straßenrand sahen aus wie in den Carolinas, allerdings gab es dort viel mehr Weite und es war nicht alles so dicht besiedelt wie hier in Deutschland. Obgleich sich das auch zu verändern begann. Maria musste an die vielen Malls und Outlets denken, die dort gerade gebaut wurden.

„Ach, ihr habt hier auch Ikea", sagte sie, als sie an dem großem schwedischen Möbelhaus vorbeifuhren.

Jens lachte. „Ja, natürlich! Schon lange. Wir sind schon in Walldorf, jetzt sind wir bald zuhause!" Kurz darauf bog er von der Autobahn Richtung Bruchsal ab. Große Schilder machten Werbung für den guten badischen Spargel. Den hatte es schon zu ihrer Zeit gegeben, aber Maria erkannte Bruchsal kaum wieder. Natürlich, es war ja fast vollständig zerbombt worden 1945. Sie fuhren an einem Industriegebiet vorbei und an riesigen Lager- und Fabrikhallen aus Glas, dann weiter Richtung Zentrum.

Kurz darauf kamen sie im Kapuzinergarten an. Sofia erwartete sie schon an der Tür und begrüßte Maria so herzlich, als würden sie sich schon ewig kennen. Das Haus verströmte eine harmonische Atmosphäre mit den fröhlichen Kinderbildern, die ihr von den Wänden entgegenlachten.

„Die hat Zoe gemalt", erklärte Sofia. „Sie kann es kaum erwarten, dich kennen zu lernen. Wir holen sie nachher vom Kindergarten ab."

Maria deutete auf eine wunderschöne Tuschezeichnung: „Ist sie das?"

„Ja, das hat Jens gezeichnet, da war sie gerade eine Woche alt", erklärte Sofia stolz.

„Wunderschön, das Zeichnen hat er wohl auch von seinem Großvater."

„Das sagt seine Mutter auch. Komm mit, du hast bestimmt Hunger!"

Sie gingen ins Esszimmer und setzten sich. Der Frühstückstisch war reich gedeckt und Maria griff beherzt zu. Es gab leckere Brezeln, die sie in Amerika so vermisst hatte und köstliche Erdbeermarmelade, wie sie sie in Greenville auch jedes Jahr selbst gekocht hatte. Sie genoss die ungezwungene Art der beiden jungen Menschen und fühlte sich schon nach dieser kurzen Zeit wie zuhause. Sofia gab sich alle Mühe, Maria in allem zuvorzukommen und schenkte eifrig Kaffee nach.

„Oh, die Schatzkiste! Ich wollte sie dir doch gleich geben!" Sofia lief so schnell sie konnte die Treppe hoch zum Arbeitszimmer und kam mit einer Holzkiste zurück.

„Hier ist das gute Stück!" Sofia war völlig außer Atem, ihre Hände zittern und ihre großen Augen wurden ganz schmal.

Maria nahm sie dankend entgegen, aber sah sie besorgt an. „Geht es dir gut?"

Sofia winkte ab. „Ja, eigentlich schon. Es ist nur: ich habe so starke Kopfschmerzen. Als ob mein Kopf gleich explodiert. Solche Schmerzen hatte ich noch nie und mein Bauch ist auch ganz hart."

„Ich habe dir gleich gesagt, dass das zuviel ist heute. Du hättest dich ja für deinen letzten Tag auch krankschreiben lassen können!", warf ihr Jens vor.

„Mir ging es doch gut. Ich bin nur sehr schnell die Treppen der Andreasstaffel hoch und runter gelaufen. Ich musste mich doch beeilen. Ich wollte noch vorher zum Bäcker und Brezeln kaufen." Sofia brach ab. Ihr Gesicht verzerrte sich vor Schmerz.

„Sofia muss sich hinlegen", sagte Maria und ihre Stimme duldete keinen Widerspruch. Sie maß Sofias Puls und blickte besorgt zu Jens. „Das gefällt mir gar nicht. Wir müssen auf Nummer sicher gehen. Bitte ruf den Krankenwagen, Jens."

Jens sah Maria entgeistert an.

„Wir müssen auf Nummer sicher gehen", sagte sie.

„Okay." Er zog sein Handy aus der Tasche und benachrichtigte das Krankenhaus. Maria sorgte unterdessen für Sofias richtige Position, legte ihr einen kalten Waschlappen auf die Stirn und maß erneut ihren Puls.

Innerhalb von fünf Minuten war der Krankenwagen da. Sofia hatte inzwischen so starke Schmerzen, dass sie kaum mehr sprechen konnte. Maria gab den Sanitätern draußen noch genaue Anweisungen und informierte sie über Sofias Schwangerschaft. „Der Puls ist bei 120 – viel zu hoch!", sagte sie zum Schluss. „Jens, du fährst mit ihr. Ich warte hier, bis du etwas weißt. Ruf mich an, meine Nummer hast du ja. Alles wird gut, es ist nur eine Vorsichtsmaßnahme."

Dann war plötzlich niemand mehr da. Langsam ging sie zurück ins Haus, das sie auf einmal als Eindringling in Empfang zu nehmen schien. Maria setzte sich, stand auf und tat Butter und Milch in den Kühlschrank, setzte sich wieder und nahm ihre halbvolle Kaffeetasse. Sie trank einen Schluck, doch der Kaffee war inzwischen kalt geworden.

Ihr Blick fiel auf die Schatzkiste. Nachdenklich strich sie über die Intarsien. Hätten Sofia und Jens die Kiste nicht gefunden, wäre sie heute nicht hier. Sofia wäre nicht nach oben gerannt und das Ganze wäre vielleicht nicht passiert. Maria verscheuchte den Gedanken, verstaute die Kiste in ihrer großen Tasche. Sofias Lebensfreude lachte ihr aus jeder Ecke des Hauses entgegen. Wie liebevoll das Wohnzimmer eingerichtet war! Überall hingen Fotos. Maria schaute sich die Bilder aus der Nähe an, erkannte Sofia und Jens, aber die anderen Personen waren ihr fremd.

Doch dann entdeckte sie das Foto einer Taufe. Maria betrachtete den älteren Mann mit dem Säugling auf dem

Arm genauer: Es war Hans. Er sah aus wie damals nur mit grauem Haar und Brille.

Maria nahm das Bild von der Wand und setzte sich damit aufs Sofa. Jens' Ähnlichkeit, das Foto … Trotz der immer größer werdenden Müdigkeit, sah sie ihn genau an. Wie nahe sie sich gestanden hatten, sie und Hans. Sie ließ sich in die Kissen sinken und drückte das Bild an ihre Brust. Achtzehn war sie gewesen, als sie sich zum letzten Mal getroffen hatten, und er zwanzig.

Langsam gewann die Müdigkeit die Überhand. Maria streckte die Beine auf der Couch aus und schloss die Augen. Hans Foto hielt sie fest in der Hand und er nahm sie mit auf ihre Reise in die Vergangenheit.

Mühlbach, 7. Mai 1944

„Dachte ich mir doch, dass ich dich hier finde." Hans ließ sich neben Maria auf den Boden fallen.

„Herrje Hans, hast du mich erschreckt!", rief sie aus und versteckte schnell den Brief in ihrer Tasche, den sie gerade gelesen hatte.

„Was liest du denn da?"

„Nichts, was dich etwas angeht", antwortete Maria und klopfte ihm lachend auf die Finger.

„Sah aus wie ein Brief", bohrte Hans weiter. „Weißt du, mir könntest du ruhig auch mal schreiben!"

„Wieso soll ich dir denn schreiben, du bist doch da."

„Ja, jetzt auf Heimaturlaub, aber auf meine Briefe von der Front hast du mir nicht geantwortet. Hast wohl jemand anderen, dem du schreibst!"

„Und wenn's so wäre? Es dreht sich doch nicht immer alles um dich!" Maria stand auf und ging zu ihrem Fahrrad.

Doch Hans war schneller. „Maria, du weißt doch, wie ich es meine, ich habe immer an dich gedacht, da draußen, und du hast nichts von dir hören lassen!" Er nahm ihre Hand und zog sie näher zu sich.

Doch Maria schob ihn weg. „Ach Hans, da ist doch nichts zwischen dir und mir. Ich mag dich, ich mag dich sehr, so wie den Fritz oder den Eugen!"

„Aber ich bin doch nicht dein Bruder, du bist nicht nur wie eine Schwester für mich!", rief er und beugte sich vor, um sie zu küssen.

„Lass mich, es geht nicht!" Sie stieg auf ihr Fahrrad und trat in die Pedale so schnell sie konnte.

Was war nur in ihn gefahren? Es war doch alles wie immer gewesen, heute morgen in der Kirche, gestern auf der Hochzeit. Sie fuhr langsamer, bis sie wieder ruhiger atmete und sah sich um. Er war ihr nicht gefolgt. Maria beschloss, noch einen Umweg über den Galgengraben zu machen, dachte an den gestrigen Abend, die Feier, die Musik, das Tanzen.

Sie hatten miteinander getanzt, Hans hatte sie herumgeschwenkt, sie hatten gelacht, wenn eine Figur nicht gelungen war. Und gelacht, wenn es geklappt hatte. Wie seine Augen geleuchtet hatten! Wie sie es genossen hatte, in seinen Armen zu sein …

Maria hörte auf zu treten und wurde immer langsamer. Sie war am Waldrand angekommen, stieg vom Rad und blickte über die Felder, die grün und satt vor ihr lagen.

Dann drehte sie um und radelte dorthin zurück, wo sie gerade hergekommen war. Zur alten Eiche. Doch dort war niemand mehr. Sie hatte Hans verpasst und musste doch aber unbedingt noch einmal mit ihm reden. Sagen, dass es ihr Leid tat.

Gerade wollte sie wieder wegfahren, als sie Hans' altes Rad entdeckte. Daneben, fein säuberlich zusammengelegt, seine Kleider. Sie hob sein Hemd hoch. Es roch nach ihm. Nach Gallseife und einem Hauch von Schweiß, aber nur ganz wenig. Hans stank nie so wie ihre Brüder, er war auch nicht so behaart wie sie. Und dann entdeckte sie ihn ganz am anderen Ende des Sees. Ein kleiner Punkt, das musste er sein.

Früher war sie oft zum Schwimmen hier gewesen mit den Jungs. Mit ihren Brüdern und auch Hans war oft dabei gewesen, bevor es losgegangen war mit den Brüsten und all der Scham. Sie setzte sich wieder unter die Eiche und wartete. Der See war spiegelglatt, aber sie konnte eine Bewegung im Wasser ausmachen. Mit seinen langen, kräftigen Armen teilte Hans die Fluten wie ein Dampfer, der sich zielstrebig stromabwärts Richtung Meer bewegt.

Als er aus dem Wasser stieg, schimmerte sein muskulöser Körper in der goldenen Nachmittagssonne. Sie konnte nicht aufhören, ihn anzustarren. Stand langsam auf und ging auf ihn zu.

„Hans, ich … es tut mir leid! Ich wusste wirklich nicht…" Sie streckte eine Hand nach ihm aus, um ihn zu berühren.

„Maria, mach das nie wieder, lass mich nie wieder so stehen." Seine nassen Lippen berührten ihre, seine Hände strichen über ihren Kopf und lösten ihre Schleife aus dem

Haar, zogen sie an sich. Dann glitten sie an ihrem Körper entlang und hielten ihren Po. Sie spürte sein Glied zwischen ihren Schenkeln und sein nasser Oberkörper drückte sich an ihre Brust. Sie konnte nicht anders, ihr ganzer Körper, alles in ihr sehnte sich nach dieser Berührung, wollte mehr.

4

WILLKOMMENSGRUSS

Bruchsal, 6. Mai 2002

Maria schreckte auf. Ihr Telefon klingelte und im ersten Moment wusste sie nicht, wo sie sich befand, aber dann sah sie das Bild von Hans, auf dem noch immer ihre Hand lag. Ihr Handy, das den kleinen Wohnzimmertisch zum Wackeln brachte, verstummte nicht und führte sie zurück in die Gegenwart.

„Sofia musste sofort auf die Intensivstation." Jens' Stimme zitterte. „Wahrscheinlich Hirnblutung. Ich bleibe bei ihr. Meine Mutter kommt und holt dich ab. Bis später." Er legte auf, bevor Maria etwas sagen konnte.

Maria stand auf, schüttelte die Sofakissen zurecht und räumte das schmutzige Geschirr ab. Die kleine Küche war vollgestellt und sie hätte das Geschirr gerne in der Geschirr-spülmaschine verstaut, aber die war auch voll. Kurzerhand beschloss sie, die wenigen Teller aufzuspülen. Sie war gerade fertig, da klingelte es an der Tür.

Irmgard musste sich Maria nicht vorstellen, sie war ihrer Mutter Käte wie aus dem Gesicht geschnitten. „Oh Maria, was für eine Begrüßung. Es tut mir so leid. Die arme Sofia, das arme Baby."

Maria nahm Irmgard in den Arm. „Die Ärzte kümmern sich um sie. Hat Jens dir noch etwas Genaueres erzählt?"

„Sie haben gleich ein CT gemacht und ein Aneurysma festgellt. Ich weiß nicht genau, was das ist, aber es hat die starken Kopfschmerzen ausgelöst. Sie haben sie ins künstliche Koma versetzt, weil die Gefahr, dass es platzt, sehr groß ist. Und dann...", Irmgard brach ab.

Maria nahm ihre Tasche und sah sich noch einmal im Haus um. „Alles ordentlich", dachte sie und sagte: „Ein Aneurysma ist eine Erweiterung einer Hirnaterie. Es wird nicht platzen, sie werden sie operieren und alles wird gut, hab keine Angst."

Während der Fahrt schwiegen sie beide. Marias müder Körper, der sich nach der Anstrengung des Fluges nach Ruhe sehnte, wurde von der Anspannung ihrer Nichte erfasst, wie von einer Welle, die sich unaufhaltsam ihre Bahn brach.

Kurz bevor sie in Mühlbach ankamen, schaute Irmgard auf die Uhr. „Schon fast halb eins. Ich fahre dich jetzt zu Mutter. Danach muss ich Zoe vom Kindergarten abholen. Was soll ich ihr nur sagen? Sie ist doch erst vier."

Kurz sahen die beiden Frauen sich in die Augen. Maria wusste, dass Irmgard keine Antwort von ihr erwartete, sondern ganz in ihrer eigenen Sorgenwelt versunken war. So blieb sie stumm und fragte auch nicht, seit wann es das Neubaugebiet gab, durch das sie gerade fuhren. Die Häuser, lautlose Zeugen einer neuen Zeit, hatten leere leblose Augen und erinnerten Maria an Hasenställe, klein und dicht aneinandergedrängt, um ja keinen Zentimeter Wohnraum zu verschenken.

„Ich werde ihr sagen, dass Sofia zur Kontrolle wegen des Babys ins Krankenhaus musste." Irmgard bog in die Schützenstraße ein.

Es war soweit, gleich würde sie Käte sehen. Marias Herz begann unruhig zu klopfen. Auch wenn es gerade Wichtigeres gab als die Vergangenheit. Im Moment ging es um das Hier und Jetzt, es ging um das Leben von Sofia und dem Baby.

Irmgard schloss die Eingangstüre ihres Elternhauses auf, das auch Marias Elternhaus war. Die alte Holztüre war inzwischen durch eine einbruchssichere Metalltüre ersetzt worden.

„Mutter?", rief Irmgard. „Bist du wach?"

Es blieb alles still, aber im Wohnzimmer hörten sie Käte laut schnarchen. Leise betraten sie den Raum, und Maria ließ ihren Blick auf ihrer Schwester ruhen. Käte war in ihrem Wohnzimmersessel eingenickt. Im Gegensatz zu Maria hatte Käte die Statur ihrer Mutter Emilie geerbt: Sie war nicht groß und kräftig wie Maria, sondern zierlich, maß gerade mal einen Meter sechzig.

„Alt ist sie geworden", dachte Maria und die Angst vor dem ersten Treffen mit ihrer Schwester wich einer Verwunderung darüber, wer diese Frau wohl war, die da vor ihr saß.

„Komm, wir lassen sie schlafen, ihre Arthrose und ihr Rheuma machen ihr schwer zu schaffen", flüsterte Irmgard. „Ich zeige dir schon einmal dein Zimmer. Du möchtest dich bestimmt ausruhen!"

Maria nickte und folgte Irmgard in den oberen Stock. Auf dem Weg nach oben bemerkte sie das Hochzeitsfoto ihrer Eltern. Ihr Vater strahlte über das ganze Gesicht. Er hatte dicke Backen und volles Haar, sein Schnurrbart war fein getrimmt un er hielt seine Emilie fest im Arm. Emilie hatte ihre Lippen aufeinandergepresst und lächelte gequält in die Kamera. Doch auch sie war wunderschön. Sie waren beide in der Blüte ihres Lebens und vor allem Marias Vater hatte eine Zuversicht im Blick, die mitreißend war.

Irmgard öffnete die Tür zum Gästezimmer. Früher war es das Schlafzimmer ihrer Großeltern gewesen, jetzt war das Zimmer für sie frisch geputzt und die weiße Bettwäsche strahlte ihr entgegen.

Zum Abschied umarmte Maria ihre Nichte, die sie heute zum ersten Mal gesehen hatte und die die gemeinsame Sorge um Sofia plötzlich zur Vertrauten gemacht hatte. „Ich bete für Sofia, Irmgard. Hab keine Angst."

5

DANCING QUEEN

Mühlbach, 7. Mai 2002

Endlich allein. Kraftlos ließ Maria sich in den alten Sessel sinken, den Käte wohl als Erinnerung an ihren Großvater Gustav aufgehoben hatte: dunkles Eichenholz mit grünem Plüsch. Das dunkle Holzbett war ebenso das des Großvaters wie der alte Schlafzimmerschrank daneben. Maria nahm den Geruch der Möbel in sich auf. Das ganze Zimmer roch noch wie früher. Ihr war, als würde die Vergangenheit an ihr ziehen.

Auch an der Wand hing noch das Bild von Jesus mit seinen Jüngern auf dem Feld. Als sie klein war und Groß-mutter Christine noch lebte, hatte sie dieses Bild geliebt. Damals war sie sich sicher gewesen, dass sie zu jenem Weizen gehören würde, der von den Engeln ins Himmel-reich gebracht wurde, sie hatte sich verbunden gefühlt mit der Natur und den Menschen.

Doch seitdem war viel geschehen und Maria konnte nicht anders, als das Bild kritisch zu betrachten: Johannes, der hübsche Jüngling, der Jesus anschmachtete, dahinter Petrus,

39

ehrenhaft ergraut mit fragendem Blick und Jakobus, der sich an seinem Stock festhielt, abwartend. Die ganze Szene kam ihr unwirklich vor – die Männer umgeben von sanften grünen Hügeln und Jesus in ihrer Mitte, einen Weizenhalm in der Hand und gleichzeitig auf eine blaue Blüte deutend, die es zu jener Zeit an jenem Ort bestimmt nicht gegeben hatte.

Als Kind hatte sie sich immer wie der verklärte Jünger Johannes gefühlt. Nun, so viele Jahre später, hatte sie, wie Petrus, viele Fragen, war sie jener geknickte Halm, war jene Blüte im Wind und fühlte nicht mehr die Liebe des jüngsten Jüngers in sich.

Maria ließ ihren Blick Richtung Fenster schweifen. Die Vorhänge waren neu und dahinter konnte sie den Nussbaum erkennen, in dessen Schatten sie früher unzählige Stunden verbracht hatte und der sie wie ein alter Vertrauter zu begrüßen schien. Neben dem Fenster hing eine Kohlezeichnung. Ein Porträt von Hans. Maria sah genauer hin. Es stammte aus dem Jahre 1947. Wie treffend es gezeichnet war und wie sehr Jens seinem Großvater glich! Sein volles Haar, seine schöne Nase, seine hohe, aber nicht zu hohe Stirn, seine klaren Augen, die auch in der Schwarzweiß-Zeichnung zu leuchten schienen. Seine Augen, die sie auch jetzt noch in ihren Bann zogen, so dass sie sich geborgen und beschützt fühlte. Wie immer, wenn sie in Hans' Nähe gewesen war.

Er und sein Zwillingsbruder Heinrich waren so alt wie ihr ein Jahr älterer Bruder Eugen, alle Jahrgang 1924 und auch ihr zwei Jahre älterer Bruder Fritz gehörte zur Clique. Maria hatte viel Zeit mit ihnen verbracht, Mädchenkram war ihr viel zu langweilig gewesen. Natürlich wollten die Jungen sie nie dabeihaben, ihre zwei Brüder konnten ganz schön gemein sein und Heini war auch ein richtiger Fiesling. Aber Hans hatte sie beim Verstecken nie verraten und ihr beim Fußballspielen den Ball zugepasst. Das hatte ihm das Gespött der anderen Jungs eingebracht, aber das war ihm egal gewesen. Er war sowieso viel besser als alle anderen und der Schnellste war er auch. Er und Maria liefen oft um die Wette und rannten den anderen davon. Dann machten sie sich über die anderen lustig, vor allem über Eugen, der so langsam war, dass sogar Käte ihn überholen konnte, wenn sie sich mal von ihren Puppen trennte.

Einmal als sie bei der *Kuhhirts Brücke* waren und Maria über die Brückenmauer in den Bach gefallen war, hatte Hans sie rausgefischt und weil sie sich beim Sturz den Fuß verstaucht hatte, hatte er sie nach Hause getragen, den ganzen Weg. Ihre Brüder hatten keinen Finger krumm gemacht, doch Hans hatte sich nicht beschwert. Kurz vor Mühlbach, bei den Bahngleisen, hatte er ihr eine Blume gepflückt, eine Nachtkerze. „Stell sie in eine Vase und riech heut' nacht an ihr, dann kannst du gut schlafen und träumst von mir!"

Sie hatte schreckliche Schmerzen gehabt in jener Nacht, doch der Duft der Blüte hatte sie tatsächlich beruhigt. Maria dachte an Hans' starke Arme, an sein breites Kreuz, seine Zielstrebigkeit und seine ruhige Beständigkeit. Er war immer für sie da gewesen, ihr bester Freund. Bis zu jenem Abend an Gretes Hochzeit.

Mühlbach, 6. Mai 1944

Alle waren in der Kirche und bestaunten die Braut. Grete war wunderschön in ihrem Hochzeitskleid, um das die

Mädchen sie alle beneideten. Weil ihr Vater an der Front war, führte Hans seine Schwester zum Altar. Das Kleid hatte Gretes Mutter genäht. Anna war die beste Schneiderin im Dorf. Ihre Ausbildung hatte sie in Karlsruhe bei einem jüdischen Schneidermeister gemacht und wenn jemand etwas Schönes wollte, dann fragte er die Anna und die schaute, was sich machen ließ. Maria hoffte, dass auch sie einmal so ein schönes Hochzeitskleid tragen würde. Schließlich war Anna Emilies Cousine und Maria ihr Patenkind.

Nach der Kirche ging man in den Pfarrsaal. Als ob kein Krieg wäre, wurde ausgelassen gefeiert. Maria tanzte für ihr Leben gern und sie tanzte sehr gut. Die wenigen jungen Männer, die noch da waren, wollten vor allem mit ihr tanzen, aber sie hatte sich Hans auserkoren. Der konnte es am besten und trampelte ihr nicht auf den Füßen herum wie ihr Großcousin Heinrich oder ihre Brüder. Hans trug einen schwarzen Anzug. Seine Mutter hatte den alten Hochzeitsanzug seines Vaters für ihn umgenäht und enger gemacht. Jetzt kam er schmuck daher der Hans, sogar ein blaues Windröschen hatte er im Knopfloch.

Heinrich sah lang nicht so gut aus. Obwohl sie doch Zwillinge waren. Aber sein Anzug war von Onkel Alfred, etwas zu klein und außerdem war Heinrich lange nicht so athletisch wie Hans. Dafür aß er viel zu gern und auf der Hochzeit gab es endlich mal wieder ausreichend zu essen.

Alle waren fröhlich, auch Marias Mutter lachte und genoss den guten Zwetschgenschnaps. Da hatte sie noch nie nein sagen können und so ließ sie sich einen nach dem anderen schmecken. Für Maria gab es weder Essen noch Trinken, sondern nur die Musik und den Tanz. Mit Hans wirbelte sie durch den

Raum, er zog sie an sich, hob sie in die Luft und drehte sie im Kreis, bis ihr schwindelig wurde. Als die Kapelle aufhörte zu spielen, ließ sie sich erschöpft und verschwitzt in seine Arme fallen, um mit ihm an die frische Luft zu gehen. Während sie draußen die dunkelbaue Nachtluft atmeten fühlte Maria das Leben in sich pulsieren und mit Hans an ihrer Seite schien Mühlbach die ganze Welt. Als Hans ihr zum Abschied die Anemone schenkte und ihr sanft: „Für meinen Wirbelwind", ins Ohr hauchte, lachte sie und ging zurück in den Saal.

Mühlbach, 7. Mai 1944

Am nächsten Morgen hatte Maria alle Mühe ihre Mutter aus dem Bett zu bekommen, doch sie durften den Gottesdienst nicht verpassen. Es war Totengedenken für ihren Lieblingsbruder Karl. Karl war vor zwei Jahren gefallen und dieses Jahr fiel sein Todestag auf einen Sonntag. Pfarrer Haag hatte Emilie, der eifrigen Kirchgängerin, die Bitte nicht abschlagen können, für ihren Karl eine Messe zu lesen. Doch kaum hatte er Karls Namen vorgelesen, begann Emilie so laut zu schluchzen, dass Maria ihr am liebsten den Mund zugehalten hätte.

Was mussten nur die Leute denken! Hans schaute schon die ganze Zeit zu ihr herüber, weil die Mutter einfach nicht aufhören wollte zu seufzen. Dabei machte alles Beten und alles Heulen Karl nicht wieder lebendig. Er war so freudig in den Krieg gezogen, dieser Narr. Hatte sich gleich als einer der Ersten freiwillig gemeldet, um dem Vaterland zu dienen. So wie sein großes Vorbild Großvater Gustav. Mutter hatte ihn nicht gehen lassen wollen. Er war doch ihr Liebling, ihr Erstgeborener, an ihn hatte sie ihr Herz verschenkt, ihn hatte sie mehr geliebt als ihre anderen zehn Kinder. Ihr Karl, eine Seele von Mensch, ein Bild von Mann, der Traum aller Schwiegermütter und aller Mädchen von Mühlbach.

Aber Großvater Gustav war der Patriarch im Haus. Er bestimmte, was getan wurde und weder ihre Mutter noch ihr Vater Hans-Jakob hatten etwas zu melden. Während der Pfarrer vom ewigen Leben sprach, musste Maria an Karls Todesanzeige denken:

Gott dem Allmächtigen, hat es gefallen, den guten, unvergess-lichen Sohn und Bruder, Karl Gustav Heil, Unteroffizier in einer Minensuchabteilung am 7. Mai 1942 zu sich zu rufen.

Sie wusste noch jedes Wort auswendig, schließlich hatte sie die Todesanzeige formulieren müssen. Ihre Mutter war dazu nicht in der Lage gewesen. Nachdem sie vom Tode ihres Sohnes erfahren hatte, war sie zusammengebrochen und hatte für Wochen in einer Art Totenstarre verharrt.

Maria musste sich um ihre Geschwister kümmern. Theresia war damals erst zweieinhalb gewesen und hätte dringend ihre Mutter gebraucht. Inzwischen spiegelten ihre dunklen Augen ihre tiefe Seele, die viel zu alt war für ein Kind von vier Jahren. Allen Schmerz der Mutter hatte sie in sich aufgesogen wie ein Schwamm, ohne es zu wollen, ohne sich dagegen wehren können. Der Schmerz hatte sich seinen Weg gesucht, weil er zu viel gewesen wäre für Emilie allein:

Für Führer, Volk und Vaterland starb er im Kampf gegen den Bolschewismus den Heldentod. Er erlag in einem Feldlazaret seinen schweren Verletzungen und ruht nun in fremder Erde auf einem Heldenfriedhof im Kaukasus.

Maria konnte kaum den Würgereiz unterdrücken, der in ihr aufstieg. Sie hatte sich geweigert diese Zeilen in die Todesanzeige aufzunehmen, doch Großvater Gustav hatte darauf bestanden. Auch der Verlust seines Enkels brachte ihn nicht davon ab, an den großdeutschen Traum zu glauben.

Ein Held hatte ihr Bruder werden wollen und ein Held war er geworden. Aber ein toter. Maria war wütend. Auf Hitler, auf ihren Großvater, der seine Enkel angelogen hatte, auf ihre Eltern, die sie nicht geschützt hatten, auf den Pfarrer, der irgendetwas von einem ewigen Leben erzählte und von einem gütigen Gott, der doch nicht gütig, sondern grausam war. Ja, auf Gott war sie besonders wütend. Der ihr den Lieblingsbruder geraubt hatte, mit dem sie philosophieren konnte und der sie mit ihren Gedichten nicht ausgelacht hatte. Der sie verstanden hatte. Ach Karl.

Langsam begannen ihre Tränen zu fließen. All die Tränen, die sie seit Karls Tod nicht geweint hatte, weil eine ja auf alle aufpassen musste. Und nun war ihr, als könnte sie nie mehr damit aufhören. Damit es keiner sah, verbarg sie ihr Gesicht in den Händen und als sie sich alle hinknien mussten, war ihr das gerade recht. Aber während sie früher noch voller Anbetung niedergekniet war, hatte sie jetzt Fragen an Gott. War das wirklich ihr Leben? Keine bunten Träume mehr, nur noch graue Blasen aus Asche und Krieg?

In diesem Moment stahl sich ein Sonnenstrahl durch die Engelsherzen der bunten Kirchenfenster. Maria dachte nicht mehr an Karl, auch nicht an Hans, sondern an

Michael und in ihrem Herzen machte sich neben Trauer und Wut eine große Sehnsucht breit. Sie wollte jung sein, frei und glücklich. Sie wollte leben, sie wollte bei Michael sein, ihrer großen Liebe, und sie wollte seinen Brief lesen. Gestern war er angekommen und erst heute morgen hatte ihre Mutter ihn ihr gegeben.

Nach dem Gottesdienst deckte Maria den Tisch, Käte half der Mutter bei der Zubereitung des Essens und ihr dreizehnjähriger Bruder Otto und Großvater Gustav hörten Nachrichten. Wie immer gab es zuerst eine Zusammenfassung der Kampfhandlungen, die jedes Mal mit der Ankündigung: „Das Oberkommando der Wehrmacht gibt bekannt" begann.

Maria konnte die vom Wehrmachtführungsstab erstellten Berichte nicht mehr hören, konnte die ganze Propaganda nicht mehr ertragen. Freitagabends, wenn der Großvater schon schlief, hörte sie die Sendung „Weltchronik" über den Schweizer Sender Beromünster. Ihr Bruder Eugen hatte ihr gezeigt, wie sie den Sender empfangen konnte. Nachdem Karl gefallen war, hatte Eugen begonnen, auf seinen Vater zu hören und ihr gestanden, dass er lieber desertieren würde, als zurück an die Front zu gehen. Aber ihr zweitältester Bruder Fritz war immer noch eher auf der Seite des Großvaters und damit ihres Führers und den konnte Eugen nicht allein in den Krieg ziehen lassen. Außerdem war auch Hans an der Front.

Hans war schon immer Eugens Vorbild gewesen: als Schulbester durfte er auf die Oberschule, um Ingenieur zu werden und große Maschinen zu konstruieren. Doch dann kam der Krieg. Von Schule und Studium war keine Rede mehr, für alle gab es nur Kampf und Tod, auch für

Eugen. Wenn Eugen von Hans sprach, konnte er richtig ins Schwärmen kommen und in seinen Briefen von der Front interessierte ihn vor allem, ob Maria etwas von Hans gehört hatte und dann erst wie es Maria und der Familie ging.

Natürlich wollte er auch immer von Maria wissen, wie es wirklich um Deutschland stand. Dank des Schweizer Senders wusste sie gut über die tatsächliche Lage Bescheid, doch sie traute nicht einmal der eigenen Familie und konnte nur das Übliche preisgeben. Sie fürchtete vor allem Großvater Gustav, der sogar seinen eigenen Schwiegersohn an die Gestapo ausgeliefert hätte und vielleicht auch seine Enkelin. Seinen Enkel Otto hingegen hatte er vollständig unter Kontrolle. Otto konnte es kaum erwarten, als Flakhelfer eingesetzt zu werden. In der Hitlerjugend hatte er bisher keine Stunde verpasst und vor allem von den Geschichten von Erich Hartmann konnte er nie genug kriegen.

Wenn Otto älter wäre, wäre er längst bei der Luftwaffe. Nicht wie sein Vater, der als Zugführer bei der Bahn im Dienst stand. Otto wollte ein Held sein und Heldenhaftes tun. Das sagte er immer wieder und überall. So kämpfen wie seine Brüder. Helden, die bereit waren, sich für ihr Vaterland zu opfern, egal, was seine Mutter sagte. Weiber hatten keine Ahnung von Ehre und Vaterlandsliebe. Vor allem seine Mutter nicht. Schwach und willenlos wie sie war, konnte sie ein Kind nach dem anderen auf die Welt bringen, aber sonst konnte sie nichts. Eine echte Katholikin. Lieber ein Kind auf dem Kissen als ein schlechtes Gewissen. Und jetzt hing auch schon wieder Klein-Elfie an ihrer Brust. Was musste der Vater sie auch schon wieder schwängern, statt Heimaturlaub wäre er besser an der Front geblieben.

Die Sprüche ihres kleinen Bruders machten Maria wütend. Der Krieg fraß alles auf, auch den Respekt vor den Eltern.

Mit ihrem Vater verband Maria viel mehr als mit ihrer Mutter, vor allem ihre große Liebe zu Bienen. Beide konnten sie den Bienen stundenlang zuschauen. Wenn sein herrischer Schwiegervater Hans-Jakob wieder als nichtsnutzigen Verlierer bezeichnete, die eigene Frau nur hilflos die Hände rang und die liebe Schwiegermutter sich ganz schnell in den Stall verabschiedete, dann suchte ihr Vater bei den Bienen Zuflucht.

Dabei versuchte er, es ihnen allen recht zu machen. Die Woche über arbeitete er bei der Bahn und am Wochenende mühte er sich auf dem Feld ab. Es war nicht seine Schuld gewesen, dass die Kartoffelernte letztes Jahr so bescheiden ausgefallen war oder dass es Deutschland so schlecht ging. Aber weil seine Großmutter jüdische Verwandte hatte und er Hans-Jakob hieß, konnte man ihm nicht trauen. Jakob, der Lügner. Dabei war er die ehrlichste Haut, die es gab und seiner Emilie treu ergeben. Nie würde er sie im Stich lassen und seine Kinder liebte er über alles.

Aber nur weil er nicht stolz durch den Ort lief und mit seiner Geschicklichkeit prahlte oder mit seinem Händchen für Tiere, wollte niemand sehen, was er alles leistete. Und sie wollten ihm nicht zuhören, wenn er von seinem jüdischen Großonkel erzählte, der im ersten Weltkrieg für Deutschland gekämpft hatte und die goldene Verdienstmedaille verliehen bekam für „besonders heldenhaftes Verhalten im Kampf für das Vaterland". Und dann war er doch gefallen, der Onkel Simon, in Flandern: *Der Dank des Vaterlandes ist dir gewiss*, stand auf seinem Grabstein. Aber was war das für ein Dank?

Wenn Hans-Jakob die Judenhetze seines Schwiegervaters zuviel wurde, sagte er: „Gustav, die Juden gehören doch auch zu uns."

„Wenn du jetzt nicht ruhig bist, Hans-Jakob, dann schaff ich dich dorthin, wo du hingehörst!", schrie Gustav dann und Hans-Jakob stand schnell auf, um zu seinen Bienen zu gehen.

Zu den Bienen musste Maria heute auch noch, aber jetzt war das Essen fertig und sie betrachtete wie jeden Sonntag das schöne Geschirr, mit dem sie den Tisch gedeckt hatte. Nur sonntags wurde im Esszimmer gegessen. Schweigend löffelten die Kinder ihre Teller leer, Großvater Gustav duldete keine Unterhaltung bei Tisch. Er saß am Kopfende und aß sein Stück Fleisch. Als einziger hatte er welches bekommen und gab Otto ein kleines Stückchen ab, für die Mädchen gab es nur Kartoffeln und Kohlrabi. Vorher Grünkernsuppe mit wenig Kern und viel Brühe. Als Nachtisch bekam jedes Kind ein Stück Zucker von der Zuckerfabrik, wo sie regelmäßig die Abfälle abholten.

Nachdem der Abwasch erledigt war, war Maria endlich frei. Sie holte ihr Rad aus dem Schuppen und fuhr los. Eigentlich sollte sie noch nach den Bienen sehen, doch zuerst musste sie ihren Brief lesen und dafür gab es nur einen Ort: die alte Eiche am Kohlplattenschlag.

Ein sanfter Wind wehte und Maria genoss die Fahrt durch den Wald. Sie atmete tief ein und spürte wie das Grün der Kiefern, der Pappeln, Eichen und Birken auch durch ihre Adern floss. Wie grünes Blut, so frisch, so voller Leben.

49

Im Wald wurden ihre Gedanken leichter, das Atmen fiel ihr nicht mehr so schwer und die Last des Alltags blieb auf der staubigen Straße und den braunen Ackerflächen.

Der Wald wurde immer dunkler und obwohl die Sonne hell schien, gelangte doch nur vereinzelt Licht durch das grüne Blätterwerk. Dann lichtete sich der Wald und vor ihr lag eine Wiese, dort blühten beim näheren Hinsehen so viele Buschwindröschen und Leberblümchen, dass der Boden von blauem Weiß übersät war wie ein Teppich. Endlich war sie da. An ihrem geheiligten Ort. Pfarrer Haag würde es überhaupt nicht gefallen, dass sie das so empfand, aber sie hatte hier viel mehr das Gefühl, dass Gott gegenwärtig war als in der mit Gold verzierten Barockkirche ihres Dorfes.

Langsam stieg sie von ihrem Fahrrad ab und lehnte es an die alte Eiche, jenen Baum, der schon so viel gesehen, gehört und erlebt hatte. Sie setzte sich auf die mit Moos bewachsene Erde, lehnte sich an den graubraunen Stamm, kühl und hart und blickte auf den See. Endlich war sie weit weg von der Familie und ihren Sorgen, von der Arbeit und der Angst und dem Krieg.

Ganz langsam begann sie den Briefumschlag zu öffnen. Sie zelebrierte dieses Ritual, auch wenn sie am liebsten das Kuvert einfach aufgerissen hätte. Mit zitternden Händen holte sie die zwei Blätter heraus, strich sie glatt und versank in Michaels Worten.

6

KOHLPLATTENSCHLAG

Mühlbach, 7. Mai 2002

Es klopfte laut an der Tür. Maria erwachte und bevor sie etwas sagen konnte, ging die Tür schon auf.

Ein kleiner Lockenkopf schaute herein. „Tante Maria, komm, es gibt Mittagessen!" Zoes Ähnlichkeit mit Marias jüngster Schwester Theresia war unglaublich. Selbst in der übernächsten Generation waren die Spuren der Vergangenheit nicht zu übersehen.

Käte erwartete die beiden in der Küche. „Setz dich, Maria, es gibt Kartoffelsuppe mit Dampfnudeln!" Sechzig Jahre hatten sie sich nicht gesehen und Käte begrüßte sie, als hätten sie sich erst gestern getrennt.

„Lecker!", rief Zoe.

„Isst du die immer noch so gerne?", wollte Käte wissen.

„Ja, aber es ist fast sechzig Jahre her, dass ich sie zum letzten Mal gegessen habe!"

„Ist das wahr? Gibt es keine Dampfnudeln in Amerika?"

„Nicht, dass ich wüsste und du weißt ja, kochen war noch nie meine Stärke!"

„Das stimmt, kochen war immer meine Angelegenheit und die von Mutter! Naja, meine eigene Tochter hat auch kein Händchen fürs Kochen. Die musste übrigens nochmal ins Krankenhaus, soll ich dir sagen."

Käte tat Maria einen großen Schöpfer Suppe auf den Teller und Zoe brachte die Dampfnudeln. Sie wollte naschen, aber legte die Dampfnudel sofort zurück auf den Teller, als sie den strengen Blick der Urgroßmutter sah und sprach schuldbewusst das Tischgebet.

Während sie ihre Suppe löffelten, erzählte Zoe munter von ihrem Vormittag im Kindergarten und die beiden Frauen hörten lächelnd zu. Maria konnte es sich nicht verkneifen, ihre Schwester immer wieder anzuschauen und auch diese musterte sie ganz genau.

„Alt bist du geworden!", sagte Käte plötzlich. „Aber sechzig Jahre sind auch eine lange Zeit."

Maria nickte, stand auf, ging zu ihrer Schwester und umarmte sie. „Du hast recht, sechzig Jahre sind eine lange Zeit. Es ist gut, wieder hier zu sein!"

Käte erwiderte die Umarmung nicht. „Ja, ja, jetzt iss doch erst einmal!", murmelte sie.

Maria setzte sich wieder hin und versuchte weiterzuessen, doch nach Kätes schroffer Zurückweisung wollte ihr Löffel nicht so recht stillhalten, ihre Hände zitterten. Sie schwieg.

Zoe war nach kurzer Zeit mit ihrem Essen fertig und ließ die zwei Frauen allein. Es entstand eine Stille unter zwei Fremden, aus der sie der Aufschrei des Telefons rettete.

Irmgard war am Apparat, doch die schwerhörige Käte hatte Probleme ihre Tochter zu verstehen und drückte Maria den Hörer in die Hand.

Sie hörte ruhig zu, spürte die ganze Angst und Verzweiflung in Irmgards Stimme.

„Die Ärzte haben noch ein zweites Aneurysma entdeckt, Sofias Zustand hat sich verschlechtert, sie wird gerade operiert", berichtete Maria ihrer Schwester danach und versuchte ihrer Stimme einen nüchternen Klang zu geben.

„Das ist ja furchtbar, aber Sofia wird es schaffen, sie ist zäh und das Kind." Käte stoppte. „Der Herrgott wird auf das Kind aufpassen."

Maria nickte. „Ja, das wird er. Irmgard kommt jetzt nach Hause. Sie wird gleich da sein." Nach einer kurzen Pause fuhr sie fort: „Ich muss mich noch unbedingt in Greenville melden, darf ich dich mit dem Geschirr alleine lassen?"

„Ist schon recht!", antwortete Käte und zuckte mit den Schultern. Auch früher hatte Maria ihr oft den Abwasch überlassen.

Im Gästezimmer kramte Maria ihr nagelneues Nokia Handy heraus und suchte in ihrer riesigen Handtasche nach dem Ladekabel. Die Schatzkiste, die ihr dabei wieder in die Hände fiel, musste warten.

Angela hatte darauf bestanden, dass sich Maria eines von diesen neumodischen Telefonen kaufte, die sie an die Kommunikatoren aus Star Treck erinnerten. Maria klappte ihr glücklich verkabeltes Handy auf und wählte. Angelas: „Hello", klang so vertraut, dass Maria nicht anders konnte als ihrer Freundin ins Ohr zu schluchzen.

„Honey, what's wrong?"

Stockend erzählte ihr Maria von ihrer Ankunft in ihrer Heimat und von Sofia.

„Alles wird gut." Angelas Stimme war voller Zuversicht. „Du schaffst das. Und Sofia auch. Alles wird gut!" Mit diesen Worten verabschiedeten sie sich. Angela hatte recht, auch wenn „Alles wird gut" die einzigen Worte waren, die sie auf deutsch konnte.

Maria hatte gerade das Telefonat beendet, da klopfte es schon wieder an der Tür. Irmgard stand im Zimmer. Sie war leichenblass. „Sofias Kreislauf ist zusammengebrochen. Sie schafft es vielleicht nicht... Aber sag's nicht der Mutter. Maria, bete für sie, bitte bete für Sofia. Sie müssen wohl noch einmal operieren."

Maria tat das, was Jack jetzt getan hätte. Sie nahm Irmgards Hände in ihre und sagte: „Herr, stell deine Engel um Sofia und das Baby, kämpfe du für sie. Lass sie nicht im Stich."

Irmgard ließ ihren Tränen freien Lauf. Ihr Schluchzen schüttelte ihren ganzen zarten Körper, bis sie nur noch ein Beben war.

„Sie wird nicht sterben, glaube mir, Irmgard." Trotz der schrecklichen Situation, in der Sofia sich befand, fühlte Maria eine Sicherheit, die sie sich nicht erklären konnte. Sie strich über Irmgards tränenüberströmte Wangen und langsam begann diese sich zu beruhigen.

„Geht's wieder?", fragte sie schließlich. Irmgard nickte und sie trocknete sich die Tränen.

Unten im Wohnzimmer saßen Zoe und Käte vor dem Fernseher. Käte strickte. Irmgard wich dem Blick ihrer Mutter aus und ging in die Küche, um Tee zu kochen. Maria folgte ihr. Kätes Küche war siebziger Jahre orange, blitzte und blinkte.

„Bekomme ich etwas Süßes?" Wieder war es Zoe, die durch ihre unbeschwerte Gegenwart die Frauen für einen Augenblick von der Bürde der ungewissen Zukunft befreite.

Irmgard ergriff sofort den hoffnungsvollen Strohhalm. „Nein, jetzt gibt es nichts Süßes, wir essen ja bald zu Abend. Du übernachtest heute bei mir, Schatz. Die Mama bleibt zur Kontrolle eine Nacht im Krankenhaus und der Papa ist bei ihr."

„Geht es dem Baby gut?", fragte Zoe sofort.

„Ja, alles gut. Wie wäre es, zeigst du Tante Maria dein Zimmer?" Sie sah Maria an. „Zoe hat nämlich ihr eigenes Kinderzimmer bei uns, wenn sie hier übernachtet!"

Maria nickte. „Ich würde wirklich sehr gerne dein Zimmer sehen!", sagte sie und verschwand mit Zoe in Irmgards Wohnung im zweiten Stock.

Während Maria mit Zoe ins Reich der Feen und Zauberer flog, spürte sie, dass Sofia gerade den Kampf ihres Lebens kämpfte und sie schickte ein Stoßgebet nach dem anderen zum Himmel.

Nach dem gemeinsamen Abendbrot fragte Zoe Maria: „Schauen wir zusammen Sandmännchen?" Maria nickte und genoss es, dass Zoe sich kurz darauf auf der Couch eng an sie kuschelte. Als das Sandmännchen in seinem Ballon davongeschwebt war, gähnte Zoe laut und Maria spürte, dass ihr der Jetlag nun sehr zu schaffen machte.

In ihrem Zimmer gelang es ihr gerade noch, die Kleider der langen Reise auszuziehen, bevor die Müdigkeit sich wie eine Bleischürze auf ihren Rücken legte und sie unter der Last von Schlaf und Schrecken zusammensank.

Ihr Blick fiel wieder auf das Bild von Jesus. Sie wollte so gern darauf vertrauen, dass er es gut meinte mit den

Menschen, sie mit seinen großen Händen und langen schmalen Fingern führte und leitete. Doch sie war die einsame Blume, inmitten des Kornfelds. Der Maler hatte sich bei der Darstellung der Szene von seinen Sehnsüchten hinreißen lassen und seine Heimatgefühle auf der Leinwand zum Leben erweckt. Maria war jetzt wieder in ihrer Heimat. Aber es fühlte sich nicht wie Heimat an. Und was bedeutete Heimat eigentlich, dieses große Wort? Gebraucht werden? Irmgard und Sofia brauchten sie. Doch konnte sie ihnen auch etwas geben? Maria schob den Gedanken weg.

Das Sandmännchen hatte es gut gemeint und ihr eine extra Portion Schlafsand in die Augen gestreut. Heimat … daheim … zuhause. Zuhause fühlte sie sich hier nicht, diesen Gedanken konnte sie noch zu Ende denken, bevor mit dem Schlaf die englischen Worte wiederkamen und *Your home is where your heart is* - das Holzschild, das an ihrer Tür in der Stewart Straße hing.

Ihr Herz hatte Jack gehört, in Greenville war ihr Zuhause. Doch Jack war tot. Davor hatte es Michael gehört, doch der war auch tot. Michael, ihr Märchenprinz aus Mellenthin. Maria spürte, wie ein längst vergessenes Lied sich in ihrer Seele Raum suchte. Ein murmelheller Klang meeresrauschender Muscheln, die sie vergraben hatte unterm Kirschbaum in ihrer Schatzkiste. Die Schatzkiste, sie würde ihr helfen, die Spuren ihres Herzens wieder zu finden und die Erinnerungen der Menschen, deren Lebensfäden für immer mit dem ihren verknüpft waren, würden ihr den Weg zeigen.

Der Schlaf hatte sein Bett gemacht und weder die Furcht der Vergangenheit noch das Zittern der Zukunft konnten ihn noch aufhalten. Mit dem Schlaf stand Hans wieder vor ihr, mit all seiner Lebensfreude, all seiner Männlichkeit.

Mühlbach, 7. Mai 1944

Maria konnte Hans' seefrisches Haar riechen, seine uferlose Umarmung fühlen und seinen heißen Atem spüren. Doch sie hörte nicht, wie seine sinnlichen Lippen ihr leise etwas zuflüsterten, stattdessen war da Fahrradklingeln und Geschrei. Schnell lösten sie sich voneinander, und Hans schaffte es gerade noch, in seine Hose zu schlüpfen, als Heinrich und Käte auch schon mit ihren Rädern ankamen.

„Da seid ihr!", rief Heinrich. „Hätte ich mir ja gleich denken können, dass ihr schwimmen geht."

„Was, du warst im Wasser? Ist doch viel zu kalt", fragte Käte ungläubig.

„Nee, ich hatte keine Lust." Maria vermied den Blick ihrer Schwester. „Aber Hans wollte unbedingt eine Runde schwimmen, gell Hans?"

„Hmm", murmelte er.

„Und was machen wir jetzt?", fragte Heinrich, dem die Peinlichkeit der Situation völlig entging.

„Ach, wir machen es uns hier gemütlich, und ihr erzählt uns von eurer Pilotenausbildung," sagte Käte. „Wir haben noch eine Stunde, dann müssen wir zum Abendbrot wieder zu Hause sein."

„Also, ich wollte sowieso gerade los", meinte Maria. „Ich muss die Kleinen noch waschen."

„Was? Gestern wurden sie doch für die Hochzeit gebadet."

„Ja, aber die Mutter will, dass ich sie jetzt jeden Tag wasche, damit sie keine Läuse kriegen."

„Ach je, na dann geh du mal, ich bleib noch bei euch Jungs", wandte sich Käte an Hans und Heinrich.

„Ich muss auch heim", sagte Hans. „Ich hab meiner Mutter versprochen, dass ich noch ein paar Sachen repariere, bevor ich morgen wieder fortmuss."

„Was morgen schon? Du bist doch erst am Freitag gekommen." Käte konnte ihre Enttäuschung nicht verbergen.

„Ja, das Vaterland braucht uns", sagte Heinrich voller Stolz. „Wir haben eine geheime Mission. Ich sag nur: Operation Steinbock."

Hans warf Heinrich einen bitterbösen Blick zu.

„Äh, also, ich komm auch mit euch nach Hause", sagte Heinrich kleinlaut.

Auf dem Heimweg fuhr er die ganze Zeit an Marias Seite und erzählte ihr Einzelheiten von der Pilotenausbildung.

„Passt mir bloß auf euch auf!", meinte Maria. „Von Eugen und Fritz haben wir schon so lange nichts mehr gehört. Die sind irgendwo in Frankreich in der Nähe von Cluny, Charolles oder so, stationiert. Mutter ist außer sich vor Sorge!"

Hans versuchte, Maria zu antworten, doch Käte plapperte die ganze Zeit auf ihn ein und erzählte von dem Ärger, den sie dieses Jahr mit den Kartoffelkäfern hatten, und von den Schweinen, die sie schlachten mussten, und schließlich von Theresias Stallhasen Horschdl.

Als die Mädchen im Dorf rechts in die Fridolinstraße abbiegen wollten, rief Hans: „Halt, Maria, du hast noch was vergessen!" Er gab ihr ihre Haarschleife und flüsterte ihr ins Ohr: „Heute Nacht!"

Marias Herz begann zu galoppieren wie ein junges Fohlen, das zum ersten Mal auf die weite Weide gelassen worden war.

„Was hat er gesagt?", wollte Käte wissen.

„Gute Nacht!", erwiderte Maria und fuhr ihrer Schwester davon.

Mühlbach, 7. Mai 2002

Maria erwachte aus ihrem Traum und fasste sich unwillkürlich an ihr rechtes Ohr, als könnte sie den Hauch von Hans' Atem noch spüren. Sie hatte damit gerechnet, dass es schwer werden würde, nach so vielen Jahren zurückzukommen, doch dass die Erinnerung an Hans sie derart überwältigen würde, darauf war sie nicht vorbereitet gewesen.

Hans hatte ihre Schwester Käte geheiratet. Als Maria vierzig Jahre später davon erfuhr, hatte sie einen kleinen Stich in ihrem vernarbten Herzen gespürt, ein unruhiges Flackern einer flüchtenden Erinnerung. Alles vorbei. Die Zeit heilt alle Wunden, hieß es. Aber das stimmte nicht. Ihre Wunden waren nie ganz geheilt.

Maria hatte Durst. Sie ging in die Küche, um sich ein Glas Wasser zu holen, trank einen Schluck und dachte an Jack: Wieso hatte sie ihm versprechen müssen, noch einmal nach Mühlbach zurückzukehren? Was hatte er damit gemeint, dass die Kämpfe, die sie kämpfen musste, nicht ihren Geist belasten sollten? Dass sie zum Funken für ihr Handeln werden? Wenn sie doch nur nicht so lange gewartet hätte und schon früher nach Deutschland zurückgekommen wäre, dann müsste sie jetzt das alles nicht alleine durchstehen und Jack wäre an ihrer Seite.

Maria schlich sich leise zurück auf ihr Zimmer. Sie war es nicht mehr gewöhnt, unter ein so erdrückend schweres Deckbett zu schlüpfen. Zu Hause in Greenville hatte sie nur leichte Decken und davon mehrere Schichten, wenn es zu kalt war. Doch ihr Bett zuhause war verwaist.

„Oh Jack, ich kann das alles nicht allein. Hilf du mir." Und als hätte Jack nur darauf gewartet, fiel Maria sein Lieblingsbuch ein, das noch ganz unten in ihrem Koffer vergraben war. Morgen würde sie es suchen und auf Jacks Antwort hoffen. Doch nun wollte sie einfach nur schlafen. Auch wenn sie schnell die Augen schließen wollte, so ging ihr letzter Blick doch Richtung Tür und fiel wieder auf das Porträt von Hans, und wieder nahm sie nicht Jack sondern Hans mit in ihre Träume.

7

ASCHEREGEN

Mühlbach, 7. Mai 1944

Maria saß mit ihrer Mutter, Großvater Gustav und ihren jüngeren Geschwistern in der Küche. Das Abendbrot war in den letzten Jahren immer eine traurige Angelegenheit gewesen. Es gab für jeden nur ein Stück Brot, gutes Brot, das die Mutter gebacken hatte. Aber es gab keine Butter dazu und keine Wurst. Die eine Kuh, die sie noch gehabt hatten, hatten sie letzten Winter schlachten müssen, und die Ziegenmilch wollte nur Maria trinken, die anderen weigerten sich. Sie schmeckte ihnen nicht. Käte konnte den Geruch nicht leiden und Charlotte war der Geschmack zu scharf, von den Weißrüben mit denen die Mutter die Ziegen fütterte. Die Hühner legten auch immer weniger Eier und der Ziegenkäse schmeckte nur Maria. Die letzte Sau hatten sie schon im Vorjahr geschlachtet.

„Ich will Wurst", meckerte Otto. „Es wird Zeit, dass der Endsieg endlich da ist, ich halt den Fraß nicht mehr aus."

„Sieg? Du glaubst tatsächlich noch an Sieg? Krepieren werden wir, untergehen." Die Stimme der Mutter brach ab.

„Sei still, Emilie", herrschte sie ihr Vater an. „Der Führer wird uns den Sieg bringen. Dann wird unser Vaterland wieder neu auferstehen. So wie er es uns versprochen hat. All unsere Opfer werden nicht umsonst sein und die Schmach, die wir in Frankreich erlitten haben, wird gesühnt."

„Ach, sei doch du still, du alter Narr. Ich habe sie doch gelesen, deine Briefe von der Front damals, kein bisschen anders waren sie, als das, was meine Buben mir jetzt schreiben. Nur Tod und Verderben. Und meine lieben Brüder, deine eigenen Söhne, hat es mir genommen unser Vaterland, damals in Verdun. Und dein Bruder ist auch gefallen, als Dragoner in Vandy. So wie jetzt mein Karl und das ist alles deine Schuld, du verblendeter alter Mann!"

„Wie sprichst du denn mit mir?" Gustav hatte seine Tochter noch nie so reden gehört. Sie war immer gehorsam und still gewesen.

„Was hast du, Mutter?", fragte Maria besorgt, die ihre Mutter gar nicht wiedererkannte.

„Ach, lasst mich. Heute Mittag, als du dich mal wieder aus dem Staub gemacht hast, ist die Magdalene gekommen. Sie hat den Brief mitgebracht, den ihr der Ortsbüttel gebracht hat. Er hatte es ihr ja gesagt, dass er schlechte Nachrichten hat, aber sie konnte ihn nicht öffnen. Die ganze Nacht saß sie davor. Sie wollte es nicht wahrhaben. Und dann ist sie zu mir gekommen, damit ich ihr beistehe und den Brief aufmache. Und da stand es: ‚Kopfschuss, sofort tot'. Ihr Leopold, mit vierunddreißig! Was soll sie denn jetzt machen. Vier Kinder hat sie und keinen Mann. Und dann wusste ich es: Es wird keiner zurückkommen. Erst war es der Karl, aber weder der Eugen, noch der Fritz, und auch euer Vater wird es nicht schaffen. Dann gibt es nur noch uns."

„Mutter, dass darfst du doch nicht denken. Schau doch, der Heinrich und der Hans sind doch jetzt auch grad da. Und der Eugen und der Fritz kommen zu Weihnachten bestimmt auf Heimaturlaub nach Hause. Und der Vater, der lässt uns doch nicht im Stich!" Emilie Heil begann hemmungslos zu weinen. Sofort fing Klein-Elfie an zu schreien und die anderen Kleinen fingen auch an zu weinen: Charlotte, Theresia und Karlchen.

„Reiß dich zusammen, Emilie!", brüllte Gustav sie an. Seit dem Tod seiner Frau Christine konnte er seine Tochter kaum ertragen. Christine hatte sich um Emilie gekümmert, sie immer unterstützt. Sie hatten ja nur noch das eine Kind. Ihre Zwillinge waren mit achtzehn gefallen, und den August hatte das Fieber geholt mit gerade mal zwei. Und die kleine Rosa war damals einfach so vom Wagen gefallen und inwendig verblutet.

Das hatte ihr schwer zu schaffen gemacht, seiner Christine. Aber sie hat sich nie beklagt, hatte immer alles ordentlich erledigt, den Haushalt, den Hof, den Stall. Am Stall konnten die Nachbarn sehen, wie gut es um die Familie Schwarz bestellt war. Er war besser gebaut als das Wohnhaus und eine eigene Kuh stand drin, das hatten nicht mehr viele in der Nachbarschaft. Die Berta war zwar schon alt, aber Christine hatte sich immer besonders um sie gekümmert. Ihr eine feine Tränke gemacht, wie für all ihr Vieh. Sogar die Schweine bekamen immer wieder was Gutes von seiner Christine und Namen hatte sie denen auch gegeben. Sie war schon was Besonderes gewesen seine Christine.

Unbedingt einen Dickrübenkeller hat sie unter ihrem Stall gewollt. Die Rüben für das Vieh unterm Stall, den Rest im Haus im Keller. Praktisch war sie gewesen und backen hat sie gekonnt. Die Netze hingen immer voller Brot. Nicht so wie bei der Emilie, die mit Nichts hinterher kam und ständig einen Braten in der Röhre hatte. Gearbeitet hat seine Christine wie ein Mann. Musste sie ja auch, der Hans-Jakob war zu nichts gebrauchen. Äcker und Kinder hatten er und die Emilie, aber kein Geld.

Jetzt, ohne seine Christine, war es für Gustav schwer geworden. Er wäre lieber an der Front, um für sein Land zu kämpfen, als sich das Gejammer und Geheul seiner Tochter anhören zu müssen.

„Ich bring die Kleinen zu Bett", sagte Maria und ging mit ihren Geschwistern nach oben. Schon immer hatte sie sich für sie verantwortlich gefühlt und wollte nicht, dass sie sich so einsam fühlen mussten wie sie.

„Müssen wir auch alle sterben?", fragte Theresia plötzlich, als Maria gerade das kleine Karlchen zugedeckt hatte.

„Aber natürlich nicht, Dummerchen!" Ihre Stimme klang dünn. Sie hoffte, dass die Kinder es nicht merkten. „Und auch der Vater und die Brüder kommen wieder!"

„Aber die Mutter hat doch gesagt…"

„Nein! Wir müssen nicht sterben, wir werden überleben!" Dieses Mal lag in ihrer Stimme wieder mehr Sicherheit und irgendwie glaubte sie es sogar.

„Aber wenn die Jagdbomber kommen und uns angreifen!" Theresia ließ sich nicht so schnell beruhigen.

„Wir haben einen sicheren Keller, das weißt du doch. Und jetzt ist Schluss. Welches Märchen soll ich euch heute erzählen?"

Der kleine Karl-Jonathan, der wegen seiner ständigen Mittelohrentzündungen nur sehr schlecht hören und reden konnte, rief gleich: „Tartoffeltlos!"

Da stand Charlotte in der Tür, die die abendliche Geschichte auch nicht verpassen wollte.

„Nein, heute ist wieder Zeit für ‚Klingt meine Linde'", schlug sie vor.

„Auf gar keinen Fall, das ist viel zu traurig!" Otto war inzwischen ebenfalls ins Schlafzimmer gekommen. Er musste sich immer noch das Zimmer mit seinen jüngeren Geschwistern teilen. Er tat gern so, als ob er dafür längst zu alt war, aber eigentlich war er froh, wenn sich sein kleiner Bruder an ihn kuschelte. Und wenn er zitterte, dann hielt er ihn fest und fühlte sich groß und stark. Seine Schwester Theresia war froh, dass Otto auf sie aufpasste, denn schließlich war das Zimmer von Maria unterm Dach und weit weg. Zur Mutter getrauten sie sich nicht zu gehen, die hätte sie eh weggeschickt, denn Klein-Elfie sollte ja schlafen. Und Großvater Gustav, dessen Schnarchen durchs ganze Haus drang, war wahrlich keine Person, bei der man Schutz suchte. Oma Christine schon, aber die war ja im Himmel.

„Also gut, dann erzähle ich die Geschichte vom hässlichen Entlein, ist zwar auch traurig, aber geht ja gut aus." Kaum hatte Maria begonnen, waren die zwei Buben schon eingeschlafen. Nur Theresia war auch am Ende der Geschichte noch wach.

„Er war überglücklich, doch nicht stolz, denn ein gutes Herz wird niemals stolz!", beendete Maria das Märchen. „So und jetzt beten: Müde bin ich geh zur Ruhe …"

Maria beugte sich über ihre kleine Schwester Theresia und wollte ihr einen Gute-Nacht-Kuss geben, da hielt die kleine Hand sie fest und Theresia flüsterte: „Bitte sing uns ein Gute-Nacht-Lied."

„Ja natürlich, meine Kleine!" Maria begann „Der Mond ist aufgegangen" zu singen, und Charlotte sang mit ihrer wunderschönen Stimme mit. Endlich waren alle kleinen Geschwister eingeschlafen und Maria brachte Charlotte zu ihrem gemeinsamen Zimmer.

„Kommst du nicht?", fragte Charlotte.

„Doch," antwortete Maria, „muss nur noch mal nach der Mutter und der Käte schauen." „Maria," Charlotte hielt ihre Schwester am Arm. „Manchmal würde ich gerne den sechsten Vers auch singen."

„Ja, ich weiß!" Maria nickte, umarmte ihre Schwester und hielt sie fest. Gemeinsam summten sie die sechste Strophe wie zwei verängstigte Vögel, die der Krieg von Lerchen in Nachtigallen verwandelt hatte:

„Wollst endlich sonder Grämen
Aus dieser Welt uns nehmen
Durch einen sanften Tod!
Und, wenn du uns genommen,
Lass uns in Himmel kommen,
Du unser Herr und unser Gott!"

„Aber jetzt noch nicht, mein Schatz, wir sind doch noch so jung, und der Herrgott will, dass wir hier auf der Erde sind und unserer Mutter und den andern Menschen helfen, schlaf jetzt!" Maria gab ihrer jüngeren Schwester einen Kuss und schloss leise die Tür. Sie hatte nicht vor, zu ihrer Mutter zu gehen. Sie wollte für sich sein, über den Tag nachdenken und vor allem endlich Michaels Brief lesen.

Sie ging aus dem Hof die Treppe hinunter zum Stall und setzte sich auf die letzte Stufe. Dort war sie vom Haus aus nicht zu sehen. Die Hühner hatten sich bereits selbst zu Bett gebracht, viele waren es sowieso nicht mehr. Im verwaisten Schweinestall war Theresias Hase untergebracht. Eigentlich hätte Horschdl zu Ostern schon geschlachtet werden sollen, aber die Kleine hatte so einen Aufstand gemacht, dass sogar Großvater Gustav es nicht übers Herz gebracht hatte. Horschdl war ein sehr schöner Hase, schneeweiß, und auch wenn er nicht gerade viel zu fressen bekam, so versorgte ihn Theresia doch immer liebevoll mit frischem Löwenzahn oder wie heute mit dem Grün vom Kohlrabi. Theresia mistete täglich Horschdls Stall aus und unterhielt sich mit ihm. Sie ließ ihn auch ab und zu auf der Wiese springen, wenn die Mutter es nicht sah, streichelte ihn, trug ihn überall mit sich herum und hätte ihn natürlich am liebsten bei sich im Zimmer gehabt, damit er sicher war. Aber das ging auf gar keinen Fall, Tiere gehörten nicht ins Haus.

Maria zog Michaels Brief aus der Tasche. Sie fühlte sich schlecht. Was war nur los gewesen mit ihr? Wie konnte sie plötzlich für Hans etwas empfinden, was vorher nie da gewesen war? Sie dachte an seinen Kuss, seine Umarmung, seinen Körper so nah an ihrem. Wären Käte und Heinrich nicht gekommen, sie hatte keine Ahnung, was passiert wäre. Sie hatten sich doch schon tausendmal berührt. Noch gestern hatte sie mit ihm getanzt und nichts gespürt, und jetzt das? Was hatte er gemeint mit „heute Nacht“? Natürlich, er würde Steine an ihr Fenster werfen, damit sie herauskam. So wie früher, wo sie nachts ihre nächtlichen Streifzüge gemacht hatten. Mit ihren Brüdern. Die hatten sie dann geweckt, und es ging los. Käte war nie dabei gewesen, sie hatte immer zu viel Angst. Doch was würde heute passieren? Maria wusste nur, dass der Kuss wunderschön gewesen war und sie mehr wollte. Aber das war doch für Michael reserviert. Ihren geheimnisvollen, romantischen Märchenprinzen aus Mellenthin. Ihr erstes Treffen malten sie sich aus in den schönsten Farben.

Doch dieser Kuss heute war so real gewesen. Hans' Arme so stark, seine Hände so zärtlich, und Maria schämte sich bei dem Gedanken, dass sie sein Glied gespürt hatte, es war so hart gewesen. Ihr Körper zog sich wieder genauso zusammen wie heute Nachmittag. Es war keine Frage, sie musste ihn treffen. Sie musste wissen, was jetzt stimmte im Durcheinander ihrer Seele: Schlug ihr Herz für Michael, oder verzehrte sie sich nach Hans?

Sie zog Michaels Zeilen hervor und begann zu lesen.

Maronia, 15. April 1944

Meine liebe Maria,
ich beginne gleich mit der frohen Kunde: Ich darf zu dir kommen, sie haben mein Gesuch auf Heimaturlaub genehmigt.

Aber leider erst im Herbst. Bis dahin müssen wir uns gedulden.
Wie immer konnte ich es kaum erwarten, deinen Brief zu öffnen.
Mit jedem Wort kommst du mir so viel näher, dass ich schon
bald das Gefühl habe, du säßest tatsächlich neben mir. Wie gerne
würde ich über deine braunen Locken streichen und deine Hand
fest in meiner halten. Stattdessen halte ich dein Bild an mein
Herz und male mir aus, wie unser erstes Treffen sein wird.
Ich müsste keine Angst mehr haben, dass ich das Wichtigste
in meinem Leben verpassen würde: bei dir zu sein. Ich weiß,
es klingt verrückt, und doch wusste ich von dem Moment, als
ich deine ersten Zeilen las, dass wir zwei zusammengehören.
Du bist die Seelenverwandte, auf die ich mein ganzes Leben
gewartet habe, und hier in Maronia entdecke ich dich in einem
Brief aus der Heimat.
Ich will dir nicht über den Krieg schreiben, mich macht es trau-
rig, und dir würde es Angst machen. Ich träume mich zu dir,
so wie du dich in deinen Briefen zu mir träumst. Ich träume
von einer gemeinsamen Nacht am Kohlplattenschlag, unter der
alten Eiche, deinem Lieblingsort. Ich träume vom moosgrünen
Wasser des Sees und von dem feinen Kräuseln des Windes auf
der spiegelglatten Oberfläche. Ich stelle mir vor, einzutauchen
in unseren Sommernachtstraum. Dann nehme ich dich mit auf
mein Schloss nach Mellenthin. Wo die Sonne scheint und die
Luft schwer ist vom frisch gemähten Gras. Ich würde dich nie
wieder loslassen, und nichts und niemand könnte uns trennen.
Stell dir vor …"

Maria konnte den Brief nicht weiterlesen. Ihre Gedanken
kreisten um den heutigen Nachmittag: „Was habe ich nur
getan? Da war ich heute genau an jenem Ort, den wir uns

für unser erstes malerisches Treffen ausgemalt hatten, doch mit Hans. In seinen Armen lag ich, seine Lippen habe ich geküsst. Wenn Michael das wüsste …"

Sie fröstelte trotz der lauen Mainacht.

Da hörte sie auf einmal das Dröhnen von Flugzeugmotoren und fast im gleichen Moment das Signal zum Fliegeralarm. Sie musste sofort in den Keller, vorher noch die Kleinen aus dem Schlafzimmer holen. Aber ob sie das noch schaffen würde?

Horschdl. Inmitten dieser Todesgefahr fiel ihr plötzlich Theresias Hase ein und dass sie ihn holen musste, sonst würde ihre kleine Schwester verzweifeln. So schnell sie konnte, rannte Maria zum Hasenstall, riss das Tier aus seinem Käfig und eilte die Treppenstufen hoch zum Haus.

„Wo warst du, Maria?", schrie Käte.

„Sind alle schon unten?"

„Ja, nur du hast gefehlt, mach schnell!" Die zwei Mädchen wollten gerade in den Keller gehen, da tauchte ein kleiner schwarzhaariger Kopf auf. Theresia!

„Ich muss raus, ich muss den Horschdl holen!!"

„Geh sofort runter, ich hab ihn!", befahl Maria ihrer Schwester und schloss die Falltüre. „Hier ist er!" Sie gab ihrer Schwester den Hasen und diese fiel ihr mitsamt dem Tier um den Hals.

„Danke, Maria!", flüsterte sie.

Kaum hatten alle ihre Plätze auf den Pritschen eingenommen, ging das Bombardement los und es dauerte lange. Es waren nicht nur ein paar vereinzelte Jagdbomber, sondern dieses Mal hatten die Piloten es wohl tatsächlich auf Mühlbach abgesehen. Der Beschuss wollte nicht aufhören. Maria betete ein „Vater unser" nach dem anderen und versuchte, ihren kleinen Geschwistern den Mond vorzusingen, aber das Gedröhn der Bomben war lauter.

Und dann war es plötzlich still.

„Es ist vorbei!", meinte Otto. Er öffnete die Luke, aber statt des Dunkels der Nacht erwartete sie draußen das gleißende Licht von Feuer. Das Nachbarhaus auf der anderen Seite der Straße lag in Trümmern, und der Schweinestall in ihrem eigenen Garten brannte lichterloh. Überall im Dorf sah man Brandherde, orangefarbene Flammen und schwarze Wolken. Der beißende Geruch von Rauch lag in der Luft.

Sie mussten sofort den Brand löschen. Käte war keine Hilfe, die musste sich an der Mutter festhalten und die Mutter sich an ihr. Die kleinen Geschwister kauerten sich um die beiden herum. Nur Maria, Otto, Opa Gustav und Charlotte holten Wasser und begannen, das Feuer zu löschen.

„Hilf mit!", rief Opa Gustav seiner Tochter zu.

Die löste sich schließlich zusammen mit Käte aus der Erstarrung und sorgte für Nachschub an Wasser. Karlchen und Theresia zitterten wie Espenlaub.

„Halt die Kleinen fest!", rief Maria Charlotte zu. „Dazu sind Geschwister da, einander festzuhalten und nicht wegzugehen!"

Die Scheune hinter ihrem Garten brannte auch, die vom Milch-Maier. Da waren noch Pferde drin, doch die hatten keine Chance. Die großen roten Flammen mit schwarzem Rand fraßen sie auf. Asche und Ruß in ganz Mühlbach.

„Hans!", schoss es Maria durch den Kopf.

Mühlbach, 7. Mai 2002

Maria wachte auf. Ihr Herz schlug wie wild. Es war inzwischen ganz dunkel in ihrem Zimmer und roch nach Staub und altem Holz, aber nicht nach Feuer und Tod. Sie setzte sich auf und machte die Nachttischlampe an. Langsam trank sie einen Schluck Wasser. Und dann noch einen und noch einen. Unwillkürlich fiel ihr Blick wieder auf die Zeichnung von Hans und schon stand jenes Bild wieder vor ihrem inneren Auge: Hans und seine Mutter. Nein, sie wollte das alles nicht noch einmal durchleben. Maria machte die Augen zu, das Licht der Nachttischlampe schimmerte durch ihre geschlossenen Lider. Seit jenem Tag im dunklen Rübenkeller konnte sie nicht mehr ohne Licht schlafen.

Mühlbach, 7. Mai 1944

Maria und Käte mussten zur Moltkestraße. Auf dem Weg kamen sie an der Kirche vorbei, die brannte lichterloh. Auch das Haus des Zahnarztes stand in Flammen. Vor dem Haus schrien und rannten der Zahnarzt und seine Frau herum. Sie hielten ihr totes Kind in den Armen. Auf dem Boden lagen die Eltern des Zahnarztes.

„Schnell, wir müssen uns beeilen!" Marias Gedanken waren nur auf Hans ausgerichtet. Wie von einer unsichtbaren Macht geleitet, rannte sie weiter und zog ihre Schwester mit sich. Auf der ganzen Hauptstraße waren Menschen unterwegs und eilten zu ihren Verwandten und Freunden. Die ganze Lusshardtstraße brannte, sie mussten es auf den Flughafen abgesehen haben. Je näher die beiden Mädchen dem Ortsausgang kamen, desto schlimmer wurde die Verwüstung. Verzweifelt versuchten Männer und Frauen ihre Häuser mit Kleidung und Wassereimern zu löschen, doch die Flammen waren unerbittlich. Maria konnte Käte gerade noch vor einem herunterfallenden Dachbalken bewahren und zerrte sie in die Mitte der Straße.

Als sie endlich in der Moltkestraße ankamen, schrie Maria entsetzt auf. Alle Häuser schienen zu brennen. Es war so unerträglich heiß, wie sie sich die Hölle vorstellte.

„Oh mein Gott, Maria, schau!", rief Käte. Das Haus Moltkestraße 33 stand vollständig in Flammen. Doch Hausnummer 31 war unversehrt. Vor dem Haus saßen Hans' Schwester und ihr Mann. Grete war völlig aufgelöst.

„Grete, was ist mit dir?", fragte Maria und legte einen Arm um sie.

„Die Mutter, sie ist rüber zur Magdalene. Hans und Heinrich wollten sie suchen und jetzt sind sie nicht wieder rausgekommen!", stammelte Grete.

„Vielleicht sind sie noch im Keller? Die Magdalene hat einen guten Keller, einen sicheren Keller."

„Aber sie mussten da raus, es war doch viel zu heiß."

Da sah Maria, wie sich zwei schwarze Gestalten aus den Flammen ihren Weg nach draußen bahnten. Nur zwei? Marias Herz blieb fast stehen vor Schreck, bis sie erkannte, dass die eine Gestalt Hans war, der eine Frau in seinen Armen trug.

Käte und Maria rannten ihm sofort entgegen.

„Hans, Hans!", riefen sie beide wie aus einem Mund.

Hans konnte sich kaum auf den Beinen halten. Sein blondes Haar war grau von der Asche und sein Gesicht schwarz vom Ruß. Seine leuchtenden blauen Augen versteckten sich hinter zwei schmalen Schlitzen vor dem beißenden Rauch. Hans taumelte, fast wäre ihm der leblose Frauenkörper aus den Händen geglitten. Ihre Arme hingen schlaff herab und Hans kam gerade noch bis zur Mitte der Straße. Dann sank er auf die Knie und legte die Anna auf den Boden. Grete rannte zu ihrer Mutter und beugte sich über sie.

„Sie lebt noch, aber ein Holzbalken hat sie getroffen", brachte Heinrich gerade noch heraus. Dann begann er zu husten und konnte gar nicht mehr aufhören.

„Schnell, wir müssen sie zum Arzt bringen. Heinrich, bring du die Mutter. Grete, geh du mit. Ich muss noch mal rüber." Hans zeigte auf das brennende Haus. „Sie müssten alle schon draußen sein. Etwas stimmt da nicht."

„Ich komme mit." Maria wollte Hans keine Sekunde mehr allein lassen. Käte schien es ebenso zu gehen und gemeinsam versuchten sie sich einen Weg in den Keller zu bahnen. Der Eingang zum Haus war inzwischen abgebrannt und der Weg in den Keller durch Schutt versperrt. Jederzeit konnten sie von einstürzenden Balken getroffen werden.

Als es ihnen schließlich gelang, die Luke zum Keller zu öffnen, bot sich ihnen ein Bild, das sie nie vergessen würden. Sie saßen alle am Tisch: Magdalene mit ihren Kindern, der Großmutter und auch das kleine Nachbarsmädchen, das zu ihnen gegangen war, weil es hier sicherer war.

Ihre Augen waren weit aufgerissen, ihre Münder geöffnet. Der Druck der Detonation der Bombe hatte ihre Herzen zum Stillstand gebracht. Alle tot, auf einmal, mit einer Wucht.

„Oh mein Gott!", rief Maria und ohne nachzudenken sprach sie ein Ave Maria nach dem anderen, während sie zu den Kindern ging, aus deren Antlitz der Tod sie anstarrte, ihnen ein Kreuzzeichen auf die Stirn machte und ihnen die angsterfüllten Augen schloss. Zusammen mit Hans legte sie die Toten auf die Pritschen, während Käte nur dastand.

Maria stieß aus Versehen einen Stuhl um. „Bombenstabil" stand da drauf. In Marias Seele wehte ein kalter Hauch, trotz der Hitze im Todeskeller.

„Ja", dachte sie, „die Stühle sind alle noch intakt, auch die Teetassen, aus denen sie gerade noch getrunken haben, aber das Leben hat den Raum verlassen."

„Wir werden sie raustragen müssen", sagte Maria traurignüchtern zu Hans.

„Ja, aber das können die anderen machen, morgen! Ich muss jetzt nach meiner Mutter schauen."

„Ja, natürlich. Lass uns schnell zum Doktor Augsteiner gehen."

„Ich komm nicht mit, ich geh zur Mutter." Käte hatte Mühe, die Worte herauszubringen.

„Ist gut, Käte, ich komm dann auch gleich!" antwortete Maria und umarmte sie liebevoll.

Schweigend gingen sie zu dritt durch das zerstörte Mühlbach. Überall lagen Häuser in Schutt und Asche, waren Scheunen eingestürzt, weinten Menschen, lagen Tote auf der Straße.

„Dass es uns so schwer treffen würde, hätte ich nicht gedacht!", unterbrach Maria das entsetzte Schweigen.

„Ich auch nicht. Ich hatte heute eigentlich etwas anderes vor." Hans streichelte kurz ihre Schulter. Da waren sie schon beim Haus des Arztes angekommen.

Maria gab ihrer Schwester zum Abschied einen Kuss. „Ich komme so schnell ich kann", sagte sie.

Im Innern des Hauses sah es aus wie in einem Lazarett. Auch andere Mühlbacher hatten ihre verwundeten Familienangehörigen gebracht und Maria konnte kaum einen Fuß vor den anderen setzen. Obwohl sie sich hier sehr gut auskannte, weil sie nach ihrer Erste-Hilfe-Ausbildung schon oft bei Doktor Augsteiner ausgeholfen hatte, war heute alles anders. Der Tod war überall im Haus zu spüren und vom Gestank verbrannter Gliedmaßen wurde Maria schlecht. Doch für Übelkeit war keine Zeit.

„Wie gut, dass du da bist, Maria", begrüßte sie Schwester Annemarie. „Der Doktor und ich brauchen deine Hilfe, geh und hol aus dem Keller frisches Verbandsmaterial."

Maria ging schnell in den Keller und kam mit einem Arm voller frischer Binden zurück. Kaum hatte sie einen Verletzten versorgt, rief schon der nächste nach ihr. Zwischendurch schaute Maria nach Anna. Grete und ihre Brüder kümmerten sich liebevoll um ihre Mutter. Zum Glück hatte Hans sie schnell aus den Trümmern des Hauses gerettet, und der Arzt hatte ihre Blutung stoppen können.

Als es langsam hell wurde, merkte Maria plötzlich, wie unendlich müde sie war.

„Ich geh jetzt heim", sagte sie zu Hans und seinen Geschwistern. „Ihr könnt zu uns kommen, wenn ihr wollt!"

Hans schüttelte den Kopf und streichelte zärtlich über das dünne, vom Blut verschmierte Haar seiner Mutter. „Wir bleiben hier", flüsterte er.

Maria nickte und maß noch einmal den schwachen Puls ihrer Tante. Sie war eine so liebe Frau. Maria hatte Hans stets um seine Mutter beneidet. Anna liebte ihre Kinder über alles und Maria hatte immer gespürt, dass Hans und seine Geschwister sich stets auf ihre Mutter verlassen konnten. Sie gab ihnen einen festen Halt in unsicheren Zeiten. Und das, wo sie es mit ihrem gerade leicht hatte. Mit über vierzig hatten sie ihn noch zur Panzer-Ersatz-Abteilung 5 in Prag geschickt. Dort zog er sich nach fünf Wochen eine Lungen- und Rippenfellent- zündung zu und wurde ins Lazarett nach Jablunken in Oberschlesien gebracht. Daheim in Mühlbach hatte Anna für ihren Mann gebetet. So wie für ihre Jungen, die für Volk und Vaterland kämpfen mussten.

Nein, Anna durfte jetzt nicht sterben, nicht, wo alle ihre Lieben noch am Leben waren. Als ob Anna Marias Gedanken gehört hätte, öffnete sie die Augen und lächelte ihren Hans an. Hoffnung erfüllte das kleine Abstellzimmer von Doktor Augsteiner.

Maria verabschiedete sich und ging mit schweren Schritten durch das zerbombte Mühlbach nach Hause. Magdalene und ihre Kinder waren tot. Ihre und Hans' Familie hatten Glück gehabt, andere nicht. Maria war dankbar, aber sie schämte sich, dass sie Hans um seine Mutter beneidet hatte. Sie liebte ihre Mutter doch auch, obwohl Emilie lange nicht so liebevoll war wie Anna. Emilie hielt Annas Fürsorge für übertrieben. Dabei konnte eine Mutter ihre Kinder doch nie zu sehr lieben, oder?

Als Maria an Hans' Haus vorbei kam, blieb sie für einen Moment stehen. Wie durch ein Wunder war es unversehrt geblieben. Auch der Stall und die Scheune waren nicht getroffen worden. Anna hatte den Hof von ihren Eltern geerbt, und weil Erwin beruflich viel unterwegs war, mussten sie und die Kinder sich um alles kümmern.

Erwin war von Beruf Kraftfahrer und in der Brennerei Gottschalk angestellt, der angesehenen jüdischen Familie vom Ort. Er war ein guter Fahrer, aber er hatte ein hitziges Temperament. Einmal gab es einen Streit zwischen ihm und Herrn Gottschalk, und Erwin nannte ihn einen Drecksjuden. Darauf verpasste Herr Gottschalk, der für seine ausgeglichene, hilfsbereite und großherzige Art im Dorf angesehen war, ihm eine Ohrfeige, die sich sehen lassen konnte. Erwin war über diese Reaktion so überrascht, dass sie ihn wieder zur Raison brachte. Erwin war immer loyal geblieben und Herrn Gottschalk war zusammen mit seiner Familie die Flucht aus Deutschland gelungen. Maria dachte an ihre Freundin Hilde, Herrn Gottschalks Tochter, und wo sie wohl war. Weit weg und in Sicherheit, das hoffte sie. Sicherer als hier in Deutschland. Sicherer als Erwin und seine Kinder.

Endlich war Maria zuhause. Ihre Mutter Emilie öffnete die Tür und umarmte sie so lange und fest, wie sie ihre älteste Tochter noch nie zuvor umarmt hatte.

Langsam löste sich Maria aus der Umarmung und sagte: „Sie ist über den Berg, die Anna!"

Tränen der Erleichterung flossen über Emilies Wangen. „Haben wir ein Glück gehabt, Maria, nur den Schweinestall hat's erwischt und den haben wir ja sowieso nicht mehr gebraucht." Maria nickte und ging Arm in Arm mit ihrer Mutter ins Wohnzimmer. In diesem Moment fühlte sie sich ihr so nahe wie nie zuvor.

Emilie sank erschöpft in ihren Wohnzimmersessel und als hätte sie darauf gewartet, begann die kleine Elfriede wieder zu weinen. Maria brachte sie der Mutter, diese legte sie an die Brust und schlief zusammen mit dem Baby im Sessel ein.

Leise ging Maria in die Küche und pumpte frisches Wasser in die Schüssel. Dann wusch sie Gesicht und Hände. Alles andere konnte warten. Danach schlich sie sich ins Schlafzimmer, in dem Käte laut schnarchte. Charlotte aber erwachte und schaute ihre Schwester fragend an.

„Die Tante Anna ist verletzt, aber sie wird wieder gesund."

Charlotte liebte die Anna, die auch ihre Patentante war.

„Schlaf jetzt, meine Liebe!", flüsterte Maria ihrer Schwester ins Ohr und strich ihr übers Haar, bevor sie endlich ins Bett fiel.

„Danke, Herr", war alles, was noch über ihre Lippen kam, bevor ihr vor Erschöpfung die Augen zu fielen.

„Stell dir vor, Hans und Heinrich gehen heute noch zurück an die Front! Um ein Uhr fährt ihr Zug von Bruchsal. Heinrich meinte, jetzt müssen sie erst recht ihren Beitrag zum deutschen Sieg leisten!", begrüßte sie Käte am nächsten Morgen beim Frühstück.

Maria starrte sie ungläubig an, schob sich einen Bissen trockenes Brot in den Mund und war ohne ein Wort aus der Tür.

Käte lief ihr hinterher. „Warte auf mich, Maria!"

Im Dorf waren die Frauen schon dabei, die Schäden des Angriffs zu beseitigen. Edda, Scharführerin der Ortsgruppe des Bundes Deutscher Mädchen, verteilte die Aufgaben an die Mädchen aus der BDM-Gruppe. Alles musste ordentlich vonstatten gehen. Sie suchten die Steine aus dem Schutt heraus, klopften sie ab, machten sie sauber, dann kamen sie in Schubkarren oder Wägelchen, oder andere Transportmittel, die zum Weitertransport der Steine dienten, um zur Sammelstelle gebracht zu werden.

Gemeinsam wurde angepackt, mit bloßen Händen griffen alle beherzt zu. Denn jedem Mädchen und jeder Frau in Mühlbach war klar: Auch wenn ihre Söhne, Brüder und Männer im Krieg waren, sie würden dafür sorgen, dass das Leben hier weitergehen konnte.

Edda hielt Maria und Käte an. „Wir müssen aufräumen, alle zusammen. Die Steine sortieren, die noch zu gebrauchen sind."

„Wir helfen gleich mit, jetzt müssen wir erst nach der Anna sehen!", sagte Maria und lief schnell mit Käte weiter, bevor Edda etwas entgegnen konnte.

Als Maria und Käte beim Arzt ankamen, hatten Doktor Augsteiner und Schwester Annemarie schon wieder alle Hände voll zu tun.

„Das ist aber schön, dass du wieder zum Helfen kommst!", empfing sie Schwester Annemarie.

„Ich kann heute nicht bleiben, ich wollte nur kurz nach der Anna schauen. Die Mutter braucht mich im Haus!" Maria getraute sich nicht Schwester Annemarie in die Augen zu schauen. Sie wollte zu Hans und keine kostbare Minute versäumen.

„Kann das nicht Käte machen? Ich könnte dich hier wirklich gut gebrauchen! Die Lusshardstraße wurde von einer schweren Luftmine gertroffen und wir haben hier so viele Verletzte."

Maria zuckte mit den Schultern.

„Ist schon gut, meine Liebe. Danke, dass du gestern da warst."

Maria ging schnell zur Kammer in der Anna lag und blieb in der offenen Tür stehen. Hans und Heinrich waren schon da, beide bereits in Uniform.

„Wie geht es der Anna?" Maria klopfte das Herz bis zum Hals.

„Besser. Sie ist tapfer, unsere Mutter, gell, Mutter?" Hans streichelte über Annas Wange.

Diese sah ihn an und lächelte. „Passt gut auf euch auf, meine Buben, dass ihr mir auch ja wieder nach Hause kommt. Der Herrgott beschütze euch!" Mit zitternden Händen machte sie den beiden das Kreuzzeichen auf die Stirn.

„Das machen wir, Mutter, ich bring dir den Heinrich wieder!", versprach Hans, gab ihr einen Abschiedskuss und flüsterte: „Pass du auch auf dich auf, Mutter."

Anna nickte und Grete umarmte ihre Brüder.

„Wir müssen los," drängelte Heinrich, „die warten bestimmt schon auf uns!"

Maria und Käte folgten den jungen Männern nach draußen. Die helle Mittagssonne blendete Maria und sie blieb für einen Augenblick stehen. Sie dachte für einen kurzen Moment an gestern und die hellen Sonnenstrahlen auf Hans' Körper. Sie wollte zu ihm, doch sie war zu spät. Käte war ihr zuvor gekommen und fiel Hans um den Hals.

Maria erstarrte. Sie sah seinen hilflosen Blick, doch sie konnte sich nicht bewegen. Dann gab sie sich einen Ruck und verabschiedete sich von Heinrich, der hatte es immer noch eilig und zog seinen Bruder mit sich. So konnte sie Hans nicht gehen lassen!

Maria lief den beiden hinterher und hielt Hans am Arm fest. „Geh nicht!", rief sie und im Bitten ihrer Stimme schwang auch alle Verletzlichkeit und Unsicherheit der letzten Stunden mit.

„Ich muss!" Hans umarmte Maria und ihr war, als ob er in diese Umarmung sein ganzes Leben legte.

„Schreib mir!", flüsterte er und seine Augen waren so voller Sehnsucht, dass es weh tat.

„Mach ich!" Maria drückte ihn fest. Dann ließen sie einander los. Es war Zeit.

Wortlos schauten Maria und Käte den Beiden nach, als sie dorthin gingen, wo gestern noch das Rathaus gestanden hatte. Bevor Hans und Heinrich in den Lastwagen stiegen, der alle wehrfähigen Männer des Ortes zum Bahnhof nach Bruchsal brachte, schaute er sich noch einmal um und winkte zum Abschied. Beide Mädchen winkten zurück, doch Maria wusste, sein Abschiedsgruß hatte nur ihr gegolten.

„Jetzt müssen sie an die Front, wo doch die Front schon längst bei uns im Dorf ist", murmelte sie.

„Meinst du, sie kommen wieder?", fragte Käte.

Maria zuckte die Schultern und ein Frösteln ging durch ihren ganzen Körper. Gestern war der Sommer da gewesen und das Leben unbeschwert. Über Nacht war der Krieg ins Dorf gekommen und mit ihm der Tod und der Winter in den Seelen der Menschen von Mühlbach.

8

OPEN GARDENS

Mühlbach, 8. Mai 2002

Maria erwachte, als die ersten Sonnenstrahlen durch die Ritzen des Rolladens leuchteten. Das Zwitschern der Vögel, die sich zu ihrem allmorgendlichen Kaffeklatsch trafen, hieß sie willkommen. Doch es war nicht der Gesang der Vögel von Greenville. Nicht weit entfernt krähte ein Hahn, in der Stewart Street gab es kein Hahnengeschrei.

Endlich fiel Maria wieder ein, wo sie war. Natürlich hatte Käte Hühner, sie hatten immer Hühner gehabt. Sofort dachte Maria an Sofia. Schnell stand sie auf und ging im Nachthemd und auf bloßen Füßen in die Küche.

Käte war schon wach und saß angezogen am Frühstückstisch.

„Guten Morgen", sagte Maria freundlich.

„Hast du gut geschlafen?" Käte musterte ihre Schwester ohne ein Lächeln und unter ihrem kritischem Blick fühlte Maria sich unbeholfen und fast nackt.

Sie achtete nicht darauf und fragte mit fester Stimme: „Hast du etwas von Sofia gehört?"

„Nein, Irmgard war noch nicht bei mir."

„Dann geh ich schnell hoch, und schau nach ihr!"

„Ja, mach das nur! Aber zieh dich erst einmal an!"

Maria streifte sich das erstbeste Kleid, das sie finden konnte, über und fand Irmgard kurz darauf im Esszimmer. Am Kopfende des Esstisches lag ein Paket, daneben ein bunter Strauß aus Wiesenblumen. Vor Irmgard stand eine große Kanne Kaffee und zwei Kaffeetassen. Ein Fotoalbum lag aufgeschlagen auf dem Tisch, rechts davon türmte sich ein großer Stapel Papier.

„Gibt es etwas Neues?", fragte Maria und legte ihre Hand auf Irmgards Arm.

Irmgard schüttelte den Kopf. „Nein, kann sein, sie operieren heute noch einmal. Jens meldet sich, sobald er etwas weiß. Möchtest du eine Tasse Kaffee?"

Maria nickte und Irmgard schenkte ihr etwas ein.

„Das sind aber schöne Blumen", sagte Maria und roch an einer Lilie, die die Margeriten bescheidenblau in den Schatten stellte.

„Die hat mir Sofia bei ihrem letzten Besuch mitgebracht, sie und Jens haben einen so schönen Schrebergarten. Jens liebt Pflanzen und Gärtnern über alles, ganz wie sein Großvater."

„Ich wusste nicht, dass sich Hans auch für Pflanzen interessiert hat."

„Das hat er vom Krieg mitgebracht, von seiner Zeit in Wales, in Glascoed." Irmgard berichtete Maria bereitwillig über alles was sie von Hans' walisischer Welt wusste. Sie sprach über den tragischen Tod seines Bruders, Hans' Gefangenschaft und seine Zeit als Zwangsarbeiter.

„Seine Leidenschaft für Gartenbau hat er sein ganzes Leben beibehalten. Während man in Mühlbach nur Nutzgärten anlegte, musste bei Vater im Garten auch Platz für Blumen sein. Das konnte Mutter nie verstehen, aber ich habe viel Zeit mit meinem Vater im Garten verbracht und er hat mir alles erklärt, was er über Blumen und Pflanzen wusste. Sogar die englischen Namen hat er mir beigebracht. Ich konnte mir nur *Honesty* merken. Aber so perfektionistisch wie Vater nun einmal war, hat er alle Namen aufgeschrieben und neben dran die Pflanze gemalt. Du weißt ja, er war ein sehr guter Zeichner." Irmgard deutete auf den Stapel. „Ich konnte heute Nacht nicht schlafen, da habe ich seine alten Zeichnungen herausgekramt. Ich wollte mir noch einmal das Bild anschauen, das er von Jens als Säugling gemalt hatte. Da war er gerade eine Woche alt." Irmgard schob es Maria zu.

„Das ist ja wunderschön. Jens hat auch ein so schönes Bild von Zoe gemalt, es hängt bei ihnen an der Wand."

Irmgard nickte. „Ja, die Begabung hat er von seinem Großvater geerbt..." Irmgard brach ab. „Warte, ich habe etwas für dich." Sie kramte aus dem Stapel ein weiteres Bild hervor und schob es Maria hin.

Maria zog das Bild näher zu sich heran und erstarrte. Das war ein Bild von ihr, so wie Hans sie gesehen hatte: Eine junge, hübsche Maria.

„Vater hat dich so vermisst. Alle haben dich vermisst. Die Mutter und die Großmutter Emilie auch. Auch wenn die zwei es nie zugegeben haben. Warum bist du verschwunden, Maria?"

„Ich konnte ihnen nicht verzeihen, Irmgard, und ich dachte Hans könnte mir nicht verzeihen. Deshalb bin ich fort, um ein neues Leben zu beginnen." Maria holte tief Luft. „Ich habe mich nur einmal bei ihnen gemeldet, mit der Postkarte und dann aber nie etwas von ihnen gehört." Maria legte das Bild behutsam wieder auf den Tisch. „Ich habe noch einmal von vorne angefangen. Ich habe mir einen neuen Nachnamen gegeben: Ellis. Auf Ellis Island habe ich mich mit Maria Elise Heil bei der Einreisebehörde gemeldet und der Mann dort hat Heil nicht verstanden und aus Elise 'Ellis' gemacht. Ich war froh, denn ich wollte meinen Mädchennamen ohnedies los werden. Ellis klang viel schöner als Heil und es klebte auch keine braune Vergangenheit daran. Maria Ellis. So habe ich auch auf der Postkarte unterschrieben und als Maria Ellis habe ich Jack geheiratet." Maria schaute Irmgard in die Augen. „Ich hatte ein gutes, ein glückliches Leben. Jack war ein wunderbarer Ehemann. Durch ihn wurde ich Teil einer liebevollen Familie."

„Aber?"

„Aber dennoch gab es immer etwas in mir, das noch nicht ruhig war. Das hat mich innerlich zerrissen und ich musste Jack versprechen, dass ich noch einmal nach Hause gehe, bevor ich sterbe. Deshalb bin ich da: um meinen Frieden zu finden, um die Worte auszusprechen, die schon lange darauf warten gesagt zu werden, um heil zu werden."

„Das ist gut, Tante Maria, das ist sehr gut! Ich bin froh, dass du da bist, und Mutter ist es auch. Auch wenn sie es nicht zeigen kann. Aber du kennst sie ja, sie hat sich all die Jahre nicht verändert, aber ich habe die Hoffnung nicht aufgegeben, dass sie irgendwann ihre harte Schale loslassen und ihren Frieden finden kann." Irmgard schwieg und rührte in ihrer Tasse herum. Schließlich blickte sie auf. „Wenn doch nur Vater dich noch einmal hätte sehen können. Das wäre auch für ihn gut gewesen. Er hat dich nie vergessen, weißt du, obwohl er Mutter geheiratet hat. Das haben wir alle gewusst, auch wenn er nie darüber geredet hat. Aber mir hat er doch immer wieder etwas erzählt, wenn wir zusammen im Garten gearbeitet haben. Von dir, von euch, vom Krieg. Als er zurückkam, hatte er gehofft, du wärst da. Dass du fort warst, hat ihm das Herz gebrochen und er hat sich Trost gesucht. Bei wem weißt du ja.

Mutter war ganz schnell schwanger mit mir und Vater hat die Verantwortung übernommen. Sie haben geheiratet und ein halbes Jahr später kam ich zur Welt. Ja, so war das. Ich glaube, er hat sich nie von seinem gebrochenen Herzen erholt. Und seinen Traum vom Ingenieurstudium hat er auch an den Nagel gehängt. Er hatte eine Familie zu versorgen und hat auf dem Bau angefangen. Es gab ja viel zu tun nach dem Krieg. Er wollte die ganze Zeit noch sein Studium nachholen, aber daraus ist nichts geworden. Dafür hat er sich hochgearbeitet und es zum erfolgreichen Bauunternehmer geschafft."

„Davon habe ich sogar in USA etwas mitbekommen. Ich habe einmal in Greenville Leute aus Karlsruhe getroffen, die mir von einem in der ganzen Hardt bekannten Mühlbacher Bauunternehmer berichteten. Sie kannten Hans und Käte aber nur flüchtig."

„So klein ist die Welt!" Kopfschüttelnd stand Irmgard auf, ging ans Kopfende des Tisches und kam mit dem Paket zurück. „Ich habe noch etwas für dich von ihm. Genauer gesagt von einem Bernhard, der nach dem Krieg hier auf-kreuzte. Ich war gerade zur Welt gekommen und Vater hat von ihm ein Paket mit einem Brief entgegengenommen. Er hat es all die Jahre nicht geöffnet. Aber ich glaube, er hat die ganze Zeit gehofft, er könnte es dir persönlich übergeben. Sogar auf seinem Sterbebett hatte er die Hoffnung, dass er dich noch einmal sehen kann."

Irmgard übergab Maria das Paket. Es war schwer.

„Ich kenne keinen Bernhard", sagte Maria zögernd. „Das Paket kann warten. Es hat jetzt schon so lange gewartet, dein Vater hat so lange gewartet." Sie strich Irmgard über ihre Wange.

Mit Tränen in den Augen wandte Irmgard sich von Maria ab, ging in die Küche und kam mit einer Packung Papiertaschentücher zurück. Sie setzte sich, schnäutzte und nahm einen Schluck Kaffee. „Er hatte Lungenkrebs", begann sie leise. „Es war so ein qualvoller Tod, ich darf gar nicht daran denken. Er hatte einfach keine Luft mehr zum Atmen. Aber er hat sich nie beklagt und das einzige, was ich ihm versprechen musste, war, dass ich mich um seinen Garten kümmere und dir das Paket gebe, wenn du doch einmal wiederkommst. Du hast ihm so gefehlt, Maria."

Bei den letzten Worten schienen Irmgard die Buchstaben davonzulaufen und der Schmerz über den Verlust des Vaters und seine ungelebte Liebe hatten ihr die Sprache verschlagen.

Maria schlug die Hände vors Gesicht. „Es tut mir so leid", murmelte sie und auch ihre Augen begannen sich mit Tränen zu füllen. „Ich weiß gar nicht, was ich hier soll."

„Es war nicht deine Schuld und ich bin so dankbar, dass ich dich jetzt an meiner Seite habe. Ich bin sicher, du wirst deinen Weg finden. All die Menschen, denen du hier begegnen wirst, egal auf welche Weise, haben dich geliebt, da bin ich sicher. Die Schatzkiste, die Bilder, alles ist ein Geschenk für dich, ein Stück Heimat für deine Seele. Das hat Charlotte mal geschrieben."

„Charlotte? Wann denn?" Marias Stimme zitterte. Charlotte hatte Maria immer von all ihren Schwestern am nächsten gestanden. Viel jünger als sie, aber mit ihr hatte sie ihre Geheimnisse geteilt.

In diesem Moment klingelte das Telefon. Es war Jens, nach wenigen Sekunden war das Gespräch zu Ende.

„Ich muss wieder ins Krankenhaus. Jens braucht mich", erklärte Irmgard und nahm ihre Jacke. „Es gab weitere Komplikationen. Sie konnten zwar das kleine Aneurysma entfernen und haben für das große einen Clip gesetzt. Aber Sofias Werte sind immer noch sehr schlecht."

„Und das Baby?" Maria spürte, wie ihre Erfahrung als Krankenschwester ihr aus der eigenen Ohnmacht half.

„Dem Baby geht es gut, aber vielleicht müssen sie es holen, wenn Sofias Werte noch schlechter werden. Ich muss los."

„Ich komme mit!"

Im Auto legte das Schweigen sich auf ihre Gemüter wie nasser Schnee an einem trüben Wintermorgen. Sofia kämpfte, aber konnte sie diesen Kampf gewinnen? Konnte es ihr Herz mit diesem großen Gott aufnehmen, zu dem sie gestern Abend noch so inständig gebetet hatten und der in seiner Allmacht doch über alles so erhaben zu sein schien und weit weg war? Der alle Fäden in der Hand hielt und sie nur seine Marionetten auf der Erde?

Sie parkten das Auto in der ersten Reihe, so früh am Morgen war nicht viel los im Bruchsaler Krankenhaus. Schnell gingen sie an der Bäckerei vorbei zur Treppe, die sie in die Katakomben des Krankenhauses führte. Der angenehme Brezelduft wurde schnell durch den penetranten Geruch von Desinfektionsmittel abgelöst. Maria erinnerte sich an die Zeit, in der Sagrotan ein fester Bestandteil ihres Lebens war und Desinfektionsmittel an ihrem Mund, und ihrem Zahnfleisch, ihrer Nase und ihren Augen klebte.

Vor der Eingangstür zur Intensivstation hing auf der rechten Seite ein Desinfektionsspender. Daneben war ein Plakat angebracht, das genau erklärte, wie man sich die Hände einzureiben hatte. Maria folgte genauestens den Anweisungen, bevor sie den Gang betrat und Irmgard tat es ihr nach.

Sie sahen Jens sofort. Eine Krankenschwester sprach mit ihm. „Sie müssen sich noch gedulden. Der Stationsarzt wird Ihnen Genaueres sagen." Und zu Irmgard und Maria gewandt sagte sie: „Ich muss Sie bitten zu gehen, es sind nur die nächsten Verwandten erlaubt."

Maria nickte.

„Aber ich bin doch die Mutter!", sagte Irmgard.

„Okay, Sie dürfen mit rein, aber maximal zwanzig Minuten!"

„Irmgard, ich gehe mir ein bisschen die Beine vertreten und warte auf dich am Eingang!" Maria umarmte ihre Nichte und sah ihr und Jens nach, wie sie in Sofias Zimmer verschwanden. Als die Tür aufging, konnte sie einen kurzen Blick auf die Kranke werfen. Überall verkabelt schien sie zwischen zwei Welten zu schweben und kurz kam es Maria so vor, als könnte sie die Geräusche des kleinen Herzens, das in Sofia schlug, hören. Doch Sofias großes Herz schien von

Zeit zu Zeit zu überdenken, ob es weiterschlagen oder für immer ruhen sollte.

Langsam ging Maria den Gang zurück und betrachtete die Poster, die an der Wand angebracht waren. Auf dem ersten versicherte Herr Dr. Patrick Tykocinski, Oberarzt der Intensivstation, den Besuchern der Klinik, dass er als Kardiologe modernste Techniken zum Erhalt der Herzleistung der Patienten und zur Verbesserung ihrer Lebensqualität einsetzte. Maria konnte nur hoffen, dass er tatsächlich hielt, was er versprach. Schließlich blieb sie vor dem Foto einer netten Ärztin mit kurzen braunen Haaren und sanften Augen stehen, die sie gestern kurz im Gang gesehen hatte. Sie betonte, dass die vielen Facetten der Neurologie ihren Arbeitsplatz immer wieder aufs Neue spannend machen würden.

Als Maria ins Freie trat wurde ihr bewusst, was für ein schöner Tag es eigentlich war. Die Schwere, unter der der Morgen geächzt hatte, wich dem fröhlichen Gezwitscher der Vögel, die sich in den Bäumen des Klinikgartens tummelten und sich, getragen vom sanften Frühlingswind, in den strahlend blauen Himmel über dem gerade erwachten Bruchsal aufmachten.

Sie durchquerte das Klinikgelände und kam auf den Mozartweg, der sie zum Belvedere führen würde, das wusste sie noch. Ein großer Laster blockierte den Gehweg und Maria musste die Straße überqueren, um hier weiterzukommen. Dort stand mitten in einer Baustelle ein Kreuz, auf dem der Bibelvers aus Johannes 19,20 zu lesen war: „Es ist vollbracht!"

Maria atmete tief durch. Wenn sie das nur immer glauben könnte: Alle Kämpfe schon gekämpft, der Sieg schon errungen. Sie las auch noch die Inschrift, die ein Johannes Beierle, Waisenrichter, 1897 hatte anbringen lassen: „O Mensch schau her! Zu deinem Heiland dich bekehr! Dann wird dir Ruh und Fried zu teil, denn nur im Kreuz ist Heil."

Sie hoffte so, dass der Heiland Sofia genug Kraft gab und dass Zoe und das Ungeborene eine Mutter haben würden, die für sie sorgte. Und sie dachte an ihre eigenen Kämpfe, die sie wieder nach Deutschland gebracht hatten und denen sie sich stellen wollte. Das hatte sie Jack versprochen, nur so konnte sie im Kreuz Heil finden.

Sie sah auf die Uhr, es war Zeit, zum Auto zurückzugehen.

Als sie das Krankenhaus erreichte, stand Irmgard mit Jens vor dem Krankenhauseingang. Irmgard wirkte erleichtert und begrüßte Maria mit: „Es geht ihr besser."

„Ihr Zustand ist immer noch kritisch", meinte Jens. „Wir dürfen uns nicht zu früh freuen. Wir wissen nicht, wie ihr Körper reagiert, wenn sie sie aufwecken. Ich fahre nach Hause, ich muss mal wieder aufräumen." Er sah seine Mutter an. „Ich will gar nicht heim. Es ist so einsam dort und alles erinnert mich an sie."

„Es ist eine leichte Besserung da", erklärte Irmgard, als sie später mit Maria zusammen zurückfuhr. „Aber sag es bitte nicht der Mutter. Es kann in drei Stunden wieder anders sein. Sie ist immer noch im künstlichen Koma. Aber vielleicht machen sie morgen nach und nach die Geräte weg. Danke, für deine Gebete!"

Maria nickte. „Wir beten weiter!", sagte sie ruhig, doch als sie nach Hause kamen, kamen Furcht und Trauer zurück, als würde das Haus eine Zange der Verzweiflung an ihr

Herz legen und der frische Zweig der Hoffnung verdorrte vom heißen Hauch der Realität. Maria überließ es Irmgard mit Käte zu reden und gab vor, sich von der Anstrengung des Vormittags erholen zu müssen.

Auch Irmgard wusste, dass das eine Ausrede war. Maria war noch nicht bereit, mit ihrer Schwester Käte zu reden. Wirklich zu reden. Zu viel war in ihr entzwei gegangen und wenn Käte nicht den nächsten Schritt machte und sie um Verzeihung bat, würde es wohl noch eine ganze Weile gehen. Ja, sie hatte damals nur eine einzige Postkarte geschrieben, um sich aus der neuen Welt zu melden, das war feige gewesen. Doch nun hatte sie den ersten Schritt getan, sie hatte sich entschieden die Einladung anzunehmen und war hier.

Als sie die Treppe zu ihrem Zimmer nach oben ging, fiel ihr das Porträt eines jungen Mannes auf. Es war Heinrich, der Hans, seinem Zwilling, zum Verwechseln ähnlich sah. Aber er hatte etwas Kühnes, Draufgängerisches im Blick und nicht die vernünftigen, liebevollen Augen von Hans. Wie gebannt blieb sie vor dem Bild stehen, das Hans gemalt hatte, sie erkannte die Signatur auf dem Bild. Hans, der seinen Bruder viel zu früh verloren hatte.

„Oh mein lieber Hans, wie schlimm es für dich gewesen sein muss, deinen Bruder zu verlieren", flüsterte sie. Marias Herz wurde noch schwerer. Sie dachte an ihren eigenen Verlust, an Jack und beschloss als allererstes sein Buch aus ihrem Koffer zu holen.

Sie öffnete die Tür des Gästezimmers, ging direkt zu ihrem Koffer und zog nach längerem Suchen ein großes Buch hervor. Es war ein weinroter Lederband mit goldenen

Seiten. Auf der Vorder- und Rückseite war ein großes J. ein-geprägt. Sie hatte Jack diese Bibel 1996 zu seinem Geburts-tag geschenkt und Jack hatte sie geliebt.

Maria lächelte. Sie sah ihren Mann auf der Veranda sitzen und begeistert im Wort Gottes lesen. Maria hatte Jacks Freude an der Bibellese nie so richtig geteilt. Schon immer schien ihr die Natur ein zugänglicherer Ort für Gottes Liebe als sein Wort. Außerdem war sie ja auch nicht mit der Bibel aufgewachsen. Stattdessen hatten die *Muttergottes-Rosen*, ein Gebetsbuch, das sie von ihrer Großmutter Christine bekommen hatte, zu ihrer Erbauungsliteratur gehört.

Maria strich zärtlich über das weiche Leder und öffnete die Bibel noch im Stehen. Ein buntes Herbstblatt ragte zwischen den Seiten hervor. Maria erkannte es wieder. Es war jenes wunderschöne Eichenblatt, das sie bei ihrem letz-ten Besuch der Apfelfarm auf dem Parkplatz gefunden und Jack geschenkt hatte. Das strahlende Orange war einem Rostbraun gewichen, mit einigen dunklen Flecken und einem Loch in der Mitte. „So wie mein Herz", durchfuhr es Maria. Sie ließ sich auf dem Bett nieder und begann die Bibelstelle zu lesen, die Jack in der Nacht vor seinem Tod markiert hatte. In seiner feinen akkuraten Handschrift stand neben Exodus 15, 26: *10/22/01*. Die letzten Worte des Verses waren besonders dick unterstrichen: „*For I am the Lord who heals you.*"

Maria hatte diesen Bibelvers noch nie gelesen, aber Jacks Timing hätte nicht besser sein können. Jack hatte das immer geglaubt, dass Gott sein Arzt war. Aber sie?

Maria wollte jetzt nicht mehr an jenen Abend denken, an dem Jack sie verlassen hatte. Sie blickte von der Bibel auf. Das Bett auf dem sie saß, war schön gemacht und die Kleider lagen ordentlich auf dem Stuhl. Käte schien genauso auf Sauberkeit und Ordnung zu achten wie früher ihre Mutter Emilie. Auf dem Nachttisch stand die Schatzkiste und daneben lag die Zeichnung von Maria als junge Frau. Käte hatte es also all die Jahre gewusst…

Maria spürte, wie ihre Kraft schwand und ihre Gliedmaßen immer schwerer wurden. Sie schaffte es gerade noch ihre Schuhe auszuziehen, bevor sie sich erschöpft auf dem Bett ausstreckte. Wieder betrachtete sie vor dem Einschlafen Hans' Bild und auf einmal war sie wieder ganz bei ihm und stellte sich vor, wie es gewesen wäre, wenn er *ihr* im Garten von seiner Zeit in Wales erzählt hätte.

Mühlbach, 7. März 1959

„Ich wollte eigentlich nicht zur Luftwaffe", hörte Maria Hans sagen. „Aber mein Bruder wollte es. So ein wahrhafter Held wollte Heinrich werden wie Bubi. Erich Alfred Hartmann, so hieß er in echt, ist mit 352 bestätigten Abschüssen der erfolgreichste Jagdflieger in der Geschichte des Luftkrieges musst du wissen. So einer wollte Heinrich werden und ich wollte auf ihn aufpassen, dass er dabei nicht draufgeht. Aber dann kam Operation Steinbock:

Wir sollten Bristol bombardieren, an unserem Geburtstag, dem 16.5.1944. Ich hatte von Anfang an kein gutes Gefühl. Ich war der Copilot, Heinrich der Pilot. Da unsere Ausbildung ohnehin viel zu kurz und unvollständig war, machte es keinen großen Unterschied, wer am Ruder saß. Ich kann mich nur noch an die Explosion erinnern. Heinrich schrie: ‚Wir sind getroffen, wir stürzen ab‘, und schon ging die Maschine im Sinkflug runter. Heinrich versuchte das Flugzeug noch zu manövrieren, doch keine Chance. Wir krachten auf die Erde und um mich herum wurde es schwarz. Als ich wieder zu Bewusstsein kam, sah ich, dass es mich aus dem Flugzeug geschleudert hatte. Ich versuchte mich zu bewegen und konnte tatsächlich aufstehen. Ich schleppte mich zum Flugzeug. Heinrich war hinter dem Lenkrad eingeklemmt. Seine Augen aufgerissen, sein Körper leblos. Er war tot.

Ich zog ihn aus dem Flugzeug und legte seinen Kopf in meinen Schoß. Mein Heinrich war tot, ich hatte doch immer auf ihn aufpassen sollen. Ich hatte versagt, ihn in diese Falle fliegen lassen. Am liebsten wäre ich in diesem Moment selbst gestorben. Doch ich hatte keine Zeit meinen Bruder zu betrauern. Schon waren die walisischen Soldaten da und nahmen mich gefangen. Ich wollte bei Heinrich bleiben, doch sie zogen mich fort. Erst da merkte ich, dass ich mir wohl den Fuß gebrochen hatte, denn ich konnte nicht mehr auf den rechten Fuß auftreten.

Die walisischen Soldaten kannten kein Erbarmen und zerrten mich zu ihrem Kommandanten. Dort wurde ich verhört und dann in eine Zelle gesperrt. Ich wollte wieder zu Heinrich. Wollte wissen, wo sie ihn hinbringen werden.

‚Mein Bruder, mein toter Bruder‘, schrie ich. Ich weinte, doch ich bekam keine Antwort. Am nächsten Morgen führte man mich erneut dem Kommandanten vor. Da mein Englisch sehr gut war, versprach man sich viel von meiner Befragung. ‚Erzähl uns alles, was du weißt, dann darfst du deinen Bruder sehen.‘ Das war ihr Druckmittel, aber ich wusste doch nichts. Nachdem ich immer noch nicht mit

Informationen aufwarten konnte, wurde der Kommandant ungeduldig und schickte mich fort.

‚Mein Bruder, wo habt ihr meinen Bruder begraben?‘, fragte ich wieder.

Einer der Soldaten hatte Mitleid und brachte mich zum Friedhof des Dorfes. In einem abgetrennten Teil, abgelegen von den anderen Gräbern und bestimmt für Fremde und feindliche Soldaten, war ein frisches Grab unter zwei großen Lindenbäumen ausgehoben. Ich sank neben dem Grab meines Bruders nieder und vergrub mein Gesicht in der frischen Erde. Ich weinte hemmungslos. Etwas in mir drin war zerrissen und ich konnte nichts dagegen tun. ‚Ich habe nicht auf dich aufgepasst, ich habe nicht gut genug auf dich aufgepasst‘, stammelte ich immer wieder.

Einen Kameraden im Kampf zu verlieren ist schlimm, einen Freund zu verlieren schlimmer, einen Bruder zu verlieren ist das Schlimmste. Und wenn es dann auch noch der Zwillingsbruder ist – das ist das Allerschlimmste.

Edna, eine Witwe aus dem Dorf, stand an einem anderen Grab und sah mich weinen und obwohl sie sich entschieden hatte, die Deutschen, die ihren Mann getötet hatten, zu hassen, wusste sie, dass die Traurigkeit, die ich fühlte, genauso stark war wie ihre eigene. Sie kam zu mir. Ich konnte immer noch nichts anderes sagen als: ‚Er war mein Bruder, er war mein Bruder‘. Und die anderen Dorfbewohner, die auf dem Friedhof waren und die auch Verwandte im Krieg verloren hatten, wussten, dass ich, der Soldat, den sie eigentlich hassen wollten, nur ein Junge war, der die Person verloren hatte, die ihm am nächsten stand und die er sein ganzes Leben lang beschützen wollte.

Nach diesem Moment der geteilten Trauer, beschloss Edna mich als Zwangsarbeiter für ihre Farm zu beantragen. Ein Leben für ein Leben. Und wer könnte besser dafür bezahlen, als der Bruder, der bereit gewesen war sein Leben zu opfern.

Tage und Wochen gingen vorüber und ich stellte mich geschickt an. Es gab nichts, was ich nicht reparieren konnte und Edna war mehr als erfreut, mich bei sich zu haben. So ging es auch ihren Kindern, sieben Stück an der Zahl. Die Mädchen liebten mich, weil ich mit ihnen spielte, ihre Puppen reparierte oder ihnen kleine Holztiere schnitzte. Die Jungs liebten diese Tiere auch, aber die Autos, die ich für sie baute, gefielen ihnen noch viel mehr. Die anderen Dorfbewohner brachten ihre Traktoren und Autos zum Reparieren. Ich konnte gut mit Maschinen umgehen und ich war auch auf dem Feld und im Garten gut zu gebrauchen.

Wenn ich Edna im Garten half, wollte ich alle Blumen-namen wissen und schrieb sie in mein kleines Büchchen auf. Wenn ich eine Blume nicht kannte, machte ich eine Zeichnung und schrieb den englischen Namen darunter.

Die anderen Frauen hörten davon und baten mich um Hilfe in ihrem Garten. Wenn ich kam, waren natürlich auch ihre Töchter anwesend. Während ich ein neues Beet für *fox gloves, Mock orange, Black stockings, mollies, Welsh poppies, merry golds oder Russian sage* anlegte, beobachtete mich oft ein halbes Dutzend Frauen."

Mühlbach, 8. Mai 2002

Maria stellte sich vor, wie Hans beim Arbeiten ins Schwitzen kam und sein Hemd auszog. Sie sah seinen muskulösen, gebräunten Oberkörper und seine starken Arme und geriet ebenso in Verzückung wie jene Frauen von Glascoed, die nur darauf warteten, Hans Wasser oder ein Handtuch bringen zu können. Maria nahm selbst einen Schluck Wasser und nahm Hans und seine starken Arme mit in ihren Mittagsschlaf.

Glascoed, 16. März 1945

Hans tat so, als würde er die Bewunderung der Frauen nicht bemerken, aber er lächelte sie an und machte ihnen Komplimente.

„Deine Haut ist so weiß wie das Weiß der Lilien" oder „dein Haar so glänzend wie das Schwarz der *Black Stockings*." Er vermied es jedoch, die Lippen der Mädchen mit den *Hot lips* zu vergleichen, die er gerade pflanzte, weil er auf keinen Fall in Schwierigkeiten geraten wollte. Deshalb arbeitete er so gerne für Fräulein Phoebe.

Fräulein Phoebe war Anfang sechzig, nie verheiratet gewesen und hatte ihr ganzes Leben allein im großen Haus ihrer Großeltern gelebt. Es erinnerte Hans an eines jener Herrenhäuser aus den Südstaaten, von denen er gelesen hatte, als sie in der Schule den amerikanischen Bürgerkrieg behandelt hatten. Damals, vor langer Zeit... Es war riesig und ebenso groß war der Garten. Der Gärtner kümmerte sich um die Hecken und den Rasen, Hans' Aufgabe waren neue Blumenarrangements.

Jeden Mittwochnachmittag war Hans bei Phoebe, um nach den Blumen zu schauen. Phoebe hatte immer ein Stück *Welsh cake* für ihn bereit, den ihre Haushaltshilfe gebacken hatte, die sich auch ums Kochen, Waschen und Putzen kümmerte. Phoebe nahm mit Hans den Tee im Gartenhäuschen ein und plauderte mit ihm über ihre größte Leidenschaft, die Oper. Hans, der schnell bemerkt hatte, dass Phoebes Stimmung leicht wechseln konnte, sagte stets nach einer Tasse Tee und zwei Stückchen Kuchen, dass es nun Zeit sei für ihn zu arbeiten.

Während Hans arbeitete und überall im Garten seine Lieblingsblumen pflanzte, hörte Phoebe klassische Musik und gab vor, selbst Opernsängerin zu sein. Sie sah Hans zu, tat aber so als würde sie die Blumen in ihren Vasen neu arrangieren.

Zu Phoebes großer Überraschung hatte Hans sich für nur zwei Blumenarten entschieden: die schlichte blaue Anemone und die aufrichtige gelbe Nachtkerze. Die Blumen erinnerten ihn an seine Heimat und an die Frau in seinem Herzen, für die er sie vor langer Zeit gepflückt hatte. Normalerweise kombinierten die Gärtner die Nachtkerze mit der Sonnenbraut oder der Brennenden Liebe. Und auch wenn Hans immer noch vor Liebe für Maria brannte, so erschien ihm das treue Windröschen doch passender. Aber mit jeder Blume, die Hans in Phoebes Garten pflanzte, wurde seine Sehnsucht nach Maria stärker. Und mit jedem Samenkorn der Nachtkerze schien sein Herz zu zerspringen.

Nachdem er seine Arbeit getan hatte, ging er schnell zu Edna nach Hause und verschwand in der Scheune. Eines Abends, als er dort länger blieb als gewöhnlich, begann Edna sich Sorgen zu machen. Vorsichtig öffnete sie die Scheunentür und überraschte Hans, wie er eine wunderschöne junge Frau malte, die in einem Beet aus Nachtkerzen stand. Sie hatte langes leicht gewelltes braunes Haar, braune Augen, volle Lippen und trug ein weißes Kleid. Ihre Haut war gebräunt und in ihrem Haar trug sie einen Kranz aus blauen Windröschen.

Langsam ging Edna auf Hans zu, der gedankenverloren das Bild betrachtete.

„Ist das deine Freundin?", fragte sie ihn.

Doch Hans war völlig in das Bild versunken und antwortete nicht. Seine Seele schien davon zu schweben und sein Herz im gleichen Takt mit dem des Mädchens zu schlagen.

„Ist das deine Freundin, Hans?", wiederholte Edna ihre Frage.

Hans drehte sich abrupt um und versuchte die Zeichnung zu verstecken. „Was, wie bitte?", fragte er verstört.

„Ich habe gefragt, ob das deine Freundin ist."

„Das ist Maria."

Edna war neugierig, sie hätte gerne mehr über Maria gewusst. Doch während Hans' Blick beim Malen des Bildes voller Zärtlichkeit gewesen war, war sein Blick jetzt voller Trauer.

Edna nickte ihm zu. „Komm ins Haus, es ist kalt und es wird Zeit zu schlafen."

Hans packte seine Sachen zusammen und folgte ihr, aber sein Gang war schwer, fast wie an dem Tag, an dem er seinen Bruder verloren hatte.

„Sie liebt einen anderen", sagte er. „Sie bekommt ein Kind von ihm, wenn er aus dem Krieg wieder da ist, werden sie heiraten. Meine Maria, sie ist doch meine Maria."

Edna wusste nicht, was sie sagen sollte. Vor einem Jahr hatte sie auch vor einem Scherbenhaufen gestanden, als ihr Mann gefallen war. Aber es musste ja weiter gehen, die

Kinder brauchten sie. Und es war weiter gegangen, auch wenn da eine riesige Lücke war. Sie hatte überlebt und jeden Tag von Neuem begonnen.

Hans hatte gehofft, dass er sich mit dem Bild seine Sehnsucht nach Maria von der Seele malen könnte. Stattdessen kam zu der Seelensehnsucht noch ein körperliches Verlangen hinzu, das er kaum zu bändigen wusste. Als er am nächsten Morgen erwachte, beschloss er den Auftrag auszuführen, den Edna ihm schon vor längerer Zeit gegeben hatte und grub den Acker hinter dem Haus um.

Hans war überrascht wie gut man in die walisische Erde mit der Schaufel eindringen konnte. Die Erde war schön weich, guter Mutterboden, in dem Pflanzen gut gedeihen konnten. Nicht wie der Sandboden in seinem Dorf, der eigentlich nur gut für Spargel und Tabak gewesen war, bevor der Krieg alles aufgefressen hatte. Um sein heißes Gemüt zu besänftigen, stellte sich Hans vor, er würde seinem Sohn, den Maria ihm eines Tages schenken würde, erklären, wie man einen Garten anlegt:

„Mit dem Spaten musst du zuerst einmal abstechen, was du ausgraben möchtest. Mit dem spitzen Spaten gelingt es dir, auch hartes Erdreich, schwer verkrusteten Boden oder Wurzelwerk zu durchdringen. Aber mit dem Spaten kannst du kein tiefes Loch graben, oder eine große Fläche ausheben, das Blatt ist zu klein und der Winkel falsch. Dazu brauchst du eine Schaufel. Also zuerst mit dem Spaten reinstechen, das ist gar nicht so leicht und man braucht Kraft in den Füßen und Beinen. Dann mit der Schaufel das Loch schaufeln. Oder du hast gleich eine Spatenschaufel, mit der du beides machen kannst. Wenn du Erde abgetragen hast, kommt sie in die Schubkarre und du kannst an anderer Stelle etwas Neues pflanzen!"

Hans musste wieder an Mühlbach denken und was der Krieg ihm alles geraubt hatte. Die Wunde durch den Verlust seines Bruders schmerzte sehr, doch noch viel mehr verzehrte ihn seine verlorene Liebe. Hätten sie damals, in jener Nacht nicht Mühlbach angegriffen, dann hätte er seine Maria wieder zur alten Eiche gebracht und dann hätten sie dort weitergemacht, wo sie aufgehört hatten.

Mühlbach, 8. Mai 2002

Maria stand auf, öffnete das Fenster und atmete die frische Luft ein. Es war alles nur ein Traum gewesen, es war Mai 2002 und sie war in Mühlbach. In ihrem Elternhaus, zusammen mit ihrer Schwester Käte, Hans' Witwe.

Maria nahm ihr Handy und wählte Angelas Nummer, doch sie nahm nicht ab. Der verräterische Duft ihres Traumes hing noch an ihr, aber sie konnte es nicht weiter aufschieben, musste jetzt in die Küche gehen und ihrer Schwester in die Augen sehen.

Käte hatte das Abendvesper schon gerichtet, als Maria die Küche betrat. Sofias Zustand schien sie nicht besonders zu beschäftigen, sie sprach stattdessen von ihren eigenen Gebrechen. Maria ließ sie reden. Für die Schatzkiste, Charlotte oder Hans war genauso wenig Raum wie für Sofia und als um 20.00 Uhr die Abendnachrichten begannen, verabschiedete sich Maria.

Als sie die Tür hinter sich zugezogen hatte, atmete sie tief durch. Ihr erster Griff ging zum Handy, doch Angela nahm wieder nicht ab. Stattdessen hatte Irmgard eine Nachricht geschickt: „Sofias Zustand ist immer noch kritisch. Bitte bete für sie."

Unwillkürlich schaute sie wieder Hans an. „Was soll ich nur tun?", fragte sie und wusste doch genau, dass es Zeit war für die Schatzkiste und jenen Umschlag, den sie vor so langer Zeit nicht öffnen wollte.

Darin fand sie eine Postkarte und einen Brief. Die Postkarte hatte sie Hans zu Weihnachten 1944 geschickt. Ein Engel war darauf abgebildet, dessen Blick voller Liebe war. Deshalb hatte sie damals diese Karte für Hans ausgewählt.

Maria begann den Brief zu lesen:

Glascoed, 2. Januar 1945

Meine liebe Maria,
Als ich an Weihnachten Post von dir bekam, war ich so glücklich: endlich wieder ein Lebenszeichen von dir, nach all den Monaten des Schweigens. Ich habe mir deinen Brief als Weihnachtsgeschenk aufgehoben. Nach der Christmette, habe ich mich auf meine Pritsche gelegt und ganz vorsichtig deinen Brief geöffnet. Darin fand ich die Weihnachtspostkarte. Das Christkind hat mich angelacht und mir wurde ganz warm ums Herz. Der Schmerz und die Enttäuschung schienen wie weggeblasen. Langsam drehte ich die Karte um und fand deine Worte:
Lieber Hans, frohe Weihnachten und ein gutes Neues Jahr.
Deine Maria
PS: Ich bin schwanger, Michael und ich haben uns verlobt, wir heiraten nächstes Jahr.
In mir brach alles entzwei. Die Lähmung, die ich seit dem Flugzeugabsturz im Rücken gespürt hatte, griff auf mein Herz

über und ich wollte nur noch eines, rausgehen und zu den Dorfbewohnern rufen: kommt her und erschießt mich.

Ich hätte nicht gedacht, dass es noch schlimmer werden konnte als an jenem Tag als Heinrich tot in meinen Armen lag. An unserem Geburtstag starb er und mit ihm starb ein Teil von mir. Doch der andere Teil lebte weiter und sehnte sich nach dir. Jetzt ist auch dieser Teil gestorben.

Wie ein Verrückter rannte ich nach draußen, mein Herz schien zu zerspringen, ich wusste, was du vorhast war falsch, wir zwei gehören doch zusammen. Ich rannte und rannte und war auf einmal am River Usk angekommen, bereit mich von der Brücke zu stürzen, als mich eine Hand fest am Rücken griff. Es war Glenn Sweet, ein Fischer aus dem Dorf, der auf den Grund meiner Seele schaute und mir ins Gewissen redete. Plötzlich brach es aus mir heraus. All die Tränen, die ich nicht geweint hatte für meinen toten Bruder, meine toten Kameraden, all das brach heraus wegen meiner toten Liebe. Die Liebe zu dir hatte mich am Leben gehalten in all dieser schrecklichen Zeit und jetzt war sie entzwei. Doch ich kann es nicht glauben. Auch wenn du das Kind eines anderen unter deinem Herzen trägst, wir gehören doch zusammen.

Du hast mir einen Dolchstoß verpasst, ohne es zu wissen oder vielleicht hast du es auch gewusst. Ich schreibe dir, weil ich dich noch immer liebe, und weil ich dich nicht gehen lassen kann. Ich weiß nicht, ob ich dich je wiedersehen werde und ich weiß auch nicht, ob ich Mühlbach wiedersehen werde, aber ich weiß, dass ich immer für dich da sein werde, so lange ich lebe.

Dein dich auf ewig liebender

Hans

Als Maria die letzten Zeilen gelesen hatte, rannen dicke Tränen über ihre Wangen. Sie wollte ihn um Verzeihung bitten, ihm sagen, dass es ihr leidtat, wie damals an der alten Eiche, doch es war zu spät. Hans war tot. Und Käte? Was hatte sie Käte angetan! Käte hatte Hans immer geliebt, doch sein Herz war mit seiner Liebe zu ihr besetzt gewesen und sie hatte ihn nie davon freigesprochen. Käte musste all die Jahre gespürt haben, dass Hans ihr Ehemann und der Vater ihres Kindes war, aber dass sein Herz einer anderen gehörte, ausgerechnet der eigenen Schwester, die gar nichts von ihm wissen wollte und nach Amerika gegangen war.

Maria war als Anklagende nach Deutschland zurückgekommen, die sich versöhnen wollte, die vergeben wollte. Aber wie sehr brauchte sie selbst Vergebung! Auf einmal sah sie ihre Schwester Käte mit ganz anderen Augen. Diese kleine von Rheuma geplagte Frau, die ihr ganzes Leben um die Liebe kämpfen musste, die sie doch nie bekommen hatte. Kein Wunder hatte Käte nie Hans' Liebe für schöne Gärten geteilt, sie war keine *Evening Primrose*, sie war das fleißige Lieschen, das die Familie zusammenhielt, sich um alles kümmerte und wusste, dass sich das nie ändern würde.

Sie musste unbedingt mit Käte reden. Doch stattdessen griff sie noch einmal zu Jacks Bibel. Sie hatte das Gefühl, als wolle er ihr mit der Bibelstelle im 2. Buch Mose noch mehr sagen.

Maria begann das ganze Kapitel 15 zu lesen. Sie wunderte sich, dass es mit *A song of deliverance* überschrieben war. Jack war wirklich immer für eine Überraschung gut. Gespannt las sie weiter und erfuhr, dass es um den Auszug der Israeliten aus Ägypten, ihre Befreiung und ihre Wanderung durch die Wüste ging. Wie war das gewesen damals? Maria war aus ihrem Gefängnis geflohen, doch ihre Seele hatte die Wüste mitgenommen. Die Israeliten waren vierzig Jahre unterwegs gewesen. Vierzig Jahre nachdem sie Mühlbach verlassen hatte, erfuhr sie zufällig, dass Hans und Käte geheiratet hatten und damals hatte sie sich auf der Flucht ertappt gefühlt.

War sie denn noch immer auf der Flucht? Und wenn ja, vor was?

Maria bemerkte erst jetzt, dass Jack auch die Verse 22 bis 25 mit Bleistift unterstrichen hatte:

*They traveled in this desert for **three** days without finding any water. When they came to the oasis of Marah, the water was too bitter to drink. Then the people complained and turned against Moses: „What are we going to drink?" they demanded. So Moses cried out to the Lord for help, and the Lord showed him a piece of wood. Moses threw it into the water, and this made the water good to drink.*

Maria hatte die ganze Zeit frisches Wasser um sich gehabt und doch war es ihr immer wieder bitter aufgestoßen. Warum nur? Sie hatte in ihrer Ehe mit Jack so viel Schönes erleben dürfen, doch das amerikanische Sprichwort, „die Vergangenheit solle sie besser und nicht bitter machen", war nicht so richtig wahr geworden in ihrem Leben. Trotz aller Fröhlichkeit war ein Hauch von Bitterkeit geblieben, auch wenn sie versucht hatte, Jacks Vorbild zu folgen. Maria wurde auf einmal klar, dass sie immer gedacht hatte, es würde ausreichen, den Lebensfunken in sich zu tragen.

Doch Jack forderte sie auf ihren Funken weiter zugeben. Sie war hier zum Funkenschlag, um Licht in die Dunkelheit zu bringen. Sie sollte ihr Holz in den See werfen und der Verbitterung ein Ende bereiten. Natürlich!

Maria wollte gerade die Bibel weglegen, als ihr die Zahl drei auffiel und da war Maria sich auf einmal absolut sicher: die Zeit der Wunder war noch nicht vorüber. Seit zwei Tagen lag Sofia im Koma, aber morgen, am dritten Tag, würde sie aufwachen und sie würde gesund sein. Die Erkenntnis beflügelte sie so sehr, dass sie voller Hoffnung ihr Zimmer verließ, um Käte davon zu erzählen.

Doch als Maria die Tür zum Wohnzimmer öffnete, lief im dritten Programm eine Dokumentation über die badischen Rheinauen und Käte war in ihrem Sessel vor dem Fernseher eingeschlafen. Ihre Decke lag auf dem Boden und sie schnarchte laut. Maria machte den Fernseher aus, deckte ihre Schwester zu und wollte gerade aus dem Zimmer schlüpfen, als sie Käte sagen hörte: „Bist du es Maria?"

„Ja, Käte, ich bin es. Ich wollte noch einmal nach dir sehen und mit dir reden. Stell dir vor, ich bin mir ganz sicher, die Sofia wird morgen aufwachen. Das musste ich dir unbedingt sagen!"

„Wie kannst du dir so sicher sein? Du hast dich wirklich gar nicht verändert, Maria. Du bist immer noch wie früher. Eine Träumerin!"

„Nein, ich bin mir ganz sicher. Du wirst schon sehen. Morgen wacht sie auf!"

Käte kniff die Augen zusammen. „Ich möchte dir gerne glauben, Maria. Aber du hattest schon immer so seltsame Gedanken und warst so ganz anders als ich. Ich wünsche mir sehr, dass du Recht hast. Ich wünsche es Jens und der kleinen Zoe und natürlich Sofia. Aber die Realität sieht doch oft ganz anders aus."

„Aber Wunder passieren, warum nicht auch bei uns?"

„Wunder? Ich habe all die Jahre auf ein Wunder gewartet und irgendwann aufgegeben." Käte holte tief Luft. „Weißt du noch, wie wir als junge Mädchen an den Altrhein gefahren sind? Gerade kam eine Sendung über unsere Gegend, die hat mich daran erinnert und ich wollte sie mir unbedingt ansehen. Aber dann muss ich wohl doch eingenickt sein."

„Am Altrhein konnte man auf den umgefallenen Bäumen balancieren und ins Wasser springen."

„Ja, du hattest keine Angst vor dem Wasser. Dein Lieblingsbaum ragte bis in den Fluss hinein. Mir war der Baum zu wackelig und ich wollte nicht ins Wasser fallen. Aber du bist immer bis ans Ende des Stammes balanciert und hast dich dort hingesetzt. Es war, als würdest du auf dem Wasser sitzen und mit den Möwen sprechen. Du warst so weit weg von mir. Ich habe die Möwen auch gesehen, die vom Rhein kamen, bin aber lieber auf der Erde geblieben. Du wolltest das alles nicht mit mir teilen. Du warst in deinen Gedanken, in deiner Welt und hast mir dann etwas von irgendeinem lateinischen Dichter erzählt."

„Das Wasser war grün, überall Wasserlinsen", meinte Maria langsam. „Leben sprudelte aus allen Poren, Lichtflecken tanzten auf dem Wasser und verwandelten die Bäume und ihre Äste in wundersame Dinge. Erlen waren es, sieben Stück. Ein Vorhang aus Gold, durchflutet von Licht, wie eine mit Feenstaub verzauberte Wand zwischen der sichtbaren und der unsichtbaren Welt. Wie ein Zauberteppich mit Fäden aus Silber, gewebt von den Elfen, die in den Erlen wohnten und sich zum Tanz dort trafen. Oh Käte, wie konnte ich das nur vergessen."

„Ich habe es nicht vergessen. Auch nicht das Gedicht, das du dir damals ausgedacht hast:

„Wenn die Elfe zum Tanz einlädt,
schlagen die Wellen bis an den Rand.
Tanzen die Elfen im Reigen im Rhein,
will keiner alleine am Ufer mehr sein.
Und alle nehmen sich froh bei der Hand.
Kommt lasst und feiern, der Frühling läd ein,
das Wasser steht hoch und breit,
lasset uns tanzen und fröhlich sein,
Hoffnung ist an der Zeit."

„Sofia wird gesund und das Baby auch. Ich glaube ganz fest daran."

„Ich wünschte, du hättest recht. Ich wünschte, alles würde endlich gut. Maria, ich…"

Käte brach mitten im Satz ab und auch Maria fehlten die Worte. Trotz der langen Trennung waren sie doch Schwestern, immer noch miteinander verbunden – wie damals an jenem Nachmittag am Altrhein.

„Es tut mir leid, Käte. Es tut mir leid, dass ich mich all die Jahre nicht gemeldet habe. Es tut mir leid, dass ich nicht da war, als Charlotte starb, als Mutter starb und Hans. Ich konnte nicht. Ich konnte euch nicht verzeihen."

„Ist schon gut", antwortete Käte leise. „Ich konnte dir auch nicht verzeihen und habe dich auch nie gesucht. Deine

Postkarte habe ich gleich in der Schatzkiste versteckt und niemandem davon erzählt." Zum ersten Mal seit ihrer Ankunft blicke Käte Maria in die Augen und Tränen begannen zu blitzen. „Weißt du, Maria, ich habe schon gewusst, dass der Hans dich immer geliebt hat. Aber wir hatten auch etwas, der Hans und ich. Ich weiß nicht, ob es Liebe war, aber es war gut und ich war dankbar und der Hans auch. Und jetzt bist du da und ich dank unserm Herrgott dafür, dass wir uns wiederhaben, du bist doch meine Schwester!"

Maria nahm Käte in den Arm. Dieses Mal erwiderte Käte die Umarmung und Tränen liefen. All die Tränen, die jede für sich geweint hatte und die sie jetzt gemeinsam weinen konnten, für ihre verstorbenen Eltern, Geschwister und Geliebten und für die Zeit, die sie voneinander getrennt verbracht hatten.

Maria spürte, wie aus den Tränen ein Fluss wurde, der das trockene Land ihrer Seele benetzte und irgendwann würde ihre Wüste grün sein und Vergebung blühen, überall. Doch fürs erste war es genug zu spüren, dass sie gemeinsam auf dem Weg waren. Gemeinsam auf dem Weg in ein unentdecktes Land, wo sie Glück und Frieden atmen würden, einfach so, weil Gott sie damit beschenkt hatte.

Rheinshofener Wald, 2. Februar 1945.

Maria beobachtete das Spiel der Sonne auf dem welken Laub auf der Lichtung im Rheinshofener Wald. Ein Specht gab sein Trommelsolo zum Besten und grünes Gras begann sich seinen Weg zu bahnen zwischen trockner Erde und braunen Tannenzapfen. Schon hatten sich ein paar Märzenbecher auf die Lichtung verirrt. Stundenlang konnte sie so sitzen und einfach nur die Sonne in sich aufsaugen.

Es war schon fast fünf Monate her, dass Michael sie besucht hatte. Jenes Wochenende im September, das ihr Leben verändert hatte und jetzt trug sie neues Leben in sich. Lange würde sie es nicht mehr verheimlichen können, der Bauch war deutlich zu sehen und vom vielen Essen konnte er nicht sein, oft genug mussten sie mit knurrendem Magen zu Bett gehen.

Sie nahm die zwei Briefe, die sie sich in die Schürze gesteckt hatte, heraus und betrachtete sie. Wie unterschiedlich sie ihren Namen schrieben: Hans schrieb immer mit sehr klarer Schrift, kleine Buchstaben, akkurat. Bei Michael tanzten die Buchstaben auf dem Blatt. Nie sah ein M gleich aus, es war immer in Bewegung, auf der Flucht.

Für einen Moment musste Maria in Deckung gehen, die Flieger kamen wieder und sie flogen tief. Laut und in der Nähe der Zuglinie. Es wäre nicht die erste Bombe, die im Wald verloren ging. Dann war es wieder ruhig und sie hörte nur noch den Wind und die Vögel. Von weitem die Züge.

Sie zog Michaels Brief heraus. Hans' Umschlag wollte sie später öffnen, nicht jetzt.

In diesem Moment spürte sie zum ersten Mal den kleinen Micha in ihrem Bauch. Es würde ein Junge werden, das wusste sie. Und sie konnte nicht anders als zu lächeln.

9

WUNDER

Mühlbach, 9. Mai 2002

Maria erwachte mit einem Lächeln auf den Lippen. Ihr erster Gedanke galt Sofia und sie spürte, dass es ihr und dem Baby gut ging. Rasch zog sie sich an und ging nach oben, um es Irmgard zu sagen, aber die war schon weg und so begnügte Maria sich mit einer SMS: „Sofia wird heute aufwachen und sie wird gesund sein!"

Fröhlich ging sie hinunter zu Käte in die Küche. Kaum hatte sie sich zu ihrer Schwester gesetzt, klingelte ihr Telefon.

„Es ist ein Wunder!", begrüßte sie Irmgard. Sofia war tatsächlich aufgewacht und ihr und dem Baby ging es gut. Sie hatte gleich nach Jens gefragt, konnte sich bereits bewegen und ein Glas selbst halten. „Sie hat sogar bei ihrem Bruder in London angerufen. Stell dir vor. Sie wusste seine Nummer auswendig! Sie hat sich auch gleich nach dir erkundigt, sie will dich unbedingt heute noch sehen. Ich komme später und hole dich ab!"

Als Maria mit Irmgard das Intensivzimmer betrat, schlief Sofia. Sie war noch immer überall verkabelt und obgleich Maria auf diesen Anblick gefasst gewesen war, wurde ihr erneut die kritische Lage bewusst, in der sich Sofia befand. Aber ihre Zuversicht blieb. Als hätte Sofia diese positiven Gedanken gespürt, erwachte sie und lächelte.

Sie versuchte zu reden, doch die Worte wollten ihren Mund nicht verlassen.

Maria nahm ihre Hand. „Ganz ruhig, meine Liebe."

Sofia lächelte. „Es tut mir so leid!", flüsterte sie.

Maria schüttelte den Kopf. „Sofia, du brauchst dich doch nicht zu entschuldigen. Ich bin so froh, dass es dir und dem Baby gut geht. Zum Glück warst du rechtzeitig im Krankenhaus. Und jetzt, schau dich an: Du kannst mit mir reden, weißt wer ich bin, das ist ein Wunder."

„Ach Maria, ich weiß doch gar nicht, was mit mir passiert ist, aber ich weiß, dass du die ganze Zeit bei mir warst. Du und die Frau mit dem langen weißen Haar. Das habe ich gespürt, auch wenn es verrückt klingt."

„Nein, das ist nicht verrückt, aber manchmal sind wir der Wirklichkeit entrückt und dann passieren Wunder. So wie du. Du bist ein Wunder, Sofia. Und der kleine Mann in deinem Bauch ist auch ein Wunder."

„Woher weißt du, dass es ein Junge wird? Ich habe es niemandem gesagt, nicht einmal Jens. Wir wollten uns überraschen lassen, aber die Schwester meinte heute morgen, dass es unserem Sohn gut geht."

Überglücklich sah Irmgard Maria an. „Ein Junge, das ist ja wunderbar und es geht ihm gut! Maria, du bist wirklich etwas Besonderes. Schon wieder hast du Recht, so wie mit deiner Nachricht heute morgen!"

„Wisst ihr, auch wenn wir vieles im Moment nicht verstehen, macht es doch alles Sinn und alles wird gut werden. Unsere Geschichten gehören zusammen." Maria streichelte sanft über Sofias Hand.

„Das glaube ich auch. Ich hatte mich so auf deine Ankunft gefreut und …" Sofia schien die Kraft zu verlassen.

„Ganz langsam, Sofia, Schritt für Schritt. Jetzt musst du dich erst erholen und gut auf dich und das Baby aufpassen. Ruh dich aus."

„Aber ich habe doch so viele Fragen!"

„Die kann ich dir auch morgen noch beantworten. Wir haben doch Zeit."

Da meldete sich Irmgard wieder zu Wort: „Ja, Sofia, ruh dich aus. Morgen kommen wir wieder und bringen Zoe mit."

„Das ist schön, dann kann ich endlich meine Kleine wiedersehen", murmelte Sofia. Sie konnte kaum mehr die Augen offenhalten.

Die Fahrt nach Mühlbach war flügelleicht und als die zwei Frauen in der Schützenstraße ankamen, hatten sie so viel Freude in sich, dass das ganze Haus davon erfüllt wurde und die kleine Zoe dem Leuchten noch eine Krone aufsetzte.

Als Maria sich zur Mittagsruhe in ihr Zimmer zurückzog, stand da noch immer die Schatzkiste auf ihrem Nachtschrank. Es war Zeit.

10

SCHATZKISTE

Obenauf lag ein altes Fotoalbum aus vergilbtem Karton. Es war einmal ganz weiß gewesen und auf den Karton hatte ihr Vater Hans-Jakob mit Druckbuchstaben: ANDENKEN geschrieben. Darunter lagen ein Dutzend geöffnete Briefe, ein Tagebuch, eine Schleuder, eine Kerze und verschiedene Postkarten.

Maria nahm zuerst das Fotoalbum zur Hand. Als sie es öffnete fielen ihr ein Schreibheft, ein Zeugnisheft und ein Rezeptheft entgegen.

Das Schreibheft war von ihrem Bruder Karl Heil. *Badisches Schulheft für Deutsche Schrift, 8. Schuljahr, nach dem neuen Lehrplan No 8* stand darauf. Inzwischen war es ausgeblichen, aber früher war es bestimmt einmal blau gewesen. Vorsichtig schlug Maria das Heft auf.

Mühlbach, 7. Mai 1934

Es war das Jahr 1934, sie ging in die Volksschule in der Schulstraße. Neben ihr saß ihre Freundin Hilde. Doch heute stand nicht Deutsch bei Herrn Neumayer auf dem Plan, stattdessen stellte sich ein neuer Lehrer vor, Herr Müller. Er begann seinen

Unterricht mit folgenden Worten: „Die Juden sind schmutzig, stinken, haben lange Nasen und einen Buckel!" Die Kinder starrten ihn stumm an, doch die Hilde kletterte auf die Bank und schrie: „Herr Lehrer, ich stinke nicht und habe auch keinen Buckel!" Dann rannte sie aus dem Klassenzimmer hinaus und knallte die Türe hinter sich zu. Maria packte schnell ihre Sachen zusammen, nahm Hildes Unterlagen mit und sagte höflich, aber bestimmt: „Entschuldigen Sie, Herr Lehrer, ich muss nach meiner Freundin sehen!" und verließ den Raum.

Hilde lief geradewegs nach Hause, wo sie ihrer Mutter in der Küche alles berichtete. Maria traf kurz danach bei den Gottschalks ein, nahm ihre Freundin Hilde in den Arm und sagte: „Ich habe dem Fiesling gleich gesagt, ich muss nach meiner Freundin sehen, wie geht es dir?"

„Ach Maria, so ein gemeiner Mensch. Da geh ich nicht mehr hin!" rief Hilde wütend und Frau Gottschalk hatte alle Mühe ihre Tochter zu beruhigen.

„Bleib doch zum Essen, Maria!" lud sie Maria ein, die dankend annahm. Frau Gottschalks *Bifsteaks* waren köstlich.

Als Maria nach dem Mittagessen gerade gehen wollte, stand Herr Müller vor der Tür.

„Bitte verzeihen Sie, es ist das Lehrprogramm, das ich zu unterrichten habe. Ich habe nicht gewusst, dass ein jüdisches Kind in der Klasse ist."

Hildes Eltern nahmen die Entschuldigung an.

Mühlbach, 9. Mai 2002

Doch Hilde ging nach diesem Tag nicht mehr mit Maria in die Mühlbacher Volksschule. Da Herr Gottschalk im ersten

Weltkrieg Frontkämpfer gewesen war, bekam Hilde die Erlaubnis, auf die „Höhere Töchter Schule" nach Bruchsal zu gehen.

Maria hätte Hilde gerne begleitet, aber ihr blieb dies als einfaches Bauernmädchen verwehrt. Auf die höhere Schule durfte nur ihr Bruder Karl.

Maria blätterte in Karls Heft und las den Titel des ersten Gedichtes: „Weltkrieg", doch an den Krieg mochte sie jetzt nicht denken. Sie legte das Schreibheft ihres Bruders zur Seite und widmete sich den anderen Dingen aus der Schatzkiste.

Als nächstes fiel Maria ein kleines Heftchen in die Hände, das gar keinen Umschlag mehr hatte. Die Schrift war kaum zu entziffern, aber sie erkannte sie sofort. Es war das Rezeptheft ihrer Mutter, die noch in Sütterlin geschrieben hatte, jener Schreibschrift, die ihre Mutter in der Schule gelernt hatte und die danach abgeschafft wurde. Maria musste schlucken.

Kochen und Backen war die große Leidenschaft ihrer Mutter gewesen. Wenn sie kochen konnte, war sie glücklich und sie konnte aus nichts ein wunderbares Gericht zaubern. Auch wenn der Alltag für sie oft unüberwindbare Hürden bereitgehalten hatte, beim Kochen war für sie die Welt in Ordnung. Mit einem Lächeln auf den Lippen schlug sie das Rezeptheft auf. Bei der Nummer 58 stand der seltsam klingende Name „Pitzauf" und erinnerte sie an das letzte Mal, als Emilie das Gericht zubereitet hatte.

Mühlbach, 7. Juli 1937

Maria stand neben ihrer Mutter und nahm ihre Instruktionen entgegen:

„Nimm ein dreiviertel Pfund Mehl und setz es auf die Kohlen. Schneide 12 Lot Butter in Scheiben, knete sie so lange darin bis beides sich angenommen hat. Dann nimmst du die Schüssel vom Herd, rührst ein halb Maß gute laue Milch hinein, gibst 9 Eier und etwas Salz hinzu und dann füllst du es in Förmchen und backst es in schneller Hitze."

„Kannst du bei mir bleiben Mutter? Ich weiß nicht, ob ich mir das alles merken kann."

„Du wirst dir doch wohl so ein einfaches Rezept merken können," entgegnete Emilie gereizt. „Zuerst gehst du zu den Hühnern und schaust nach den Eiern, dann holst du noch Milch aus dem Stall."

Maria lief rasch über den Hof und die Treppen in den Garten hinunter. Die Hühner gackerten fröhlich im Stall und nebenan war die Kuh Berta, die Oma Christines ein und alles gewesen war. Maria schaute nach den Eiern, fand aber nur sieben. Im Stall füllte sie aus der großen Milchkanne ein halbes Maß in eine kleine Milchkanne ab.

Mit Eiern und Milch ausgerüstet kam sie in die Küche zurück.

„Wo bleibst du nur Maria, ich muss doch rechtzeitig mit dem Essen fertig sein, bis deine Brüder von der Schule zurück sind!", fuhr ihre Mutter sie an.

„Entschuldige, Mutter, aber ich konnte nicht mehr als sieben Eier finden."

„Ach die reichen auch, nur weniger als sechs sollten es nicht sein!" Emilie schob Maria an den Herd. „Die Butter habe ich schon in Scheiben geschnitten, jetzt musst du den Teig kneten. Aber wasch dir noch einmal die Hände."

Folgsam wusch sich Maria die Hände und machte sich an die Arbeit. Doch der Teig wollte nicht zu einer homogenen Masse werden.

Schließlich schob Emilie Maria kopfschüttelnd zur Seite. „Gedichte kannst du schreiben, aber kochen und backen kannst du nicht. Ich weiß nicht, welcher Mann dich mal nehmen soll! Käte komm her und mach du weiter."

Käte hatte der Hunger in die Küche getrieben. Sie war sehr geschickt im Kochen und Backen. Maria machte ihrer jüngeren Schwester ohne zu murren Platz und half kurz darauf beim Einfüllen des Teiges in die Förmchen. Als Gehilfin war sie sowohl von ihrer Schwester als auch von ihrer Mutter akzeptiert, zur rechten Köchin oder Bäckerin hatte sie nicht das Talent. Aber das störte sie nicht weiter, solange das Essen rechtzeitig fertig wurde und alle zufrieden waren.

Käte nahm gerade den Pitzauf aus dem Ofen, als die Brüder von der Schule zurückkamen. Gemeinsam saßen sie alle um den Küchentisch und nach dem Mittagsgebet wurde fröhlich gegessen. Es war eine zufriedene, gelöste Stimmung. Mutter Emilie war glücklich all ihre Kinder um sich herum versammelt zu haben und ihr ältester Sohn Karl, der auf dem Platz von Vater Hans-Jakob saß, wenn dieser unter der Woche erst abends von der Arbeit nach Hause kam, nahm seine Aufgabe als stellvertretendes Familienoberhaupt gewissenhaft wahr.

Dies brachte ihm wiederum dankbare Blicke seiner Mutter ein, die auf ihren ältesten Sprössling so stolz war, wie sonst auf keines ihrer Kinder.

„Aus dem wird was ganz Besonderes", pflegte sie immer zu den Frauen im Dorf zu sagen. „Der wird bestimmt mal Bürgermeister oder noch was Größeres!"

Und die Frauen stimmten Emilie zu, denn der Karl, der hatte wirklich das Zeug dazu. Maria sagte nie etwas dazu, denn sie wusste von Karls großer Leidenschaft für die Poesie, von der die Mutter wiederum gar nichts hielt, denn damit konnte man ja kein Geld verdienen. Karl las nur seiner Schwester Maria seine Gedichte vor, die wiederum ihre poetischen Ergüsse mit ihm teilte.

Auch wenn Maria noch gerne bei diesem fröhlichen Moment in ihrer Erinnerung verweilt hätte, so wollte sie doch jetzt lieber ihrem Bruder Karl näher sein und nahm wieder sein Schreibheft mit den Gedichten zur Hand. In der Mitte des Heftes war ein Brief, fein säuberlich zusammengelegt. Sie faltete ihn auf und erkannte sofort Karls schöne, gleichmäßige und ordentliche Schrift.

Den 19.10.41

Liebe Angehörige,
Es mögen ungefähr vier bis fünf Wochen her sein, seit ich die letzte Post von zu Hause erhielt – eigentlich komisch, weshalb ich zur Zeit so wenig Post erhalte. Mir selbst geht es noch gut und es ist bei mir noch alles in Ordnung, was ich von euch allen zuhause auch noch hoffe. Von Vater erhielt ich vor Tagen eine Zeitung, auf deren Rand er mir mitteilte, dass er sich zu Hause auf Urlaub befände. Gottseidank ist dies nun mal endlich zur Tatsache geworden. Zeit hierfür war es schon lange.
Nun was berichtete denn so der Auslandurlauber, gefällt es ihm im schönen Sowjetparadiese? Sind Eugen und Fritz noch zu Hause? Dann habe nur ich selbst gefehlt. Sollen sie noch nach Frankreich? Hoffentlich.

Was gibt es sonst Neues von Zuhause zu berichten? Wie war so die Ernte bei uns im Allgemeinen? Kartoffeln muß es ja nach der Rede Görings zu schließen, sehr viele gegeben haben.

Etwas was ich jetzt sehr vermisse und was es bestimmt in der Heimat zur Zeit ohne das bekannte Vitamin B auch nicht gibt, wäre ein echter Kirsch oder sonst ein guter Schnaps, das ist das, was ich am allermeisten vermisse. Heute lege ich nun wieder meine Päckchenmarke bei.

Damit für heute genug. Fernerhin alles Gute und viel Glück, an alle in der Schützenstraße 36 sowie

Heil und Sieg

Karl

Maria dachte an die gemeinsamen Abende, in denen sie den Schnaps vom Großvater stibitzt hatten und sich beim Kohlplattenschlag ein paar Kurze genehmigten. Aber die Erinnerung reichte nur für ein kurzes Lächeln. Wie wenig er doch von seinen Gefühlen preisgegeben hatte, wenn es um die Post an die Familie ging. Wie es wirklich in ihm aussah, drückte er in seinen Gedichten aus. Maria las das Gedicht, das aufgeschlagen vor ihr lag:

Heimweh im Herbst

Wann wird der Zeiten Stunde schlagen
Die mich als deutscher Mann befreit,
erlöst von all den schweren Plagen
aus dieser Einöd weit und breit.
Die Stunde, die mich wiederbringt
ins Deutschland, das mir doch so lieb.

Dass wieder Leben in mich dringt,
dass mir noch in Erinnerung blieb.
Wann wird der Zeiten Stunde schlagen,
da ich mein Deutschland wieder seh,
wo stolz der Ahnen Burgen wagen,
ihr Bild sich spiegelt im tiefen See.
Wo die Wälder so weit
und die Wiesen so grün,
wo am Bach viel schöne Blumen blühn,
wo die Bächlein rauschen von Berg zu Tal,
das Mühlrad sich dreht am Wasserfall.
Wann wird der Zeiten Stunde schlagen,
wo ich daheim bei meinen Lieben
sein wird', sie mündlich fragen:
Wo bist du nur geblieben,
oh fraget nicht,
ich zog so stolz und frei hinaus.
Ich tat für Deutschland meine Pflicht und komm jetzt nach
Haus.
Wird der Zeiten Stunde schlagen,
die Glocken rufen zum Gebet,
will ich Lob und Dank dem Schöpfer sagen,
wenn er den Frieden uns beschert.
Mög er ihn nur lang erhalten,
krön unser Tun mit Glück und Segen.
Drum lass ich meinen Herrgott walten,
befiehl mich ihm auf allen Wegen.

Maria schüttelte den Kopf, doch sie konnte nicht anders, sie musste auch das nächste Gedicht ihres Bruders lesen:

Heimweh im Frühjahr

Sinnend schau ich ins Tal
Wärmend kommt der Sonnenstrahl
Neues Leben blüht aus den Ruinen
Was macht mein Herz so traurig bang,
was zieht so trübe durch den Sinn.
Gefangen bin ich schon so lang,
drum ich so traurig bin.
Traurig wend ich ab den Blick,
denk an vergangne Zeit,
nur in der Heimat blüht mein Glück, die von mir liegt so weit.
Was macht mein Herz, so traurig bang
Was hebt die Brust so schwer,
die Heimat sah ich nicht so lang,
nach ihr sehn ich mich sehr.
Noch denkend meiner Heimat fern,
sah fremde Menschen ich.
Es machte hin zu meinem Herrn,
mein trauriges Geschick,
es pocht mein Herz so wild, so bang,
es ballt die Faust in sich,
die Freiheit entbehr ich schon so lang,
erringen möcht` sie ich.
Und kühn schau ich zum Himmel auf,
zu dem, der alles schuf,
Herr leite meines Lebens Lauf,
erhöre meinen Ruf.
Was pocht mein Herz so freudig lang,
was wallt so wild das Blut?

Herr, schirme meines Lebens Lauf,
dass enden mög es gut.

Traurig schlug Maria das Schreibheft zu. Nein, noch mehr
Gedichte von ihrem Bruder konnte sie unmöglich ertragen.
Der Herr hatte ihren Bruder nicht behütet und es war nicht
gut für ihn ausgegangen.

Sie griff nach dem Zeugnisheft ihrer Schwester Charlotte.
Charlotte war immer eine gute Schülerin gewesen. Oben
auf dem Entlassungszeugnis der Mühlbacher Volksschule
war der Reichsadler abgedruckt, der einen Lorbeerkranz in
seinen Fängen hielt mit dem Hakenkreuz in der Mitte.

Für Führung und Haltung hatte die folgsame Charlotte
ein *Sehr Gut* erhalten. Alle anderen Fächer hatte sie mit gut
abgeschlossen: Deutsch, Geschichte, Erdkunde, Lebens-
kunde und Naturlehre (Naturkunde), Musik, Zeichnen und
Werken, Hauswirtschaft und Rechnen und Raumlehre.
Auch für ihre Schrift hatte sie ein *Gut* bekommen. Eine
Religionsnote fand sie nicht im Zeugnis, doch dann fiel Maria ein, dass das ja im Dritten Reich als Schulfach abgeschafft
worden war und sie freiwillig am Religionsunterricht teil-
genommen hatten. Sie fand Charlottes Zeugnis über die
Teilnahme am konfessionellen Religionsunterricht und
wie sie es nicht anders erwartet hatte, hatte sie in diesem
Fach ein *Sehr Gut* erhalten. Charlotte war, im Gegensatz zu
Maria, ihrem katholischen Glauben sehr treu gewesen und
konnte so die Aufgaben stets freudig erfüllen. Zu Marias
Überraschung hatte sich auch noch ein Aufsatz, den Charlotte hatte schreiben müssen, in ihr Zeugnisheft verirrt.
Maria begann zu lesen:

Die Zeit des Umbruchs

Was mir meine Schwester Käte über die Zeit des Umbruchs 1932/33 erzählt hat: Das waren ereignisreiche Jahre. Sie hörte viele Namen und Ausdrücke die sie damals noch nicht recht verstand, wie: Reichsbanner – Nazi – Stahlhelm – Kommunisten – Rotfront – Terror…„Heil Moskau", „Heil Hitler"! So konnte man es auf den Straßen hören. Heute wissen wir, dass die Zeit zu Ende ging, wo sich die vielen Parteien gegenseitig zerfleischten und die Arbeitslosigkeit bis zu 7 Millionen stieg. Am 30. Januar 1933 war Adolf Hitler vom Reichspräsidenten von Hindenburg zum Reichskanzler berufen worden. Jetzt wütete erst recht der rote Mob; er wollte sich noch austoben. Das Reichstagsgebäude ging am 27.2. in Flammen auf. Doch schon am 21. März 1933 wehte mächtig die Frühlingsluft des dritten Reiches, als in der Garnisonskirche zu Potsdam durch einen Staatsakt der Reichstag feierlich eröffnet wurde. Hindenburg und Hitler stiegen gemeinsam zur Gruft ihres großen Vorgängers Friedrich II, der gesagt hatte: „Ich bin der erste Diener des Staates."

Die 1. Große Arbeitsschlacht.

Mit dem 30. Januar 1933, als der Reichspräsident von Hindenburg den Führer Adolf Hitler zum Reichskanzler ernannte, begann eine neue Zeit für Deutschland. Das merkte man bald in jedem Ort. Jetzt war es vorbei mit den Zigarettenbuben, Kettenrauchern und Eckenstehern. Es wurde Holz beigeschafft und Arbeitsdienstlager wurden gebaut. Jetzt marschierten sie singend mit dem Spaten auf dem Rücken durch die Straßen und wir Kinder hintendrein. Mit dem Jahre 1935 kam das Jahr der Abstimmung für die Saarländer. 90% stimmten zu Deutschland. Wir bekamen Seife aus dem Saarland und

Geschirr. Als das Sudetenland heimgeholt wurde, musste es lei-
den unter den Tschechen. Und als die Deutschen ins Sudeten-
land einmarschierten, wurden auch viele verletzt. Am 13.
März ist Österreich wieder ins deutsche Reich heimgekehrt. Am
5. August 1935 starb Hindenburg und Adolf Hitler übernahm
die Regierung.

Unter dem Text stand eine *2/3* und ein großes *K.*

Auf der Rückseite des Textes hatte Charlotte noch eine Karte gemalt und sie mit einem Maßstab versehen. Maria fragte sich, ob das K wohl für den Klassenlehrer Herrn Klaus gestanden haben könnte, den Charlotte nie gemocht hatte.

In diesem Moment klingelte ihr Telefon. Es war Angela.

„Bin ich froh, dass du anrufst", sagte Maria erleichtert. Endlich konnte sie ihrer Freundin von Sofias Rettung berichten. Mit jedem Wort, das sie Angela erzählte, fiel ein Stein von ihrem Herzen. Es war richtig gewesen, nach Mühlbach zurückzukehren!

In diesem Moment klopfte es an der Tür.

„Gehst du mit mir spazieren?", fragte Zoe und zog Maria aus ihrem Sessel, ohne eine Antwort abzuwarten.

Kurz darauf saßen Maria und Irmgard unter zwei Linden auf der Bank vor der Marienkapelle, während Zoe Blumen für Sofia pflückte. Maria kannte die kleine Kapelle nicht. Die alte war 1947 abgerissen worden und 1953 wurde die neue Kapelle im Gewann Pfrimmenäcker eingeweiht. Im Krieg hatten sich in der alten Kapelle Flakhelfer und Soldaten untergestellt, wenn das Wetter schlecht war.

Maria musste an ihren jüngeren Bruder Otto denken, der auch zu den Flakhelfern gehört hatte und an den Angriff im Oktober 1944.

„An was denkst du?", fragte Irmgard.

„An damals. Aber das ist jetzt nicht so wichtig."

„Doch, es ist wichtig! Erzähl es mir, ich weiß gar nichts von früher, Mutter hat nie etwas erzählt…"

Mühlbach, 2. Oktober 1944

„Ich musste wieder aufs Feld", begann Maria. „Schließlich muss man ja von etwas leben im Krieg und Kartoffeln müssen nun mal im Oktober geerntet werden. Ich nahm Otto mit. Er wollte immer etwas erleben und ein Held sein. Die anderen sollten zuhause bleiben. Es war zu gefährlich auf dem Feld. Kein Schutz, wenn die Jagdbomber kamen. Wir machten uns an die Arbeit. Es waren auch noch andere Frauen auf den Feldern, manche hatten ihre Kinder dabei, auch jüngere als Otto. Käte kam angefahren und hatte Theresia auf dem Sattel dabei. Alle zusammen begannen wir die Kartoffeln einzusammeln. Es ging schnell und wir waren froh, es bald geschafft zu haben. Da hörten wir auf einmal von Ferne das Geräusch der Flieger.

„Schnell weg hier!", rief ich. Doch wohin sollten wir rennen? Es gab keine Bäume, hinter denen wir uns hätten verstecken können.

„In die Kapelle!", rief Otto und rannte los. Es waren mindestens zweihundert Meter. Otto war schon weit voraus, Käte fiel das Laufen schwer, doch inzwischen waren die Flieger in Sichtweite. Ich nahm Theresia auf den Arm und rannte. Nur noch fünfzig Meter. Otto war bereits in der

Kapelle verschwunden. Die Flieger waren über uns und wir waren unter Beschuss. Ich warf mich auf den Boden und vergrub Theresia unter mir. Sie durfte nicht sterben, nicht für ein paar Kartoffeln. Die Granaten schlugen direkt neben mir ein. Die Erde war trocken, um mich herum ein Nebel aus Staub. Die Feuersalven wollten nicht aufhören, ich lag mit meiner Schwester im Arm und betete, bis es irgendwann ruhiger wurde. Die Jagdbomber waren weitergeflogen. Ich drehte mich zur Seite. Theresia rührte sich nicht.

„Theresia, Theresia wach auf." Ich schüttelte sie, doch sie hing in meinen Arm wie ein lebloser Sack. Dann endlich, schlug sie die Augen auf.

„Theresia, meine liebe Theresia." Ich hielt sie fest und drückte sie an mich.

„Alles ist gut. Alles ist gut." Ihr kleiner Körper schmiegte sich an mich und hielt mich fest. Ja, Theresia hielt mich fest, nicht umgekehrt. Ihr kleines Leben war voller Kraft.

„Wir haben es geschafft, Theresia, wir haben es geschafft!"

„Ja, der Engel hat sich über uns gestellt, er hat seine Flügel über uns ausgebreitet und uns beschützt", flüsterte sie mir ins Ohr.

Ich nickte nur und hielt sie noch fester, schließlich wollte ich ihr ihren Glauben an ihre übernatürliche Bewahrung nicht nehmen. Dennoch konnte ich nicht anders, als mich umzusehen. Außer Staub war da nichts auf dem Acker. Käte und Otto kamen aus der Kapelle gerannt. Käte schüttelte sich vor Tränen und sogar der tapfere Otto zitterte.

„Der Herr hat euch beschützt!", flüsterte Käte und Theresia nickte. „Kommt lasst uns schnell nach Hause gehen, die Mutter wird fast gestorben sein vor Angst."

In diesem Augenblick flog eine Boeing 737 über Maria und Irmgard hinweg. Maria zuckte zusammen.

„Keine Angst." Irmgard legte den Arm um sie. „Das ist nur ein Passagierflugzeug. Vielen Dank für diese Geschichte. Der Engel hat euch beschützt, so wie er Sofia und das Baby beschützt hat."

Beide sahen sie Zoe zu, die inzwischen einen wunderschönen Blumenstrauß gepflückt hatte, dann drückte Irmgard Marias Hand. „Sollen wir zurück gehen?", fragte sie.

„Gerne. Könnten wir am Friedhof vorbeigehen und das Grab meiner Mutter besuchen?"

„Das gibt es schon lange nicht mehr, Maria. Nur noch das von meinem Vater und Karl-Jonathan. Da er nie geheiratet hat und mein Vater auch immer für ihn wie ein Vater war, wurde er dort beigesetzt. Komm ich zeige es dir!" Zoe folgte den beiden Frauen fröhlich hüpfend. Und Maria musste an Karl-Jonathan denken, an Otto und an Theresia.

„Wo wurde Theresia begraben?", frage sie dann auch sofort.

„In Davos. Ihr Ehemann kümmert sich um ihr Grab. So tragisch, an einer Erdbeere zu ersticken. Sie war immer so voller Leben gewesen, die Tante Theresia und als Bankerin hat sie auch richtig Karriere gemacht. Oft gesehen habe ich sie allerdings nie…. Genauso selten wie den Onkel Otto. Als Berufssoldat war er immer unterwegs. Eines Tages kam er dann nicht mehr von einem Auslandseinsatz zurück. Ich weiß ehrlich gesagt gar nicht, wo er begraben ist." Maria schluckte, doch da waren sie schon vor Hans Grab angelangt.

Das Grab bestand aus einem schlichten, glattpolierten, anthrazitfarbenen Grabstein, auf dem ein großer Engel mit ausgebreiteten Flügeln und offenen Armen zu sehen war. „In Frieden" stand daneben. Davor war eine große Grabplatte in der gleichen Farbe.

„Meine Mutter wollte keine Arbeit mit den Blumen haben", meinte Irmgard.

Aber ein Ewigkeitslicht leuchtete und ein wunderschöner Frühlingsstrauß stand darauf. Maria bückte sich. Mein lieber Hans, dachte sie und fuhr mit der Hand über die Inschrift, bitte verzeih mir, dass ich dir nie geantwortet habe und du dich nie von deiner Liebe zu mir befreien konntest. Ich hoffe, du hast deinen Frieden gefunden und einen Engel, der dich zu deinem Heiland geführt hat. Ich mach mein Schweigen wieder gut, das verspreche ich dir. Ich bin jetzt da und Käte und ich sind auf einem guten Weg. Und der Sofia geht's gut, das weißt du ja."

Maria besprengte das Grab zum Abschied mit Weihwasser und spürte, dass Hans ihr verziehen hatte, schon lange.

Als Maria am Abend unter ihre Bettdecke schlüpfte, stieg ihr ein süßer Duft in die Nase. In einem kleinen Väschen auf ihrem Nachttisch waren ein paar Maiglöckchen, die Zoe wohl für sie gepflückt hatte. Maria lächelte. Sie schloss die Augen und ihr fiel ein Gedicht ein, dass sie mit vierzehn Jahren geschrieben hatte, damals als das Leben noch unbeschwert war:

Die Sonne versinkt,
doch in mir klingt,

das Lied des Lebens.
Ich höre es rauschen,
ich will ihm lauschen,
dem Lied des Lebens.
Kann ich es manchmal auch nur ahnen,
es will sich den Weg zu mir bahnen:
das Lied des Lebens.
Morgen werde ich die Sonne wieder sehn,
drum will ich den Weg des Lebens gehen.

Maria schloss die Augen und begann von Maiglöckchen zu träumen und wieder von jener Lichtung, nicht weit von Mühlbach entfernt, im Rheinshofener Wald, zu der sie damals gemeinsam mit dem Fahrrad gefahren waren.

Maria ließ sich fallen in dieses Meer aus Grün. Die grünen Zweige, die sich zum Licht emporstreckten und diesen wunderbaren grünen Duft aus Mai, frischen Blättern und Sonnenstrahlen. Die Sonne schien durch das frische Grün hindurch und Marias Herz tanzte mit dem Lichterspiel. Das Laubdach war mal dicht, mal durchlässig und überall auf dem Boden waren Maiglöckchen. Ein ganzer Teppich aus Blumen ausgebreitet zu ihren Füßen, zu den Füßen der Maienkönigin.

Und auf einmal waren sie alle wieder da. Hans und Heinrich, ihre Geschwister und alle pflückten sie Blumen und von Hans bekam Maria den größten Strauß. Auch die anderen Jungen waren fleißig, denn erst nach dem Pflücken durften sie Fußball spielen – es wäre eine Schande gewesen, die schönen Blumen zu zertrampeln. Und jeder wusste, dass man mit einem Strauß Maiglöckchen bei der Großmutter und der Mutter so manches gut machen konnte: ein schön geschmückter Marienaltar war in jedem katholischen Schlafzimmer Pflicht. Den betörenden Duft der Maiglöckchen nahmen sie alle mit nach Hause und in ihre Träume vom Grün der Hoffnung und dem Lied des Lebens.

11

NUMMER 43

Mühlbach, 10. Mai 2002

Am nächsten Morgen fuhr Maria allein zu Sofia ins Krankenhaus. Irmgard und Zoe waren Geschenke für das Brüderchen einkaufen gegangen. Jens hatte nicht gewollt, dass Zoe ihre Mutter im Intensivzimmer sah und jetzt, da es klar war, dass es ein Junge werden würde, konnte Zoe es noch weniger erwarten, ihr Geschwisterchen in den Armen zu halten.

Sofia war enttäuscht, ihr Tochter nicht umarmen zu können. „Ich mache mir solche Sorgen um meine Kleine. Wie geht es ihr denn?"

„Es geht ihr gut. Sie weiß nichts von deinem wirklichen Zustand und denkt, du und das Baby, ihr seid nur zur Kontrolle im Krankenhaus."

„Ihr habt ja recht, es ist gut, dass sie nicht so genau Bescheid weiß. Und wie geht es Jens? Wie kommt er zurecht?"

Die tiefen Ringe unter den einstmals großen, leuchtenden Augen ließen Sofia noch erschöpfter wirken und ihr hübsches Gesicht war schmal und grau geworden. Maria streichelte ihr über die eingefallenen Wangen und beruhigte sie. „Jetzt geht es nur um dich und das Baby. Ihr zwei müsst zu Kräften kommen, das ist die Hauptsache. Mach dir um die anderen keine Sorgen.“

„Ach Maria, ich bin so froh, dass du da bist. Bei dir weiß ich, dass du mich verstehst, und deine Zuversicht macht mir Mut. Meinst du mit dem Baby ist wirklich alles in Ordnung?“

„Ja, ganz bestimmt und auch du wirst wieder vollständig zu Kräften kommen. Aber es braucht Zeit und viel Geduld.“

„Geduld ist nicht gerade meine Stärke“, gab Sofia zu. „Und wie geht es dir, Maria? Wie ist es wieder zuhause zu sein?“

Maria wusste nicht, was sie auf diese Frage antworten sollte. Mühlbach war noch lange nicht wieder ihr Zuhause geworden. „Mir geht es gut, meine Liebe. Aber es ist nicht einfach für mich.“

„Das kann ich mir denken. Oma Käte ist manchmal ein bisschen schwierig.“ Sofia dachte einen kurzen Moment nach, dann fuhr sie fort. „Weißt du Maria, erst an jenem Tag, als wir die Schatzkiste von dir gefunden haben, habe ich von dir erfahren. Ich wollte gleich mehr über die Tante in Amerika wissen, aber Irmgard und Jens konnten mir nichts sagen und Käte wollte nicht. Sie war ganz komisch. So beschloss ich, die beste Art dich kennenzulernen, wäre dich einzuladen. Es hat mich viel Überzeugungskraft gekostet, Käte dafür zu gewinnen. Aber jetzt bist du da und ich hoffe, dass du es nicht bereust.“

„Natürlich nicht. Ich bin dir so dankbar, dass du mir geschrieben hast. Es war genau zur richtigen Zeit und ich

bin sehr froh, dass ich da bin, vor allem jetzt, hier bei dir!"
Maria nahm Sofias Hand. Sie sah noch müder aus. „Soll ich
wieder gehen? Ich glaube, du brauchst Ruhe."

„Nein, bitte bleib. Du wolltest mir doch alle meine
Fragen beantworten!"

„Aber das muss ja nicht heute sein."

„Doch. Bitte, Maria, sag mir, warum bist du damals fort
und warum hast du all die Jahre nichts von dir hören lassen?"

Maria schwieg einen Moment. „Es gab sehr viele Grün-
de. Es ist sehr viel passiert, damals im Jahr 1945 und ich
bin fort, weil ich es in Deutschland nicht mehr ausgehalten
habe."

„Aber warum hast du es in Deutschland nicht mehr
ausgehalten?" Sofia bohrte weiter, mit leiser Stimme zwar,
aber sehr bestimmt. „Bitte erzähle es mir."

Mühlbach, 3. Februar 1943

Es war ein kalter Februarmorgen. Familie Heil saß beim
Frühstück, als der Ortsbüttel Alois klopfte und einen Brief
überbrachte. „Vom Siegfried Huber!" Post von der Partei,
Siegfried Huber war der Ortsgruppenleiter von Mühlbach.

Post von der Partei bedeutete nie etwas Gutes. Mit
zitternden Händen öffnete Mutter Emilie den Brief und las.

„Das kann doch nicht wahr sein, wie soll ich das denn
machen!", rief sie. „Sie haben mir schon meinen Mann und
meine Söhne weggenommen, jetzt wollen sie mir auch noch
die Maria wegnehmen!"

Großvater Gustav erhob sich, ging zu seiner Tochter
und wollte den Brief selbst lesen. Doch Emilie hielt ihn

umklammert. Stattdessen fragte er: „Was ist denn los Emilie?"

„Maria soll nach Eisenach in Thüringen und dort in einem Rüstungsbetrieb arbeiten. Das geht doch nicht."

„Das geht wirklich nicht. Lauf und sag es dem Siegfried, dass sie doch nach Karlsruhe gehen kann und dort für die Rüstungsindustrie arbeiten."

„Ja, das mach ich, und du kommst mit Maria."

Gemeinsam machten sich die zwei Frauen auf den Weg zum Ortsgruppenleiter und Maria erlebte wie aus ihrer verzweifelten, überforderten Mutter eine mutige Löwin wurde: Emilie baute sich direkt vor Siegfried Huber auf, ging auf die Zehenspitzen, erhob den Zeigefinger und bevor der Ortsgruppenleiter etwas sagen konnte, schrie sie ihm direkt ins Gesicht: „Dass du dich nicht schämst Siegfried. Du weißt doch, dass ich die Maria brauch. Ich werd's dem Herrn Pfarrer sagen und dann kannst du was erleben!"

„Beruhig dich, Emilie," beschwichtigte sie ein sichtlich überforderter Siegfried Huber. „Ist ja Recht. Dann soll sie halt nach Durlach fahren zum Arbeitsdienst. Sie haben die Nähmaschinenfabrik Gritzner in eine Rüstungsfabrik umfunktioniert. Da werden seit Kriegsbeginn Zünder und Granathüllen für die Rüstung produziert."

Emilie war zufrieden und sehr erleichtert, dass ihre älteste Tochter, ihre große Stütze, bei ihr bleiben konnte und sie sie nur untertags entbehren musste. Abends und am Wochenende konnte sie ihr ja nach wie vor zur Seite stehen.

Während Käte ihre Schwester bemitleidete, dass sie sich jeden Tag auf die gefährliche Fahrt ins fünfundzwanzig Kilometer entfernte Karlsruhe machen musste, war Maria froh, aus der Enge der Familie zu entfliehen. Auch wenn die Zuglinie regelmäßig beschossen wurde und auch wenn die Arbeit bei der Firma Gritzner kein Zuckerschlecken war, so bedeutete es für Maria vor allem eins: Freiheit.

Jeden Morgen saß sie im überfüllten Zug, schaute aus dem Fenster und sah wie die Wälder der Hardt an ihr vorüberzogen. Die Bänke, auf denen sie eng aneinader gedrängt saßen, waren hart und kalt. Sie wackelten, obwohl sie mit Metallstücken am Boden und an der Wand festgemacht waren. In der dritten Klasse, in der Maria fuhr, funktionierte die Heizung nicht immer, im Gegensatz zum Abteil der ersten Klasse, in dem die feinen Leute saßen. Doch das störte Maria nicht.

Die Arbeit in der Rüstungsfabrik machte Maria keine Freude, sie war stupide und für den falschen Zweck, aber Maria war fleißig und ruhig und tat einfach ihre Arbeit.

Eines Morgens fiel ihr Blick auf ein Plakat, das in der Eingangshalle der Werkstatt hing: „Schreibt unseren Soldaten an die Front! Dient dem Vaterland!" Maria wollte zwar nicht dem Vaterland dienen, aber sie wollte schreiben. Ihrem Bruder Karl hatte sie immer geschrieben, aber der war tot und sie vermisste ihn schrecklich. Ihre zwei Brüder Fritz und Eugen waren auch an der Front, aber von den Beiden kamen nur selten Briefe und wenn dann waren sie so kurz wie Marias Antworten. Sie hatte keine Lust ihren Brüdern über die Arbeit, die Situation in der Familie und im Dorf zu berichten, aber etwas Anderes interessierte sie nicht – sie hatte nicht viel gemeinsam mit Fritz und Eugen. Doch wenn ein Soldat Post erhalten wollte und so musste es ja wohl in diesem Falle sein, dann wollte der ja auch schreiben.

An diesem Abend schrieb sie ihren ersten Brief. Nur einen kurzen, sie wusste ja nicht, was den Soldaten interessieren würde. Deshalb stellte sie sich und ihre Familie darin vor und beschrieb als erstes ihr Elternhaus: Das große Fachwerkhaus mit drei Stockwerken, davon zwei Vollstöcke, und mit einem ausgebauten Dach. Ihr Zimmer, das sie sich mit Käte und Charlotte teilte. Im Erdgeschoss die Küche, das Wohn- und Esszimmer, das zur Straße ging. Es hatte drei Fenster mit weißen Vorhängen und hellbraunen Fensterläden. Im ersten Stock das Schlafzimmer ihrer Eltern, das Zimmer ihrer Brüder und das Zimmer von Opa Gustav. Im zweiten Stock war das Zimmer ihrer vier jüngeren Geschwister, geräumig, aber mit Dachschräge. Das reichte fürs Erste. Alles Weitere dann im nächsten Brief!

Als sie den Umschlag auf der Post abgeben wollte, wurde sie nach der Nummer gefragt, an die der Brief gehen sollte. Eine Nummer? Maria war auf diese Frage nicht vorbereitet, aber da sie das Plakat in der Rüstungsfabrik gesehen hatte, nannte sie einfach die Nummer ihres Arbeitsplatzes: 43.

Der Postbeamte nickte und schrieb eine große 43 auf den Umschlag.

Maria musste nicht lange warten, da händigte ihre Mutter ihr einen Brief von der Front aus. „Wieso bekommst du Post von einem Michael Ihme?", wollte ihre Mutter wissen, aber in diesem Moment bekam der kleine Karl-Jonathan Hunger und für Marias Antwort war keine Zeit.

Maria war so neugierig, dass sie es gerade noch auf ihr Bett in ihrem Schlafzimmer schaffte, bevor sie den Brief öffnete:

Maronia, 24. März 1943

Liebe Maria,
ich danke dir, dass du mir schreiben möchtest. Mein Name ist
Michael Ihme und ich komme aus Carlsruh bei Mellenthin auf
Usedom. Ich bin am 23.11.1920 geboren. Meine Eltern sind
Theodor und Gesine Ihme, geborene Maleitske. Mein Vater ist
Pfarrer in Mellenthin. Ich habe noch drei Geschwister: Mina,
Manfred und Meinrad. Im Jahr 1939 habe ich Abitur gemacht
und darauf begonnen Theologie zu studieren.
Ich liebe das Meer. Mellenthin liegt nicht direkt am Meer, aber
mit dem Fahrrad bin ich in viezig Minuten an der Ostsee.
Ich bin jetzt im Balkan. Zurzeit sind wir in Griechenland,
in Maronia stationiert. Es ist schön hier, wenn man das sagen
darf, im Krieg. Tagsüber habe ich viel zu tun, nachts muss ich
auf unserem Posten Wache schieben. Da habe ich viel Zeit. Ich
versinke im Sternenhimmel und fühle mich als ob ich keine
Grenzen hätte und ein Teil des Himmels wäre. Nachts kann
ich mich einfach fallen lassen in die Unendlichkeit des Firma-
ments.
Ich schicke dir ein Gedicht mit, das ich in der letzten Silvester-
nacht geschrieben habe, ich hoffe es gefällt dir.
Ich hoffe so sehr, dass du mir schreibst. Ich brauche ein Lebens-
zeichen von einer anderen Welt. Ich möchte deine Welt ken-
nenlernen, deine Familie, deine Interessen.
Dass ich gerne schreibe, hast du ja bereits bemerkt, natürlich
lese ich auch sehr gerne. Ich habe viele Schriftsteller, die ich
gerne mag, doch Rilke ist mein Lieblingsdichter. Und du?
Oh, mein Kamerad Bernhard sagt mir gerade, ich soll dir auch
noch schreiben, wie ich aussehe, hätte ich fast vergessen: Ich bin

1,89 m groß, habe dunkle Haare und braune Augen. Bernhard
sagt, ich soll schreiben, ich sei stattlich. Ich habe große Hände,
die auch anpacken können, obwohl ich eher ein Schreiberling
als ein Handwerker bin.
Nun meine liebe Maria, grüßt dich hochachtungsvoll aus der
Ferne und voller Vorfreude auf deinen nächsten Brief,
dein Michael.

Bruchsal, 10. Mai 2002

„Mit dem Brief hat er mein Herz im Sturm erobert", sagte
Maria zu Sofia. „Wir haben uns ein ganzes Jahr geschrieben und dann hat er mich im folgenden Jahr im September
1944 besucht. Aber davon erzähle ich dir ein andermal." Sie
gab Sofia einen Kuss auf die Wange. „Morgen wirst du dich
schon besser fühlen." Mit klopfendem Herzen verließ sie das
Zimmer und ging sie so schnell sie konnte zum Auto. Ihre
Hände zitterten, als sie die Fahrertür zu öffnen versuchte.

Sie war in ihrer Geschichte mit Michael angekommen.
In der Geschichte, die sie so lange unterdrückt hatte und
von der sie wusste, dass sie sie endlich erzählen musste.
Nicht einmal Angela hatte sie alles von Michael erzählt, nur
Erinnerungsfetzen mit ihr geteilt.

Nie hatte sie bewusst die Worte ausgesprochen und dem
Erfahrenen eine Gestalt gegeben. Maria hatte Angst davor,
doch sie wusste, dass neben aller Traurigkeit viel Schönes
auf sie wartete. Und sie wusste auch, sie war nicht allein, sie
hatte Freunde, die ihr dabei halfen ihre Stimme zu finden,
die Stimme der Maria Elise Perris, geborene Heil. Maria
fühlte sich wie ein Kind, das gerade zu sprechen begann.

Sie hatte ihre Muttersprache zurückgelassen, zusammen mit den Erinnerungen an ihre Vergangenheit. Kein deutsches Wort war mehr über ihre Lippen bekommen.

Langsam fuhr sie los. Als sie Bruchsal verlassen hatte, gab sie Gas: Um sie herum Spargel- und Erdbeerfelder, grüner Wald und ganz viel Leben. Ihre alte Heimat war nicht nur das Schwarz der Nacht, sie war auch das helle Licht des Tages. Die kurze Zeit, die sie mit Michael erlebt hatte, war nicht nur Schmerz, sondern auch Freude, Glück und Liebe. Ihre erste große Liebe. In Maria wurde es ganz warm, die Angstwand begann zu schmelzen und die schwarzfunkelnde Furcht wich einem Geist der Kraft und Zuversicht. Maria gab noch einmal Gas und fuhr durch den Mühlbacher Wald, der ihr Refugium gewesen war und in den sie nun zurückkehrte, um ihren Schatz wieder zu finden und davon zu erzählen.

12

PAKETDIENST

„Ich wollte dir noch dein Paket vorbeibringen, vielleicht möchtest du ja wissen, was drin ist!", sagte Irmgard und stellte es auf der Kommode in Marias Zimmer ab.

„Danke, meine Liebe. Das hatte ich in der Aufregung ganz vergessen. Von wem, sagtest du, war es?"

„Bernhard Kaiser aus Schwarzbach im Schwarzwald." Irmgard fuhr mit der Hand noch einmal über das Paket. „Ich muss gestehen, ich war neugierig und habe mich nach ihm erkundigt. Ich dachte, so finde ich auch etwas über dich heraus. Es gab viele Kaisers in Schwarzbach, aber leider keinen Bernhard, aber schließlich konnte mir doch jemand etwas über ihn sagen." Irmgard machte eine Pause. „Leider ist Bernhard Kaiser 1950 schon gestorben, gerade mal dreißig ist er geworden. Er hatte sich anscheinend ein Kriegsleiden zu gezogen."

„Dann war Bernhard Michaels Kriegskamerad", murmelte Maria mehr zu sich selbst und sah Irmgard an. „Michael war mein Verlobter, der im Krieg gefallen ist! Danke, dass du mir das Paket gebracht hast."

Irmgard nickte. „Gerne. Ich lass dich dann jetzt allein."

Die Tür fiel ins Schloss.

In Windeseile öffnete Maria das Paket und hielt Michaels Rucksack in den Händen. Vorsichtig strich sie über den zerfetzten Stoff. Mit ihrer linken Hand hielt sie zitternd den Rucksack auf, während sie mit der rechten Hand ein Buch nach dem anderen herausholte. Auch Michaels schwarzes Notizbuch kam zum Vorschein und ein Packen Briefe. Sie waren mit der roten Schleife zusammengebunden, die sie Michael einst geschenkt hatte. Zum Schluss fand sie einen großen Umschlag, der an sie addressiert war. Darin war ein zweiter Umschlag und ein Brief. Ihre Hände zitterten noch immer als sie zu lesen begann.

Mühlbach, 7. Juli 1949

Liebe Maria,

mein Name ist Bernhard Kaiser. Ich bin ein Kamerad von Michael. Wir haben zusammen gedient. Ich habe Michael versprochen, dir all seine Sachen zu bringen. Leider wohnst du nicht mehr zuhause. Ich hoffe sehr, dieses Paket erreicht dich. Hans scheint ein sehr verlässlicher Mensch zu sein, er hat mir versprochen, es dir zu geben, wenn du wieder einmal nach Mühlbach kommst.

Ich habe mir erlaubt, Michaels letzte Stunden für dich aufzuschreiben. Es hat mir sehr geholfen, von ihm Abschied zu nehmen. Ich hoffe, es ist auch eine Hilfe für dich.

Hochachtungsvoll,

Dein Bernhard Kaiser

Maria starrte auf den Brief. So oft hatte sie sich damals gefragt, wie Michael ums Leben gekommen war. Doch jetzt war sie sich nicht mehr sicher, ob sie es wirklich wissen wollte. Sie wollte ihm nahe sein, ihrem Michael. So wie er gewesen war, als er am Leben war, als sie sich in ihn verliebt hatte. Behutsam verstaute sie Brief und Umschlag in der Schatzkiste, nahm Michaels Notizbuch zur Hand und machte sich auf die Suche nach jenem Gedicht, das er in der Silvesternacht zum Jahr 1943 geschrieben hatte.

Das Notizbuch war fast unversehrt. Die äußere Hülle war aus festem schwarzen Karton, der Buchrücken war etwas abgetragen, hier und da schaute vergilbtes Papier durch, doch kein einziges Blatt war ausgerissen, keine Eselsohren, alles glatt und wohlbehalten. Auf dem Einband war innen die Nummer 653 aufgedruckt und auf der ersten Seite stand in verschnörkelter Schrift: „Gedanken und Gedichte von Michael Ihme" (1943-1945).

Das Silvester Gedicht war schnell gefunden:

Im Ja(hr) zuhause (Maronia, 31.12.1942)

Vergangen schon
Gelebt bereits
Ist nun das alte Jahr,
und wieder steh ich,
oh mein Gott,
mit leeren Händen da.
Verweht vom Wind
Verstreut im Meer
Die Perlen, die da Tage sind.
Gemalt das Bild,

im Blick zurück,
nur schemenhaft erkannt,
so seh ich doch den Pinselstrich,
von deiner, meines Schöpfers Hand.
Und all die ungelösten Fragen,
die will ich lernen lieb zu haben.
Will lernen langsam zu begreifen,
dass es dir ums Wachsen geht,
ums Reifen.
So wie der Baum,
der weiß, dass nach dem Frühlingssturm
der warme Sommer kommt,
und reiche Ernte die Geduld belohnt.
So lehre mich, oh Herr,
Geduld in diesem Leben,
um jedem Ding in dieser Welt,
die Zeit die's braucht zu geben.
Und ich will dann,
nach langem Ringen,
mich hingeben ganz des Lebensfluss,
und hören wie die Dinge singen,
und wissen, dass ich nicht kämpfen,
sondern leben muss.
Ein wahres, ein gelebtes Leben,
wo die Frage in die Antwort wächst,
wo keine Angst ist vor dem Fallen,
und alle Sinne widerhallen,
von deinem liebevollen, neuen Ja!

Tränen liefen Maria übers Gesicht. Das war ihr Michael, der dieses Leben nur so kurze Zeit hatte leben dürfen, so gefühlvoll und voller Zuversicht. Sie schloss die Augen.

Sie ging mit Michael am Meer entlang. Sanft schlugen die Wellen an den Strand. Sie hielt seine Hand und atmete die frische Meeresluft. Ihre Seele war frei, ihr Blick weit und grenzenlos.

Michael blieb stehen, strich ihr die braunen Strähnen aus dem Gesicht und küsste sie. Seine Lippen schmeckten sehnsuchtsvoll salzig und Maria spürte weder den feinen Sand unter ihren Füßen, noch die weißen Wellen, aus denen ihr eine Schar gallopierender Einhörner entgegensprang. Sie spürte nur ihren Geliebten, verlor sich in seinen Augen, in denen Sterne aus Bernstein tanzten, war ein Teil von ihm. Gemeinsam schlugen ihre Herzen im Rhytmus der Brandung.

Maria öffnete wieder die Augen. Sie war nie mit Michael am Meer gewesen, doch er hatte seine Bilder aus der Ferne in ihre Seele gemalt. Nichts hatte sie sich in jener Zeit so sehr gewünscht als aus der Enge ihres Zuhauses zu entfliehen, um sich mit Michael in der Unendlichkeit des Meeres zu verlieren. Wieder nahm sie sein Notizbuch zur Hand. Dabei fiel ein Brief von ihr heraus. Sie erkannte ihn sofort, denn sie hatte ihre Briefe immer ganz klein zusammengefaltet, damit sie sie immer in ihrer Schürze bei sich tragen konnte, um bei Gelegenheit weiterzuschreiben. Sie betrachtete die Seiten, zwischen denen ihr Brief gelegen hatte. Schon bei der Überschrift des Gedichtes erfasste sie eine Welle der Wehmut.

Maronia, 6. Oktober 1944

Geliebte,
meine Liebe für dich ist wie das Meer.
Sie ist immer da und ich kann nicht ohne sie sein.
Ich nahm die Flügel der Morgenröte und rannte fort von dir.
Aber ich konnte nicht so weit rennen, dass ich nicht die Liebe
für dich fühlen würde.
Meine Lebenskraft erlischt doch meine Liebe für dich wird
jeden Tag stärker.
Die Wellen brechen sich an den Felsen,
so bricht meine Liebe an dem Leben ohne dich.
Die Wellen werden zurück geworfen ins Meer,
mich wirft die Pflicht ins Leben.
Wo bist du Geliebte,
warum bist du nicht bei mir?
Warum ließen wir zu, dass andere uns trennten?
Was ist die Pflicht, wenn die Liebe ruft?
Ist nicht die Liebe, das, was bleibt?
„Glaube, Hoffnung, Liebe diese drei, doch die Liebe ist die
größte unter ihnen."
Wie konnte ich dich alleine lassen?
Wie konnte ich zulassen, dass sie mich fortnehmen von dir?
Ich verzehre mich nach dir, strecke mich aus nach dir,
gleich den Wellen, die ans Ufer schlagen.
Zurück zieht sie die Macht des Mondes,
versickern lässt sie der Sand der Zeit,
um neu geboren zu werden in der nächsten Welle, die entsteht:
Im Kommen und Gehen
um schließlich eins zu sein,

in dieser einzigen Liebe,
die göttlich ist und nie versiegt,
die immer wehrt und keine Grenzen kennt,
die mehr ist als menschliches Verlangen,
tiefer als der tiefste Ozean,
die einzig ist und ewig währt.

Mit dem letzten Wort begannen die Buchstaben vor Marias Augen zu tanzen. Sie fing an zu schluchzen und dann war sie nur noch einziges Beben. Diese einzigartige Liebe hatte sie verloren, hatte ihr der Krieg geraubt und nicht Ewigkeit, sondern Vergänglichkeit hatte er ihr beschert. Sie wollte ihrem Michael nahe sein, doch was sie fand, war Schmerz und eine Wut, die sie so noch nie gespürt hatte. Wie ungerecht das Leben zu ihnen gewesen war, wie ungerecht Gott seinen treuen Michael behandelt hatte!

Michael. So wenig hatte sie über ihn gewusst und so nahe waren sie sich gekommen. Der Pfarrerssohn und das Mädchen vom Land. Und gerade hier, wo sie sich zum ersten und einzigen Mal getroffen hatten, gerade hier, kam er wieder zurück zu ihr. Durch ein Paket, das Hans für sie aufbewahrt hatte und das Hans' Tochter ihr gegeben hatte. Langsam wurde Marias Zittern weniger, ihr Atem ruhiger und sie faltete den Brief auseinander, den sie Michael geschrieben hatte.

Mühlbach, 9. Mai 1943

Lieber Michael,
es ist Sonntagmorgen, 11.00 Uhr und ich sitze am Fenster.
Alles ist ruhig. Die Familie ist in der Kirche. Ich habe wieder

starke Kopfschmerzen, wie so oft am Wochenende, dass ich der Mutter gesagt habe, ich bleibe heute zuhause und komme nicht mit in die Kirche. Das ist ihr natürlich nicht recht, aber was soll sie machen. Ich bin schließlich erwachsen. Heute ist Konzert bei den Fröschen an unserem Teich. Du kannst dir nicht vorstellen, was für einen Lärm die machen.

Es sind mindestens zwanzig Frösche. Große und dicke, kleine und dünne. Wenn der eine anfängt, dann setzt der nächste ein. Mein Großvater sagt, wenn man zwanzig sieht sind fünfzig da. Natürlich gibt es auch viele Kaulquappen im Teich. Dieses Jahr haben wir allerdings weniger als sonst, da mein Großvater letztes Jahr viel Laich rechtzeitig herausgefischt hat. Im Mai ist bei uns am Teich am meisten los, da quaken sie am lautesten. Vielleicht sind sie heute auch besonders laut, um die kleinen Fröschlein zu warnen. Am Dienstag beginnen die Eisheiligen, da kann es noch einmal Frost geben. Da müssen sie tief auf den Grund des Teichs gehen und dort bleiben bis die Kalte Sophie sich verabschiedet hat. Meine kleinen Geschwister fangen die Frösche mit Vergnügen, aber meine Schwester Käte ekelt sich vor ihnen. Ich kann gar nicht verstehen, dass man sich vor Fröschen ekelt. Ich mag das Grün und auch die glatte Haut. Aber es ist schon irgendwie ungerecht, dass Frösche beliebt sind und Kröten nicht. Sind doch gar nicht so anders. Ach da fällt mir ein: ich habe mich gar nicht beschrieben letztes Mal. Ich bin kräftig, das kommt von meinem Knochenbau. Ich bin für eine Frau recht groß, ungefähr 1,70m. Ich habe breite Schultern und starke Arme. Ich kann schwer tragen. Da meine Brüder alle an der Front sind muss ich immer die schweren Mehlsäcke tragen oder was wir sonst noch so brauchen. Ich habe braune Augen und lange braune Haare, sie sind leicht gewellt, aber ich trage sie meistens zum Zopf. Großvater will, dass wir züchtig daherkommen. Am Schönsten an mir ist mein Lächeln: ich habe sehr schöne Zähne, ich putze sie aber auch immer fleißig! So, ich denke jetzt kannst du dir ein Bild von mir machen.

Aber von meinem Blick aus dem Fenster will ich dir noch mehr schreiben. Unser Kirschbaum hängt voll mit reifen Kirschen. Ich liebe Kirschen, das sind meine Lieblingsfrüchte. Meine kleinen Geschwister machen sich Ohrringe daraus und der Kerschde-plotzer, ich weiß wirklich nicht wie man das auf Hochdeutsch sagt, meiner Mutter, ist der Beste im ganzen Dorf. Der ist so gut, ich kann gar nicht aufhören diesen Kuchen zu essen. Über-haupt esse ich sehr gerne.

Es sitzen viele Vögel in unserem Kirschenbaum. Morgens weckt mich ihr Vogelgezwitscher und wenn die Frösche einmal Pause machen mit ihrem Froschkonzert, dann kann man das laute Gurren der Tauben wieder hören.

Aber es sind nicht immer die Großen, die den größten Lärm machen, ganz oft sind es die kleinen, die sich besonders aufblähen und dann am Lautesten sind. Ich bin froh, dass du so groß bist. Kleingewachsene Menschen sind oft gemein und nehmen sich viel zu wichtig. Verzeih, da muss ich doch an unsern Führer denken.

Manchmal bellt der Hund von nebenan. Wir haben keinen Hund, mein Großvater kann Hunde nicht ausstehen. Eigent-lich kann er gar keine Tiere leiden und wenn man es genau nimmt auch keine Menschen. Außer dem Führer natürlich, den vergöttert er.

Theresia, eine meiner kleinen Schwestern, liebt Tiere über alles. Sie geht oft mit den Nachbarshunden spazieren und hat

151

seit kurzem einen eigenen Hasen, den sie an Ostern vor dem Kochtopf gerettet hat: Horschdl, der Hase. Natürlich haben wir auch Katzen. Sie leben in unserer Scheune und ab und zu bekommen sie ein Schälchen Milch hingestellt, aber nur wenn unsere Kuh Berta mal großzügig war.

Ich liebe es die Katzen zu beobachten. So sollte man leben. Sie schlafen, wenn sie schlafen wollen, schnurren, wenn man sie streichelt, und lassen die Sonne auf ihren Pelz scheinen. Sie wissen, was für sie gut ist. Katzen sind wagemutig, klettern auf die höchsten Bäume, springen von Ast zu Ast, um einen Vogel zu fangen oder einfach, weil sie es wollen.

Einmal habe ich eine unserer Katzen dabei beobachtet, wie sie eine Maus gefressen hat. Sie nahm die ganze Maus in ihr Maul und biss kräftig zu. Der Kopf war weg. Dann kamen die Vorderbeine dran und ein Teil Bauch. Danach war erst einmal der Schwanz dran, langsam und genüsslich verspeiste sie ihn. Dann waren nur noch die Hinterbeine zu sehen und die verspeiste sie als nächstes. Schließlich war nur noch der Rumpf übrig und sie schlang die Gedärme in sich hinein, einen roten Faden nach dem anderen, bis dann der ganze Mäusekörper verschwunden war und nichts mehr übrig, als sei die Maus nie gewesen. Die Katze hatte ihr den Tod gebracht und hat dabei nur das gemacht, was ihre Bestimmung war. Ohne zu fragen, einfach nur jagen, ohne Angst vor dem Tod, sei es der eigene oder der des Anderen.

Wenn ich unsere Katzen sehe, dann ist da Tiefe in ihrem Antlitz und ich fühle mich durchschaut. Als ob sie alles wissen von mir, von meiner Zukunft und Vergangenheit, von allem Sein ringsherum und dabei stets ruhend in sich und unserem Schöpfer.

Manchmal lassen die Katzen das Gedärm auch einfach liegen, dann können die Fliegen sich daran laben. Vielleicht machen sie das auch, um uns an unsere eigene Vergänglichkeit zu erinnern? Vielleicht auch einfach nur, weil es ihnen nicht schmeckt und sie tun und lassen können, wozu sie Lust haben. Sie sind frei. Ich wünschte, ich wäre auch frei. Verzeih, ich vergaß mich.

Maria konnte nicht mehr weiterlesen. Ja, das war sie gewesen. Die Siebzehnjährige, die sich Gedanken über den Tod machte und diese große Sehnsucht nach Freiheit hatte, die sie schließlich zur „Statue of Liberty" brachte. In das Land, das das Streben nach Leben, Freiheit und Glück in seiner Unabhängigkeitserklärung verankert hatte. Und ja, sie hatte ein gutes, ein segensreiches Leben bekommen. Sie war glücklich gewesen, aber die innere Freiheit hatte sie wohl nie ganz gehabt. Oder doch?

Jetzt ist schon eine Stunde vorbei. Ich habe versprochen, die Kartoffeln zu schälen. Schon fangen die Frösche auch wieder an zu quaken, nicht so laut wie vor einer Stunde, aber ich weiß, es ist Zeit. Meine Mutter mag es nicht, wenn ich in den Tag hineinträume, auch wenn ich Kopfweh habe. Dabei sind doch die Träume das Schönste, was wir gerade haben.
Lieber Michael, wir Träumer haben uns gefunden. Ich hoffe wir begegnen uns auch mal in dieser Welt und nicht nur in unseren Träumen.
Deine Maria

13

MARONIA

„Wer seinen Sehnsuchtsort sucht, fängt an zu seinen Träumen zu fliegen." An diese Zeile aus Michaels Brief erinnerte sich Maria noch genau und sie wollte sie wiederfinden. Ihren Traum von einem Leben in Freiheit hatte Jack ihr erfüllt. Doch andere Träume waren unerfüllt geblieben. Michael war ebenso ein Träumer gewesen wie sie. Ihren gemeinsamen Träumen wollte sie folgen und die führten sie von Mühlbach über Maronia nach Mellenthin.

Behutsam holte sie Michaels Briefe alle aus der Schatzkiste und breitete sie vor sich aus.

Maronia, 1. Juli 1944

Ich sitze an meinem Wachposten und es ist heiß. Ich hätte nie gedacht, dass Menschen in so einer Hitze leben können. Wie sehr wünschte ich mir die kühle Brise der Ostsee. Und doch gibt es so vieles, das mich an zuhause erinnert, obgleich es hier so eine andere Welt ist.

Da ist das Krächzen der Raben, es ist das Gleiche wie bei uns, doch ihr Gefieder ist nicht glänzend schwarz sondern sie haben einen weißen Bauch, gescheckt sehen sie aus. Zugleich nimmt das Weiß beziehungsweise Grau ihnen das Bedrohliche und sie könnten auch einfach fröhliche Vögel sein und keine Todesboten.

Nein, meine Liebe, vor dem Tod fürchte ich mich hier nicht. Es ist ruhig und beschaulich. Die wunderschönen Oleanderblüten erinnern mich am Tage daran, dass ich dir stets Blumen pflücken werde, wenn ich zuhause bin. Mit ihrer weißen und lilanen Blütenpracht sehen sie aus wie große Blumensträuße, die den Wegesrand säumen.

Ansonsten gibt es hier Schilfpflanzen und viel Grün, das vom Fluss Ergene gespeist wird, der ins Mittelmeer mündet. Palmen säumen den Flusslauf und hier und da ist eine Platane zu sehen. Die Leute am Fluss sind zurückhaltend, aber sehr freundlich zu uns deutschen Soldaten. Sie scheinen keinen Argwohn in ihrem Herzen zu tragen. Man könnte meinen, dass das warme Klima und die Ruhe, die das Meer ausstrahlt, jegliche Aggression und Hass aus ihrem Herzen entfernt hätte. Warum das wohl so ist? Wir haben ja auch das Meer bei uns auf Usedom, dennoch zog es mich in den Krieg.

Die Strände hier sind allerdings lang nicht so schön wie zuhause. Wie sehr liebe ich unsere endlosen weißen Sandstrände, die Dünen und die Seebäder. Die Strände hier sind naturbelassen, meistens gibt es kaum Sand, sondern Steine, große und kleine, feine und grobe Kieselsteine.

Da fällt mir ein Gedicht ein, das ich damals im ersten Semester meines Theologiestudiums geschrieben habe.

Was für eine ferne Welt, was für eine ferne Zeit. Wie froh war ich damals und wie sicher, am rechten Ort zur rechten Zeit zu sein. Welch Geschenk war es, das Predigerseminar in

Finkenwalde besuchen zu dürfen, das von Dietrich Bonhoeffer
geleitet wurde. Was wohl aus ihm geworden ist?
Hier ist der Anfang des Gedichtes: Siloah.

Wirf die Steine in den Teich:
die großen und die Kleinen.
Wirf die Steine in den Teich:
die groben und die Feinen.
Du siehst wie der Berg verschwindet,
jetzt hast du freie Sicht,
du spürst wie meine Hand dich findet
und streicht dir über dein Gesicht.

Ich bin gespannt, was du zu all den anderen Gedichten sagen
wirst, die ich dir jetzt nicht extra abschreiben kann. Ich bin so
froh, dass wir diese gemeinsame Leidenschaft teilen. Ich wüsste
nicht, ob ich mit einer Frau zusammenleben könnte, die keinen
Sinn für Poesie hat.

2. Juli
Die Hitze ist unerträglich. Jetzt verstehe ich, warum die Leute
hier über Mittag die Arbeit niederlegen, man kann einfach
nichts arbeiten in dieser Hitze. Vor mir liegt das Mittelmeer
und kein Windhauch ist zu spüren. Das Meer liegt glatt wie
eine Scheibe da, es ist endlos und ruhig. Kaum vorstellbar,
dass hinter dem Blau irgendwann wieder die Küste kommt.
Das Blau mit seinen unendlichen Schattierungen von Hellblau
und Türkis bis zu tiefstem Dunkelblau geht über in das
Blau des Himmels. Keine Wolke trübt den strahlend blauen
Himmel. Jetzt verstehe ich auch, warum die kleinen Häuschen

alle weiß gestrichen sind. Nicht weil es die billigste Farbe ist, sondern weil Weiß die Wärme nicht anzieht. Wenn ich da an unsere dunkelroten Backsteinhäuser denke ... Gerade kommt ein leichter Windhauch, wie froh ist man doch um jede kleine Brise. Doch auf dem Fluss Ergene ist nicht einmal eine klitzekleine Welle zu sehen.

Wir bewachen die Brücke, die über den Fluss führt. Nicht, dass vom gegenüberliegenden Ufer tatsächlich der Feind käme, doch irgendwo müssen wir ja unsere Wachposten aufstellen. Die Fischer am Fluss sind stille Gesellen. Des morgens rudern sie entweder hinaus aufs Meer, oder angeln direkt vor ihren Baracken am Fluss. Ihre Unterkünfte sind einfache Blechhüten und ich frage mich, ob sie noch eine andere Bleibe haben. Bestimmt, denn es kommen immer mal wieder Kinder vorbei, die uns scheu anschauen und dann einen großen Bogen um uns machen. Sie nehmen mit nach Hause, was der Vater gefangen hat: Seebarsch, Thunfisch. Wie froh bin ich, dass wir hier so gut mit Essen versorgt sind. Wäre nicht Krieg und wäre ich nicht viel lieber bei dir, man könnte die Idylle und den Frieden genießen. Nachts hört man hier genauso die Frösche quaken wie in Mühlbach, wie du es in einem deiner Briefe beschrieben hast. Wie es dir wohl jetzt gerade geht? Dich weit von mir zu wissen und Angst haben zu müssen, dass dich die Bomben des Feindes treffen, erfüllt mich mit großer Sorge. Ich hoffe und bete, dass wir uns im Herbst sehen können und ich auf Heimaturlaub zu dir kommen darf.

3. Juli

Heute waren wir unterwegs. Das Gebirge ist sehr anspruchsvoll, vor allem bei dieser Hitze. Die Vegetation ist karg und nur manchmal leuchtet Grün neben dem Felsen auf. Wir kamen an einen klaren Gebirgsbach. Wie sehr genossen wir die Abkühlung im kalten, sprudelnden Wasser. Wir fühlten uns erfrischt von diesem unverhofften Wasserlauf aus hellgrünem Farbenspiel und hätten im Schatten der Akazien noch gerne verweilt, doch wir mussten weiter. Viele kleine Hügel und Bergspitzen reihen sich aneinander und ich sehne mich nach unseren kühlen grünen Buchen- und Eichenwäldern. Unser Ziel war ein wunderschöner Bergsee, türkisblaues Wasser, das sich harmonisch in ein Tal ergießt. Unsere Ingenieure überlegen hier einen Stausee anzulegen. Aber ob das jemals wahr werden wird? Die Gegend scheint günstig dafür. Auch hier durften wir uns im kühlen Nass erfrischen. Wenn doch unser Leben als Soldaten immer so wäre …

Am Straßenrand verkaufen die Bauern ihre Ernte: dicke, saftige Tomaten, feine, kleine Gurken und Bananen. Kleine Bananen, die zuckersüß sind. So leckere Bananen habe ich noch nie gegessen. Nicht dass ich überhaupt schon oft Bananen gegessen habe, aber diese waren besonders gut. Dann natürlich vor allem Melonen. Honig- und Wassermelonen. Die Wassermelonen mag ich am liebsten. Auf dem Boden, unter einer Decke versteckt, liegen sie eine neben der anderen und mir scheint, als sei nur der Esel da, um das Obst zu bewachen. Doch wer sollte auch kommen, um das Obst zu stehlen. Bei dieser Hitze sind nur wir Soldaten unterwegs. Und Frauen. Mit ihren bunten Kopftüchern und weiten Hosen. Sie spannen sich auf dem Feld Sonnenschirme auf, um darunter ihre Arbeit zu verrichten. Doch auch unter den Schirmen finden sie keinen kühlen Schatten.

4. Juli

*Heute hatten Bernhard und ich frei und wir haben einen Ausflug
zu einer alten Römerstadt gemacht. Stell dir vor, meine Liebe, es
ist als, seist du in einer Zeitreise im Dritten Jahrhundert nach
Christus gelandet. Es gibt Bäder und Theater, eine Zitadelle
und auch verschiedene Kirchen. Sehr schön sind bei den Bädern
die Mosaike auf dem Boden, die wunderschönen Säulen aus
Marmor. Vor allem beeindruckt hat mich jedoch der Friedhof.
Es ist eine eigene Stadt: Nekropolis. Du denkst an Akropolis und
hast nicht ganz Unrecht. Ein Grab reiht sich an das nächste und
es sind nicht einfach Grabsteine wie bei uns, sondern kleine Häuschen, in denen die Verbliebenen ihre Verstorbenen betrauern und
bei ihnen verweilen. Obgleich ich von den Ruinen schon sehr
beeindruckt war, so hat mich doch die Schönheit der Natur hier
noch viel mehr verzückt. Das Wasser ist glasklar und türkisblau,
der Strand ist ein reiner Kiesstrand und es gibt Felsen, die vor
der Festung aus dem Wasser herausragen. Bernhard und ich sind
gleich schwimmen gegangen. Es waren auch Einheimische da, die
uns misstrauisch beäugten, als wunderten sie sich, dass auch wir
uns im kühlen Nass erfrischen müssen. Es tat so gut, einmal unter-
zutauchen und die Hitze und die Last des Krieges zu vergessen.
Ich weiß genau, dieser Weg führt mich zu dir. Auch wenn wir
uns noch nie gesehen haben, so sehnt sich doch alles in mir nach
dir, ich hoffe, der Herbst kommt bald.
Dein dich liebender und sich nach dir verzehrender Michael*

5. Juli

Liebste Maria,

*heute sind Bernhard und ich gleich nach dem Aufstehen, bevor
unser Dienst begann, zusammen ans Meer gegangen und haben*

uns hingesetzt, einfach nur aufs Meer geschaut und geschwiegen.
Dabei sind mir die Worte meines Theologieprofessors Bonhoeffer
eingefallen, der gesagt hatte: „Wir schweigen am frühen
Morgen des Tages, weil Gott das erste Wort haben soll und wir
schweigen vor dem Schlafengehen, weil Gott auch das letzte
Wort gehört."
Ich bin sehr froh um meinen Freund Bernhard. Uns verbindet
nicht nur der christliche Glaube, sondern vor allem sind wir
uns darin einig, dass nur ein stiller Geist ein klarer Geist sein
kann. Für Bernhard ist es allerdings leichter als für mich, die
Gegebenheiten des Lebens zu akzeptieren. Ich will handeln,
verändern, Gerechtigkeit, Freiheit und vor allem will ich zu
dir.
Nach dem Frühstück sind Bernhard und ich dann den Strand
in der anderen Richtung entlanggelaufen. Wir kamen wieder
zu einer römischen Festung aus dem dritten Jahrhundert, aber
dieses Mal war von den Mauern dieser Festung nichts mehr
übrig. Stattdessen hatten die Bewohner unter Sultan Ibrahim
im 13. Jahrhundert eine neue Festung darauf gebaut, die noch
immer den Stürmen der See und dem Wind standhielt. Ich war
sehr beeindruckt von der Kühnheit und der Mächtigkeit dieser
Mauern. Im Innern der Festung verbarg sich eine Moschee. Sie
haben immer einen Ort gefunden, die Türken, um ihren Allah
anzubeten. Wir kletterten die Stufen der Festungstürme hinauf
und mussten aufpassen nicht herunterzufallen. Die Festungsmauern waren dick und der Gang entlang der Festungsmauern
breit. Der Blick über das türkisfarbene Meer war atemberau-
bend. Die Schießscharten waren noch gut erhalten und als
Soldat konnte ich mir sehr gut vorstellen, wie die Schützen hier
mühelos ihre Burg verteidigen konnten. Es gab auch noch einen

Burggraben um die Burg, doch die Zugbrücke war verschwunden. Im Graben tummelten sich unendlich viele Wasserschildkröten, ich hatte noch nie so viele auf einem Fleck gesehen.

Nachdem wir die Festung erkundet hatten, entdeckten Bernhard und ich eine so schöne Bucht, mit allerfeinstem Sand, dass wir gar nicht wieder zurücklaufen wollten. Die Sandkörner schienen uns zurückzuhalten, uns zum Rasten einzuladen. Doch es fehlte uns die Zeit und so eilten wir zurück. Vergruben unsere Wünsche im feinen Sand unserer Träume.

Geliebte Maria,
die Schönheit der Natur, die Anmut der Berge im Hinterland, all das lädt zum Verweilen ein. Wenn du nur hier wärst und ich es mit dir teilen könnte. Heute Abend wurde ich Zeuge eines Schauspiels ganz besonderer Art. Es gibt hier eine Blume, Nachtkerze genannt, der ich Zuhause in Mellenthin keine Bedeutung geschenkt habe, wie Unkraut kam sie mir in meiner Heimat vor. Doch sie ist wunderschön und ihr leuchtendes Gelb erfüllt mein Herz mit Freude und Glück, so wie der Gedanke an dich. Es ist mir,
als würde ich in die Sonne deines Herzens schauen. Das Besondere an der Blume ist, dass sie ihre schwefelgelben Blütenblätter erst bei Sonnenuntergang öffnet. Das fazinierte mich derart, dass ich nicht aufhören konnte dem Blütentanz zu folgen. Nachdem sich die Blütenblätter geöffnet hatten, dauerte es nicht lange und die Nachtkerze wurde von Faltern umschwirrt. Der vanillesüße Duft und das helle Gelb, das die Reste des Tages reflektierte und die Strahlen des Mondes in sich aufnahm, zog die Tierchen magisch an und ich selbst fühlte mich in den Bann der Blüte gezogen.

Doch lange konnte ich den Anblick der wunderschönen Blume kaum etragen, zu sehr schmerzte mich die Ferne von dir. Ich wendete meinen Blick zu den sanften Anemonen, die still und unscheinbar, neben ihrer leuchtenden Schwester blühten. Oh wenn ich doch nur gemeinsam mit dir ihren Anblick genießen könnte.

Nimm diese Zeilen als einen abschließenden Gruß von mir:

> *Wo nachtkerzengelbe Anemonen tanzen,*
> *unversehrt und rein,*
> *da soll mein Herz auf ewig schlagen,*
> *da schlafe meine Seele ein.*

Gute Nacht, meine Geliebte, träume süß.
Dein Michael

Maria sah die Nachtkerzen vor sich und nahm nun endlich Bernhards Zeilen zur Hand. Sie musste erfahren, wie Michael gestorben war.

14

NAZAR

Der kleine Umschlag enthielt viele beschriebene Seiten und ein blaues Amulett. Neugierig betrachtete sie das Amulett näher. Es hatte die Form eines tropfenförmigen blauen Auges. Die schwarze Pupille wurde von einem breiteren hellblauen Ring umschlossen. Dieser war von einem dünnen, weißen Rand umgeben und darum herum schmückte es ein dunkelblauer breiter Rand.

Schwarzbach 1949

Liebe Maria,
du hast dich entschlossen, meinen Brief zu lesen. Ich danke dir. Ich habe dir ein Amulett dazugelegt, es gehörte Michael und jetzt gehört es dir. Es wird Nazar Amulett genannt oder türkisches Auge. Ich werde das Gefühl nicht los, dass es etwas mit Michaels Tod zu tun hat und deshalb will ich ganz von vorne beginnen.
Erdal, ein türkischer Freund von Michael und mir hat jedem von uns zum Abschied ein Amulett geschenkt. Wir waren in Westthrakien, in Maronia in der Nähe von Alexandropoulis

stationiert. Das war nur drei Stunden weg von Istanbul und in dieser Gegend gab es viele Türken. Das Wort Nazar bedeutet so viel wie „Sehen - Blick – Einsicht" oder auch „Mach kein Auge". Unter „Mach keine Auge" verstehen die Türken, dass böse Blicke und die damit verbundene Missgunst dafür sorgen, dass sich eine Sache zum Schlechten wendet oder sich negativ auf den Betroffenen auswirkt. Das Amulett soll seine Träger vor dem „Bösen Blick" beschützen.

Wir haben Erdal und seinen Freund Thanos, ein Grieche, am Fluss kennengelernt. Sie waren Fischer und haben uns oft Fische verkauft, bis wir dann Freunde wurden und zusammen raus sind zum Fischen, wenn wir nicht Dienst hatten.

Wir haben uns wohl gefühlt bei den zwei Männern, sie waren einfache junge Männer, von einer aufrichtigen Ehrlichkeit und Verlässlichkeit. Sie waren unsere Freunde, vor allem nachdem sie keine Angst mehr vor uns, vor allem vor mir, hatten. Weil ich blaue Augen habe, war ich für sie Träger des bösen Blickes. Und wenn man an all das Unheil denkt, das Menschen mit blauen Augen und blonden Haaren, die reinen Arier, über die Welt gebracht haben, hatten sie damit ja auch Recht. Und wenn ich an Michaels Schicksal denke, fühle ich mich auch schuldig, dass ich ihn nicht beschützt habe.

Er war so ein wunderbarer Mensch, so fein und gut, er schien nie schlechte Gedanken zu haben. Vor allem hat er natürlich an dich gedacht und dir nachts Briefe geschrieben, wenn er nicht schlafen konnte. Ich habe immer geschlafen wie ein Stein. Michael hat glaube ich kaum geschlafen, für ihn war jede Sekunde zu kostbar, um sie mit Schlaf zu vergeuden. Wieso musste ein Mann, der so sehr das Leben liebte, so jung sterben? Als wir von Maronia nach Jugoslawien verlegt wurden, schenkte Erdal uns die Amulette mit den Worten: „Senim Icen. Ihr werdet es brauchen. In Deutschland gibt es viele Menschen mit blauen Augen und nicht alle sind so wie ihr. Benim Akadesh." Erdal hatte Recht. Auf uns wartete die Hölle. Doch sie war nicht in Deutschland und sie hatte braune und grüne Augen. Es war schrecklich. Michael hat mir nicht nur einmal das Leben gerettet und ich ihm. „Wenn wir aus dieser Hölle herauskommen", sagte er eines Tages als wir nebeneinander im Schützengraben lagen, „dann nenne ich meinen Sohn Bernhard und du wirst sein Patenonkel." Das habe ich ihm versprochen und er war beruhigt.

Marias Hände begannen zu zittern, aber sie las weiter.

Schließlich wurde unsere Einheit im April 1945 an die Grenze von Jugoslawien und Österreich verlegt. Dort kam es zu verheerenden Gefechten und unzähligen Toten. Michael und ich überlebten und sollten in ein Kriegsgefangenlager nach Österreich gebracht werden. Dort waren die Briten stationiert. Wir wussten natürlich, dass der Krieg verloren war und wenn wir bei den Briten in Gefangenschaft kämen, drohte uns Zwangsarbeit auf der Insel. Michael wurde mit jedem Tag in Gefangenschaft verzweifelter. Die Vorstellung, den Krieg überlebt zu haben und dennoch nicht bei dir sein zu können, machte ihn fast wahnsinnig. Hinzu kamen die menschenunwürdigen Zustände im Lager und als wir dann schließlich in den Zug Richtung Österreich gesteckt wurden, war er entschlossen zu fliehen. Er ging als letzter in den Wagen, um am nächsten bei der Tür zu sein. Er wollte sich beim nächsten Halt unbemerkt unter unseren Wagen rollen. Es war genug Platz zwischen Wagen

und Untergrund. Wenn der Zug über ihn hinweg gerollt war,
wollte er fliehen. Ich versuchte ihn von seinem Plan abzubrin-
gen. Doch er war stur.
Der Wagen war völlig überfüllt, wir saßen dicht an dicht.
Wir fuhren viele Stunden, dann wurden die Türen geöffnet.
Einer unserer Kameraden sagte, wir seien in seiner Heimat,
in der Nähe von Bleiburg in Kärnten. Michael witterte seine
Chance. Bleiburg war bei Klagenfurt und das war nicht weit
weg von Deutschland. Einmal in Deutschland, da war er sich
sicher, würde er es auch nach Mühlbach zu dir schaffen. Wir
durften unsere Notdurft verrichten, dann wurden wir wieder
zurück in den Wagen getrieben. Als wir alle wieder im Wagen
saßen fiel mir auf, dass Michael fehlte. Der Zug setzte sich in
Bewegung. Wir fuhren einige hundert Meter, als er quietschend
zum Stillstand kam. Wir wussten nicht warum, wir mussten in
unserem Wagen bleiben. Die Stimmen der britischen Soldaten
waren direkt bei unserem Wagen. Ich hörte sie schreien. Sie
mussten etwas Schreckliches gesehen haben.
Wir mussten alle aussteigen. Auf dem Boden lag Michael, es
war ein furchtbarer Anblick. Unser Zug hatte ihn überrollt.
Sein Rucksack mit den Gedichten muss sich irgendwie verhakt
haben. Er wurde mitgeschleift und hin und hergeschleudert.
Ich musste mich übergeben, ich weigerte mich anzuerkennen,
dass er es war. Das war nicht mein Freund Michael. Sondern
nur eine Masse Fleisch. Die anderen Kameraden identifizier-
ten ihn mit Hilfe seines Rucksacks.
Als Strafe für Michaels Flucht wurde unsere gesamte Einheit in
Bleiburg an die jugoslawischen Partisanen übergeben. Als ob
sein Tod nicht schon genug Abschreckung für uns gewesen wäre.
So kamen wir in jugoslawische Gefangenschaft und wurden

dort zu Zwangsarbeit verurteilt. Andere Kameraden wurden einfach hingerichtet und Michael… Er war sich so sicher gewesen, dass sein Gott ihn beschützen würde und jetzt hatte er so schrecklich sterben müssen.

Maria war auf alles gefasst gewesen. Folter, Kopfschuss, Bombenexplosion. Aber so ein Tod? Hätte er nicht abwarten können? Hätte er nicht eine bessere Gelegenheit nutzen können? Sinnlose Fragen. So sinnlos wie Michaels Tod.

Er hat es einfach nicht mehr ausgehalten nichts zu unternehmen. Er wollte sein Schicksal selbst in die Hand nehmen. Seinen Lebensplan schreiben. Ich habe mir solche Vorwürfe gemacht, dass ich nicht auf ihn aufgepasst habe, ihn nicht bemerkt hatte vorher, unterm Zug. Er hatte sich nicht einmal von mir verabschiedet. Und dann war er weg für immer.

Maria starrte auf Bernhards Brief. Jetzt wusste sie die Todesursache, doch die machte Michaels Tod nur noch unwirklicher für sie. Der Rucksack und seine Liebe zu ihr waren ihm zum Verhängnis geworden. Hätte sie nicht Michaels Leidenschaft für Gedichte geteilt, wären sie sich nie so nahegekommen. Dann hätten sie nicht die große Liebe gefunden, die Michael schließlich das Leben gekostet hatte.

Maria rang nach Luft. Die Wände schienen sie zu erdrücken. Der Rucksack und die Gedichte lachten sie hämisch an und in ihren Ohren begann es zu rauschen. Mühsam stand sie auf und wankte zur Tür. Mit schleppenden Schritten ging sie die Treppe hinunter und hinaus in den Hof. Es wurde Abend in Mühlbach, die Sonne ging gerade unter und mit den Strahlen der versinkenden Sonne sah sie Michael vor sich. Hier hatte er mit ihr unter dem Nussbaum gesessen und ihr, während seine sanften braunen Augen sie anlächelten, mit seiner tiefen melodischen Stimme zugeflüstert: „Meine geliebte Maria, mein Ein und Alles."

Maria hatte das Gefühl, den Boden unter den Füßen zu verlieren, da trat Irmgard zu ihr und bewahrte sie vor dem Fallen.

„Was ist mit dir Maria?", fragte sie bestürzt. „Das Paket?" Irmgard sah sie mitfühlend an.

Maria nickte. „Gerade war mir, als hätte ich meinen Michael ein zweites Mal verloren. Ich glaube, ich kann die Erinnerungen doch nicht in mein Herz lassen."

„Aber sie sind doch schon drin, Maria. Komm wir gehen noch ein bisschen durch den Garten."

Dankbar ergriff Maria Irmgards Arm und gemeinsam überquerten sie den Rasen. Der Garten leuchtete frühlingssatt in allen Ecken. Jens hatte die Arbeit seines Großvaters meisterhaft weitergeführt. Anemonen wechselten sich ab mit fleißigen Lieschen und tränende Herzen wiegten sich im sanften Abendwind. Der Regenschauer, der kurz zuvor heruntergeprasselt war, hatte überall funkelnde Diamanten verteilt, die nun in der Abendsonne glitzerten.

„Schau mal Maria, diesen Teich hat Jens im Frühjahr angelegt, hier stand mal der Kirschbaum", sagte Irmgard stolz. Der Teich zitterte leicht unter der behutsamen Brise und Maria entdeckte fünf orangerote Goldfische. Ihre seidigen Schwänze schwangen elegant durch die gründunklen Wellen. Sie waren gemeinsam unterwegs: Luftblasen zaubernd und Wasserläufern folgend. Marias Blick folgte dem kleinen Schwarm bis zu den Seerosenblättern. Im Geäst ihrer Stiele versteckten die Fische sich und als Maria versuchte, die Blätter zur Seite zu schieben, waren sie verschwunden. Die Brise frischte etwas mehr auf und der strahlendgrüne Bambus wiegte sich im Wind.

Ihre Beine waren noch immer schwach und sie war froh, dass Jens neben dem Teich eine große Bank aus Eichenholz platziert hatte, die auf drei Metallfüßen stand. Sie erinnerte Maria an die Sitzbänke aus den Personenzügen, mit denen sie früher nach Karlsruhe gefahren war.

„Das ist eine Bank aus einem alten Zug", sagte Irmgard. „Großmutter hatte sie von der Bahn geschenkt bekommen. Als kleine Wiedergutmachung …" Irmgard sah in das erschöpfte Gesicht Marias. „Entschuldige, ich wollte dich nicht noch mehr belasten."

„Ist schon in Ordnung, ich habe eben auch an das Zugfahren damals nach Karlsruhe gedacht." Maria schwieg einen Moment. „Züge wurden unserer Familie im Krieg zum Verhängnis und meinem Michael auch. In dem Paket, das du mir heute gegeben hast, waren seine Sachen und auch eine Nachricht über seinen Tod." Hier an der frischen Luft schien all das Unglück nicht mehr so erdrückend zu sein, auch wenn Marias Herz schwer war.

„Das tut mir so leid, ich dachte, Vater hätte etwas Schönes für dich aufbewahrt."

„Es ist viel Schönes darin. Sehr viel Schönes! Ich habe einen Teil von meinem Michael wieder, ein Puzzlestück, das mir gefehlt hat, um unserer Liebe dankbar Lebewohl zu sagen." Marias Augen füllten sich mit Tränen und ihre Stimme begann zu zittern.

„Schau Maria", flüsterte Irmgard. „Ein Silberreiher!"

Maria schaute auf und sah wie ein silbern schimmernder Vogel heranflog und im Teich landete. Es war ihr als ob es Michael wäre, der sie daran erinnern wollte, dass es Zeit war das Liebes-Puzzle zu vollenden. So viele Erinnerungen an Michael hatte sie mit nach Mühlbach gebracht, heute war Neues dazugekommen. Michael hatte sie nicht im Stich gelassen. Er wollte so sehr bei ihr und dem Kind sein, dass er sein Leben riskiert und es am Ende verloren hatte.

Maria holte den Stein, den ihr Michael vor fast sechzig Jahren zum Abschied geschenkt hatte, aus ihrem Geldbeutel und warf ihn ohne zu zögern ins Wasser. Sie beobachtete die Kreise, die er zog, nahm Abschied von dem Leid – voller Dankbarkeit für die schönen Erinnerungen an ihren Geliebten und voll stiller Freude über ihre Liebe, die so hell und rein gewesen war.

„Wir glauben, es wird besser werden,
wenn die Nächte nicht mehr leise sind",

begann sie und sah Irmgard an.

„Wenn das Dunkel hier auf Erden,
nicht mehr durch Wattewolken zu uns dringt.
Wir glauben, es wird besser werden,
wenn der Abend nicht mehr vor dem Morgen wacht.
Wenn das Dunkel hier auf Erden,
uns nicht am Tag die Nacht gebracht.
Hoffnungsblaue Silberreiher
haben sich in unsern Teich verirrt,

und der sinnendgrüne Schleier,
hebt was uns die Seel' verwirrt.
Glaube, Hoffnung, Liebe
sind der Anfang nur –
Was erblüht in tiefsten Tiefen ist doch stets der Engel Spur:
Singend ihren Schwingen folgend,
nehmen wir den Wanderstab,
tapfer unsern Schöpfer suchend,
der auch uns das Leben gab.

Die beiden Frauen saßen noch eine ganze Weile auf der Bank am Teich und schauten den Libellen zu, die sich auf den Seerosenblättern niederließen. Ihre filigranen Flügel zitterten im Abendlicht und ihr türkisglänzender Körper glich einem Lichtschwert mit dem sie die herannahende Nacht durchbrachen. Tapfere Kämpfer waren sie in dieser Zwischenwelt, in der der Tag noch nicht verschwunden und die Nacht noch nicht angebrochen war.

Wäre Zoe nicht auf der Suche nach ihnen am Teich aufgetaucht, sie wären wohl noch länger geblieben, wären mit der beginnenden Dämmerung verschmolzen wie ein Stilleben vor der gekräuselten Oberfläche des Teiches. Doch Zoes leuchtende Kinderaugen nahmen sie mit aus der Zwischenzeit ins Hier und Jetzt, hinein ins Leben. Die Seerosen hatten ihre Blüten geschlossen und die Fische hatten sich am Grunde des Teiches schlafen gelegt.

15

MELLENTHIN UND SWINEMÜNDE

Es war spät geworden. Maria hatte sich heute Abend treiben lassen vom fröhlichen Geplapper Zoes und der gelösten Stimmung bei Tisch, aber Bernhards Brief lag noch immer auf ihrem Bett und wartete darauf, gelesen zu werden.

Maria kuschelte sich unter ihre Bettdecke und nahm den Brief ein weiteres Mal zur Hand:

Am Schlimmsten waren die Alpträume. Ich wollte nachts nicht mehr schlafen, aus Angst vor meinen Träumen. Die Angst wurde zu meinem ständigen Begleiter. Im Gefangenenlager in Jugoslawien war ich kurz davor aufzugeben. Aber dann erinnerte ich mich an Michael. Er war der Angst mutig entgegengetreten und hat nicht gebetet, dass sie verschwindet, sondern dass er, trotz dieser Angst, im Vertrauen auf Gott weitergehen kann.
Ich bin seinem Beispiel gefolgt und habe auf Gott vertraut. Und das wünsche ich auch dir.
Dein Bernhard

PS: Falls du nach Michaels Familie suchst – leider habe ich auch hier keine guten Nachrichten. Sie wurden am 12.3.1945 bei einem Luftangriff getötet, dem sogenannten Massaker von Swinemünde. Michaels Eltern hatten sich bereit erklärt, den unzähligen Flüchtlingen aus den überrannten Ostgebieten zu helfen. Zehntausende Vertriebene warteten auf ihre Verschiffung nach Dänemark oder Nordwestdeutschland. Dennoch wurde die Stadt von über 650 Bombern heimgesucht. Der Angriff dauerte etwa eine Stunde, und forderte fast 28 000 Opfer, von denen nur 2 000 identifiziert werden konnten. Michaels Eltern waren unter ihnen. Die amerikanische Luftflotte hat die Einäscherung der schutzlosen Flüchtlingsstadt später als ‚Angriff auf Rangierbahnhöfe‘ notiert.

Maria ließ das Blatt sinken. Die friedliche Stille des abendlichen Mühlbachs kam ihr plötzlich fremder vor als das Dröhnen der Jagdbomber. Sie wünschte, sie könnte statt Swinemünde das weite Meer vor sich sehen und Michael würde mit ihr einen Spaziergang an der Ostsee machen.

16

RANGIERBAHNHOF

Bruchsal, 1. März 1945

„Hoffentlich sehe ich Vater nicht!", schoss es Maria durch den Kopf, als sie um 13.30 Uhr mit ihrem Fahrrad vor dem Bruchsaler Bahnhof ankam. Ihr Vater war Weihnachten 1944 von Schklow nach Hause gekommen und tat seit Januar 1945 hier seinen Dienst.

Maria wollte ihm auf keinen Fall begegnen. Wie hätte sie ihm ihre Anwesenheit hier auch erklären sollen? Die Sorge um ihren ungeborenen Sohn, die sie nach Bruchsal getrieben hatte, konnte sie nicht mit ihm teilen. Auch wenn er sie vielleicht verstehen würde, aber sie hatte noch nie mit ihm über ihr Kind gesprochen. Maria tastete nach ihrem Bauch.

Sie hatte ein ungutes Gefühl, irgendetwas stimmte mit ihrem Micha nicht, sie konnte ihn nicht mehr spüren. Sie musste unbedingt zum Arzt, um sicher zu sein, dass alles in Ordnung war. Doch zu Doktor Augsteiner im Ort konnte sie nicht gehen und auch die Hebamme Irma konnte sie nicht fragen. Maria hoffte immer noch, dass sich Michael endlich melden würde, er nach Mühlbach käme und sie noch vor der Geburt heiraten könnten.

Doch jetzt musste sie erst einmal sicher sein, dass Micha auch gesund war. Zum Glück hatte sie von Grete von einem Arzt erfahren, der ihr helfen konnte.

Maria schloss schnell ihr Fahrrad am Fahrradständer ab. Um sie herum roch es nach Schweiß, Zwiebeln und Abwasser. Maria wurde schlecht, doch zugleich war sie erleichtert, denn es war soviel los, dass keine Gefahr bestand, auf ihren Vater zu treffen. Hier herrschte ein ständiges Kommen und Gehen von Menschen, die verjagt worden waren aus ihrem Zuhause oder kein Zuhause mehr hatten, die auf der Suche nach einer Bleibe waren und nach Essen. Die sich in Bruchsal im Rathaus anmelden wollten, um endlich wieder Lebensmittelkarten zu bekommen.

Maria ließ zu, dass der Strudel der Menschen sie erfasste, als plötzlich die Alarmsirenen ertönten. Sie hatte sich daran gewöhnt und hatte es, wie alle anderen auch, mit dem Aufsuchen der Schutzräume nicht so eilig. Stattdessen beeilte sie sich zum Rathaus zu kommen, in dessen Nähe der Arzt seine Praxis hatte. Auf keinen Fall wollte sie ihren Termin verpassen. Die Sonne strahlte auf sie herab, während sie zielstrebig zum Marktplatz lief. Die Sirenen hörten nicht auf zu heulen, die Abstände waren immer kürzer.

Als sie kurz vor zwei Uhr beim Rathaus ankam, fielen die ersten Bomben. Ganz nahe. Maria hatte keine Wahl als ins Rathaus zu rennen und sich mit anderen Menschen in eine Ecke des Raumes zu kauern. Ihr Herz klopfte wie wild und auf einmal wurde ihr Bauch ganz hart. Was hatte das zu bedeuten? Voller Panik sah sie sich um, doch die Menschen um sie herum waren vor Angst wie erstarrt. Vom Druck der Bomben waren die Fensterscheiben zersplittert, die Wände wackelten so sehr, dass sie jeden Moment einzustürzen drohten. Hier konnte sie nicht bleiben, hier waren sie und Micha nicht sicher. Dies war nur die erste Welle.

Maria verließ ihre Ecke und ging durch die hintere Türe ins Treppenhaus. Eine Gluthitze schlug ihr entgegen und biss sich in ihre Haut, in ihre Augen. Ihre Lungen ächzten nach Luft. Für den Bruchteil einer Sekunde sah sie sich und ihren kleinen Micha vom Feuer verzehrt. Doch wie bei David kam ihr ein vierter Mann zuhilfe. Nur dass es in ihrem Fall eine Frau war, die einen Schutzhelm trug. Maria folgte ihr und gemeinsam kämpften sie sich durch das Feuer. Maria begann zu wanken und fühlte wie die Frau sie auf den Rathaushof ins Freie zog. Die Luft war gefüllt von Ruß, doch sie war frisch genug und Maria sog sie in sich ein.

Sie musste heftig husten, aber es war ihr nichts passiert. Nur ihre Kleider waren schwarz angesengt. Doch dann begann die zweite Welle. Maria versteckte sich hinter einem Steinbrocken. Die Luft vibrierte von den Tieffliegern und dem Druck der Bomben. Es knallte immer wieder, die Erde wackelte und es war Maria als würde ihr Trommelfell platzen und ihr Herz zerreißen. Sie wich einem riesigen Steinbrocken aus, der wenige Zentimeter neben ihr auf den Boden krachte. Hier konnte sie auch nicht bleiben. Im Rauch und Dunst des Infernos sah sie die Frau mit dem Schutzhelm winken und rannte zu ihr. Sie hatten gerade den Schutzraum erreicht, der sich im Keller unter den hinteren Gebäudeteilen befand, als die dritte Welle begann.

Im Luftschutzkeller war eigentlich kein Platz mehr. Dicht an dicht saßen die Menschen. Vor allem Frauen und Kinder. Die Kinder schrien und weinten. Die Augen der Frauen waren weit aufgerissen vor Angst. Es stank nach verbrannten Kleidern und Rauch. Maria schaute in das von Ruß geschwärzte Gesicht ihrer Retterin. Die Frau war nur wenig älter als sie. Ihr weißen Zähne strahlten. „Hier bist du erst einmal in Sicherheit! Beten wir, dass wir auch die nächste Welle überstehen."

Schon begann die vierte Welle. Maria betete ein Vater Unser nach dem anderen. Ihr Puls glich einer Achterbahn. Sie betete für ihren Micha, wegen dem sie nach Bruchsal gekommen war. Er sollte leben und nicht hier unter den Trümmern begraben werden. Sie betete für ihre Geschwister und für ihren Michael. „Mein armer Michael", dachte sie, „jeden Tag diese Todesangst, jeden Tag diese Kriegshölle." Dann fiel ihr ihr Vater ein und sie konnte nicht mehr beten. Der Bahnhof, auf den hatten sie es bestimmt als erstes abgesehen. Maria erstarrte. Plötzlich gab es einen ohrenbetäubenden Knall. Der Boden bebte. Doch die Mauern hielten stand. Und dann war es auf einmal ruhig.

Langsam löste sich Maria aus ihrer Erstarrung. Doch dann wurde ihr klar: sie hatte keine Zeit. „Lassen sie mich durch!", schrie Maria und drückte sich an den Menschen vorbei, die nun alle nach Draußen drängten. Überall war Feuer und Rauch, die Luft war heiß und stickig. Vor dem Rathaus war ein riesiger Bombentrichter, so groß wie die Fahrbahn breit war. Maria sah sich verzweifelt um. Ihre Tränen vermischten sich mit dem Staub auf ihrem Gesicht und der Schweiß brannte ihr in den Augen. Sie spürte wie etwas Dickflüssiges über ihre Wange rann. Sie wischte es weg und sah, dass es Blut war. Doch dafür hatte sie keine Zeit. Sie musste zum Bahnhof.

Schemenhaft erkannte Maria das Rathausgebäude, das in Flammen stand und das die Feuerwehrmänner und Frauen zu löschen versuchten. Aber sie hatten keine Chance. Maria wendete ihren Blick vom Rathaus zum Bahnhof. Ein riesengroßes Meer von lodernden Flammen. Maria rannte los. Sie musste zu ihrem Vater, sie musste in die Feuersbrunst hinein. Die Häuser um sie herum, rechts und links der Straße, brannten lichterloh. Die Funken knackten und sprangen sie an. Die Hitze war unerträglich und nahm Maria den Atem. Doch sie rannte vorbei am brennenden Rathaus, vorbei am Pfarrhaus. Die Stadtkirche war von Bomben getroffen, über die Straße hinweg türmte sie, gleich einem lodernden Schuttberg. Maria suchte nach einem Weg. Überall waren Menschen, die mit bloßen Händen unter dem Schutt nach ihren Lieben suchten. Sie hörte das Wehklagen einer Frau, die ihr totes Baby im Arm hielt, ihr Seufzen, ihr Schluchzen. Doch es drang nicht wirklich zu ihr durch. Sie stolperte über den Schutt, konnte sich gerade noch auf den Beinen halten und stolperte weiter. Dann fiel sie hin und schlug sich die Knie auf. Sie bekam keine Luft mehr. Überall Phosphor. Aus den Häusern schlugen Flammen, Menschen schrien, schlugen mit Decken auf die Flammen ein. Wasser spritzte, ein Tropfen auf den heißen Stein. Maria spürte die Hitze um ihre Beine und Füße.

Wie in der Hölle überall lodernde Feuerzungen. Feuer, das sich überall durchfraß, auch in die Luftschutzkeller. So viele Menschen da unten ohne Luft, elendig erstickt. Maria lief weiter. Ihr Herz schlug wie verrückt. Ihr Puls klopfte laut. Ihr Bauch war hart wie Stein. Doch sie hörte nicht auf zu rennen. Die Flammen schlugen bis zum Himmel.

Sie kam zu Ecke Marktplatz-Friedrichstraße. Die Schulstraße und die Friedrichstraße in Richtung Pestalozzischule waren durch brennende Trümmerhaufen versperrt. Marias Herz schlug immer schneller. Sie hatte das Gefühl es würde gleich zerpringen. Es schien kein Durchkommen. Heiße, dicke Aschebrocken fielen ihr vor die Füße. Maria stolperte wieder, sie musste zum Bahnhof, den Vater finden.

Maria konnte kaum mehr ihre Hand vor Augen sehen. Durch die beginnenden Löscharbeiten fraß sich nicht nur Feuer sondern auch Rauch durch die Stadt. Ganz Bruchsal roch nach verbranntem Fleisch.

Als Maria am Bahnhof ankam, war von dem Gebäude kaum noch etwas zu erkennen. Neben der Bahnhofsruine, dort, wo sie ihr Fahrrad abgestellt hatte, war ein großer Bombentrichter. Die Rauchwolken nahmen ihr die Sicht und das lodernde Feuer biss ihr in die Augen. Die Feuerwehrmänner kämpften auch hier gegen das Inferno, doch Maria hatte das Gefühl, dass der Sieger schon lange feststand.

Sie ging einfach weiter, über qualmende Trümmer und Schutt, mit den anderen Menschen, die am Bahnhof nach ihren Verwandten suchten. Die Luft vibrierte von der Hitze. Überall Brand, Rauch, Flammen. Vor dem Gebäude lagen tote Menschen, von der Asche zerfressen, verstümmelte, verkohlte, kleingeschrumpfte Leichen, die ihr nichts sagten. Wo war ihr Vater? Verzweifelt setzte sie sich neben die Leiche eines großen Mannes mit Mütze, wie ihr Vater auch eine besaß. Aber der Körper passte nicht.

„Maria! Maria Heil!" Franz Neugebauer, ein Nachbar aus Mühlbach, stand plötzlich neben ihr. „Maria, was machst du denn hier?"

„Ich such den Vater!"

„Komm mit. Aber du musst tapfer sein." Er nahm sie bei der Hand und zog sie zu den rauchenden Trümmern des Rangierbahnhofs. „Ich hatte heute erst um 15.00 Uhr Schicht, ich sollte euren Vater ablösen. Es tut mir leid. Den Rangierbahnhof hat es voll erwischt. Es ist nichts mehr übriggeblieben, auch von den Arbeitern nicht. Das ist alles, was wir gefunden haben." Er reichte ihr Hans-Jakob Heils Mütze. Sie war am Rande nur ein wenig angesengt und der Stoff hatte einige Löcher vom Funkenflug.

„Es tut mir so leid. Wenn wir doch noch etwas finden, bringe ich es euch. Aber rechne nicht damit. Die Explosion hat sie alle in Stücke gerissen. Es war eine amerikanische Fliegerbombe, eine M57. Da bleibt nichts übrig, als hätte es die Menschen nie gegeben."

Maria war wie benommen, sie fühlte gar nichts. Ihr Vater war tot, sie hatte überlebt. Ihre Beine zitterten, sie begann zu schwanken, dann wurde ihr schwarz vor Augen.

Als sie wiedererwachte, fächelte Herr Neugebauer ihr Luft zu. „Maria, du kannst mit Herrn Zeller mitfahren. Sein PKW ist noch heil und er muss heute noch zurück nach Mannheim. Falls das noch steht. Er bringt dich nach Hause. Ich muss hierbleiben und aufräumen und retten, was möglich ist."

Er brachte sie hin. Stumm nahm Maria im Auto von Herrn Zeller Platz. Auf dem Heimweg bot sich ihnen ein Bild des Grauens. Achtzig Prozent von Bruchsal waren verwüstet, auch das schöne Schloss war nur noch ein riesiger Trümmerhaufen. Sie sprachen kein Wort.

Menschen flüchteten aus der Stadt. Sie hatten ihre Habe in Leiterwägen gepackt und zogen die Karren die Straße hinunter. Als sie aus Bruchsal draußen waren, kamen sie nur langsam voran, alle wollten weg. Maria sah sich noch einmal um und sah die Rauchwolken, die noch immer über Bruchsal aufstiegen. Vor allem über dem Bahnhof.

Ihr Vater war auf dem Bahnhof gestorben. Die Bahn war immer seine große Leidenschaft gewesen, auch vom Bahnhof in Schklow hatte er Bilder geschickt. Von seinem Bahnhof, den er bewacht hatte. Er hatte ihn verlassen, um bei seiner Familie zu sein und sie zu beschützen. Aber der Bruchsaler Bahnhof war sein Grab geworden, hatte ihn als Brandopfer den amerikanischen Bombern dargebracht. Nichts war von ihm übrig geblieben außer seiner Mütze, die Maria in ihrer Hand hielt.

In Mühlbach bedankte Maria sich bei Herrn Zeller und stieg aus.

Charlotte lief ihrer Schwester entgegen. „Was ist mit dir?"

Maria fuhr sich durchs Haar. Sie roch nach Rauch, die Wange mit Blut verkrustet, ihre Zöpfe waren zerzaust, das Kleid zerrissen. Die Schuhe seltsam geschwärzt.

„Was ist passiert?"

„Ich komm aus Bruchsal."

„Aber Bruchsal hat doch gebrannt! Wir haben es von Mühlbach aus gesehen!"

„Es wurde fast alles zerbombt, vor allem auf den Bahnhof hatten sie es abgesehen."

„Der Vater?"

„Der Vater ist tot. Das ist alles, was wir noch von ihm haben!", flüsterte sie und umklammerte die Mütze.

Die kleinen Geschwister waren in die Küche gerannt, um die Mutter zu holen und Emilie kam mit Käte nach draußen. Als sie die Mütze sah, die Maria in der Hand hielt, stieß sie einen spitzen Schrei aus, rannte auf Maria zu, riss sie ihr aus der Hand und sank verzweifelt auf die Knie.

„Nein, nein, das darf doch nicht sein, nicht auch noch mein Hans-Jakob. Nicht auch noch mein Mann. Das kannst du mir doch nicht antun, du grausamer Gott."

Maria kniete sich neben ihre weinende Mutter und hielt sie fest. Ihr Vater, der die Familie zusammengehalten, ihnen Kraft und Mut gegeben hatte, war nicht mehr am Leben. Er konnte sie und ihr Kind nicht mehr beschützen.

Plötzlich hörte Emilie auf zu weinen und schaute Maria mit wirrem Blick an. „Es ist deine Schuld, es ist alles deine Schuld!", schrie sie und stieß sie von sich. Dann warf sie sich auf den Boden und hämmerte mit ihren Fäusten auf die sandige Erde.

Maria wandte sich ab und ging mit schweren Schritten auf ihr Zimmer. Sie war der wütenden Feuersbrunst entkommen, hatte ihr Kind gerettet, aber ihr war, als wäre ihr eigenes Leben durch den Tod des Vaters ausgelöscht worden. Erschöpft sank sie auf ihrem Bett nieder. Sie schloss die Augen, die vom Rauch noch immer brannten. Erst jetzt bemerkte sie, wie ausgetrocknet ihre Lippen waren und was für einen großen Durst sie hatte.

Da hörte sie, wie die Tür sich öffnete und jemand herein-
kam. Es war Charlotte mit einer Flasche Wasser, einem
Glas und einer Waschschüssel. Sie gab ihrer Schwester zu
trinken, reinigte ihr Gesicht, legte den Lappen kühlend auf
ihre Stirn und umarmte sie.

„Ich halt dich fest, wir halten zusammen, was auch
immer passiert. Ich verlasse dich nicht!"

17

EUGEN

Mühlbach, 11. Mai 2002

Maria tastete nach Charlotte, doch sie lag allein in ihrem Bett. Es war dunkel. Sie suchte den Lichtschalter und knipste die Nachttischlampe an. Langsam kam sie zu sich. Charlotte war schon seit langem tot. Aber sie hatte ihr Wort gehalten und hatte immer zu ihr gestanden, stattdessen hatte Maria sie im Stich gelassen.

„Charlotte, meine liebe Charlotte!", flüsterte Maria und stand auf, um in der Schatzkiste nach dem Fotoalbum zu suchen. Auf der ersten Seite des vergilbten Albums war Hans-Jakob Heils ganzer Stolz zu sehen: ein Foto seiner Familie vom Mai 1939. Glücklich stand der Vater in der zweiten Reihe zwischen seinen großen Söhnen Karl, Fritz und Eugen. Maria stand neben ihrem Lieblingsbruder Karl und lächelte ihr schönstes Lächeln in die Kamera. Dicht an sie geschmiegt ihre kleine Schwester Charlotte. In der ersten Reihe der kleine Otto, Mutter Emilie mit dem Baby Theresia auf dem Arm und neben ihr Käte.

Sie sahen alle so feierlich aus. Zuversichtlich. Sie und Karl strahlten um die Wette und die kleine Charlotte blickte verträumt in die Kamera, als ob sie nicht recht dorthin gehörte und ihre große Schwester brauchte, um sich am Boden zu halten. Maria strich zuerst über Charlottes Gesicht, dann verweilte sie bei ihrem Vater.

Nie wieder hatte sie an jenen schrecklichen Tag denken wollen, als sie ihn verloren hatte. Doch nun hatte ihr die Nacht mit ihren Traumschlingen die Verzweiflung über den Verlust des Vaters zurückgebracht. Er war viel jung zum Sterben gewesen und seine Frau viel zu jung, um Witwe zu sein. Was für eine Ungerechtigkeit. Sie alle hatten ihn so sehr gebraucht: Für den Lebensunterhalt, das Haus, die Hypothek. Wegen seiner liebevollen, ruhigen Art, seinem handwerklichen Geschick, seiner Beständigkeit und seiner Ausgeglichenheit.

Maria betrachtete die nächsten Seiten des Albums. Hier hatte ihr Vater die Bilder aus seiner Zeit als Bahnarbeiter in Schklow sorgfältig eingeklebt und beschriftet. Es gab viele fröhliche Bilder mit seinen deutschen Kameraden, aber auch mit den Menschen vor Ort. Der Köchin und ihren Kindern. Den Bauersfrauen und Bauern, russischen Kindern, die auch bei der größten Hitze einen Pelzmantel trugen. Wachpolizisten. Schnappschüsse vom Alltagsleben: in der Kirche, auf dem Markt. Er war so stolz gewesen auf seinen Bahnhof, die Bahnhofsbrücke, ein Werk deutscher Pioniere.

Maria blätterte um und musste über ein Bild lächeln, das ihren Vater zeigte, wie er versuchte Ski zu fahren. Sie konnte sich noch daran erinnern, wie ihr Vater ihr von seiner Zeit in Schklow erzählt hatte und davon wie gut er sich mit seinen russischen Kollegen und den Menschen vor Ort verstanden hatte. Es hatte immer etwas Sehnsuchtsvolles in seiner Stimme gelegen, wenn er von Schklow sprach, so als wäre das Leben dort unbeschwerter gewesen als in Mühlbach. Was es wohl mit jener Olga auf sich gehabt hatte, die er unbedingt beim Foto dabeihaben wollte? Und mit den Fotos der ganz kleinen Kinder? Hatte die Sehnsucht nach seinen eigenen Kindern ihn dazu gebracht, diese Kleinen zu fotografieren? Zu wissen, dass sie ohne ihn heranwuchsen und er, wenn er von der Front nach Hause kam, für seine eigenen Kinder ein Fremder war, war schrecklich gewesen für ihn und den Tod seiner zwei Söhne hatte er nie wirklich verwunden. Vor allem Eugen hatte ihm sehr nahegestanden.

Er hatte ihr so gefehlt, ihr Vater. Seine friedvolle Art und die gemeinsame Zeit bei den Bienen, ihrer gemeinsamen Leidenschaft. Wenn ihr Vater nicht umgekommen wäre damals, im März, vielleicht wäre alles anders gekommen, vielleicht hätte er sie schützen können? Noch einmal sah Maria das Album durch, auf der Suche nach den milden Zügen ihres Vaters. Stattdessen fand sie ein aus einer Todesanzeige angeordnetes Kreuz.

Im blühenden Alter
von 20 Jahren gab
Eugen Heil
in treuer Pflichterfüllung sein Leben für
Führer, Volk und Vaterland. In tiefem Leid:
Frau Emilie Heil,

geb. Schwarz und
alle Anverwandten.
Beerdigung: 2.11.44,
nachmittags 15 ½ Uhr

Dass er bei Eugens Beerdigung an der Front war, hatte ihren
Vater sehr bekümmert. Wie gerne hätte er sich für seinen
Eugen geopfert, um ihm das Leid zu ersparen. Um seine
zwei jüngeren Söhne zu beschützen, war er noch ein zweites
Mal in den Krieg gezogen und konnte doch nicht verhin-
dern, dass das Monster sie alle auffraß. Züge, immer wieder
Züge. Todesbringer auf stählernen Pfaden, die alle erfassten,
die jungen Helden ebenso wie die zusammengepferchten
Sternenträger, alle auserwählt, um zu sterben.

„Du grausamer Gott!", hatte die Mutter geschrien in
ihrem viel zu großen Leid. Viel zu groß und schwer war ihr
Rucksack gewesen, um ihn alleine zu tragen. Aber sie war
allein gewesen und einsam. Der Ehemann an der Front, bis
die Front ihn dann in Bruchsal heimholte. Viel zu wenig hatte
Maria gewusst von dem Schmerz, der sich in die Herzen ihrer
Familie gefressen hatte. Und doch konnte das keine Entschuldigung sein für das, was ihr angetan worden war. Dem Vater
konnte sie verzeihen, doch nicht der Mutter. Dem Bruder
konnte sie vergeben, doch nicht der Schwester.

Wie verschlossen ihr Bruder Eugen auf dem Familienfoto aussah! So verschlossen wie seine Seele. Sie kramte in
der Schatzkiste nach dem Geschenk, das sie ihrem Bruder
Eugen Weihnachten 1943 gemacht hatte. Sein Tagebuch.
Maria hatte Eugen nie so nahegestanden wie Karl. Er hatte
immer etwas Eigenbrödlerisches, etwas Besonderes gehabt

und kaum Freunde. Es war ihm immer schwergefallen, sich anderen anzuvertrauen. Maria hatte gehofft, dass ein Tagebuch ihm helfen würde.

Rheintal, 28. Dezember 1943

Liebe Maria,
ich schreibe an dich, denn „liebes Tagebuch" zu schreiben erscheint mir komisch. Da du mir ja dieses Tagebuch geschenkt hast, werde ich dir berichten und dir so schreiben, wie ich dir in echten Briefen nie geschrieben hätte, aus Angst, du würdest mich auslachen. Weil ich ja nicht so klug bin wie Karl und du und mich nicht so gewählt ausdrücken kann wie ihr beide. Aber es liegt mir doch so viel so schwer auf der Seele, dass ich es doch wenigstens versuchen will. Den Kummer von der Seele schreiben, sagt man doch so schön.
Gerade waren wir noch bei euch. In Mühlbach. Unser schönes, liebes Mühlbach. Ich vermisse es schon jetzt. Ich weiß, du willst immer weit weg, aber ich wäre gerne daheim geblieben, aber das Vaterland ruft. Ach du mein Deutschland. Ich sitze hier im Zug und fahre durch unser wunderbares Land. Mühlbach ist schon weit weg, aber es ist lebendig in meinem Herzen. Der Kohlplattenschlag, wo wir immer schwimmen waren, die Kuhhirtsbrücke wo wir geangelt haben, der Altrhein, wo wir Schlittschuhlaufen waren und Vater Rhein, an dem ich jetzt entlangfahre. Was haben wir für stolze Flüsse, für mächtige Gebirge, erst noch der Hunsrück, dann schon Taunus und Eifel und weiter geht es nach Holland. Ich würde dir gerne Tulpen aus Amsterdam schicken, aber das war in einem anderen Leben.

Workum, 18. Januar 1944

Liebe Maria,
hatte vorher keine Zeit. Wir waren viel zu Fuß unterwegs und
es war kalt. Da war mir nicht nach Schreiben. Wo es doch auch
so schön hier ist in Holland. Auch im Winter. Die Grachten
sind wirklich etwas Besonderes und die Dörfer sind so schön,
die Backsteinhäuser so ordentlich. Alles sieht viel aufgeräumter
und vornehmer aus als bei uns.

Workum, 10. April 1944

Vrolycken Pasen. Leider keine Freude, nur Trauer, keine Auf-
erstehung nur Tod, keine Rettung nur Sünde. Pecata mundi.
Messe c-moll von Mozart. Wollte ich auch einmal in Salzburg
oder Wien hören, wo doch Österreich wieder deutsch ist. Da
wird wohl nichts mehr draus.

Workum, 22. August 1944

Liebe Maria,
Ich hatte keine Lust zu schreiben. Der Krieg hat mir die Freude
genommen. Ich war ziemlich krank, hatte hohes Fieber, aber
jetzt geht es wieder. Workum ist ein sehr hübsches Städtchen.
Es ist klein, aber es hat diese typischen Backsteinhäuser, einen
netten Marktplatz, eine beachtliche Kirche, St. Gertrud, aus
dem 15. Jahrhundert. Du weißt ja, dass ich mich für Architek-
tur interessiere. Die Kirche hat einen beindruckenden, großen
Chor, und einen freistehenden massiven Glockenturm, den
eine Turmlaterne mit Glockenspiel ziert; ich würde gerne in

die Kirche gehen, aber die Holländer wollen uns dort nicht haben. Versteh ich.

Der zentrale Platz „de Merk" ist sehr einladend, in Friedenszeiten wird hier bestimmt fröhlich gefeiert. Wie überhaupt dieser Ort sehr zum Verweilen einlädt, so hübsch mit seinen kleinen Grachten, seinen idyllischen Eckchen und überall Wasser. Die Häuser erinnern mich an die Häuser auf dem Bild von unserem Urgroßvater Benjamin, der Juwelier aus Hamburg. Du weißt, die väterliche Seite. Weißt du, das Gemälde, das früher bei Oma Irene im Schlafzimmer hing, bevor der Hitler an die Macht kam und Großmutter alles, was an ihre Familie mütterlicherseits erinnern konnte, verbrannt hat. Und recht hatte sie. War gut, dass sie dann bald gestorben ist. Die Hanse waren übrigens auch hier, war mal ziemlich wichtig der Ort, aber jetzt ist er eher ruhig und beschaulich. Wenn wir nicht da wären.

Workum, 30. August 1944

Liebe Maria,
Ich gehe viel spazieren, wenn ich kann, gerade ist es ruhig. Ich gehe ans Eiselmeer oder spaziere auf dem Damm entlang. Gestern habe ich mich mit einem jungen Hirtenjungen unterhalten. Endlich mal jemand der mit mir gesprochen hat, er war vierzehn, so alt wie unser Otto. Wie es ihm wohl geht?

Workum, 8. September 1944

Liebe Maria,
Ich sitze am Ufer des Eiselmeeres und lasse mich von der warmen Spätsommersonne bescheinen. Schade, dass die Wärme

der Sonne nicht in die Kälte meines Herzens vordringt. Dass das helle Tageslicht nicht die Dunkelheit in mir durchdringt. Ich versuche mich abzulenken und beobachte die Tiere um mich herum.

Die Spinne baut ihr Netz und sie tut es am Eiselmeer genauso wie zuhause in Mühlbach. Die Enten gründeln hier genauso wie im Kohlplattenschlag und ich bin hier ein Mensch genauso wie zuhause. Aber nein, hier bin ich nicht der Mensch, hier bin ich der Feind. Der verfluchte Deutsche, der den Tod bringt und das Verderben, hinein in diese wunderschöne Landschaft. Zu diesem wunderschönen Ort. Ich hätte nicht gedacht, dass sie mich hierherschicken, Maria. Ich dachte, ich sollte wieder nach Frankreich, so wie der Fritz. Aber meine Kompanie wurde kurzerhand umgelenkt. Der Führer braucht uns im Nordwesten, hieß es. Und jetzt bin ich hier und im Westen nichts Neues. Vieles wie bei uns zuhause. Es ist auch so flach wie bei uns vielleicht sogar noch flacher. Aber natürlich gibt es bei uns kein Eiselmeer. Es ist so schön. Ich dachte ja zuerst, es sei tatsächlich ein Meer, aber es ist nur ein großer See. So wie der Bodensee wohl, oder größer und natürlich mit Verbindung zum Meer, zur Nordsee. Ich bin des Krieges so müde, ich will nicht mehr. Du weißt, dass ich schon längst unserm Großvater nicht mehr glaube, wenn er vom deutschen Sieg spricht. Hitler habe ich ja noch nie geglaubt, aber Großvater schon, er war mein Vorbild. So tapfer kämpfen wie er damals, das wollte ich. Und jetzt wo ich den Krieg gesehen habe, will ich nicht mehr kämpfen. Ich will nicht mehr töten. Nach unserm letzten Gefecht lagen die toten Körper in den Grachten. Diese wunderschönen Kanäle waren vom Krieg entstellt. Das braungrün des Lebens verfärbte sich in das Rot des Todes, meine geliebte Schwester, *ich weiß, du dachtest nur unser Bruder Karl könnte so schreiben, aber ich kann es auch. Der Tod macht einen Dichter aus mir. Wie schade nur, dass es keine Zeilen der Freude sind, sondern der Wehmut. Sie sagen der Tod sei dein Feind. Doch mir scheint er ein Freund zu sein. Meinst du, ich habe die Schwermut von Oma Irene geerbt? Gestern habe ich meinem toten Kameraden Leopold die Augen geschlossen. Er war zwanzig so wie ich. Wer mir wohl die Augen schließen wird? Es wird nicht meine geliebte Frau sein (Ja ich weiß, ich habe mein Herz noch gar nicht verschenkt) und es werden nicht meine geliebten Kinder sein oder mein geliebter Freund Hans (hast du etwas von ihm gehört)? Wahrscheinlich wird niemand mir die Augen schließen, der Tod wird mich holen und ich werde mich ihm entgegenwerfen, mit offenen Augen.*

Workum, 9. September 1944

Liebe Maria,
die Fallschirme sind vom Himmel gefallen wie fliegende Pilze, und ich habe ohne Unterlass gefeuert. Ich bin ein sehr guter Schütze. Opa Gustav wäre stolz auf mich. Doch ich bin nicht stolz auf mich. Es waren wohl Briten. Eins, zwei, drei, jetzt ist's für euch vorbei. Vier, fünf, sechs, jetzt kommt die deutsche Hex. Sieben, acht, neun, ihr werdet es bereun. Ja, sie haben es bereut, wir haben sie alle massakriert. Vor meinen Augen sind sie krepiert, wie die Fliegen.
Sie wollten nachts kommen, die Fallschirmspringer, und unsere Schützengräben überrennen. Aber das Wetter war zu schlecht, so kamen sie im Morgengrauen, und das Grauen erwachte: denn wir waren wach! Die Grachten wurden rot vom Blut der

Opfer. Der Wind war nicht ihr Freund, er war ihr Feind. Wir sind ihr Feind. Doch wer ist wirklich mein Feind. Der Feind in den eigenen Reihen. Der Feind in mir, ich bin mir selbst der größte Feind. Nein, ich kann nicht mehr. Zu viel Blut an meinen Fingern.

Workum, 15. September 1944

Liebe Maria,
Eigentlich wollte ich auch etwas Positives hinzuzufügen. Wo ich doch weiß, dass du es auch schwer hast daheim. Ich weiß, dass du dich um alles kümmern musst. Die Mutter ist ja doch überfordert, die Käte keine Hilfe und die anderen einfach zu klein. Ob Großvater sich inzwischen von seinem Irrglauben befreit hat? Ich bezweifle es. Ich weiß, dass ich dir die folgenden Zeilen nicht schreiben sollte, denn ich werde dich damit belasten, aber ich muss unserer Geschwister wegen, deiner zukünftigen Kinder wegen und unserer Nation wegen. Wir haben so große Schuld auf uns geladen, liebe Maria, mit unserem Größenwahn. Wir haben so große Schuld auf uns geladen, weil wir ihn nicht gestoppt haben. Oder zumindest nein gesagt haben.

Arnheim, 18. September 1944

Liebe Maria,
wir sind vor drei Tagen am Abend aufgebrochen. Sie brauchen alle Männer, um die Brücken zu halten. Die nächste war die von Arnheim. Wir sind im Dunkeln gewandert, denn auf dem flachen Land gibt es ja keinen Schutz. Jetzt muss ich doch für

193

*die SS kämpfen. Für das 16. Panzerregiment. Alle Truppen
der Wehrmacht wurden ihr hier einverleibt.*

Arnheim, 21. September 1944

*Der letzte Kampf begann um 9 Uhr. Die Briten versuchten
einen Ausbruch, um zu ihrer Division zurückzukehren. Es
gab keine formale Kapitulation, kleinere britische Gruppen
ergaben sich, da sie keine Munition mehr hatten oder von uns
überrannt worden waren. Um die Mittagszeit überquerten wir
die Brücke, der Kampf hat 88 Stunden gedauert.*

Herzogenbusch, 23. September1944

Liebe Maria,
*die Feinde im Kampf zu töten ist Krieg, und Krieg ist grausam.
Aber die Juden in KZs zu töten, das ist nicht Krieg, das ist
Wahnsinn. Ich habe nur Befehle ausgeführt, als ich die
Fallschirmspringer abschoss. Und ich habe die Juden nicht
getötet, aber ich habe sie gesehen. Die Züge, die von Holland
über Deutschland nach Polen fuhren. Die Menschen in den
Viehwagons. Vater hat mir davon erzählt, als er sie im Osten
sah. Ich habe es nicht glauben wollen. Aber jetzt habe ich die
Züge auch gesehen, und es gibt kein Zurück. Ich kann nicht
mehr, liebe Maria. Ich werde heute Nacht meinem Leben ein
Ende setzen. Ich weiß nicht, was sie euch sagen werden. Für
die Mutter hoffe ich, dass sie schreiben, er starb im Kampf fürs
Vaterland. Aber du sollst wissen, ich wollte nicht mehr weiter-
kämpfen für dieses grauenvolle Vaterland, das ich doch so sehr
liebe. Ich will nicht noch mehr unschuldige Menschen töten.*

Unser Führer hat Verderben gebracht über ein ganzes Volk, das auserwählte Volk des Gottes Jahwe. Und Fluch hat er über uns gebracht, das Volk, das ihn auserwählt hatte als seinen Führer. Angst und Verzweiflung für Generationen. Finsternis im Herzen, Ausweglosigkeit der Seelen, Flucht in die Hoffnungslosigkeit. Deshalb werde ich jetzt gehen. Ich bin nicht würdig, dass der Herr eingeht unter mein Dach, er kann meine Seele nicht mehr gesund machen. Durch meine Schuld, durch meine große Schuld. Nicht die Holländer sind schuld an meinem Tod oder deren Alliierte. Ich sterbe durch meine eigene Hand, und wenn man es auch nicht Freude nennen kann, so gehe ich doch gern. Ich weiß, wann die Züge nach Auschwitz fahren. Ich selbst habe Dienst auf der Brücke. Oft bin ich der einzige wachhabende Soldat, die anderen schlafen. Gerade ist es ruhig hier bei uns. Ich weiß, wir werden uns wiedersehen, liebe Maria. Bewahr dir deinen Glauben. Auch ich glaube noch an unsern Gott, aber ich glaube nicht mehr an unser Deutschland und an den Sinn meines Lebens. Es wird schöner sein als hier, wenn wir uns wiedersehen. Gib Hans einen Kuss von mir, du hast es ja eh gewusst.
Dein dich liebender Bruder Eugen

Maria seufzte tief. In der Nacht als Eugen starb, fiel sein Bild auf der Anrichte im Esszimmer um. Maria hatte es gesehen. Es war die erste Nacht, in der Michael bei ihr zuhause war und sie hatte an seiner Tür Wache gehalten, in der Hoffnung, sie könnte ihn noch einmal abfangen. Doch Michael hatte tief und fest durchgeschlafen.

Und ja, sie hatte es gewusst, dass Eugen den Hans liebte. Dass er sich selbst das Leben genommen hatte, hatte sie geahnt, dass sie sich eines Tages im Himmel wiedersehen würden, dessen war sie sich sicher. Wenn es denn einen Himmel gab.

Maria legte Album und Tagebuch zurück in die Schatzkiste. Sie trauerte um den toten Michael und hatte gedacht, tiefer könnte die Trauer nicht werden. Doch sie hatte sich getäuscht. Das was jetzt an ihr nagte, war nicht der Schmerz der Erinnerung, der durch die Schönheit des Erlebten gelindert wurde. Es war der Schmerz der Leerstellen, der ungelebten Leben.

Ihr Blick fiel wieder auf Jacks Bibel. Sie nahm sie zur Hand und ließ sich von ihrem Mann mitnehmen, der ein Lesezeichen in Form einer grauen Maus ins 12. Kapitel des Matthäusevangeliums gelegt hatte. Sie las die Zeilen, die Jack unterstrichen hatte:

At about that time Jesus was walking through some grain-fields on the Sabbath. His disciples were hungry, so they began breaking off some heads of grain and eating them.
But you would not have condemned my innocent disciples if you knew the meaning of this Scripture: 'I want you to show mercy, not offer sacrifices.' For the Son of Man is Lord even over the Sabbath.

Maria musste lächeln, das war genau die Stelle, die zu dem Bild ihrer Großmutter passte. Sie hörte Jack sagen: Unser Gott ist ein barmherziger Gott. Kein Gott, der sich ins Fäustchen lacht, der will, dass du dich für alle aufopferst oder der sagt: „Hilf dir selbst!" Unser Gott ist Vater, Freund und Helfer in einem. Ganz Mensch, der sich zu dir hinunter beugt und deinen Rucksack trägt. Ganz Gott: allmächtig und souverän zugleich."

Maria konnte nicht alles verstehen, was geschah oder nicht geschah, doch sie war ein Teil dieses Ährenfeldes und wurde vom Wind hin und her gewogen. Sie wollte sich in ihn hineinlegen, anstatt ihm hinterher zu jagen. Denn der Wind war ihr Freund. Genauso hatte sie es empfunden, als sie in Frankfurt aus dem Flugzeug gestiegen war.

18

BAUSTELLEN

Mühlbach, 11. Mai 2002

Als Maria am nächsten Morgen erwachte, hatte sie noch immer ein Lächeln auf den Lippen. Sie fühlte sich ausgeruht, friedlich. Sie dachte an Jacks Lesezeichen, die Maus Frederick. Jack hatte die Geschichte von Frederick geliebt und sie erst seiner Nichte Jenny, dann deren Sohn David vorgelesen. Jack hatte es verstanden Sonnenstrahlen für dunkle Wintertage zu sammeln und sie konnte sich jetzt daran wärmen. Maria beschloss das Buch für Zoe zu kaufen.

„Gibt es noch die Buchhandlung Ott in Bruchsal?", fragte sie Irmgard nach dem Frühstück.

„Die kenne ich nicht. Aber es gibt zwei Buchläden in der Innenstadt! Die eine ist dort, wo früher der Nierlesbrunnen war."

„Die habe ich gemeint, ich war früher oft bei Herrn Ott in der Buchhandlung!"

Eine halbe Stunde später kam Maria in der Bruchsaler Innenstadt an. Sie war die engen Straßen nicht gewohnt, überall waren Baustellen und die Parkplatzsuche strengte sie an. In Greenville war alles viel großzügiger und es gab genug Platz zum Parken. Als vor ihr gerade eine Parklücke frei wurde, in die sie problemlos einparken konnte, fuhr sie kurzerhand hinein. Jetzt musste sie sich allerdings erst einmal orientieren. Maria war in der Friedrichstraße gelandet und die Fußgängerzone war ein ganzes Stück entfernt.

Maria sah sich um. Bruchsal hatte sich so sehr verändert. Friedrichstraße, da war doch was. Maria versuchte sich zu erinnern. Natürlich, in der Friedrichstraße hatte bis 1938 die Bruchsaler Synagoge gestanden. Maria drehte sich um. Dahinten war es gewesen. Maria ging einige Schritte zurück und erschrak: an dem Platz, an dem die Synagoge gestanden hatte, stand ein Feuerwehrhaus. Alles, was an die Synagoge erinnerte, war eine graue Gedenktafel: 1999 von Bruchsaler Schülern angefertigt und inzwischen von Efeu überwuchert.

Ein Feuerwehrhaus? Wo doch die Feuerwehrmänner damals nichts unternommen hatten, um den Brand zu löschen? Tatenlos hatten sie das Gotteshaus abbrennen lassen und nur verhindert, dass der Brand auf andere Häuser übergriff. Ihr Bruder Karl hatte es damals von einem Bruchsaler Klassenkameraden erfahren und war außer sich gewesen vor Wut.

Aber auch in Karlsruhe hatten die Feuerteufel der Nazis gewütet. Ihre Freundin Hilde war ahnungslos in die Glut dieser Höllennacht hineingelaufen.

Hilde hatte wegen eines neuen Gesetzes nicht mehr nach Bruchsal in die Schule gehen dürfen, sondern durfte nur noch zusammen mit anderen jüdischen Kindern in einer Schule in Karlsruhe unterrichtet werden. Da in Mühlbach nicht gezündelt worden war, hatten Hildes Eltern sie wie immer in die Schule geschickt.

Marias Beine begannen zu wanken. Sie sah Hildes bleiches Gesicht vor sich, als sie an jenem 10. November 1938 kurz vor dem Mittagessen mit ihrem Fahrrad an Marias Haus vorbei raste. Maria hatte gerade den Gehweg gekehrt. Wie von Höllenhunden verfolgt, hatte Hilde in die Pedale getreten und weder nach rechts noch links geschaut. Maria hatte sofort ihren Besen fallen gelassen, ihr Fahrrad geschnappt und war Hilde hinterhergefahren.

An jenem Tag hatte sie zum ersten Mal klar gespürt, dass etwas Böses auf sie zu kam. Maria fuhr so schnell sie konnte. Sie wollte ihre Freundin Hilde unbedingt einholen und schnitt die Kurve so scharf, dass sie fast in ein entgegenkommendes Auto hineingefahren wäre. Völlig außer Atem kam sie vor Hildes Haus an. Sie klingelte, doch niemand machte ihr auf. Maria wunderte sich. Sie wusste ja, dass Hilde da war. Sie überlegte, ob sie durch den Hintereingang gehen sollte, doch stattdessen entschied sie sich zu warten. Sie klingelte noch einmal. Immer noch keine Reaktion.

Dann wurde die Tür einen Spalt breit geöffnet und Hildes Mutter streckte den Kopf heraus.

„Du bist es, Maria!", sagte sie und zog Maria schnell ins Haus. „Komm mit, Hilde ist in der Küche!"

„Hilde, wie geht es dir? Was ist denn passiert?" Maria umarmte ihre Freundin.

Hilde schluckte, ihr Gesicht war von Tränen überströmt. „Es war so schrecklich, Maria. So schlimm. Wieso machen die das?" Hilde begann wieder zu schluchzen.

Hildes Mutter brachte einen kalten Waschlappen und legte ihn ihrer Tochter auf die Stirn. Maria hielt Hildes Hand. „Beruhige dich Hilde, hier bist du doch in Sicherheit!"

„Meinst du? Du hast den Hass nicht gesehen, der mich aus den Augen der Frauen angestarrt hat. Unendlicher Hass, der dich durchbohrt und du fühlst dich wie erstochen." Hilde bekam wieder einen Weinkrampf.

„Trink einen Schluck Wasser", versuchte Hildes Mutter sie zu beruhigen. Hilde nahm ein paar Schluck, dann fuhr sie fort: „Und da war diese schreckliche Schadenfreude in ihren Gesichtern und als ich die verbrannten Synagogen sah, fühlte es sich an, als ob ein Teil von mir auch verbrannt worden wäre. All die zerstörten Geschäfte und Wohnungen, alles kaputt und in Trümmern." Hilde wandte sich an ihre Mutter: „Mama, auch das Uhrengeschäft von Herrn Krieger hat es erwischt. Die Schaufenster waren eingeschlagen und keine Ware mehr drin. Wer weiß, vielleicht war auch er in einem der Züge?" Hildes Lippen zitterten. „Im Bahnhof standen die Züge. Voll mit jüdischen Männern, zusammengepfercht wie Tiere. Sie haben auf ihren Abtransport gewartet. Mama, werden sie Vater auch holen, so wie es Herr Renninger gesagt hat? Wir müssen Vater verstecken. Wir müssen uns alle verstecken!"

„Keine Angst, Hilde. Uns passiert nichts. Wir gehören zu Mühlbach. Dein Vater hat im 1. Weltkrieg gekämpft und das eiserne Kreuz bekommen und zur Hebel-Loge gehört er auch. Na und unsere Freunde, die werden uns doch helfen. Schließlich geht dein Vater mit den wichtigsten Männern in Mühlbach kegeln und sogar der Pfarrer ist ein guter Freund von ihm."

„Ja und du hast ja auch uns, Hilde!" Maria drückte Hildes Hand. „Wir stehen dir bei!"

Doch Hilde ließ sich nicht beruhigen. „Ich habe solche Angst. Und was ist mit unseren Verwandten? Geht es ihnen gut? Was ist mit Tante Sofia?"

Hildes Tante Lydia und ihre Lieblingstante Sofia waren an jenem Tag nach Mühlbach gekommen. Aus Pforzheim, Wertheim, Frankfurt und Pirmasens kamen sie angefahren, die Verwandten, um bei Hildes Familie Unterschlupf zu finden. Maria hatte geholfen die Koffer in die Gästezimmer zu tragen, aber sie wusste nicht, was aus ihnen geworden war.

Maria nahm ein Stückchen Traubenzucker aus ihrer Tasche. Sie musste unbedingt mit Käte über Hilde reden. Doch heute wollte sie noch zu ihrer Sofia und dazu musste sie erst einmal die Buchhandlung finden. Als ob ihre Füße den Weg kannten, stand Maria nach kurzer Zeit auf einem großen Platz. Anstelle eines Brunnens gab es in der Mitte des Platzes einen Pavillon und Maria brauchte nicht lange, da hatte sie die Buchhandlung gefunden. Inzwischen hieß sie Braunbarth und war deutlich größer als sie sie in Erinnerung hatte. Langsam ging sie durch den Laden und konnte gar nicht genug bekommen, von all den wunderbaren Kostbarkeiten, die sie hier entdecken konnte.

Die Abteilung für Kinderbücher war oben, ein großer heller Raum mit einer langen Glasfront und vielen Regalen. Erschöpft vom Treppensteigen setzte sie sich auf einen roten Sessel und nahm die Umgebung in sich auf. Sie mochte den Geruch von Büchern und die farbenfrohen Einbände schufen eine lebendige, freundliche Atmosphäre. Ein Rabe grinste sie an und ein Eisbär schaute drollig zu ihr herüber. An der Decke hingen Regenbogenfische und ein Bär mit einem Tiger im Arm schien sie zu grüßen. Ganz vorne auf einem der Regale stand der Klassiker von St Excupery

Der kleine Prinz. Maria liebte dieses Buch und der kleine Prinz hatte ja so recht, aber Zoe hatte es bestimmt schon. Auch *Weißt du eigentlich wie lieb ich dich habe?* von Sam McBratney stach ihr gleich ins Auge, doch das hatte sie Zoe bereits als Gute-Nacht-Geschichte vorgelesen. Nein, sie wollte der kleinen Zoe die Geschichten von *Frederick und seinen Mäusefreunden* schenken. Maria musste ein wenig stöbern, bis sie Leo Lionnis Buch gefunden hatte. Sie setzte sich damit wieder hin und blätterte vorsichtig in dem dicken Band. Sie suchte die Geschichte von Nicolas und stellte erleichtert fest, dass sie auch enthalten war.

„Wegen eines bösen Vogels sind nicht gleich *alle* böse", belehrte Nicolas seine Mäusegeschwister am Ende seiner Geschichte und sie feierten ein Festmahl.

„Manchmal ist das schwer zu glauben", dachte Maria, stand auf und ging zur Kasse.

Sofia erwartete Maria bereits sehnsüchtig und konnte ihre Enttäuschung nicht verbergen, als sie sah, dass Maria alleine gekommen war.

„Irmgard kommt dich heute Nachmittag besuchen", sagte Maria und strich Sofia mit der Hand über den Arm.

„Ich hoffe, sie bringt Zoe mit!"

„Jens und sie machen heute einen Ausflug!"

„Jens macht einen Ausflug mit Zoe, ohne mich? Das hat es ja noch nie gegeben!" Sofia sah Maria ungläubig an.

Maria nahm ihre Hand: „Er vermisst dich so und Zoe auch. Aber er möchte Zoe etwas Schönes bieten, er macht sich noch immer große Sorgen."

Sofia wurde ganz still. Dann flüsterte sie: „Wir haben uns gestritten, bevor er nach Frankfurt gefahren ist. Er konnte es nicht verstehen, dass ich mir immer so viel Stress mache. Mit dir, mit der Schule, mit dem Leben. Er hat mich ermahnt, ich solle alles ruhiger angehen. Auch wegen des Babys. Da habe ich ihm vorgeworfen, dass er sich ja auch nie um uns kümmert. Und dann ist er weggefahren und wir hatten uns gar nicht versöhnt."

„Habt ihr es inzwischen getan?"

„Gleich als erstes. Es tat mir so leid und ihm auch. Ach, warum muss immer erst etwas passieren, bevor man sich versöhnt? Meinst du irgendwann lernt man aus seinen Fehlern?"

Maria wusste nicht, was sie antworten sollte, doch Sofia hatte gar keine Antwort erwartet. „Hast du das Gedicht von Michael gefunden?", fragte sie.

Maria nickte und gab ihr eine Karte, auf die sie das Gedicht geschrieben hatte. Beim Schreiben der Worte hatte sie sich Michael ganz nahe gefühlt und dabei keine Trauer, sondern nur Dankbarkeit gespürt.

„Oh wie schön, vielen Dank, die lese ich später. Bitte erzähl mir weiter von Michael. Ich will alles wissen."

Bruchsal, 23. September 1944
Es war ein Samstag, der 23. September 1944. Aufgeregt stand Maria auf dem Bahnsteig des Bruchsaler Bahnhofes. Heute sollte es wahr werden, heute sollte er kommen, ihr langersehnter Märchenprinz, ihr Michael.

Ihre Mutter und der Großvater waren nicht glücklich über den Besuch, aber schließlich wollte der Führer ja, dass junge Mädchen den Soldaten schrieben und sie zum Durchhalten im Krieg ermutigten. Da gehörte auch ein

Heimaturlaub dazu, aber anständig bleiben, das musste die Maria. Immerhin konnte der junge Mann gleich zeigen, was er konnte. Es war Zeit für die Tabakernte, da musste er mit aufs Feld. Maria hatte dazu extra eine Woche frei bekommen und ihr Michael sollte mithelfen.

Der Zug kam pünktlich auf Gleis drei aus Karlsruhe an. Maria konnte es kaum erwarten. Sie suchte die einzelnen Abteile ab und da sah sie ihn endlich: ein großer, schlanker, junger Mann mit dunklen Haaren und einer schicken Uniform kam ihr entgegengelaufen. Maria ging schnell auf ihn zu und umarmte ihn glücklich, küsste ihn auf beide Wangen. Michael hielt sie ganz fest und gab ihr zu ihrer Überraschung einen kurzen Kuss auf den Mund. Es war nur ein Hauch seiner Lippen, doch Marias Beine zitterten.

„Schön, dass du da bist", stammelte sie und ging mit ihm den Bahnsteig entlang zum Ausgang des Bahnhofs. Vor dem Bahnhof wartete Opa Gustav mit dem Wagen. Er hatte es sich nicht nehmen lassen, den Soldaten von der Front persönlich abzuholen.

„Setz dich zu mir nach vorne, Soldat!" begrüßte er ihn und Maria musste ohne Michael auf dem Rücksitz Platz nehmen.

Großvater Gustav begann sofort, ihn mit Fragen zum Kriegsgeschehen zu bombardieren und Michael beantwortete jede Frage gewissenhaft. Maria hing an Michaels Lippen, doch noch lieber hätte sie auf dem Rücksitz seine Hand gehalten. Michael musste sich damit begnügen, immer wieder einen Blick nach hinten zu werfen und Maria sein schönstes Lächeln zu schenken. Maria lächelte zurück und ihre Augen zeigten Michael deutlich, wie sehr sie sich nach ihm gesehnt hatte.

Nachdem ihr Großvater gar nicht aufhören wollte mit seiner Fragerei, unterbrach Maria ihn kurz vor Mühlbach energisch. „Großvater, lass den Michael doch einmal zur Ruhe kommen. Er hat doch so eine lange Reise hinter sich!"

Doch Michael zwinkerte Maria zu und winkte ab. „Ist schon recht Maria. Ich kann deinen Großvater gut verstehen, man bekommt ja nur selten die Gelegenheit zu erfahren, wie die Dinge an der Front wirklich stehen."

Als die drei zuhause ankamen, war der Tisch für das Abendbrot schon gerichtet und Michael hatte gerade noch Zeit seine Sachen in seinem Zimmer zu verstauen, bis er dann am Esstisch Platz nehmen musste. Auch hier wurde er mit Fragen zum Krieg, zu seiner Herkunft, seinem Beruf überschüttet, die er alle geduldig beantwortete.

Schließlich stand Maria von ihrem Platz auf, stellte sich hinter Michael, legte ihre Hände auf seine Schultern und sagte: „So jetzt lasst ihr den armen Michael erst einmal in Ruhe essen!"

Michael drehte sich sofort zu ihr um und lächelte sie dankbar an, um dann ohne zu zögern, einen großen Bissen Brot hinterher zu schieben.

Bruchsal, 11. Mai 2002

Während Maria von dem Abendessen damals erzählte, kam eine Schwester mit dem Mittagessen herein.

„Iss du nur in Ruhe", sagte sie zu Sofia und stand auf. „Nach deinem Mittagsschlaf ist Irmgard schon da. Ich komme morgen wieder. Lass es dir schmecken!"

Mit zitternden Beinen ging sie zum Auto. Die Erinnerung an den kurzen Kuss, den Michael ihr auf dem Bahnsteig zugeworfen hatte, war so intensiv, dass sie glaubte ihn zu schmecken. Diesen salzigsüßen Beginn des Sommermärchens mit ihrem großen, geheimnisvoll-dunklen Märchenprinzen.

In Mühlbach wartete Käte bereits auf ihre Schwester und gemeinsam aßen sie zu Mittag. Maria sprach Käte auf die Bruchsaler Synagoge an, doch Käte kannte sich nicht aus. Sie war früher lieber nach Karlsruhe gegangen, das gefiel ihr besser und hatte mehr zu bieten. „Jetzt wo ich alt bin, gehe ich nirgendwo mehr hin. Das ist mir alles zu anstrengend. So wie du, in deinem Alter, in der Welt umherreisen, das könnte ich nicht!"

19

BEI DEN BIENEN

Mühlbach, 23. September 1944

Als das Abendessen zu Ende war, sagte Maria: „Ich muss mich um die Bienen kümmern, Michael, möchtest du mitkommen?"

„Gerne," antwortete Michael sofort, der endlich mit Maria allein sein wollte.

„Darf ich mitkommen?", rief Theresia.

Während Käte das Geschirr spülte, rührte Maria Zucker in einen Eimer warmes Wasser.

„Woher hast du denn den vielen Zucker?", wollte Michael wissen.

„Ach, das ist eine lange Geschichte." Maria übergab Michael den Eimer und er trug ihn zum Bienenhäuschen, das am Ende des Gartens stand. Theresia folgte ihnen.

„Theresia mach dich nützlich und sammel' mir ein paar Tannenzapfen dort drüben, unter der Tanne und dann bring sie mir."

„Was hast du mit dem Eimer vor?", fragte Michael.

„Ich stelle ihn in das Bienenhaus, ich muss sie anfüttern für den Winter, dass sie den Zucker einlagern können."

„Und woher ist jetzt der ganze Zucker?"

Maria zuckte mit den Schultern. „Von der Zuckerfabrik. Die ist uns was schuldig. Schließlich ist Großvater Albert an der Maschine verunglückt. Seinen rechten Arm hat es völlig zerfetzt, der Großvater war ohnmächtig vor Schmerzen und nur der Onkel Kornel und der Großvater Gustav waren da, um ihn nach Bad Schönborn zum Arzt zu bringen.

Ich weiß noch genau, wie die Großmutter Irene den Großvater Gustav angefleht hat sich zu beeilen. So gerne wäre sie bei ihrem Albert geblieben, doch Großvater Gustav hat sie angeherrscht: „Geh weg, Weib! Wir machen das schon!" Ich durfte mitfahren und hab dem Großvater Albert die noch gesunde Hand gehalten, den ganzen Weg.

Es war heiß und die Straße staubig, der Gaul langsam und die zwei Männer hungrig und durstig. In Kronau hat Großvater Gustav angehalten, um Brotzeit zu machen. Das hat sich der Onkel Kornel nicht nehmen lassen und beide Männer sind im Wirtshaus verschwunden. Ich habe es nicht glauben können und bin bei meinem verwundeten Großvater geblieben. Als die Männer nach einer Stunde aus der Gaststätte kamen, hat Großvater Albert nur noch schwach geatmet.

„Beeil dich, Großvater Gustav!", habe ich gerufen.

Doch der hat sich umgedreht und geschrien: „Sei still. Wer hat dich gefragt!"

Nach Bier und Schnaps hat er gestunken. Als wir endlich in Mingolsheim ankamen, konnte der Arzt nicht mehr helfen. Großvater Albert war an Wundbrand gestorben."

„Wie schrecklich!" Michael nahm sie tröstend in den Arm. „Das muss furchtbar für dich gewesen sein."

Maria sah Michael an. „Da hat niemand an mich gedacht. Ich musste neben meinem toten Großvater nach Hause fahren. Ich habe mir solche Vorwürfe gemacht und mir die Schuld an seinem Tod gegeben. Dabei war es doch offensichtlich, dass Großvater Gustav ihn auf dem Gewissen hatte. Doch den hat niemand zur Rechenschaft gezogen. Alle hatten vor ihm Angst. Großmutter Irene ist ganz still geworden. Nicht einmal mit mir hat sie mehr geredet und ist kurz nach Großvater Albert gestorben. Sie waren fünfzig Jahre verheiratet gewesen. Da kann man wohl nicht mehr ohne den anderen leben."

Michael konnte nicht länger an sich halten. Er nahm Marias Hände, zog sie zu sich und schaute sie mit seinen sanften braunen Augen an. Maria blickte in ein Meer aus Mitgefühl und sie fühlte sich angenommen und verstanden, während große Tränentropfen ihren glitzernden Augen entkamen. Michael gab Maria einen sanften Kuss auf jede Wange und umarmte sie fest. Maria ließ sich fallen in seine Umarmung und als dieser ihr ins Ohr flüsterte: „Du wirst sehen, wir werden unsere diamantene Hochzeit miteinander feiern!", zauberte dieses Versprechen ein Lächeln auf Marias Gesicht und ihre Tränen waren verschwunden.

Da kam Theresia mit einer ganzen Hand voller Tannenzapfen zurück und Michael, bemüht Maria weiter abzulenken, fragte: „Und wofür sind die Tannenzapfen?"

„Damit die Bienen nicht versaufen, da können sie drauf klettern. Wenn ihre Flügel vom Zucker verklebt sind, können sie ja nicht fliegen!" Sie spürte noch immer seinen Blick, während sie begann, das Zuckerwasser auf drei Schüsseln zu verteilen. Theresia legte ihre Tannenzapfen hinein.

„Machst du das jeden Abend?", fragte er.

„Nein. Ich habe im August angefangen und diese Woche sollte ich damit fertig sein, denn wenn es zu kalt wird, können die Bienen das Zuckerwasser nicht mehr aufnehmen. Magst du mit reinkommen?"

Michael nickte. „Ich auch!", rief Theresia.

„Nein, das geht nicht. Das weißt du doch!", wies Maria Theresia streng zurecht. „Geh du und schau nach deinem Horschdl!" Theresia stampfte wie Rumpelstilzchen mit den Füßen, machte einen Schmollmund und trabte dann davon. Lachend sah Maria ihr hinterher.

„Gut, dann kannst du den Imkeranzug von meinem Vater anziehen, ich zieh meinen an."

„Ist das wirklich nötig?"

„Wenn du nicht gestochen werden willst!" Maria drückte ihm den Anzug ihres Vaters in die Hand und zog sich selbst ihren Anzug über. Dann setzte sie ihren Imkerhut auf und gab Michael den ihres Vaters.

„Theresia wurde schon einmal von einer Biene ins Gesicht gestochen, über das linke Auge. Ihr ganzes Gesicht war geschwollen und beide Augen, sie sah völlig deformiert aus, wie ein kleines Monster und konnte eine Woche nichts sehen."

„Na, du machst mir aber Angst", sagte Michael.

„Ach was, das passiert nur, wenn man gegen das Bienengift allergisch ist. Man kann bis zu über 100 Bienenstiche bekommen, ich glaube mein Vater hatte mal 150, weil er frisch rasiert zu den Bienen gegangen ist und so gut roch und die Bienen Hunger hatten. Ihm ist aber nichts passiert."

Zusammen gingen sie zum Bienenhaus. Ein lautes Summen war zu hören und unzählige Bienen flogen zu ihren Bienenstöcken, die sie über die Seitenwand des Hauses erreichen konnten.

Maria öffnete die Tür. Drinnen standen drei Türme mit je zwei Kisten. Maria öffnete die erste Kiste, holte die leere Schüssel heraus, nahm die Sperrholzplatte über den Rahmen weg und begann die Rahmen zu säubern. Dann zog sie einen Rahmen heraus. Der Rahmen war fast schwarz, so viele Bienen befanden sich daran. Michael machte unwillkürlich einen Schritt zurück.

„Schau, an der oberen Hälfte haben sie schon brav den Zucker eingelagert und in der Mitte kannst du die junge Brut sehen. Die Königin und ihr Gefolge waren fleißig. Hier am unteren Teil siehst du ein paar Drohnenwaben und da haben sie schon Honig eingelagert. Das ist ja wunderbar."

Michael wechselte von einem Fuß auf den anderen. „Das sind aber viele Bienen, in so seinem kleinen Rahmen!", meinte er.

„Ja? Ich kenne nur die Rahmengröße, das nennt man badisches Maß. Vielleicht sind die Rahmen auf Usedom ja anders?" Maria zuckte mit den Schultern, tat den ersten Rahmen zurück in die Kiste und untersuchte den zweiten Rahmen. Auch daran tummelten sich viele Bienen. Zufrieden mit dem, was sie sah, stellte sie auch diesen Rahmen wieder zurück in die Kiste, legte die Platte darauf, stellte die frische Schüssel Zuckerwasser hinein und machte die Kiste wieder zu. Dann ging sie zur nächsten Kiste. Auch hier war sie zufrieden mit den Rahmen. „Aber vielleicht ist das der Grund, warum meine Bienen immer so schnell schwärmen, weil sie keinen Platz mehr haben."

„Was bedeutet schwärmen?"

Sie lachte. „Na, die fliegen weg und du musst hinterher!"
Maria war mit der Inspektion der zweiten Kiste fertig, stellte das neue Zuckerwasser hinein und machte den Deckel wieder drauf. Jetzt war die dritte und letzte Kiste dran.

„Was heißt das ‚hinterher'?", wollte Michael wissen.

Im ersten Rahmen der dritten Kiste waren nicht ganz so viele Bienen, aber sie war trotzdem zufrieden mit der Arbeit dieses Bienenvolkes.

„Die alte Königin verlässt mit einem Teil ihres Volkes den Stock. Nach dem Schlupf der jungen Königinnen kommt es dann zu Nachschwärmen."

„Schlupf der jungen Königinnen", sagte Michael. „Das klingt aufregend. Aber reicht nicht eine aus?"

„Du hast recht, jedes Volk hat nur eine Königin, aber ein Bienenvolk will sich vermehren und verjüngen und das geht nur mit neuen Königinnen und deshalb muss die alte gehen. Dazu ziehen sich die Bienen eine neue Königin. Siehst du, hier sind die Stifte für die normalen Bienen, Weiselzellen, das sind die Zellen, in denen die Königinnen heranreifen, gibt es hier in diesem Rahmen nicht. Ihre Königin ist ja auch noch jung. Vielleicht sehen wir sie noch. Aber in diesem Rahmen ist sie nicht." Maria stellte den alten Rahmen hinein und zog einen neuen heraus, der auch wieder ganz voll war mit Bienen und frischer Brut. Auch hier war keine Königin zu sehen. Sie stellte den Rahmen wieder zurück, fügte das frische Zuckerwasser hinzu und verschloss die Kiste mit dem Deckel.

Zusammen verließen sie das Bienenhaus und begannen sich in sicherer Entfernung ihre Schutzkleidung auszuziehen. Michael befreite sich in Windeseile von seinem Anzug. Dann lief er zu Maria, um ihr aus dem ihren zu helfen. Dabei glitten seine Hände über ihre starken Oberarme und gerne hätte er sie ein weiteres Mal geküsst, doch Maria war damit beschäftigt, die Schutzkleidung aufzuräumen, und drehte sich weg.

Er gab ihr seinen Anzug, trat ganz nah an sie heran und fragte: „Wie war das jetzt noch mal mit der alten und der jungen Königin? Kannst du das noch einmal erklären?" Dabei verriet sein Blick, dass er vor allem eines wollte: sie noch einmal küssen.

„Es bleibt immer nur eine junge Königin mit ihrem Schwarm im Stock", antwortete sie. „Manchmal fliegen mehrere junge Königinnen weg, nehmen wieder einen Teil des Schwarms mit, dann hast du mehrere Schwärme, die du wieder einfangen musst. Wenn du sie dann eingefangen hast, hast du wieder ein neues Volk!"

Michael nickte und ließ Maria nicht aus den Augen. Maria war ganz in ihrem Element und dieses Mal funkelten ihre Augen vor Begeisterung. Elektrisiert von ihrem Enthusiasmus, wagte er einen erneuten Schritt in ihre Richtung, strich über ihren Arm und fragte dann, während seine Hand auf der ihren ruhte: „Wie fängt man denn einen Bienenschwarm ein?"

Maria fühlte das Kribbeln, das seine Berührung in ihr auslöste und ließ sich von ihm nahe an sich heranziehen. Während auch sie ihn nicht aus den Augen ließ, fuhr sie fort: „Also, zuerst fliegt der Schwarm wie eine tosende, summende Wolke der Königin hinterher, das ist wunderschön, kann aber auch ganz schön Angst machen. Theresia hatte beim letzten Schwarm furchtbare Angst bekommen und hatte danach noch Wochen lang Alpträume. Wenn dann der Schwarm wie eine Traube um die neue Königin herumhängt, also an einem Ast oder einem Strauch, dann musst du die Bienen in eine Kiste reinklopfen und hoffen, dass die neue Königin mit hineinfällt. Und du musst schnell sein."

„Wieso schnell, ich dachte bei den Bienen braucht man Geduld?" Er sah sie lächelnd an.

„Manchmal braucht man Geduld und manchmal muss man schnell sein!" Sie lachte. „Wenn der Schwarm um die Königin hängt, fliegen die Spurbienen los und suchen eine neue Wohnung. Mir ist es schon passiert, da hatte ich alles vorbereitet und dann sind einfach alle Bienen weggeflogen."

„Und wie entscheiden sich die Bienen für eine neue Wohnung?"

„Sie tanzen! Meine Brüder haben mich immer ausgelacht, wenn ich davon erzählt habe, aber mein Vater hat gesagt, ich habe recht. Die meisten Menschen verstehen die Bienen nicht, vielleicht weil sie selbst verlernt haben zu tanzen." Maria wurde ganz still.

Bezaubert schaute Michael sie an. „Wie wunderschön du bist!", hauchte er ihr ins Ohr und versuchte einen Kuss von ihr zu erhaschen.

Doch Maria war noch nicht fertig. „Es gibt einen bekannten österreichischen Bienenforscher, Karl von Frisch, der hat in Brunnwinkel bei St. Gilgen am Wolfgangsee die Bienen beobachtet und ihre Sprache entdeckt. Mein Vater und ich haben immer davon geträumt ihn einmal besuchen zu gehen in Österreich. Ich stelle es mir dort wunderschön vor: ein idyllisches Fleckchen, wo sich die Berge im See spiegeln, Tannen und Laubbäume sich sanft im Wind wiegen und den Häusern Schutz bieten sich in ihnen zu verstecken, und die Boote in den Bootshäusern Zuflucht finden…"

Michael hob ihre Hand, verbeugte sich vor ihr. Maria lachte und ließ sich von Michael im Kreis drehen. Dann zog Michael sie eng an sich und flüsterte: „Erzähl mir mehr vom Tanz der Bienen."

„Die Spurbienen tanzen den anderen Bienen auf der Schwarmtraubenoberfläche etwas vor und so entscheiden sich die Bienen für ihre neue Wohnung. Bevor sie dann alle dort hinfliegen, muss ich sie einfangen."

„Meine mutige Maria! Hast du keine Angst gestochen zu werden?"

„Man macht die Bienen vorher nass, dadurch ziehen sie sich etwas zusammen. Dann muss ich meinen Schwarmfang-kasten, den hat der Vater extra angefertigt, unter den Schwarm halten und mit einem kräftigen Ruck am Ast ziehen. Wenn die Königin mit in die Kiste fällt, folgen die Bienen ihrer Königin und dann sind sie ein neues Volk. Danach stellst du die Kiste auf den Boden und wartest, bis es dunkel wird. Wenn die Königin in der Kiste ist, dann laufen die anderen Bienen richtiggehend in die Kiste ein. Wie eine kleine Armee. Ein grandioses Schauspiel ist das. Ich trage meine Kiste dann nach Hause. Da müssen die Bienen erst einmal zwei Tage im Keller bleiben, bevor ich sie ins Bienenhaus bringe."

Michael sah sie voller Bewunderung an. „Das klingt alles ganz schön kompliziert", meinte er.

„Ich liebe es bei den Bienen zu sein. Die Bienen merken gleich, wie es mir geht und wenn ich unausgeglichen bin, dann atmete ich erst einmal tief ein und mit dem Bienenduft kommt auch die Bienenkraft in mich. Und natürlich rede ich auch immer mit ihnen. Aber das weißt du ja, dass man mit den Bienen reden soll. Sie sind sehr neugierig, aber auch sehr gute Zuhörer."

Michael sah Maria fragend an. „Was erzählst du ihnen denn so?"

Maria zuckte mit den Schultern und wich ein wenig von Michael zurück. „Ich erzähle ihnen alles, was so in der Familie passiert. Von meinen Geschwistern und natürlich auch von Vater. Sie wollen immer wissen, wenn jemand fortgeht oder ..."

Michael bemerkte, wie sich Marias Blick trübte, nahm schnell wieder ihre Hand und ergänzte lächelnd: „Endlich ankommt. Hast du ihnen von mir erzählt? Oder bin ich ein Geheimnis für die Bienen?" Er zog Maria wieder enger an sich und suchte erneut ihren Blick. Das Summen der Bienen aus der sicheren Entfernung drang zärtlich an ihr Ohr und es klang wie ein sehnsuchtsvolles Rauschen. Die dunklen Wolken in Marias Augen flogen davon. Sie lächelte.

„Natürlich habe ich ihnen von dir erzählt. Sie wären sonst ganz schön beleidigt gewesen und hätten dich heute auch nicht so freundlich empfangen."

„Dann bin ich aber froh!" Michael lachte. „Du und deine Bienen. Ich hatte keine Ahnung, dass sie so wichtig für dich sind."

„Doch sind sie!" Maria nickte. „Bei ihnen zu sein ist wie eine Pause vom Alltag, frei von Sorgen und das nur ein paar Schritte von meiner Familie entfernt. Ich lerne so viel von ihnen!

Sie haben ihre Königin als Anführerin, die ihnen zeigt, was sie zu tun haben und darum kümmern sie sich. Es geht

217

nicht um sie selbst, sie sind eins mit dem großen Ganzen. Sie sind eine getreue Gemeinschaft: eine Biene ist bereit sich für ihr Volk zu opfern, wenn sie einen Eindringling sticht und dadurch stirbt. Und die Königin: sie verlässt ihr Volk, wenn das besser für das Volk ist. Den Drohnen, die die Königin bei ihrem Jungfernflug begatten, übrigens bis zu zwanzig Stück, wird während der Samenabgabe ihr Geschlechtsorgan ausgerissen. Sie sterben danach."

Als sie Michaels verstörten Blick bemerkte, merkte sie, dass sie rot wurde. „Ich denke, das reicht fürs erste an Bienenkunde", sagte sie schnell.

Mühlbach, 11. Mai 2002

Was wohl aus den Bienen geworden war? Maria ging ins Haus, um Käte danach zu fragen und fand sie im Esszimmer. Sie kramte gerade in einem kleinen, verbeulten Koffer. Stolz zog sie einen wollenen Pullover hervor.

„Wusste ich es doch, dass ich ihn aufgehoben habe! Den hat mir Hildes Mutter zu Irmgards Geburt geschickt! Jetzt kann ihn mein Urenkel anziehen."

„Hilde? Du hattest noch Kontakt mit Hilde?"

„Ja, nachdem der Krieg vorbei war, habe ich angefangen ihr nach Buenos Aires zu schreiben. Ein Glück, dass ihr Bruder Werner schon dort war, sonst wäre ihnen die Flucht vielleicht nicht gelungen. Ich schrieb ihr, dass es uns so schlecht geht. Alle tot oder vermisst und nichts zum Essen im Haus. Die Gottschalks haben uns aus Argentinien versorgt."

„Was für liebenswerte und bewundernswerte Menschen! Ein Glück, dass Argentinien sie aufgenommen hat. Obwohl

…" Maria machte eine Pause. „In Argentinien hat man sich ja immer flexibel gezeigt", fuhr sie fort. „Perón besonders. Dass er später dann ausgerechnet die Nazis ins Land gelassen hat, ist schon eine schreckliche Ironie des Schicksals. Lebt Hilde denn noch?"

Käte schüttelte den Kopf. „Sie starb letztes Jahr. Ihre Tochter wohnt jetzt in den USA, die kannst du ja mal besuchen."

Maria nickte nachdenklich. „War Hilde noch einmal in Deutschland?"

„1999 war sie noch einmal hier in Mühlbach. Sie hatte sich gar nicht verändert und sah immer noch aus wie ein Filmstar. Sehr elegant und sie trug den wunderschönen Ring mit einem Brillanten von ihrer Großtante Karoline."

„Tante Karoline und Tante Klara. Weißt du noch, als sie abgeholt wurden?"

Käte nickte.

„Ich erinnere mich noch wie heute an jenen Herbstmorgen, als sie nach Gurs abtransportiert wurden. Es war im Oktober 1940. Wir waren auf dem Weg in die Schule. Die Nächte waren schon sehr kalt und wir mussten uns warm anziehen, wenn wir uns früh morgens auf den Weg zur Schule machten. Ich hatte wie immer das Vesper für uns alle gerichtet. Es war nicht viel, nur für jeden einen Apfel. Zum Glück hatten wir die Apfelbäume im Schelmengarten und auch in diesem Jahr war es wieder eine gute Ernte. Ich hatte die letzten Äpfel gerade ein paar Tage zuvor gepflückt und für dich und mich die zwei schönsten herausgesucht. Ich freute mich schon auf meinen polierten, roten Apfel, der so knackig war, dass der Fruchtsaft nur so spritzt.

Als wir die Sofienstraße zur Schule hinunterliefen und ich mir vorstellte, wie der erste Bissen schmecken würde, bemerkten wir eine Kutsche, die wir noch nie im Dorf gesehen hatten und die vor dem Haus von Hildes Tanten hielt. Ein Mann mit einem langen schwarzen Mantel stieg aus und hämmerte an ihre Türe. Tante Karoline machte auf. Sie hielt ihre Kaffeetasse in der Hand, das weiß ich noch. Wir blieben stehen, aber wir konnten nicht verstehen, was der Mann sagte. Tante Karoline war furchtbar blass geworden und rief nach Tante Klara. Dann verschwand sie.

Der Mann blieb in der Türe stehen und als er uns bemerkte schrie er uns an: „Was gafft ihr so blöd? Müsst ihr nicht in die Schule?" Ein schrecklicher Mensch.

Wir sind dann weitergegangen, aber ich habe mich noch einmal umgedreht und sah wie die zwei alten Frauen aus ihrer Haustüre traten und auf die Kutsche geschubst wurden. Sie hatten nur ihre Mäntel übergezogen und ein Tuch um den Kopf gebunden. Tante Klara trug ein Betttuch, in das sie ein paar Habseligkeiten eingewickelt hatten. Sonst hatten sie nichts bei sich. Ich bin zur Kutsche zurückgerannt und habe ihnen meine Äpfel gegeben. Nie habe ich ihre Blicke vergessen. So unendlich traurig. „Auf Wiedersehen Frau Gottschalk, auf Wiedersehen Frau Weil!", brachte ich noch heraus, bevor mich der Mann mit dem schwarzen Mantel wegstieß. „Mach, dass du fortkommst!", hat er geschrien, weißt du das noch? Ich bin gerannt, ohne mich noch einmal umzuschauen."

Käte nickte. „Hilde hat mir später geschrieben, dass Tante Karoline auf dem Weg ins Lager nach Gurs starb. Tante Klara hat überlebt. Sie musste für die Nazis übersetzen, ist aber nie wieder nach Mühlbach zurückgekommen, sondern in einem Altenheim in Südfrankreich gestorben."

„Und Hildes Lieblingstante Sofia?"

Käte zuckte mit den Schultern. „Ich glaube Auschwitz."

Sie schwiegen lange.

„Warum haben wir das damals geschehen lassen?", fragte Maria schließlich. „Wir wussten nicht, wohin man die Juden brachte, aber wir hätten es wissen können, wenn wir gewollt hätten. Wir haben doch die Züge gesehen, mit den Menschen drin. Warum haben wir nichts getan und nur weggeschaut?"

„Wir haben immer zu Hilde und ihrer Familie gehalten. Und mehr konnten wir doch nicht ausrichten, sonst hätten sie uns doch auch geholt. Denk an den Erwin, den sie in seinem Alter noch eingezogen haben!"

„Da hast du wohl recht. Inzwischen war ja auch bei uns so viel Leid eingekehrt, dass man Mühe hatte, selbst nicht zu verzweifeln." Maria sah Kätes verständnislosen Blick. Sie schien das Problem tatsächlich nicht zu begreifen und war sich anscheinend keiner Schuld bewusst. „Ich habe mir viel anhören müssen in den USA über uns böse Nazis und ich habe mich immer schuldig gefühlt. Ich war dankbar, als Willy Brandt am 7. Dezember 1970 seinen Kniefall getan hat und stellvertretend für alle Deutschen um Entschuldigung bat, auch für die, die sich gar nicht entschuldigen wollten. Dieses Zeichen der Demut kam sehr gut an und war so wichtig."

„Ich weiß, dass auch Hilde und ihre Familie uns vergeben haben", sagte Käte. „Der Pullover hat mich wieder daran erinnert! Bei allem, was ihre deutsche Heimat ihnen angetan hat, haben sie doch uns, ihre Freunde, nicht vergessen und waren bereit uns zu helfen!"

„Hilde und ihre Familie waren immer so großzügig! Gibt es denn das Puppenhaus noch, das sie Theresia geschenkt haben?"

„Ja, Jens hat es für Zoe hergerichtet, es steht hier bei uns in Zoes Kinderzimmer. Kannst du dich noch an den Abend erinnern, als wir uns von Hilde verabschieden mussten?"

20

SCHABBAT

Mühlbach, 5. April 1940

Es war Freitag, Schabbat. Sie hatten sich alle im Hause der Gottschalks versammelt: Grete, Käte, Hans und Maria. Hans durfte Werners Kippa tragen, auf seinem blonden Haar sah sie besonders schön aus.

Hildes Mutter entzündete die Kerzen. Ihr Licht verlieh dem Esszimmer einen magischen Glanz. Hildes schwarzgelocktes Haar glänzte wunderschön in dem sanften Kerzenlicht, ihre grünen Augen leuchteten noch heller als bei Tage.

Dann sprach Herr Gottschalk den Segen über den Wein: „Barukh atah Adonai, eloheinu Melek ha ´olam, borei p´ree hagafen." Und übersetzte es ins Deutsche: „Gesegnet seist Du, G-TT, unser G-TT, König des Universums, Schöpfer der Frucht des Weinstocks."

Hilde nahm die Matzen. Sie segnete das Brot, das *Challah*, verteilte es und alle aßen schweigend.

Obwohl Gottschalks ihnen nichts gesagt hatten und auch keiner fragte, so war es doch allen klar, worum es an diesem Abend ging. Herr Gottschalk hatte Tränen in den

Augen und Maria legte ihre Hand auf die seine, als sie den Wein segneten.

Beim anschließenden Essen war die Stimmung traurig und fröhlich zu gleich. Hilde war eine sehr gute Gastgeberin und das Essen, das sie mit Marken vom Schwarzmarkt gekauft hatten, war reichlich. Es war ein wahres Festmahl. Als Vorspeise gab es sogar ein Pilzrahmsüppchen mit einem Extra Klecks Schmand.

„Das schmeckt wunderbar Frau Gottschalk!", lobte Hans das gute Essen.

„Vielen Dank, Hans! Hilde hat mir geholfen. Sie ist schon fast eine so gute Köchin wie ich."

„Naja, fast!", entgegnete Hilde. „Aber so eine gute Kartoffelsuppe mit Dampfnudeln wie sie eure Mutter macht, Hans, kann ich noch nicht!" fügte sie noch augenzwinkernd hinzu.

Als Hauptgang gab es für jeden ein Rindersteak. So gut wie Frau Gottschalk konnte es keiner in Mühlbach zubereiten. Dazu für jeden so viele Kartoffeln wie man wollte. Es waren leckere Rosmarinkartoffeln, klein und fein. Nicht so große, alte wie zuhause bei Maria. Dazu feine Prinzessböhnchen. Herr Gottschalk, der sonst gern Geschichten aus dem ersten Weltkrieg erzählte, war still, aber Hilde und Hans übernahmen weiter die Konversation. Hans erzählte von den Streichen, die er zusammen mit seinem Cousin Karl und mit Hildes Bruder Werner angestellt hatte.

„Weißt du noch, wie wir dir Frösche ins Bett gelegt haben?" Hans musste laut lachen und auch die Mädchen begannen zu kichern.

Außer Hilde. „Ja, ich bin fast gestorben vor Angst", rief sie empört. „Das war gar nicht witzig. Aber ihr habt euch halbtot gelacht."

Da wurde es auf einmal ganz still am Tisch und alle dachten an jenen Tag, an dem Werner in der Schule halbtot geprügelt worden war. Hildes Mutter fand als erstes die Sprache wieder:

„Danke Hans, dass du unserm Werner damals beigestanden hast."

Käte rempelte Maria unter dem Tisch an und flüsterte: „Was meint sie?"

„Weißt du das denn nicht mehr?", flüsterte Maria zurück.

„Nana, meine jungen Damen, am Tisch wird nicht getuschelt. Was gibt es denn?", fragte Herr Gottschalk streng.

„Käte kann sich nicht mehr an den Tag erinnern", sagte Maria sofort. „Bitte entschuldigen Sie, wir wollten nicht unhöflich sein."

„Ist schon gut, Maria. Wir wollten das damals nicht an die große Glocke hängen. Es war schon schlimm genug. Aber erzähl es doch noch einmal, Hans, damit Käte auch Bescheid weiß!"

„Naja, eigentlich gibt es nicht so viel zu erzählen. Ich hab' den Werner ja erst gesehen, nachdem die fiesen Schweine mit ihm fertig waren." Da Käte immer noch nicht verstand, begann er von vorne. „Also, der Werner und der Karl waren ja gleich alt und die besten Freunde. Nur, dass der Karl auf das Schlossgymnasium gegangen ist, denn ihm hatten es die Griechen und Lateiner angetan und der Werner auf die Oberrealschule. So wie ich auch, nur halt vier Klassen drunter. Wir wollten ja beide Ingenieure werden. Deshalb war der Karl auch nicht dabei an jenem furchtbaren Tag, an dem sie den armen Werner so sehr verschlagen hatten, dass er kaum mehr laufen konnte. Er hatte es gerade noch auf den Schulhof geschafft, bevor er zusammenbrach. Keine Lehrer, keine Klassenkameraden hatten ihn beschützt. Ich hab ihn vom Gang aus liegen gesehen und bin dann gleich zu ihm runter gerannt. Da lag er mit blutender Nase und gebrochenen Rippen."

Frau Gottschalk schluchzte laut.

„Ich hab ihn dann bis zum Schlossgymnasium den Hügel runtergeschleppt und Karl geholt. Zusammen mit Karl haben wir ihn bis zum Bahnhof getragen. Das war ein ganz schön langer Weg. Wir mussten Werner öfter absetzen, bis wir den Bahnsteig erreicht hatten. Und stellt euch vor: auf diesem langen Weg durch die Stadt ist uns niemand zu Hilfe gekommen. Im Gegenteil –blöd angegafft haben sie uns. Na, und in Mühlbach haben Sie uns ja dann mit dem Auto abgeholt Herr Gottschalk."

Herr Gottschalk nickte: „Wir sind euch zu großem Dank verpflichtet!"

„Das war doch selbstverständlich!", murmelte Hans, „Werner ist doch schließlich mein Freund! Der ist doch einer von uns."

„Ja, das dachten wir alle einmal." Herr Gottschalk blickte traurig auf seinen leeren Teller. Dann fuhr er mit leiser Stimme fort. „Am nächsten Tag haben wir Werner von der Oberrealschule abgemeldet und ihn in die Schweiz geschickt. Dort hat er eine Ausbildung zum Chocolatier gemacht. So schrecklich dieser Vorfall auch war, so hatte er doch auch sein Gutes. Werner war es möglich zu Kriegsbeginn nach England zu Verwandten zu fliehen und von dort weiter nach Argentinien." Herrn Gottschalk fiel es mit jedem Satz schwerer zu sprechen.

„Dass er in Argentinien ist, habe ich dir aber erzählt!", übernahm Hilde wieder das Wort. „Wir haben auch schon zusammen spanische Zungenbrecher geübt. Wer weiß noch einen?"

Maria, die sofort erkannte, dass Hilde versuchte die Stimmung wieder aufzulockern, fing sofort an: „Mira que rápido ruedan las ruedas del ferrocarril! Kommt mach mit!"

Die Mädchen und Hans versuchten sich fleißig am rollenden „r" und als es dann noch etwas von „Hildes Holunderlikör" gab, war die traurige Stimmung bald verflogen. Als krönenden Abschluss des Festmahls hatte Hilde zum Dessert ihren Lieblingsnachtisch zubereitet: „Wilde Hilde", mit Himbeeren, Baiser, Quark und ganz viel Sahne.

Nach dem Essen verabschiedete sich Hans, er musste noch vor der Sperrstunde zuhause sein. Zu oft hatte er sich schon nachts im Dorf herumgetrieben, er wollte keinen erneuten Verweis kassieren. Doch die Mädchen blieben noch und gingen mit Hilde auf ihr Zimmer. Es waren keine Bilder mehr an den Wänden und ein gepackter Koffer stand neben Hildes Bett.

„Wo sind denn deine Marlene Dietrich Poster?", fragte Käte, die als einzige noch nicht verstanden hatte, dass diese Nacht Hildes letzte in Mühlbach sein würde.

Da füllten sich Hildes Augen mit Tränen und die vier Mädchen fielen sich in die Arme, schworen auf die Treue ihres vierblättrigen Kleeblatts und dass ihre Freundschaft ewig wäre.

„Hilde, wo immer du auch sein wirst, wir sind bei dir", sagte Grete. „Und wenn ich meinen Winfried geheiratet habe und unser erstes Kind ein Mädchen ist, dann werde ich es Hilde nennen."

„Ach Grete", murmelte Hilde und die Tränen liefen ihr über die Wange.

Grete drückte sie noch einmal ganz fest. „Kommt lasst uns noch einmal daran denken, wie wir uns immer bei mir getroffen haben und Modenschau gespielt haben. Du als Modell Hilde, so elegant mit den schönen Kleidern von der Grete!"

Käte lächelte. „Ich durfte die Stoffe um dich drapieren und Maria war die Kommentatorin!"

Ein Lächeln kam über Hildes Gesicht, doch dann wurde sie wieder ernst und nahm die Pakete von ihrem Bett, die dort lagen. Für jede Freundin eins.

„Packt es aus, wenn ihr zuhause seid!", flüsterte sie und die Freundinnen umarmten sich so fest, als wollten sie sich nie mehr loslassen.

Da klopfte es an die Tür. „Es ist kurz vor neun", sagte Hildes Mutter. „Ihr müsst nach Hause Mädchen, Sperrstunde!"

„Schreib uns Hilde! Wir beten für euch. Ihr werdet es schaffen, ganz bestimmt!" Grete gab Hilde einen letzten Kuss.

„Maria, bitte kümmer' dich um meinen Rudi!", sagte Hilde und umarmte die Freundin ein letztes Mal.

„Natürlich, das mach ich. Pass gut auf dich auf!"

Auch Hildes Eltern nahmen die Mädchen zum Abschied in den Arm. Das hatten sie noch nie gemacht, bisher hatten sie immer auf die Etikette geachtet. Grete und Hans waren schließlich Kinder von Angestellten und Maria durfte für ihre Familie Geld dazuverdienen, indem sie in der Brennerei half die Flaschen zu etikettieren. Das Etikett „Hildes Holunderlikör" hatte ihr am besten gefallen – Herr Gottschalk hatte vor ein paar Jahren einen ganzen Jahrgang seiner Tochter Hilde gewidmet.

Als hätte Herr Gottschalk Marias Gedanken gelesen, gab er jedem Mädchen noch eine Flasche davon mit, bevor sie unter Tränen Hildes Zuhause verließen. Am nächsten Morgen schaute Maria nach Rudi und das Haus war verlassen. Nur der arme Rudi saß eingesperrt in seinem Hundezwinger.

21

HILDES HOLUNDERLIKÖR

Mühlbach, 11. Mai 2002

„Ich hole uns ein Gläschen Holunderlikör", sagte Käte und stand auf.

Damals, nachdem die Gottschalks Mühlbach verlassen hatten, hatten sie Hildes Holunderlikör am Kohlplattenschlag getrunken und sich geschworen, Hilde nie zu vergessen und für immer die vier Freundinnen zu bleiben.

Maria schüttelte traurig den Kopf. „Gibt es eigentlich die Brennerei noch?", fragte sie Käte, die mit dem Holunderlikör zurückkam.

„Die gibt es schon lange nicht mehr, da steht jetzt ein Mehrfamilienhaus."

„Und was ist aus Gelis Vater geworden, der Hilde damals gedroht hat, Herrn Gottschalk zu verraten, damit er die Brennerei bekommt?"

„Gedroht?", fragte Käte ungläubig nach. „Die hat er doch ganz offiziell gekauft! Bei uns hat der Bürgermeister damals aufgepasst. Herr Gottschalk ist extra zum Bürgermeister gegangen, um sicher zu stellen, dass der Käufer auch im Sinne der Gemeinde war. Der Bürgermeister hat auch aufgepasst, dass das jüdische Gebetshaus nicht abgebrannt wird."

„Ja, er hat dafür gesorgt, dass in der Reichskristallnacht nicht gezündelt wurde. Die wilden Horden, die durch die anderen Städte und Dörfer der Hardt zogen, um den Juden Gewalt anzutun, hatten in Mühlbach nichts zu melden. Das stimmt. Deswegen hat sich Herr Gottschalk ja auch sicher gefühlt. Ich weiß. Aber dann ist er doch eines Besseren belehrt worden und hat gemerkt, dass ein Freund kein Freund und ein Kegelbruder kein Bruder ist. Da hat ihm auch sein eisernes Verdienstkreuz aus dem Ersten Weltkrieg nicht geholfen."

„Aber weißt du, Maria, ich habe darüber auch mit Hilde gesprochen, als sie da war, und sie hat mich an die Geschichte von Josef aus der Bibel erinnert. Den haben seine Brüder auch verkauft und verraten, aber dann hat Gott es doch gut werden lassen. Hildes Eltern haben noch sehr lange gelebt, sie selbst hat zwei Kinder bekommen, die ebenfalls Kinder bekommen haben und diese haben auch wieder Kinder bekommen. Und Herr Gottschalk hat hier in Mühlbach noch viel Gutes tun können, bevor sie geflohen sind. Zusammen mit dem Pfarrer und dem Bürgermeister ist es ihm damals gelungen, vielen Juden die Ausreise nach Argentinien und Brasilien zu ermöglichen. Und wenn ich an das Schicksal von Gelis Familie denke…"

Maria sah sie fragend an.

„Gelis Mutter hat sich in der Mühlbach ertränkt, die arme Geli, sie war ja das einzige Kind. Dann hat sie zwei Buben bekommen und einer davon hat sich dann auch in der Mühlbach das Leben genommen."

„Wie schrecklich, das wusste ich nicht … ertränkt … wie furchtbar, als ob sie die Rechnungen für die anderen bezahlen wollten…"

Es war still im Wohnzimmer, draußen fuhr ein Auto vorbei.

„Geli hat den Selbstmord ihres Sohnes nie verkraftet", sagte Käte schließlich. „Sie ist dann weggezogen, zusammen mit ihrer Familie. Ich weiß nicht wohin, sie haben den Kontakt zu Mühlbach völlig abgebrochen." Sie reichte ihrer Schwester ein Glas Holunderlikör. „Aber du bist jetzt hier und am Leben und dafür bin ich dankbar."

Sie tranken jeder einen Schluck und hingen ihren Gedanken nach.

„Er schmeckt noch genauso wie damals, so etwas Gutes habe ich schon lange nicht mehr getrunken." Maria wollte jetzt nicht mit Käte über alte Rechnungen reden, aber die Parallelen zu ihrem eigenen Leben waren unübersehbar.

Käte schien es genauso zu gehen. Sie erzählte Maria von ihrem Holunderlikör-Rezept und Maria hörte interessiert zu. „Weißt du noch, wie Fritz einen riesigen Rausch gehabt hat, weil er dachte, Großmutters Holunderlikör sei nur Holundersirup und er sich immer wieder zum Wasser dazu gemischt hat?"

Maria lachte, aber Fritz war damals gar nicht zum Lachen gewesen und er hatte sehr leiden müssen, nicht nur unter der Tracht Prügel von Großvater Gustav. „Auf dich Fritz!", sagte sie und erhob ihr Glas. „Wo immer du auch bist!"

„Auf Fritz!"

Die beiden Schwestern tranken zügig ihre Gläser aus und Maria spürte, wie sich eine wohlige Wärme in ihr ausbreitete.

„Mutter hat ihr ganzes Leben darauf gewartet, dass Fritz heimkehrt. Aber bis heute konnte sein Tod nicht geklärt werden." Käte schenkte noch einmal ein und dieses Mal ließen die Schwestern sich Zeit und genossen den guten Tropfen.

Dann stand Käte auf und holte eine Schachtel aus der Kommode. „Ich habe was für dich", sagte sie.

Maria kam die einfache Schatulle bekannt vor. Sie öffnete sie und sah darin eine wunderschöne Perlenkette.

„Ist das nicht Mutters Perlenkette?", fragte sie ungläubig. Käte nickte.

„Du sollst sie haben. Mutter hatte sie von Oma Christine zur Hochzeit geschenkt bekommen und sie hat sie mir zur Hochzeit geschenkt. Aber sie gehört der ältesten Tochter. Komm ich leg dir die Kette an." Käte hatte Mühe den goldenen Verschluss der Kette zu öffnen. „Als Mutter auf dem Sterbebett lag, hat sie immer nach dir gerufen. ‚Hol Maria, Käte!', hat sie immer zu mir gesagt. Sie hat sehr unter ihrem Stolz gelitten. Wir alle haben darunter gelitten. So jetzt aber." Käte war erleichtert, als sie den Verschluss endlich zubekommen hatte. Sie schaute ihre Schwester an. „Gut steht sie dir. Ich hol' mal einen Spiegel." Käte ging ins Bad und kam mit ihrem Handspiegel zurück.

Maria schaute hinein. Der Perlmuttglanz der Kette machte sich ausgezeichnet auf ihrer schwarzen Bluse. Doch sie wusste, sie würde die Kette nicht tragen. „Sehr schön", sagte sie.

Käte nickte und schaute ebenfalls in den Spiegel. „Hat genau die richtige Länge für dich, nicht zu kurz und nicht zu lang." Dann ging sie erneut zur Kommode und kam mit einem Foto zurück. „Hier, ich habe noch was für dich. Ein Foto von dir und der Mutter." Käte gab Maria eine kleines Schwarzweißfoto. Maria saß auf dem Schoß ihrer Mutter und musste ungefähr fünf Jahr alt gewesen sein.

Maria lächelte ihre Schwester Käte an. „Danke", war alles, was sie sagen konnte.

22

TAIZÉ

Nach den drei Gläsern Likör, die sie mit Käte getrunken hatte, schlief Maria die ganze Nacht tief und fest und erwachte mit dem ersten Hahnenschrei. Sie war sofort hellwach. Ihr erster Blick fiel auf die Perlenkette und das Foto.

Maria nahm das Foto und betrachtete es genauer. Das Mädchen lachte in die Kamera, die Mutter presste ihre Lippen aufeinander. Sie hielt den Arm des Kindes fest, nicht die Hand. Früh hatte Maria gelernt zu lächeln, zu lachen, auch wenn sie einsam war. Ein Kind liebt seine Mutter und tut alles, damit sie auch lächelt oder lacht. Dabei hatte sie vergessen Kind zu sein und nur dann zu lachen, wenn sie auch fröhlich und glücklich war. Sie hatte daran geglaubt, dass der Schoß der Mutter ihr Zufluchtsort war. Irgendwann hatte sie erkannt, dass sie allein war. Sie war ihren Weg gegangen. Allein. Alle ihre Geschwister mussten ihren Weg alleine gehen.

Auf einmal kam Fritz Maria wieder in den Sinn. Bis auf gestern Abend hatte sie nie mehr an ihn gedacht. Fritz war von all ihren Brüdern der wildeste und auch der glühendste Hitleranhänger gewesen. Er konnte richtig fies und gemein sein und hatte für seine Geschwister nicht viel übrig gehabt. Als Maria Deutschland verließ, galt Fritz als vermisst, wahrscheinlich inhaftiert in einem der vielen französischen Kriegsgefangenlager.

Maria nahm sich die Schatzkiste zur Hand, um sich Fritz' Gesicht auf dem Familienfoto ins Gedächtnis zu rufen, da fiel ihr ein Brief mit einer französischen Briefmarke auf und sie erkannte Fritz messerscharfe Handschrift.

Montagny-les-Buxy, September 1945

Meine liebe Maria,
der Krieg ist vorbei und ich schreibe dir erst jetzt. Vorher gab es keinen Grund dir zu schreiben, was hätte ich dir schreiben sollen. Ich war so unendlich traurig, so verletzt, so lebensmüde, alles hätte dich nur belastet. Jetzt ist der Krieg vorbei und ich lebe noch.
Nach Ende des Krieges haben sie uns in ein Gefangenenlager in der Nähe von Taizé gebracht. Das ist bei Cluny, bekannt wegen seiner großen Abtei. Du kennst dich ja mit so etwas aus. Wahrscheinlich hast du sogar von diesem Abt Odilo gehört, der hier vor fast 1000 Jahren Allerseelen erfunden hat.
Hier ist es fast wie zuhause. Das Land fließt in grün und braun. Das Heu wurde gerade geerntet, doch wir durften nicht bei der Ernte helfen. Die Kühe neben unserem Lager schauen mich über den Holzzaun an, die Kälber, die Mutterkuh und der Ochse. Ich sage: „Bonjour" und erstaunt dreht die Kuh ihren Kopf weg. Da ist der Esel und der Ziegenbock, das Schaf und die Lämmer,

die Eichen, die Birken und der Pappelhain. Die Frösche quaken im entfernten Dorfteich wie zuhause und doch sind die Häuser, die mich anschauen andere: ockerfarben und klein. Gelbe und weiße Rosen wachsen aus der Mauer. Rosa lacht mich an.

Die Menschen sehe ich nicht, sie meiden uns, uns böse Deutsche. Wir dürfen nicht raus aus unserem Gefängnis bis auf den Kirchgang. Deshalb schreibe ich dir jetzt erst, denn Bruder Roger und seine Brüder haben mein Leben verändert.

Frère Roger hat einmal gesagt: „Man muss mit den Menschen Gemeinschaft haben, die einen besonders brauchen." Dazu gehörten zweifellos auch wir Gefangene. Er wollte dort hingehen, wo das Leben am härtesten ist.

Ich weiß nicht, wie es in anderen Gefängnissen ist, aber das Leben hier ist hart. Damit meine ich nicht die täglichen Demütigungen oder nachts stundenlang im Regen zu stehen, einfach so, nein ich meine den abgrundtiefen Hass, der jede gute Frucht zu vergiften scheint.

Doch die Brüder haben sich davon nicht abhalten lassen. Sie kamen zu uns zu Besuch. Sie haben mit uns gesungen und ich weiß, Maria, das hätte dir gefallen, denn die Lieder sind vom heiligen Geist und sie klingen tief im Herzen. Das erste Mal musste ich weinen, als wir gemeinsam unsere deutschen Kirchenlieder gesungen haben und seitdem habe ich keinen Besuch von Bruder Roger und Bruder Daniel verpasst.

Pater Georg und ich durften sogar mit einigen anderen Gefangenen zu ihnen in den Ort kommen. Gemeinsam besuchten wir den Gottesdienst der Brüder in der kleinen Dorfkirche. Die erinnert mich immer an die kleine Kapelle bei uns auf dem Feld. Es passen nicht mehr als sechzig Leute hinein, aber wir waren ja auch nicht viele.

Die Dorfbewohner starrten uns voller Hass an, doch die Liebe, die von den Brüdern ausging, schien stärker zu sein als ihr Hass. Ich konnte die Kraft des heiligen Geistes fast fühlen, ich war jedes Mal ganz ruhig und voller Frieden, wenn wir diesen Ort verließen. Im Lager las Pater Georg mit uns oft in der Bibel, wir beteten und sangen die Lieder der Brüder. Und mit jedem Lied wurde meine Ruhe und Kraft stärker.

Doch die Liebe der Brüder war nicht stark genug, um gegen den Hass der Menschen anzukommen. Eines Nachts wurden wir von Stimmen geweckt, es waren laute grelle Schreie von Frauen, voll unbändiger Wut. Löwinnen auf der Suche nach Beute, nach Opfern, auf die sie ihre Verzweiflung entladen konnten. Es ging so schnell. Wir waren wehrlos, sie kamen mit Messern, Mistgabeln und Harken. Acht meiner Mitgefangenen haben sie niedergemetzelt, auf mich kam eine junge Frau mit einem riesigen Schlachtermesser zu. Ihr starrer Blick lässt mir noch heute das Blut in den Adern gefrieren. In all diese Wut und Verzweiflung kam das Opfer von Pater Georg.

Gerade als die Frau mich in die Enge getrieben hatte und ich wie ein zur Schlachtbank getriebenes Schaf vor ihr auf dem Boden lag, warf Pater Georg sich ihr in den Weg. Das Schlachtermesser durchbohrte ihn und überall war Blut. Die Frau rannte davon und das Messer blieb in Georg stecken. Ich legte ihn vorsichtig auf den Boden, zog das Messer heraus und sah die riesige Wunde am Bauch. Ich versuchte sie zu stillen. Doch all die Tücher, die ich darauf presste, konnten den Blutstrom nicht aufhalten. Ich hielt seine Hand, während ich die von Blut durchtränkten Stofffetzen auf seinen Bauch drückte.

Endlich kamen die Brüder aus Taizé, ich versprach mir Rettung. Bruder Roger kam sofort zu Pater Georg, mit sanfter

Stimme begann er für ihn zu beten, Worte, die mir bislang gefehlt hatten. Und Pater Georg schlug noch einmal die Augen auf und flüsterte: „Herr, vergib ihnen." Dann verstarb er.

Doch warum schreibe ich dir das?

Weil ich eines gelernt habe in dieser schrecklichen Zeit: dass wir einander vergeben müssen. Nur so können wir überleben und der Glaube an unseren Herrn Jesus Christus befähigt uns dazu. Er macht uns stark. Bitte, liebe Maria, versprich mir, dass du es nicht zulässt, dass in unserer Familie Zwietracht herrscht. Der Herr wird dir helfen!

Dein Bruder Fritz

23

POMMERLAND

Mühlbach, 12. Mai 2002

Maria konnte kaum glauben, was sie dort las. War das wahr? Dieser Hitzkopf Fritz hatte sich so verändert. Wie sehr hatte sie doch alle Menschen immer in Schubladen eingeteilt, um ihr eigenes Leid zu ertragen, hatte falsche Schuldner gesucht. Es wurde Zeit, den wahren Schuldnern in die Augen zu blicken und dazu musste sie tiefer eintauchen in die Vergangenheit.

Maria ließ das Frühstück ausfallen und fuhr direkt zu Sofia. Die hatte Maria schon sehnsüchtig erwartet und wollte mehr von Michael erfahren.

Mühlbach, 23. September 1944

„Komm wir setzen uns unter den Nussbaum und du kannst uns von deinem Schloss erzählen." Die kleine Theresia zog Michael nach dem Abendessen am Arm und Michael sah Maria fragend an.

Maria lachte. „Ich habe ihnen ein bisschen von Mellenthin erzählt."

„Also gut, ich erzähle euch vom Schloss!"

Als sich alle Kinder der Familie Heil unterm Nussbaum versammelt hatten, nahm Michael Theresia auf den Schoß und begann von seiner Heimat zu erzählen. „Mellenthin ist wunderschön. Es ist weit weg auf der Insel Usedom, die ist in Pommern, das ist im Nordosten von Deutschland."

„Pommern?" unterbrach ihn Charlotte, „ist das Pommerland aus ‚Flieg Kindlein flieg'?" „Das kenn ich!", rief Theresia und begann zu singen: „Flieg, Kindlein flieg, der Vater ist im Krieg, die Mutter ist in Pommerland, Pommerland ist abgebrannt, Flieg, Kindlein flieg!

„Theresia, pscht", unterbrach Maria ihre kleine Schwester, als sie den Schatten über Michaels fröhlichem Gesicht sah.

„Ist schon gut, Maria, damit war ja Pommerland im dreißigjährigen Krieg gemeint, jetzt beten wir, dass es in diesem Krieg verschont bleibt. Aber ich kann euch gerne eine Geschichte erzählen, die auf Usedom zu Zeiten des dreißigjährigen Krieges spielt. Da kommt ein Ritter drin vor, der auf Schloss Mellenthin gewohnt hat."

„Au ja!", Theresia klatschte vor Begeisterung in die Hände und sogar Otto, der inzwischen dazugekommen war, strahlte wie ein kleiner Junge.

„Also Mellenthin ist ein Dorf am Nordrand der Mellenthiner Heide, nicht weit weg vom Meer, aber nicht direkt am Meer. Übrigens, gab es dort auch einmal einen Ortsteil, der hieß Carlsruhe, stellt euch vor, wie euer Karlsruhe, aber den gibt es jetzt nicht mehr.

Aber das wunderschöne Wasserschloss, das gibt es noch. Es wurde 1575 im Auftrag von Ritter Rüdiger von Nienkerken gebaut und befindet sich auf einer künstlichen Insel, die von einem etwa zwanzig Meter breiten Wassergraben umgeben ist. Das Hauptgebäude besteht aus drei Flügeln. Im Inneren des Hauptflügels gibt es eine große Eingangshalle, dort wohnte Ritter Rüdiger mit seiner Familie. Im rechten Seitenflügel befindet sich eine Kapelle und es gibt zwei große Säle, da tanzten die Rittersleute. Außerdem wohnten dort die Gäste und Diener."

Die Kinder wurden langsam ungeduldig und begannen auf ihren Plätzen hin und her zu rutschen. Michael bemerkte ihre Unruhe und hatte gerade beschlossen die Details wegzulassen, als ihn Otto unterbrach.

„Erzähl uns vom Krieg und vom Ritter", meinte Otto und die Kleinen nickten eifrig.

„In Ordnung", sagte Michael bereitwillig, der Marias jüngere Geschwister bereits in sein Herz geschlossen hatte.

„Also während des Dreißigjährigen Krieges, wann war der eigentlich?" Michael konnte es doch nicht lassen den Kindern Wissen zu vermitteln, doch mit dem dreißigjährigen Krieg kannte man sich in Mühlbach aus.

„Von 1618-1648", kam es wie aus der Pistole geschossen von Charlotte.

„Sehr gut." Michael sah sie überrascht an.

„Den haben wir in der Schule behandelt und unser Lehrer hat uns dann die Geschichte vom roten Kuhhirt erzählt. Willst du sie hören?", fragte Charlotte.

„Sehr gerne", Michael war begeistert von der Idee und auch Theresia auf seinem Schoss klatschte vor Freude in die Hände.

„Nicht jetzt, Charlotte", ermahnte sie Maria. „Morgen kannst du sie ja erzählen, heute ist Michael an der Reihe, in Ordnung?" Charlotte nickte und Michael fuhr fort.

„Also gut, wenn du meinst. Zurück nach Mellenthin. Während des Dreißigjährigen Kriegs brachten die kaiserlichen Truppen Leid und Elend über die Menschen auf der Insel Usedom. Viele Menschen litten großen Hunger, waren krank, hatten ihr Zuhause verloren und auch ihre Familie."

„Das ist ja wie jetzt", meinte Theresia.

Michael nickte. „Das stimmt", sagte er. „Damals gab es einen Pfarrer, der hieß Abraham Schweidler, der hatte eine fünfzehnjährige Tochter, ratet mal wie die hieß?"

Während alle Kinder mit den Achseln zuckten, hatte Charlotte Michael gleich durchschaut und rief: „Maria!"

„Genau. Und mit Maria wohnte er in Koserow, das war ungefähr so weit weg von Mellenthin wie Bruchsal von Mühlbach. Der Pfarrer und seine Tochter versuchten die Not der Menschen zu lindern, pflegten Kranke und gaben ihnen zu Essen. Aber sie waren auch arm und ihr Geld reichte nicht, um allen Leuten von Koserow Essen zu kaufen. Da ging Maria eines morgens am Meer spazieren, Koserow liegt an der Ostsee, und dort fand sie einen wunderschönen Bernstein. Ihr Vater und sie beschlossen den kostbaren Bernstein zu verkaufen, und von dem Geld Brot für die hungernden Koserower zu erwerben. Maria war nicht nur sehr hilfsbereit, sie war auch wunderschön. Deshalb verliebte sich ein Hauptmann der kaiserlichen Truppen in sie, der Amtshauptmann Appelmann und wollte sie verführen. Aber Maria wollte das nicht, sie war ein gottesfürchtiges Mädchen und so wies sie ihn ab. Der Hauptmann war sehr wütend und dachte sich einen bösen Plan aus.

Keiner wusste, woher Maria das Geld für die armen Bewohner von Koserow hatte und deshalb behauptete der böse Hauptmann, sie habe das Geld vom Teufel und sei in Wirklichkeit eine Hexe. Am vorletzten Tag des Sommermonats August im Jahre 1630 wurde sie auf den Scheiterhaufen geführt, dort sollte sie unter großen Qualen verbrennen.

Doch auch in Mellenthin hatte man von dem schönen Mädchen Maria gehört, das so viel Gutes tat und den Armen und Kranken half. Ritter Rüdiger wusste, dieses Mädchen konnte keine Hexe sein. Der Hauptmann Appelmann aber war ihm als böser und gemeiner Mensch bekannt, der vor nichts zurückschreckte. Deshalb rief er seinen Stallburschen Otto und sagte ihm, er solle ihm sein schnellstes Pferd satteln. Schnell wie der Wind ritt er nach Koserow. Gerade noch rechtzeitig kam er an. Maria war bereits an einen Pfosten gefesselt, der auf dem Scheiterhaufen angebracht war und die ersten Flammen züngelten empor. Da sprang Ritter Rüdiger von seinem Pferd, befreite Maria von ihren Fesseln und bezeugte vor allen versammelten Bewohnern Koserows Marias Unschuld. Maria war gerettet."

Michael schwieg.

„Und wie ging die Geschichte zu Ende?", fragte Theresia neugierig.

„Maria und Ritter Rüdiger verliebten sich ineinander. Der Ritter nahm Maria mit auf sein Wasserschloss und dort feierten sie ein frohes Hochzeitsfest!", beendete Charlotte die Geschichte.

Michael nickte. „So war es!"

Alle klatschten.

„So und jetzt ab ins Heia Bettchen." Maria gab jedem Geschwisterchen einen Kuss und Käte und Charlotte brachten ihre Geschwister zu Bett.

Mutter Emilie stand in der Tür. „Kommt rein Maria und Michael", sagte sie. „Der Großvater will mit dem Michael noch einen Schnaps trinken!"

Maria wollte noch nicht mit Michael ins Haus gehen. Sie wollte endlich mit ihm allein sein, zusammen dem roten Feuerball zusehen, wie er im Horizont versank. Gedankenverloren begann sie das Gedicht aufzusagen, das Michael ihr in einem seiner Briefe geschickt hatte.

In meines Schauens Freude ruht
die abendliche Feuerglut.
Auf diese Weise spendet Kraft
der Geist, der stetig Neues schafft
und unermüdlich wirkt und pflegt,
dabei ganz still die Welt bewegt.

„Es ist wunderschön", sagte sie. „Wirst du mir auch deine anderen Gedichte vorlesen? Ich möchte sie alle hören."

„Liebend gerne, ich bin so froh, dass dir meine Gedichte gefallen." Er nahm ihre Hand „Nur wenn sie gehört werden, können sie atmen, nur wenn sie gelesen werden, existieren. Sie leben vom Du, vom gegenüber. Bleiben meine Gedichte für sich sind sie tot. Verstaubt und vergraben auf einem Blatt Papier, verloren in einem Gedichtbüchlein, das keiner liest. Nur wenn sie die Seele des Anderen aufbrechen, ist es Poesie. Ich bin so dankbar, dass unsere Seelen sich in der Poesie vereinen."

„Ich auch", flüsterte Maria.

„Maria!", rief es von drinnen. „Lass den Großvater nicht warten."

„Wir kommen."

Michael folgte Maria ins Wohnzimmer, wo Großvater Gustav ihm einen selbstgebrannten Schnaps anbot, den Michael höflich annahm. Nach dem Tobinambur musste Michael auch noch den Willi und den Zwetschgenschnaps versuchen. Der Großvater schien einen unerschöpflichen Vorrat an Schnaps zu haben und Michael traute sich nicht „Nein" zu sagen. Nach dem Kirschwasser und dem Himbeergeist bot er ihm auch noch eine Zigarre an.

Doch schon nach ein paar Zügen entschuldigte Michael sich und verschwand im Garten. Als er nicht zurückkam, machte sich Maria auf die Suche und entdeckte ihn kreidebleich neben dem Misthaufen.

„Entschuldige, Maria, aber ich bin das nicht gewöhnt, mir ist so schlecht!"

Maria lachte. „Ist nicht schlimm, Michael. So ging es meinen Brüdern auch immer, wenn sie die Zigarren vom Großvater geklaut hatten. Ich bring dich auf dein Zimmer, hol dir frisches Wasser und dann kannst du dich ausruhen!"

Gemeinsam gingen sie ins Haus zurück, Michael verschwand in sein Zimmer, legte sich auf sein Bett und als Maria ihm das Wasser brachte, war er schon eingeschlafen.

Sie blieb in der Tür stehen und betrachtete ihn genau, seine feinen Gesichtszüge, die schmale Nase und das kurze dunkle Haar. Wie gern hätte sie sich zu ihm aufs Bett gelegt …

Doch das hätte die Mutter nie zugelassen. „Lass ihn schlafen und dass du mir nicht auf blöde Gedanken kommst", sagte sie. „Anständig sein!"

Maria blieb nichts anderes übrig, als in der ersten Nacht ohne einen Kuss von ihrem Geliebten ins Bett zu gehen und sich auf den morgigen Sonntag zu freuen.

Michael erschien um 8.30 Uhr zum Frühstück und sah frisch und munter aus. Der lange Schlaf schien ihm gut getan zu haben. Nach dem Frühstück gingen alle in die Dorfkirche. Familie Heil saß immer links in der dritten Reihe. Den Knicks und das Kreuzzeichen ließ Michael aus, stattdessen blieb er noch eine Weile zum Gebet stehen, bevor er neben Maria Platz nahm. Maria wurde sofort klar, dass dies heute die erste katholische Messe seines Lebens war. Deshalb übernahm sie es, ihn durch die Liturgie zu führen und gab ihm Zeichen, wann er knien, stehen oder sitzen musste. Michael beschenkte sie immer wieder zum Dank mit seinem wunderschönen Lächeln, wenn er auch manchmal seinen Einsatz verpasste und durch die vielen Regeln etwas verwirrt schien. Doch nicht nur der andere Gottesdienstablauf schien ihn zu beschäftigen. Immer wieder versuchte er von Maria eine Erklärung des Altarsbildes zu bekommen, doch die gab ihm keine Antwort. Schließlich wurde während des Gottesdienstes nicht getuschelt. Als der Gottesdienst vorbei war und die Familie Heil schnell nach draußen strebte, blieb Michael noch in der Bank sitzen.

„Was ist denn los, Michael. Kommst du nicht mit?", fragte Maria und zog ihn an seinem Jacket.

„Das war sehr anstrengend für mich!", gestand Michael. „Danke, dass du mir geholfen hast." Dann zeigte er auf den Hochaltar, der aus einem Hauptbild und zwei weiteren Seitenbildern bestand, die ihm alle drei golden entgegenleuchteten. „Kannst du mir jetzt das Altarbild erklären?"

„Was gibt es da zu erklären?", fragte Maria verwundert. „In der Mitte, das ist die Aufnahme Mariens in den Himmel. Daneben ist der heilige Cyprian und der heilige Kornelius!"

Michael schüttelte den Kopf.

„Was hast du denn, Michael? Gefällt dir unsere Kirche nicht? Sie ist doch ein Aushängeschild für den Bruhrainer Barock sagen alle."

„Doch, doch!" Michael wiegelte ab. „Ich bin nur soviel Prunk und soviel Gold einfach nicht gewöhnt." Dann deutete er auf die Kanzel, die auf der linken Seite im vorderen Teil des Kirchenschiffes angebracht war und an deren Brüstung ein farbenfrohes Bild von Jesus als 12-jähriger im Tempel zu sehen war. Außerdem konnte man auf der Rückwand der Kanzel Jesus als guten Hirten in kräftigem Rot und Blau erkennen. Eingerahmt jeweils von den vier Kirchenvätern beziehungsweise goldenen Engeln. „Bei mir zuhause ist alles viel schlichter, da gibt es eben nur ein Kreuz."

Maria zuckte mit den Schultern. „Dann wirst du wohl den Schnitzaltar auch nicht sehen wollen, den haben sie aus Sicherheitsgründen zu Beginn des Krieges extra in den unteren Teil des Kirchturms eingemauert."

„Nein danke, vielleicht ein andermal", winkte Michael ab. „Geht ihr eigentlich jeden Sonntag zur Kirche?"

„Natürlich", antwortete Maria, erneut erstaunt über so eine Frage. „Manchmal auch unter der Woche. Wir fahren auch öfters nach Lichtenthal und gehen in der Wallfahrts-kirche dort in den Gottesdienst."

„Ihr habt hier eine Wallfahrtskirche? Die würde ich ger-ne einmal sehen!"

„Das lässt sich einrichten!" Maria lachte und als sie wieder zuhause waren, wurde Michael erneut von Marias Geschwisterschar umringt.

„Erzähl uns noch was vom Krieg!", forderte Otto Michael auf.

„Nein, von Mellenthin, von deinem Schloss!", bettelte Charlotte.

„Singen: Hoch auf dem delben Waden!" rief der kleine Karl-Jonathan. Und Theresia kam mit ihrem Hasen Horschdl, den sie unbedingt Michael zeigen wollte.

Maria sorgte für Ruhe. „Eins nach dem anderen", sagte sie. „Der Michael darf entscheiden, was er erzählen mag."

Michael, der selbst das jüngste Kind in der Pfarrersfamilie gewesen war, genoss es von so vielen Kindern umringt zu sein, zog Karl-Jonathan auf seinen Schoß und gemeinsam sangen sie „Hoch auf dem gelben Wagen."

„Noch eins!", riefen die Kinder und so sangen sie ein Volkslied nach dem anderen, streichelten Horschdl und all die anderen Tiere, die die Kinder herbeischleppten.

„Es gibt Mittagessen!", rief Käte.

Michael bot sich an, das Tischgebet zu sprechen. Entgegen seiner Gepflogenheiten duldete Großvater Gustav an diesem Tag ein Gespräch bei Tisch. Als Maria nach dem Essen beim Abtragen half und mit dem Abwasch beginnen wollte, sagte ihre Mutter plötzlich: „Ist schon gut, Maria, ihr könnt spazieren gehen, auf der Kohlenallee. Aber um 15.00 Uhr seid ihr zum Kaffee wieder da."

Maria bedankte sich bei ihrer Mutter, verschwand auf ihr Zimmer, um ihre Haare zu frisieren und sie zu einer jener modischen Tollen zurechtzumachen. Dann zog sie den überraschten Michael, der wieder von einer Kinderschar umringt war, aus der Türe.

„Komm mit, wir gehen spazieren!", flüsterte sie ihm zu.

Sie gingen von der Schützenstraße zur Hauptstraße Richtung Wald. Beide hatten sie noch ihre Sonntagskleidung an. Maria trug einen schwarzen Rock und eine weiße Bluse. Ihren schwarzen Blazer vom morgendlichen Kirchgang hatte sie zuhause gelassen. Es war ein angenehm milder Spätsommertag. Michael trug sein Jackett von heute Morgen auch nicht mehr, auch auf seine Krawatte hatte er verzichtet. Aber das weiße Hemd und die Hose mit Nadelstreifen standen ihm sehr gut, seine Haare waren ordentlich gekämmt.

„Darf ich deine Hand nehmen?", fragte er und blickte Maria mit seinen braunen Augen an. Dies war der erste Moment, wo sie alleine waren. Und obwohl sie mitten im Dorf auf der Hauptstraße standen, so war es für Maria doch, als seien sie die beiden einzigen Menschen im Universum.

Sie schaute in Michaels Augen, sah seine schönen, langen Wimpern. „Ja, natürlich", hauchte sie und legte ihre Hand in seine Hand.

Glücklich liefen sie die Mühlbacher Hauptstraße entlang und Maria war sich all der Blicke bewusst, die sie aus den Fenstern der Mühlbacher Häuser verfolgten.

„Wohin gehen wir?", fragte Michael. „Zum Kohlplattenschlag?"

„Nein, da müssen wir mit den Rädern hin, jetzt gehen wir erst einmal zu Fuß zur Kohlenallee. Da gehen alle verliebten Pärchen vom Ort hin!", erklärte Maria lachend.

Stumm genossen sie ihr Glück und erreichten schließlich den Wald zwischen Mühlbach und Lichtental. Es war eine gut überschaubare Allee, die von Birken, Buchen und Eichen gesäumt war. Da sie die einzigen waren, die dort zum Spazieren unterwegs waren, nutzte Michael seine Chance und blieb nach ein paar Metern stehen.

„Maria, ich muss dir etwas sagen. Ich bin so ungeduldig. Ich kann nicht länger warten. Gestern war ich früh wach und verzehrte mich nach dir. Ich wusste, du bist nur eine Wand entfernt von mir und ich hätte dich am liebsten aus deinem Zimmer entführt!"

„Mir ging es doch genauso!" Maria blieb ebenso stehen, trat auf Michael zu und er küsste sie zärtlich. Seine Lippen waren pfirsichweich.

Es war ruhig im Hardtwald und nur der Specht hämmerte ein Trommelsolo für sie. Schnell zog Maria ihn von der Allee ins Gebüsch. Wie oft hatte sie hier Pärchen stehen sehen, und war dann kichernd mit ihrer Schwester Käte weitergelaufen. Und nun war sie an der Reihe...

Michael zögerte nicht und küsste sie wieder, doch Maria wollte mehr. Michael spürte sofort, wie seine Erregung zu nahm und das konnte auch Maria spüren, die sich eng an Michael schmiegte. Sie spürte wie die Lust, die sie die letzten Monate immer wieder in sich gefühlt hatte, größer wurde. Ihre Küsse wurden heftiger und sie rieb sich an ihm. Michael strich vorsichtig über Marias Bluse, aber Maria hätte am liebsten seine Hände genommen, sie fest auf ihre Brüste gedrückt, ihnen die Knöpfe gezeigt, aber Michael nahm ihren Kopf in beide Hände.

Er lächelte sie an. „Wie schön du bist Maria. Wie wunderbar du küsst."

„Nicht reden jetzt," murmelte Maria und wollte ihn wieder küssen, als Stimmen an ihr Ohr drangen.

„Oh nein!", flüsterte Maria. „Das sind Eva Bader und Karl-Heinz Schimpf. Die heiraten bald. Er ist auf Heimaturlaub."

Die zwei liefen Hand in Hand ins Gespräch vertieft an Maria und Michael vorbei, die sich nicht rührten. Tatsächlich waren sie so mit sich selbst beschäftigt, dass sie Maria und Michael nicht bemerkten und selbst im Gebüsch verschwanden.

Michael grinste. „Du scheinst recht gehabt zu haben, das hier ist wohl nicht nur die Flaniermeile von Mühlbach! Aber weißt du keinen besseren Ort?"

„Komm, wir laufen noch ein Stück weiter, da gibt es eine gute Abzweigung."

Sie gingen zurück auf die Allee. Michael legte seinen Arm um Maria und drückte sie ganz nah an sich. Von Eva und Karl-Heinz war nichts zu sehen. Als sie zu einem Querweg kamen, bogen sie ab in einen schmalen Trampelpfad, der zu einer Wiese auf einer Lichtung führte, die mit lavendelblauem Wiesenschaumkraut bedeckt war.

Maria ließ sich auf dem Gras nieder.

„Meinst du, wir sind hier ungestört?", fragte Michael, während er sich zu Maria auf den Boden setzte. Maria nickte nur und das ließ sich Michael nicht zweimal sagen, beugte sich über sie und sie versanken in einem Meer aus Küssen und Umarmungen. Maria fühlte wie ihre Erregung immer mehr zu nahm und Michaels Glied sich hart zwischen ihren Schenkeln auf und ab bewegte. Da hörten sie erneut Stimmen. Schnell lösten sich die zwei voneinander. Gerade noch rechtzeitig, bevor Otto mit seinem Freund Reinhold auf die Lichtung kam.

„Was macht ihr denn hier?", fragte Otto erstaunt.

„Das gleiche kann ich dich fragen!", gab seine Schwester zurück.

„Geht dich gar nichts an", meinte Otto und verschwand mit Reinhold aus der Richtung, aus der sie gekommen waren.

Maria und Michael lachten.

„Ich glaube, wir lassen es besser langsam angehen!", meinte Michael.

„Aber wir haben doch keine Zeit, wer weiß, wann wir uns wiedersehen?"

„Wir haben alle Zeit der Welt, vor allem haben wir uns!" Er küsste sie zärtlich auf die Wangen und die Lippen, strich Maria ihre Haare aus dem Gesicht und legte sich neben sie ins Gras.

Maria schmiegte sich an Michael und schaute mit ihm in den blauen Himmel. „Ich bin so froh, dass du endlich da bist!", sagte sie leise.

„Ich auch!", hauchte Michael in ihr Ohr und küsste es zärtlich. Maria ließ sich fallen in die zärtlichen Küsse ihres Geliebten und schloss die Augen. Sie spürte, wie ihr Körper unter jeder Berührung erbebte und als Michael ihre Finger einem nach dem anderen küsste, bekam sie von Kopf bis Fuß eine Gänsehaut.

„Ich kann nicht mehr, ich halte das nicht aus." Maria löste sich aus der zärtlichen Umarmung und stand auf. „Komm, wir müssen zum Kaffee zuhause sein."

Michael folgte ihrer Aufforderung, gab ihr aber noch einmal einen Kuss, der in ihrem ganzen Körper nachklang. Eng ineinander verschlungen gingen sie die Kohlenallee entlang zurück zum Dorf. Kurz vor der Hauptstraße ordnete Maria ihre Haare und sie gingen anständig Hand in Hand durch Mühlbach bis sie in der Schützenstraße ankamen.

Vor der Tür von Marias Elternhaus blieben sie stehen. „Du wolltest doch gerne mehr über unsere Wallfahrtskirche wissen?"

„Ja, warum?"

„Ich kennen einen Ort, wo wir bestimmt ungestört sein werden", flüsterte sie ihm ins Ohr.

Der Kaffeetisch war bereits gedeckt und Emilie hatte es sich nicht nehmen lassen, trotz der knappen Nahrungsmittelrationen einen leckeren Käsekuchen zu backen, den Michael auch nicht aufhörte zu loben.

„Mutter, ich fahre mit Michael noch nach Lichtenthal zur Klosterkirche. Ich habe ihm davon geschrieben und er würde sich die Kirche gerne anschauen. Bist du damit einverstanden?", säuselte Maria, nachdem der komplette Käsekuchen leer war.

„Ist gut, aber seid zum Abendessen zuhause!", erwiderte ihre Mutter erstaunt.

Maria konnte förmlich sehen, was sie dachte: Er war zwar ein Protestant, dieser Michael, und das war natürlich schlimm, aber ein frommer Christ schien er zu sein. Sie hatte nichts dagegen, dass sie in die Marienkirche gingen.

Maria stieg auf ihr Fahrrad und Michael bekam das von Eugen, sie waren ungefähr gleich groß. Michael hatte Mühe mit Maria mitzuhalten, doch passte sich schnell an Marias rasante Fahrweise an.

„Was hast du vor?", fragte er keuchend. „Du wirst mir doch wohl nicht wirklich die Architektur und Geschichte der Marienkirche näherbringen wollen?"

„Natürlich nicht. Ich zeig dir mein Versteck im Kirchturm." Maria lachte. Ganz aus der Puste waren sie am Friedhof oberhalb der Kirche angekommen.

„Wir stellen unsere Räder besser hier ab!", sagte sie und ging mit Michael hinunter zur Kirche. Gemeinsam betraten sie die große Kirche und Maria ließ es sich nicht nehmen, sich mit Weihwasser zu bekreuzigen, bog aber dann sofort nach links ab. Michael blieb im Kircheneingang stehen und sah sich um.

„Na, ist dir hier auch zu viel barocker Prunk?", wollte Maria wissen.

Michael schüttelte den Kopf. Gemeinsam betrachteten sie den gotischen Chor. Maria gefiel diese Kirche auch viel mehr als ihre Dorfkirche. Das Kreuzgewölbe, das über ihr zu schweben schien, ließ ihr Freiheit zum Atmen und sie hatte hier nicht das Gefühl der Enge wie zuhause in der Mühlbacher Kirche. Doch Maria war jetzt nicht nach Architekturdiskussion. „Komm mit!" Sie nahm Michaels Hand und öffnete eine braune Holztür, die klein und unscheinbar im Eingangsbereich zu sehen war. Schnell rannte sie die roten Sandsteinstufen hinauf. Michael folgte ihr. Oben bei der Orgel war noch eine Tür, die hinauf zum Kirchturm führte. Die Stufen waren jetzt nicht mehr so breit und der Gang war enger. Maria wurde langsamer und Michael legte seine Hände um ihre Taille mit sanftem Druck.

Sie drehte sich um. „Gleich sind wir oben", sagte sie und zog ihn mit sich.

„Das ist also dein Fluchtwinkel", sagte Michael staunend, als sie oben waren.

Maria nickte.

Vor dem Fenster stand eine Staffelei. Auf ihr lehnte ein Bild. Die Kirchturmglocke war darauf zu sehen mit einem Band, auf dem geschrieben stand: *Oh Land, Land, höre des Herrn Wort!* Unter der Glocke war die Klosterkirche zu sehen. *Dem kämpfenden Reich 1917 geopfert, im neugeeinten Reich 1934 wiedererstanden durch der Gemeinde Opfersinn,* stand darunter.

„Ja, ich bin oft mit Charlotte hier. Sie zeichnet so gerne und hat den Küster und Pater Johannes überredet, dass sie die Glocke malen darf. Von hier oben hat man eine wunderbare Aussicht." Maria machte eine Pause. „Und man ist ungestört."

Michael legte seinen Arm um ihre Hüfte. Gemeinsam schauten sie in das weite badische Land. Marias Herz begann wie wild zu klopfen.

„Und du hattest tatsächlich keine andere Frau vor mir?", hörte sie sich zu ihrer eigenen Verwunderung sagen.

„Ich hatte schon so meine Schwärmereien, aber nie etwas Ernstes. Ich wollte mich für die Liebe meines Lebens aufheben. Und das bist du, Maria, das wusste ich, als ich zum ersten Mal deinen Namen las!" Er küsste sie zärtlich.

„So ging es mir auch, als ich deinen Brief bekam!" Sie erwiderte seinen Kuss und schon waren sie wieder verschlungen in einer liebevollen Umarmung. Da fingen auf einmal die Glocken zu läuten an. Vor Schreck hielten sie sich die Ohren zu.

„Oh nein, so spät ist es schon? Lass uns schnell nach Hause fahren! Du trinkst keinen Schnaps und rauchst keine Zigarren und wir treffen uns um Mitternacht im Schuppen bei den Fahrrädern. Heute Nacht fahren wir zum Kohlplattenschlag!"

Zuhause saß die ganze Familie bereits beim Abendbrot. Mit einem leisen „Entschuldigung," setzte sich Maria und Michael nahm neben ihr Platz. Während Otto wieder die Gelegenheit ergriff, Michael über den Krieg auszufragen, wurde Maria von ihren Schwestern angestarrt und auch ihre Mutter war ausnahmsweise nicht nur mit der kleinen Elfriede beschäftigt, sondern durchbohrte ihre älteste Tochter mit Blicken. Maria brachte keinen Bissen herunter und hatte das Gefühl, jeder könnte den Geruch ihrer innigen Umarmungen riechen.

Michael schien daran keinen Gedanken zu verschwenden. Er griff beherzt zu und lobte Emilies hervorragendes Brot.

„Das ist doch gar nichts!", prahlte Otto. „Du hättest da sein müssen, wo wir noch Schweine hatten, da gab es etwas Gescheites!"

Nach dem Abendessen baten die kleinen Geschwister Michael, ihnen noch eine Geschichte zu erzählen, doch Maria hatte eine bessere Idee. „Wie wäre es, wenn ihr Michael Geschichten erzählt? Er will so gerne alles über unser Dorf, unsere Kirche und die Gegend wissen. Kommt, wir setzen uns wieder unter den Nussbaum und jeder darf an einem anderen Abend eine Geschichte erzählen."

Kurz darauf saßen sie alle zusammen unter dem Baum. Michael nahm wieder die kleine Theresia auf den Schoß.

„Wolltet ihr mir heute nicht eure Geschichte aus dem dreißigjährigen Krieg erzählen?" fragte er.

Theresia klatschte erfreut in die Hände. „Ja, der ‚Rote Kuhhirt'!"

„Die muss aber der Großvater erzählen, der kann es am besten!", bestimmte Otto.

Käte schüttelte den Kopf. „Der geht doch sonntagabends immer in den Hirsch!"

„Na gut, dann soll er uns morgen die Geschichte erzählen und ihr erzählt eine andere. Wir waren doch heute in der Klosterkirche. Wer von euch weiß denn die Geschichte dazu?", fragte Maria.

Sofort schnellte Charlottes Arm nach oben. „Vor etlichen hundert Jahren geschah es, dass ein Schäfer, der am Lußhardtwalde seine Herde weidete, in demselben einen wunderschönen Gesang vernahm", begann sie. „Er ging den Klängen nach und kam an einen Sumpf, in dessen Mitte ein abgeköpfter Baumstamm und darauf ein feines Muttergottes-Bild stand mit einem Kindlein auf dem Arm, aus dessen Munde der herrlichste Gesang ertönte. Er bemühte sich, das Bild mit seinem Krumstabe zu erlangen, um es zu sich zu ziehen, war aber zu weit davon entfernt; auf einmal rief es ihm zu: „Wag' es nur!" worauf er mutig durch den Sumpf watete und dasselbe herabholte. Freudig trug er es in seine Hütte, verehrte es mit seinem Gebet und hielt es für einen großen Schatz. Aber am folgenden Morgen war es verschwunden und wieder an seinem vorigen Platze. Abermals trug er es vom Sumpfe mit sich nach Hause, allein in der nächsten Frühe fand er es wieder auf dem Baumstumpen, und ebenso, nach nochmaligem Heimtragen, am dritten Morgen; darauf ward er gar erzürnt, dass er es mit einem Stein zu Stücken schlagen wollte. Alsbald hörte er eine himmlische Stimme sprechen: ‚Halte ein, zerschlags nicht.' Von dieser Stimme erschrak er so sehr, dass er vor dem Bildlein niederfiel und die Mutter Gottes um Verzeihung bat. Darauf ließ er es ruhig dort stehen. In der Folge kamen auf einer ihrer Wanderungen einige Kapuziner an diesen Ort und bauten, nachdem ihnen der Schäfer sein Erlebnis berichtet hatte, eine Kapelle über den Stamm mit dem Bilde, und daneben für sich eine Wohnung. Bald wurde von nah und fern zu dem Wunderbilde gewallfahrtet.“

Die ganze Kinderschar applaudierte Charlotte und auch Michael war voll des Lobes. Dann gab Maria jedem Geschwisterchen einen Gute-Nacht-Kuss, für das Waschen und Bettfertigmachen war diese Woche Käte zuständig.

„Kannst du uns nicht ins Bett bringen“, quengelte die kleine Theresia. „Die Käte singt nicht so schön wie du!“

Maria lachte und strich ihr übers Haar. „Lasst das nur die Käte machen, die kann das auch und vielleicht hilft ihr ja die Charlotte beim Singen!“

Als Maria um Mitternacht leise aus dem Zimmer schlich, wartete Michael draußen schon auf sie. Vorsichtig schoben sie die Räder aus dem Schuppen auf die Straße. Mühlbach schlief, nirgendwo war mehr Licht, aber sie beeilten sich trotzdem, aus dem Ort herauszukommen, und fuhren, so schnell sie konnten. Als sie am Kohlplattenschlag ankamen, waren sie beide außer Puste und verschwitzt.

„Wollen wir uns im Wasser abkühlen?“, fragte Maria. „Es ist so schön mild, und das Wasser ist nicht kalt.“

„Ja", antwortete Michael nur und war als erster im Wasser. Als Maria aus den Fluten wiederauftauchte, war von Michael nichts zu sehen. Sie fing schon an, sich Sorgen zu machen, als starke Männerarme sie von hinten packten und wieder nach unten zogen. Sie küssten sich unter Wasser und kamen eng umschlungen zurück an die Wasseroberfläche.

Maria wollte schnell ans Ufer und Michael folgte ihr. Sie liefen zurück zu ihren Kleidern und Michael kramte in seiner Hosentasche. Ein kleiner Stoffbeutel kam zum Vorschein.

„Schließ die Augen", flüsterte er ihr zu und führte sie zur Eiche.

„Du kannst sie wieder aufmachen!", hauchte er ihr kurz danach liebevoll ins Ohr.

Er hatte sein Hemd ausgebreitet und darauf überall Rosenblätter verteilt. Dann holte er zwei wunderschöne weiße Muscheln aus dem Beutel, die jeweils an einem schwarzen Lederband hingen.

Er hängte ihr das Band mit der größeren Muschel um und sagte: „Die ist für dich, als Zeichen meiner Liebe. Vor Gottes Angesicht nehme ich dich zu meiner Frau. Ich verspreche Dir die Treue in guten und in bösen Tagen, in Gesundheit und Krankheit. Ich will Dich lieben, achten und ehren alle Tage meines Lebens. Trage dieses Band als Zeichen unserer Liebe und Treue. Wenn du die Muschel an dein Ohr hältst wird sie dir immer zuraunen, wie sehr ich dich liebe."

Er gab ihr das andere Lederband und Maria hängte es ihm um. „Ich liebe dich auch, Michael. Ich nehme dich zu meinem Mann und schwöre dir vor Gott die ewige Treue", sagte sie. Als sie ihn küsste, hatte sie Tränen in den Augen.

24

VOGELWARTE

Bruchsal, 12. Mai 2002

„Das ist so romantisch!", sagte Sofia. „So romantisch war es
bei Jens und mir nie! Ich bin richtig neidisch."

Maria lächelte. „Michael war wirklich ein großer Roman-
tiker. Es war alles wie ein Traum. Ein wunderschöner Sommernachtstraum."

„Danke, dass du mir eure Geschichte erzählt hast! Das
ist sicher nicht leicht für dich …" Sofia sah sie liebevoll an.
„Ich habe gute Neuigkeiten: Morgen werde ich von der
Intensiv auf die normale Station verlegt. Endlich kann mich
Zoe besuchen kommen!"

„Das ist ja wunderbar!" Maria war erleichtert, dass sie
für den Moment nicht an das Ende ihres Sommermärchens
denken musste. „Dann komme ich dich morgen in deinem
neuen Zimmer besuchen. Ruh dich noch ein bisschen aus,
bis Jens kommt."

Als Maria wieder Richtung Mühlbach fuhr, nahm ihr
Auto, wie von allein, die Abzweigung Richtung Kohlplattenschlag. Sie parkte das Auto am Waldesrand und machte sich

auf die Suche nach der alten Eiche. Sie stand noch und in der Nähe hatte die Gemeinde eine Vogelwarte erbaut. Neugierig betrat Maria das Häuschen. Sie öffnete die Luke und nahm auf der Sitzbank Platz. Glatt und einladend lag der See vor ihr.

Kohlplattenschlag, 24. September 1944

Maria lag auf dem Rosenbett unter der alten Eiche. Die Wellen des Sees schlugen sanft an den Strand und um sie herum duftete der Wald. Michael lag neben ihr und er roch nach Moschus und Salz, nach Leidenschaft und Schweiß. Er zog sie an sich und Maria ließ sich fallen in die Nacht, in ihren Geliebten und seine festen Hände. Maria bemerkte gar nicht, dass ihre Knie auf dem nassen Gras hin und her rutschten, der erdige Untergrund sich an ihnen festklebte und die kleinen, feinen Steinchen ihre Knie aufscheuerten. Immer schneller wurde der Ritt, Michael richtete seinen Oberkörper auf, griff nach ihrem Po, und dann spürte sie, wie sich sein Samen in sie ergoss, das Prickeln seinen Höhepunkt erreichte und sie bis in den kleinen Zehen elektrisiert war. Aus ihrem Mund kam ein tiefes „Aaa", das sie noch nie von sich selbst gehört hatte, und als sie wieder neben Michael im Gras lag, war sie leicht wie eine Feder, entspannt und gelöst wie noch nie zuvor in ihrem Leben.

„Das war wunderbar", hauchte sie.

„Das war das Schönste, was ich in meinem Leben je erlebt habe!", flüsterte er und küsste sie.

Noch lange lagen sie ineinander verschlungen da und hörten auf die Herztöne des anderen, genossen die Stille des

Waldes und den Moment des Glücks. Als eine Nachtigall ihr Lied sang, wurde es Zeit, wieder nach Hause zu fahren. Sie machten sich auf den Weg. In den kommenden fünf Nächten fuhren sie zum See, zu ihrem ganz eigenen Himmel auf Erden.

Kohlplattenschlag, 12. Mai 2002

Die Tür der Vogelwarte öffnete sich und ein älterer Herr kam herein. Maria stand sofort auf und wollte das Häuschen verlassen.

„Sie müssen nicht gehen", sagte er. „In dieser Vogelwarte hat es doch ausreichend Platz für uns beide. Darf ich mich vorstellen, Eckehard Borell aus Birkenbruch. Sehr erfreut!"

Maria gab Herrn Borell die Hand. „Maria Pearis."

„Oh, Sie sind Amerikanerin. Das hätte ich gar nicht gedacht. Sie haben mich sofort an ein Mädchen aus meinem Dorf erinnert, damals…" Er stoppte abrupt. „Bitte entschuldigen Sie. Ich rede mal wieder zu viel." Er setzte sich umständlich auf die Bank, öffnete seine Tasche und zog ein großes Fernglas hervor. „Da sind sie ja!", rief er freudig aus. „Haben sie schon die brütenden Graureiher gesehen?" Der ältere Herr zeigte mit seinem Fernglas in Richtung der Insel, die sich im See befand.

„Nein", sagte Maria höflich und nahm das Fernglas, das er ihr entgegenstreckte.

„Die Graureiher legen vier bis fünf Eier und sind die Jungen geschlüpft, bleiben sie sieben bis acht Wochen im Nest und werden mit Nahrung versorgt." Während Maria nach den Graureihern suchte, beobachtete Herr Borell sie genau. „Sie sehen meiner Gerda wirklich ähnlich. Oder besser gesagt, so hätte sie jetzt aussehen können…"

Wieder hielt er inne, nahm von Maria das Fernglas entgegen, um nach kürzester Zeit voll Entzücken auszurufen: „Da schaun Sie, ein Gimpelpärchen!" Doch anstatt ihr erneut das Fernglas zu geben, sah er Maria durch seine verschmierten Brillengläser an und Tränen liefen über seine Wangen: „Hätt ich sie doch bloß nicht ihre Tante in Stuttgart besuchen lassen, damals am 19. April 1945. Eine Tote hat es gegeben bei dem Angriff und das war ausgerechnet meine Gerda."

„Das tut mir sehr leid!" Maria empfand tiefes Mitgefühl für Herrn Borell, der ein Fremder war, aber mit dem sie ein ähnliches Schicksal verband.

„Ist schon gut, geht schon! Aber ich frage mich doch immer wieder, warum der Herrgott sie erst vor den französischen Horden bewahrt hat, um sie mir dann zwei Wochen später für immer zu nehmen! Aber was erzähl ich ihnen das, Sie sind doch aus Amerika."

„Nein, ich komme aus Mühlbach und als die Franzosen kamen, war ich im Rübenkeller. Mein Vater hatte damals alles vorbereitet."

Mühlbach, 17. Januar 1945

Die ganze Familie Heil saß wie gebannt vor ihrem Radio. Magdeburg, eine Stadt im Osten Deutschlands, von der Maria bisher kaum etwas gehört hatte, hatte einen verheerenden Angriff erlebt. Doch obgleich Magdeburg weit weg war, wurde Hans-Jakob bei diesen Nachrichten von einer großen

Unruhe erfasst. „Wir müssen vorbereitet sein!", murmelte er immer wieder vor sich hin und verschwand in den Hof. Nachdem er nach einer halben Stunde nicht wieder im Haus war, ging Maria ihren Vater suchen. Auf dem Hof war keine Spur von ihm zu sehen. Da sah sie, wie sich ein schmaler Lichtstreifen in die dunkle Nacht verirrte und von Stein zu Stein sprang. Maria folgte dem Licht bis zum Stall und bemerkte, dass der Eingang zum Dickrübenkeller offenstand. Der Keller war nicht besonders groß, gerade mal drei auf drei Meter und die Decke auch sehr niedrig. Maria ging nicht gern hinunter. Es war ihr viel zu stickig und zu dreckig da unten. Und bewegen konnte man sich ja auch kaum, vor lauter Rüben. Aber letztes Jahr war die Dickrübenernte mager ausgefallen.

„Was machst du denn da, Vater?", rief Maria in den Kellereingang hinein.

„Hol deine Schwestern, Maria, wir müssen schauen, ob ihr hier reinpasst!"

Maria verstand kein Wort, aber tat, was ihr aufgetragen worden war.

Charlotte folgte ihrer Schwester ohne zu murren, doch Käte meckerte laut: „Was soll das denn? Es ist doch viel zu kalt da draußen und dunkel ist es auch!"

„Jetzt komm schon!", trieb Maria sie an. Zu dritt standen sie vor dem Kellereingang. „Wir sind wieder da, Vater!", rief Maria.

„Gut, kommt eine nach der anderen runter zu mir!" Zuerst war Charlotte an der Reihe, dann Käte und als Maria gerade hinterher klettern wollte, rief der Vater: „Bleib oben Maria, ich komme hoch!" Keuchend kam ihr Vater hochgeklettert. Er war völlig verschwitzt und sein Hemd roch modrig.

„So, jetzt kannst du runter und wenn du unten bist, mach ich die Klappe zu!" Maria kletterte zu ihren Schwestern in den Keller und sie hörten, wie ihr Vater den Eingang verschloss, um ihn nach wenigen Sekunden wieder zu öffnen.

„Ihr könnt wieder hochkommen!", hörte Maria ihren Vater rufen.

Schnell kletterten sie wieder hinaus ins Freie. Maria atmete die klare Nachtluft tief ein und den Dreck und Staub des Kellers lange aus. „Wenn ihr euch dort verstecken müsst, dürft ihr auf keinen Fall ein Licht anmachen. Den Schein eurer Lampe hat man hier oben gesehen! Wir müssen noch etwas über die Falltüre schieben, als Tarnung!"

Käte und Charlotte hatten es eilig wieder in die warme Stube zu kommen, doch Maria wandte sich an ihren Vater: „Was hat das denn nun eigentlich gesollt? Willst du es mir nicht erklären?"

„Wir müssen vorbereitet sein. Wenn sie kommen, um euch zu holen, dann dürfen sie euch nicht finden. Niemand darf euch finden, verstehst du?"

Nein, Maria verstand nicht. Doch sie verstand, dass er sich Sorgen machte und folgte ihm in die Scheune.

„Komm, pack mit an, wir stellen die Brühmulde neben die Falltüre. Zum Schlachten haben wir sowieso nichts mehr."

Gemeinsam trugen sie die Wanne in den Kuhstall. Maria versuchte sich nichts anmerken zu lassen, doch die Wanne war eigentlich zu schwer für sie. Dann mussten sie sie doch absetzen, sie konnte einfach nicht mehr. Der Vater sah sie fragend an, das war er von seiner Maria nicht gewohnt.

„Geht schon wieder!", sagte Maria einen Moment später und hielt bis zum Stall durch. Als sie die Brühmulde mit einem großen Wumms abstellten, hoppelte Horschdl, der Hase, der im Kuhstall eine neue Bleibe gefunden hatte, erschrocken in seinem Käfig hin und her.

Kohlplattenschlag, 12. Mai 2002

„Ja, euer Vater hatte Recht und es freut mich für Sie, dass Sie den Krieg unbeschadet überstanden haben."

Maria nickte. Unbeschadet. Es war Zeit für sie zu gehen. Sie verabschiedete sich höflich, bedankte sich über die ausführliche Information zu den Graureihern und fuhr noch einmal zu Sofia ins Krankenhaus.

Sofia war froh über Marias Besuch, aber sie wirkte unruhig und nervös.

„Was ist denn mit dir, Sofia?" Maria nahm Sofias Hand und sah sie fragend an.

„Ach Maria. Ich weiß auch nicht. Ich freue mich, auf eine normale Station verlegt zu werden. Aber ich bin doch auch sehr aufgeregt, weil ich nicht weiß, was mich dort erwartet. Immerhin kenne ich hier die Schwestern und die Pfleger und alle waren bisher sehr nett und hilfsbereit gewesen. Aber egal!" Sofia machte eine wegwerfende Handbewegung. „Du bist wieder da. Bitte erzähl mir: Wie ging es denn weiter mit Michael und dir?"

Mühlbach, 24. September 1944

Es war Zeit für die Tabakernte. Sie waren im Morgengrauen aufgestanden, der Morgentau glitzerte noch auf den

Blättern und eine friedliche Stille lag über dem Feld. Doch Maria und ihre Familie hatte keine Zeit für romantische Gedanken, es ging an die Arbeit und die musste bis zum Mittag erledigt sein.

Michael kannte sich mit Feldarbeit nicht aus, aber er war bereit zu lernen. Der Tabak, Michael brauchte eine geraume Zeit um zu erkennen, dass mit *Duwak*, Tabak gemeint war, wurde schrittweise, also in Etappen, geerntet oder wie man in der Gegend sagte: gebrochen. Da Michael nicht wusste, was zu tun war, erklärte ihm Maria, was er machen musste.

„Heute ist schon das vierte Mal, dass wir zum Brechen gehen. Das erste Mal haben wir unten an der Pflanze begonnen. Die Blätter nennt man Grumbl, beim zweiten Erntegang kommen die Sandblätter dran. Die sind besonders wertvoll. Hier müssen wir auch immer aufpassen, dass wir nichts kaputt machen und auch auf keine Blätter drauftreten. Aber das ist zum Glück schon vorbei, da kannst du nichts mehr falsch machen. Vor zwei Wochen war das Hauptgut dran und heute ernten wir das Obergut. Bis heute Mittag müssten wir fertig sein. Kann aber auch sein, dass wir morgen noch einmal rausgehen müssen. Also heute nicht die kleinen Blätter, sondern die drunter. Schau!"

Maria zeigte Michael, was er zu tun hatte.

„Ach ja und wundere dich nicht, die Hände werden ganz klebrig und schwarz."

Michael nickte brav und machte sich an die Arbeit. Maria arbeitete rechts von ihm, Käte links, Emilie vorne und Otto hinter ihm. Opa Gustav war zu alt und Charlotte noch zu jung dazu. Sie kümmerte sich um die kleinen Geschwister.

Es war nicht besonders warm, doch Michael war nach kurzer Zeit schweißgebadet. Tabak ernten erschien ihm anstrengender als Schützengräben auszuheben. Er war sehr erleichtert, als Emilie das Signal für eine Pause gab. Charlotte kam mit Elfriede, die Emilie gleich an die Brust legte und brachte Wasser für alle. Obwohl Michael großen Hunger hatte, sagte er nichts, denn niemand schien etwas zu essen zu erwarten. Die Arbeit für diesen Tag musste erst beendet werden.

„Brechen wir morgen wieder?", fragte Michael, als ihm erneut der Schweiß auf der Stirn stand.

„Kann sein, aber heute Mittag müssen wir den Tabak nach Hause bringen und dann auch gleich auffädeln, dass er nicht gärt. Morgen machen wir dann wahrscheinlich den Rest."

Michael war erleichtert, wobei er sich auch kaum vorstellen konnte, morgen schon wieder aufs Feld zu gehen. Gegen Mittag kam Opa Gustav mit dem Wagen, der von einem uralten Ackergaul gezogen wurde. Zum Glück besaß seine Nichte Anna noch ihren Gaul, dem in jener schrecklichen Nacht im Mai wie durch ein Wunder nichts passiert war und Familie Heil durfte sich ihn, wenn es ans Ernten ging, immer ausleihen. Maria gab Michael verschiedene Gurte, mit denen er die Blätter zu großen Büscheln zusammenbinden musste. Dann kamen die Blätter auf den Wagen. Währenddessen untersuchte Großvater Gustav die übrigen Blätter.

„Ab Mittwoch soll das Wetter schlechter werden, da brechen wir morgen besser wieder. Und am Freitag ist Michaeli. ‚Auf nassen Michaelitag ein nasser Herbst folgen mag'", zitierte Gustav eine alte Bauernregel. „Das ist nicht gut zum Trocknen für den Tabak."

„Aber ‚Regnet's sanft an Michaelstag auch der Winter's werden mag', das ist gut für uns, denn viel Feuerholz werden wir nicht haben", warf Emilie ein und fuhr mit Elfriede neben Opa Gustav auf dem Wagen, der Rest lief hinterher.

Maria und Michael ließen sich ein bisschen zurückfallen und Charlotte verwickelte ihre Geschwister in ein Gespräch, so dass Maria endlich wieder ein wenig mit Michael allein sein konnte. „Wusstest du, dass am Freitag Michaeli ist? Feierst du deinen Namenstag?"

„Eigentlich machen wir das bei uns nicht wirklich. Und wir weihen ja auch keine Gotteshäuser zu Ehren von Heiligen."

„Stimmt, Heilige habt ihr ja nicht, ihr Protestanten."

„Doch", widersprach Michael, „wir sind alle Heilige!"

„Ja, und du bist der Oberheilige Michael!", lachte Maria und Michael zog sie zu sich und gab ihr einen Kuss.

„Lass, die Mutter kann uns doch sehen! Es tut mir übrigens sehr leid, dass du hier auch noch arbeiten musst, wo du doch eigentlich Urlaub hast!"

„Ist schon gut, Hauptsache ich bin bei dir, auch wenn ich mir natürlich schönere Dinge vorstellen könnte", antwortete ihr Michael und gab ihr wieder einen Kuss. Maria wurde ganz heiß, als sie an den gestrigen Tag und die gestrige Nacht dachte und sie flüsterte: „Wenn wir zuhause sind mach ich dir ein schönes Bad!"

Michael packte sie so fest am Po, dass Maria einen kurzen Schrei ausstieß, worauf sich sofort ihre Geschwister nach ihr umdrehten.

Maria und Michael beeilten sich, dass sie die anderen einholten und nach kurzer Zeit waren sie wieder zuhause.

Dort wurden die Blätter vom Wagen genommen und Michael musste Maria helfen, die Tabakbüschel bereitzulegen und zu öffnen, damit sie nicht zu gären begannen.

Emilie und Käte hatten in der Zwischenzeit etwas zu essen vorbereitet und endlich gab es eine Brotzeit.

Michael schaute Maria fragend an: „Kann ich meine Hände waschen?"

„Ja, natürlich."

Maria holte die Waschschüssel und ein Stück Kernseife und Michael durfte sich als erster die Hände waschen. Als Otto sich als letzter die Hände wusch, war das Wasser schwarz.

„Was machen wir jetzt?", fragte Michael, er fühlte sich nach dem guten Essen wieder gestärkt.

„Wir Frauen und die Kinder fädeln die Blätter auf Bandliere." Als sie Michaels fragenden Blick sah erklärte sie:

„Das ist Tabaksgarn, ein starker Bindfaden. Die Bandliere sind so lange wie die Sparrenabstände unseres Daches. Wir haben sie schon am Samstag vorbereitet. Du siehst ja, wo die anderen Blätter hängen, da hängen wir sie dazu."

„Und was mach ich?", fragte Michael.

„Du musst mit Otto die Blätter oben in der Scheune zwischen den Sparren zum Trocknen aufhängen, wenn wir sie eingefädelt haben. Der Großvater hilft euch dabei."

In diesem Moment kamen Anna und Grete in den Hof. Grete war schon ganz gespannt, Michael kennenzulernen, gestern in der Kirche hatte sie ihn ja nur von Weitem gesehen. Da kam ihr die Arbeit des Einfädelns gerade recht. Da Michael noch nichts zu tun hatte, versuchte er auch ein paar Blätter einzufädeln, aber sogar die kleine Theresia, die nur die minderwertigen Tabakblätter auffädeln sollte, stellte sich geschickter an als Michael und so begnügte er sich damit, die versammelten Frauen und Kinder mit Geschichten aus seiner Heimat zu unterhalten.

Als die ersten Blätter aufgefädelt waren, begannen Michael und Otto sie aufzuhängen und Großvater Gustav gab genaue Instruktionen. Durch die Arbeit mit dem grünen Tabak sahen die Hände von allen aus wie geteert und Maria holte frisches Wasser für alle. Danach ging sie zu ihrer Mutter, um sie zu fragen, ob sie Michael ein Bad richten dürfte.

„Nicht heute," antwortete Emilie. „Morgen, wenn wir fertig mit der Ernte sind! Das muss reichen. Bei uns wird kein Wasser verschwendet."

Als sie Michael davon berichtete, lachte dieser nur und sagte: „Dann müssen wir uns heute Nacht im See wieder gründlich waschen!"

Das Auffädeln hatte lange gedauert und deshalb gab es für alle nur einen kurzen Imbiss und dann ging es ins Bett. Nach kurzer Zeit war es ruhig im Hause Heil und als die Kirchturmuhr 11 Uhr schlug, schlich sich Maria, die es kaum noch erwarten konnte bei Michael zu sein, zum Schuppen, wo er sie bereits erwartete.

Maria fühlte ihren Hunger immer stärker werden, und sie hatte den Drang wie eine Wildkatze auf Michael zu springen. Doch Michael kam ihr zuvor, er drückte Maria an die Schuppenwand und schob ihren Rock hoch. Dann drang er in sie ein, stark genug, dass sie einen hohen Schrei von sich gab.

In diesem Moment hörte sie eine Stimme: „Maria?" Es war Charlotte, die auf dem Weg zum Plumpsklo war.

„Verrat mich nicht Charlotte, bitte!" Und Charlotte nickte und verschwand in der Nacht.

„Siehst du, hier ist es zu gefährlich. Stell dir vor, das wäre meine Mutter gewesen! Lass uns an den See fahren."

Getragen von ihrer Lust und ihrem Hunger, fuhren sie so schnell sie konnten an den See.

Der Mond schien hell und klar, es war Vollmond und ein silbernes Glitzern lag über dem Wasser. Doch beiden war nicht nach schwimmen zu Mute: sie sanken auf ihr Moosbett unter der alten Eiche nieder und liebten sich, bis der Tag anbrach.

Am nächsten Tag, dem Dienstag, ließ sich Michael keine Müdigkeit anmerken und half wieder fleißig mit, was Gustav und Emilie ihm gegenüber immer freundlicher stimmte. Maria kam immer wieder zu ihm und gab ihm Ratschläge, wie man am besten die Blätter erntete. Dabei berührte sie seine starken Hände, sah seine muskulösen Unterarme, an denen die Adern deutlich herausragten. Sie roch seinen Schweiß, den Staub auf seinen Kleidern und sie fühlte diesen Hunger in ihr, der nicht bis zur Nacht warten wollte. Sie wollte, dass diese Hände sie jetzt berührten.

In dem Moment kam Charlotte wieder mit Elfriede und hatte neben Wasser auch für jeden einen Apfel dabei. Sie setzten sich alle in einen Kreis, Emilie stillte Elfriede und Charlotte goss jedem Wasser nach. Während Maria ihren Apfel aß, überlegte sie, mit welchem Vorwand sie Michael von hier fortbringen könnte. Als sie den letzten Bissen vom Apfel genommen hatte, hatte sie eine Idee.

„Mutter kann ich Michael noch unsere Apfelbäume in den Schelmengärten zeigen? Ich schau nach den Äpfeln, die noch nicht reif waren und wir lesen noch das Laub zusammen. Wir treffen uns wieder zuhause."

Als sie in den Schelmengärten waren, stellte Michael fest, dass nur noch vereinzelt Äpfel auf dem Boden lagen, die sich unter dem herabgefallenen Laub versteckt hatten. Maria griff nach dem Rechen der an einem der Bäume lehnte und holte noch einige Äpfel aus ihrem Versteck. Michael nahm ihr den Rechen ab und wollte am nächsten Baum die Blätter zusammenschieben. Da musste Maria lauthals lachen, da der große Mann aus Usedom nicht zu wissen schien, dass man den Rechen ziehen und nicht schieben musste.

Daraufhin zeigte Maria ihrem Michael erst einmal, wie auch diese Arbeit zu erledigen war. Michael verstand sofort und während er die Blätter und Äpfel auf dem Boden zusammenlas, wollte sie noch die restlichen Äpfel auf den Bäumen pflücken.

„Der hier hat immer noch ein paar Äpfel", meinte sie. „Halt mich mal hoch, damit ich besser schauen kann." Und Michael hielt sie an der Hüfte nach oben und drückte sein Gesicht an ihren Rücken. Maria aber kletterte auf einen Ast und von dort noch weiter nach oben.

„Hier sind noch welche, schau!", rief sie, ließ sich den Eimer hochreichen und konnte tatsächlich einige Äpfel ergattern. Michael war währenddessen das Grundstück bis ans Ende gegangen und hatte eine Stelle an der Mühlbach entdeckt, die nicht vom Weg eingesehen werden konnte. Es war nur ein schmaler Streifen, der mit Heu bedeckt war. Er zog sein Hemd aus, er war noch ganz verschwitzt und sein Hemd war feucht von seinem Schweiß.

„Michael, hilf mir mal runter!", rief Maria. Schnell ging er zum Baum zurück, und Maria ließ sich mit dem Eimer in seine Arme fallen. Von der Macht des Aufpralls umgeworfen, landeten sie beide im Gras und die Äpfel kullerten auf die Wiese. Maria wollte die Äpfel einsammeln gehen, doch Michael hielt sie fest. Er übersäte sie mit Küssen und Maria gab sich ihm hin, das Feuer, dass Michael in ihr entfacht hatte, brannte lichterloh und Michaels nackter Oberkörper, auf dem sich die Schweißperlen in seinem zarten Brusthaar sammelten, machte ihren Hunger nur noch größer. Marias Hand ging schon zu Michaels Hose, als dieser sagte: „Nicht so schnell." Und sie sanft von sich auf die Erde schob. „Wir sammeln erst einmal die Äpfel ein!"

Maria konnte ihren Geliebten nicht verstehen, aber legte dennoch mit ihm alle Äpfel zurück in den Eimer und konnte nicht anders als bei jeder zufälligen Berührung zu erschauern und sich nach mehr zu sehnen. Als der Eimer wieder voll war, nahm Michael Maria an die Hand und führte sie an die Stelle an der Mühlbach, wo sein Hemd lag. Maria war gespannt wie ein Bogen und erzitterte unter der Berührung ihres Geliebten.

„Möchtest du mit mir schlafen?", fragte Michael sie leise.

„Ja", flüsterte Maria und Michaels Hand berührte sie leicht. Nur eine leichte Berührung, ein kurzer Kuss auf ihren Mund, dann wieder eine leichte Berührung. Dann küsste er sanft ihre Stirn, ihre Nase, gab ihr Küsse hinter die Ohren und wanderte langsam ihren langen, braungebrannten Hals hinab.

„Wenn du mit mir schlafen willst," hauchte er ihr ins Ohr, „dann komme ich zu dir. Denn ich bin dein Mann und ich gebe dir, was du brauchst." Und sie liebten sich als wenn es kein Morgen gäbe.

Als die zwei zurückkamen, kamen gerade auch Anna und Grete in den Hof. Grete sah Maria fragend an. Konnte sie riechen, dass Michael und sie sich gerade geliebt hatten?

„Wir haben auch noch Äpfel geerntet", sagte Maria und zeigte auf ihren vollen Korb. Grete nickte nur, doch Maria wusste, dass sie ihre Freundin nicht hinters Licht führen konnte. Die anderen hatten bereits wieder begonnen, die Blätter aufzufädeln, dieses Mal waren es nicht so viele wie gestern.

Michael half Otto und Gustav beim Aufhängen. „Was passiert denn jetzt mit den Blättern?"

Großvater Gustav gab bereitwillig Auskunft. „Die müssen jetzt trocknen. Im Januar oder Februar werden sie dann abgehängt, und zum Verwiegen gebracht. Dort wird die Menge und die Qualität des Tabaks bestimmt. Ich hoffe bloß, dass der Scholle Maxe Friedrich uns dieses Jahr günstiger gesinnt ist als letztes."

Michael sah Maria fragend an.

„Er fand die Farbe unserer Blätter nicht richtig. Ich weiß nicht mehr genau, zu gelb, zu grün? Es muss ein schönes, perfektes Braun sein, weißt du! Ach, es ist so eine Arbeit mit dem Tabak, warten wir es ab. Aber jetzt wird erst einmal gebadet."

Nach dieser anstrengenden Arbeit, hatten sich alle ein Bad in der Waschküche verdient. Maria bereitete alles vor. Das Wasser musste aus dem Brunnen gepumpt und in die Eimer gefüllt werden. Michael pumpte und Maria leerte die Eimer in einen großen Kessel, den sie mit Holz befeuerte.

Das Pumpen war ganz schön schweißtreibend und Michael sagte völlig außer Atem: „Jetzt weiß ich, warum wir erst heute baden. Das ist ja wirklich anstrengend."

Maria nickte und fragte dann: „Wie macht ihr das denn zuhause?"

„Wir gehen zum Baden. Der Bäcker bei uns im Ort hat drei Badewannen und da kann man für ein paar Pfennige baden."

„So was könnten wir bei uns auch gebrauchen. Aber du hättest mal zum Schlachten hier sein müssen. Das war vielleicht eine Arbeit. Den Kessel haben wir dann als Fleischkessel benutzt."

Michael schaute Maria fragend an: „Und die Wanne zum Schlachten?"

„Nein", Maria winkte ab. „Dazu haben wir doch die Brühmulde, die steht in der Scheune. Aber jetzt gibt es ja nichts mehr zum Schlachten." Maria zuckte mit den Schultern und leerte die ersten Eimer warmes Wasser in die Zinkwanne. Als Badezusatz nahm Maria die Dose mit Sodapulver vom Regal. Beim Anblick der Dose ging ihr ein kurzer Schauer über den Rücken. Michael, der Maria weiter tatkräftig unterstützt hatte, fragte: „Was ist los, Maria?"

„Ach nichts," Maria winkte ab, „ich musste nur daran denken, wie Otto das Sodapulver essen wollte."

„Was?", unterbrach Michael sie.

„Wie du ja weißt, muss ich immer auf meine kleinen Geschwister aufpassen. Das war schon immer so, seit ich denken kann. Es war auch schon vor zwölf Jahren so. Meiner Mutter ging es schlecht. Ich musste mich um die anderen Kinder kümmern und auch schon die Wäsche waschen.

Meine Mutter brauchte frische Bettwäsche, deshalb hatte ich ihr Bettlaken mit Sodapulver eingeweicht. Dann hat sie mich gerufen, weil ihr schwindlig wurde.

Also bin ich schnell ins Schlafzimmer gerannt und habe die Wäsche und das Pulver einfach stehen lassen. Als ich wieder in die Küche kam, sah ich Otto, der dabei war sich Sodapulver in den Mund zu schieben. Ich habe gleich um Hilfe geschrien. Großvater war damals noch rüstiger und meine Brüder waren alle da. Die haben ihm dann ganz viel Wasser eingeflößt und ihn zum Brechen gebracht. Zum Glück ging alles noch einmal gut aus. Aber die Mundschleimhaut hatte er sich natürlich verätzt. Meine Mutter hat damals sehr mit mir geschimpft und mein Großvater auch. Nur mein Bruder Karl hatte ein schlechtes Gewissen, weil er mich die ganze Arbeit hatte machen lassen und über seinen Büchern gesessen war. Er war damals zehn und ich fast sechs Jahre alt und Otto elf Monate. Das war schlimm."

„Ging ja noch einmal alles gut." Michael streichelte Maria sanft über den Rücken.

Schon ging die Tür auf und die kleine Theresia kam herein, gefolgt von dem kleinen Karlchen.

„Ich bin dran!", rief Theresia, begann sich auszuziehen und kletterte in die Wanne. Während Maria ihre kleine Schwester wusch, half Michael Karl-Jonathan beim Ausziehen. Die zwei Kleinen veranstalteten eine wahre Wasserschlacht und Michael war nach kurzer Zeit pitschnass gespritzt.

„Jetzt reicht's!", sagte Maria streng und trocknete ihren kleinen Bruder liebevoll ab. Theresia wollte die Wanne gar nicht verlassen, doch Maria ließ ihr keine andere Wahl.

Michael als Gast, durfte als nächster Baden und gemeinsam machten sie die Wanne mit frischem heißem Wasser voll.

„Ich glaube, das reicht", meinte Michael.

„In Ordnung, ich hole dir noch ein frisches Handtuch. Bin gleich da." Maria verließ mit ihren kleinen Geschwistern die Waschküche. Michael zog sich aus und stieg in die Wanne.

„Ich habe dir auch noch einen frischen Waschlappen, Schwamm und eine Bürste gebracht." Sie verstummte. Sie hatte nicht damit gerechnet, dass Michael schon in der Wanne saß. Diese Gelegenheit ließ sich Maria nicht entgehen. Sie begann Michael mit dem Schwamm abzureiben, das Wasser war so heiß, dass das kleine Fenster beschlug und Maria hätte sich am liebsten ihr Kleid ausgezogen, und wäre zu Michael in die Wanne geklettert. Die Hitze des Wassers und ihr eigenes Feuer verbanden sich und sie beugte sich über ihn, während sie ihn wusch und Michael küsste sie auf ihre Brüste, die durch ihr dünnes Kleid zu sehen waren. Maria musste aufpassen, dass sie nicht laut aufschrie und sich damit verriet. Dann hörte sie Kätes Stimme: „Was ist denn da los! Wir wollen auch noch baden!"

Maria verließ mit einem wehmütigen Blick auf ihren Geliebten die Waschküche und kurz darauf stand Michael frisch gebadet vor der Tür.

Nach Michael waren Käte und Charlotte dran und zum Schluss Otto. Das Wasser war inzwischen so schmutzig, dass man es nur noch zum Einweichen der Kleidung verwenden konnte, die sie heute getragen hatten und die trotz Säcke und Planen, mit denen sie sich vor der Tabakflüssigkeit zu schützen versucht hatten, vor Schmutz stand.

„Und darf ich dich jetzt auch noch waschen?", flüsterte Michael Maria ins Ohr.

„Das müssen wir auf ein andermal verschieben! Aber du kannst mir helfen, das schmutzige Wasser auszuleeren." Michael ließ sich das nicht zweimal sagen und während er Maria half, das Schmutzwasser eimerweise im Abflussloch zu entsorgen, berührte er immer wieder zufällig ihre Arme, ihren Po und ihren verschwitzten Nacken. Strich ihr die vom Wasserdampf gelockten Haarsträhnen aus dem Gesicht und küsste sie hinters Ohr.

„Zum Glück wird morgen nicht wieder gebadet!", sagte er lachend und gab Maria dann einen langen Kuss auf den Mund.

„Das kannst du laut sagen. Wir baden sowieso nicht so oft. Im Winter noch viel seltener und dann baden wir in der Küche, da ist es hier draußen zu kalt. Aber du hast mich auf eine Idee gebracht: Wenn ich nach dem Krieg keine andere Arbeit finde, dann können die Leute aus Mühlbach zu uns in die Schützenstraße zum Baden kommen, zur „Bad-Marie". Übung habe ich ja schon!"

„Und einen Stammgast auch!", rief Michael, hob sie in die Luft, küsste sie innig und gemeinsam kippten sie den Rest des Wassers aus der Wanne in das Abflussloch.

25

FRIEDENSKERZE

Mühlbach, 12. Mai 2002

Als Maria zurück nach Mühlbach kam, sah sie ihre Schwester unter dem Nussbaum sitzen.

„Käte, du hier draußen? Das ist aber schön."

„Ja," antwortete Käte. „Setz dich zu mir, Maria, so wie früher. Du, Charlotte und ich!"

„Charlotte ..." Maria sah Käte fragend an und setzte sich neben sie auf die Bank.

„Sie war etwas Besonderes, unsere Charlotte!", sagte Käte. „Dir stand sie viel näher als mir. Als sie starb, hat sie im Fieber immer nach dir gerufen. Ich saß an ihrem Bett und hielt ihre Hand, aber sie hat immer nach dir gerufen, Maria. Doch du warst nicht da, das hat ihr die Lebenskraft genommen."

Maria schluckte. Sie war nicht schuld am Tod ihrer Schwester, aber sie hatte ihr in der Stunde ihres Todes nicht beigestanden, als Charlotte sie gebraucht hatte. „An was ist sie denn genau gestorben?", brachte sie mit gepresster Stimme hervor.

„Es war eine Lungenentzündung und weil sie schon vorher in schlechter Verfassung war, hatte sie keine Kraft sie durchzustehen. Du weißt ja, wir hatten kaum etwas zu essen, damals nach dem Krieg und Charlotte hat meistens auch noch ihre Rationen an Theresia und Karl-Jonathan abgegeben. Nachdem du weg warst, hatte sie sowieso keinen Appetit mehr.

Maria sah Charlotte vor sich, wie sie ihrem kleinen Bruder Reiterlein aus ihrem Stück Brot machte und ihn damit fütterte. Karl-Jonathan war Charlottes Schatten gewesen, auch wenn sie ihn immer wieder weggeschickt hatte. Doch spätestens beim Gute-Nacht-Lied war es Charlotte, die ihrem kleinen Bruder ein Lächeln ins Gesicht zauberte. Wahrscheinlich hatte die beiden ihre Liebe zur Musik verbunden, ein Talent, das sie von ihrer Großmutter Irene geerbt hatten.

Als der Tag sich wieder von den beiden Schwestern verabschiedete, fiel es Maria schwer ins Bett zu gehen. Käte hatte ihr Strickzeug ausgepackt und Maria, die noch immer das Gute-Nacht-Ritual ihrer Geschwister vor Augen hatte, schlug vor die kleine rote Kerze aus der Schatzkiste anzuzünden.

„Das ist eine gute Idee!“, stimmte Käte sofort zu. „Das war die letzte Tannenbaumkerze vom letzten Weihnachtsfest, das wir gemeinsam gefeiert haben.“

Während Maria die Kerze aus der Kiste holte und sie mit zitternden Händen entzündete, war es ihr, als ob der warme Schein der Kerze sie einlud ganz bei sich und ihren Erinnerungen zu sein. Sie machte es sich auf der Wohnzimmercouch gemütlich und der Geruch des Wohnzimmers und das Klappern der Stricknadeln, halfen ihr loszulassen. Kurz darauf schlief sie auf der Couch ein.

Die wenigen Kerzen, die sie seit Beginn des Krieges ge-
sammelt hatten, suchten sie für den Weihnachtsabend
zusammen. Es gab nur noch das Hier und Jetzt. Kerzen für
das nächste Weihnachten aufzuheben machte keinen Sinn,
niemand wusste, ob es ein nächstes Weihnachten geben
würde. Und selbst wenn, würde es nichts zu feiern geben.

Zwei Brüder waren im Krieg geblieben und die kleine
Elfie hatte der Herrgott auch zu sich geholt. Und ob der
Fritz nach Hause kommen würde? Maria wusste es nicht
und als die Mutter sie bat, alle Kerzen zu entzünden, da
gehorchte sie still. Es war ein Weihnachten ohne ein Lied,
ohne ein Gebet, ohne die Weihnachtsgeschichte oder ein
Gedicht. Geschenke lagen ohnehin nicht unter dem Baum.
Alle starrten sie gebannt auf ihren Tannenbaum.

Der Mutter liefen die Tränen über die Wangen, Tränen für
Eugen und Karl, für Heinrich und all die anderen Soldaten,
die ihr Leben lassen mussten für einen schrecklichen Krieg,
den keiner von ihnen gewollt hatte. Und obwohl das Wachs
so kostbar war, ließen sie die Kerzen ganz herunterbrennen,
bis zu jener Stichflamme, die Maria das Herz zuschnürte,
weil sie Angst hatte, dass der Baum Feuer fangen würde. In
diesem Moment stimmte Charlotte mit ihrer Engelsstimme
doch noch „Stille Nacht, heilige Nacht an".

Sie sangen, als hinge ihr Leben an diesem Lied, als könnte
es die Toten wiederbringen, den Sohn, den Bruder, den
Freund. Sogar der kleine Karl-Jonathan sang mit, las den
Text von ihren Lippen ab und seine Stimme war die schönste von allen, denn sie war unschuldig und hingebungsvoll,

selbstvergessen, weil er sich selbst nicht mehr hören konnte und doch mit einstimmte in den Lobgesang.

Und dann war das Lied zu Ende, die Kerzen abgebrannt. Die ganze Familie saß still da. Maria dachte an ihren Michael, der gerade jetzt in einem Schützengraben lag und nur das Licht der Sterne hatte, die seine Nacht erleuchteten. Sie suchte sich einen Stern aus, ihren Morgenstern, der ihrem Geliebten besonders hell leuchten sollte und ihn heimbringen sollte, zu ihr und dem kleinen Micha. Dann träumte sie von ihrem ersten gemeinsamen Weihnachten, mit dem kleinen Micha auf ihrem Schoß und goldenen Strohsternen am Baum.

„Wir haben eine vergessen", rief Theresia plötzlich und zeigte auf die Baumspitze.

Tatsächlich hatten sie die oberste Kerze übersehen und nicht angezündet.

Maria stand auf, nahm sie aus der Halterung und gab sie Charlotte. „Pass gut auf sie auf. Nächstes Jahr zünden wir sie an und es wird ein Weihnachten in Frieden sein."

26

MICHAELSBERG

Mühlbach, 13. Mai 2002

Jetzt war Maria schon fast eine ganze Woche in Mühlbach und die anfängliche Angst vor dem Unbekannten war vergangen. Doch die Vergangenheit hatte sie fest im Griff und Maria sehnte sich nach Jack und ihrem Leben in Greenville. Sie sah ihn vor sich, wie er am frühen Morgen, der Welt entrückt, in seinem Schaukelstuhl saß und in seiner Bibel las. Sie nahm sein Buch vom Nachttisch und beschloss dem Beispiel ihres Mannes folgend, den Tag mit einem Bibelwort zu beginnen. Doch, bevor sie die Bibel aufschlug, ließ sie ihre Hand eine Weile auf dem weichen Einband und dem eingeprägten J. ruhen und dachte an Jack. Während er in der Bibel gelesen hatte, hatte sie immer das Frühstück zubereitet und seine Einladung zur stillen Zeit abgelehnt. Heute wollte sie die Einladung annehmen und schlug die Bibel auf. Dieses Mal war es kein Herbstblatt, das ihr den Weg wies. Es war ihr Hochzeitsfoto, das zwischen den letzten Seiten des Kolosserbriefes auf sie wartete:

*Above all, clothe yourselves with love, which binds us all
together in perfect harmony.*
Colossians 3, 14

Ihren Trauspruch hatte Jack dick unterstrichen und das Wort *Liebe* eingerahmt. Maria vermisste ihn so sehr. Zugleich schämte sie sich, wenn sie an all ihre Erinnerungen mit Michael und Hans dachte. Doch das war vor Jack gewesen. Mit ihm hatte sie über fünfzig Jahre ihres Lebens verbracht und war ihm immer treu geblieben. Diese gemeinsame Zeit konnten keine anderen Erinnerungen schmälern. Seine Liebe war es gewesen, die sie hatte überleben lassen und wegen seiner Liebe zu ihr war sie jetzt hier.

Maria schaute sich ihr Hochzeitsfoto an: Sie standen vor der St. James Episcopal Church in Greenville. Jack lächelte verschmitzt in die Kamera. Er trug einen Oberlippenbart und seine rötlichen Locken hatte er mit Pomade zu einem Seitenscheitel gekämmt. Seine Augen waren vom Strahlen schmal und seine schwarze Fliege saß leicht schräg auf seinem strahlendweißen Hemd. Unter dem linken Ärmel seines schwarzen Jackets leuchtete ein akkurater Streifen Weiß hervor. Seine schöne rechte Hand berührte leicht ihren linken Arm. Sie lächelte glücklich in die Kamera. Da sie im Winter geheiratet hatten, trug sie ein kurzes weißes Pelzjäckchen und Handschuhe. In den Händen hielt sie einen Strauß aus rosa Rosen und weißen und lilanen Freesien. Sie wusste es noch genau, auch wenn das Foto nur schwarzweiß war. Es war windig gewesen und der Schleier verdeckte die Hälfte ihres Gesichts. Doch weder Kälte noch Wind konnten ihnen etwas ausmachen. Sie strahlten vor Freude.

Maria strich zärtlich über das Foto, legte es wieder zwischen die goldenen Seiten von Jacks Bibel. Es war Zeit für einen Kirchenbesuch.

Sie fuhr nach Untergrombach auf den Michaelsberg, dort, so hatte sie als kleines Mädchen geträumt, wollte sie eines Tages ihren Traumprinzen heiraten.

Untergrombach, 27. September 1944

„Lass uns zu Fuß den Michaelsberg hochwandern, dann kann ich dir unterwegs die Pflanzen und Tiere unserer Gegend zeigen", schlug Maria Michael am fünften Tag vor. Die Mutter hatte sie problemlos davon überzeugen können, schließlich musste man, wenn man Michael hieß, den Michaelsberg gesehen haben.

Während sie mit den Rädern nach Untergrombach fuhren, erzählte Maria fröhlich von der Geschichte ihres Ausflugsziels. Der Wind wehte und Marias Rock flatterte im Wind. Sie erreichten eine Anhöhe, an der sie die Berge des Nordschwarzwalds ausmachen konnten, zu dessen Füßen Karlsruhe lag. Plötzlich lag ein zimtwürziger Geruch in der Luft.

Erschrocken hielt Maria an. „Karlsruhe brennt!", rief sie entsetzt. Dicke Rauchwolken stiegen empor, eine bedrohliche Wand aus schwarzem Ruß baute sich am Firmament auf.

Maria erschauerte. Die wunderschöne Fächerstadt schien zum Todesfächer geworden zu sein. Der Krieg hatte sie eingeholt im beschaulichen Baden und der nächste Angriff konnte Mühlbach oder Bruchsal treffen.

„Ich hatte noch überlegt, mit dir nach Karlsruhe zu fahren und dir das schöne Schloss und meine Arbeitsstätte zu zeigen."

Michael nahm seine Geliebte in die Arme und hielt sie fest. „Sollen wir umkehren? Es wäre vielleicht sicherer."

„Glaubst du wirklich, dass sie noch einen Angriff fliegen werden?" Maria sah Michael sorgenvoll an.

„Nicht mitten am Tag, aber heute Nacht vielleicht. Jetzt wird, denke ich, nichts passieren. Aber man weiß nie…"

Maria nickte. „Ja, man weiß nie. Jeder Tag könnte unser letzter sein."

Die ganze Zeit hatten sie kaum über den Krieg geredet. Sie hatte ihn nicht gefragt und er nicht darüber gesprochen. Sie hatte ihn nicht drängen wollen, doch heute schienen sich seine Gedanken selbstständig ihren Weg ins Freie zu suchen.

„Weißt du Maria," Michael sah ihr direkt in die Augen, „es vergeht kein Tag, an dem ich nicht an meine Kameraden, vor allem an Bernhard, denke. Ich weiß ja, dass sie sich in tödlicher Gefahr befinden, während ich hier auf Urlaub bin. Aber ich bete jeden Abend für sie. Ich bete für alle, die in den Schützengräben liegen und ein Land verteidigen, das seine eigenen Kinder auffrisst. Und ich bete auch für meine Familie. Gerade hier in Mühlbach, steht sie mir durch deine Familie täglich vor Augen. Aber ich habe mich entschlossen, kein schlechtes Gewissen zu haben, denn davon haben die Kameraden und meine Familie nichts. Stattdessen will ich jede Sekunde dankbar und demütig genießen, wissend wie schnell doch die Zeit auf der Erde vorüber sein kann."

„Ja", sagte sie leise. „Lass uns jeden Moment genießen und jetzt nicht an den Krieg denken. Wollen wir zur Kapelle

auf den Michaelsberg gehen und dort für die Opfer des An-
griffes und alle unsere Lieben Kerzen entzünden?"

„Das ist eine wunderbare Idee!"

Während sie weiterfuhren und ihren Gedanken nach-
hingen, merkten sie, wie es der klaren Luft des Waldes und
dem frischen Atem des Baches, den sie immer wieder auf
schmalen Brücken überquerten, gelang, ihre Traurigkeit zu
vertreiben. Als sie am Fuße des Michaelsberges ankamen,
der golden beschienen vor ihnen lag, waren ihre Gemüter
schon fast wieder froh. Sie parkten ihre Räder am Wegesrand und wanderten den steilen Weg zur Kapelle hinauf.

Immer wieder blieben sie stehen und erfreuten sich an
den zartlilanen Blüten des Knabenkrautes, auf denen sich das
Sechsfleck-Widderchen niederließ um dann, schmetterlings-
leicht, zu einem Meer von saatblauen Esparsetten weiterzuflie-
gen. Sie passten auf, dass sie nicht auf den Eichenbock-Käfer
traten, der über ihren Weg krabbelte.

„Das ist ja wie bei uns auf Usedom!", rief Michael, als sie
durch einen Hohlweg kamen. „Wenn wir in Kamminke an
den Strand gehen, öffnet sich uns auch ein Hohlweg und
links und rechts stehen die Bäume wie Säulen einer Tempel-
halle." Er nahm Maria in die Arme. „Nach dem Krieg nehm
ich dich mit auf meine Insel und zeig dir alles!"

Maria nickte. „Ich möchte alles kennenlernen!", sagte sie
und küsste ihn.

Sie kamen an Streuobstwiesen und Weinbergen vorbei
und durchquerten gerade ein kleines Waldstück, als vor
ihnen ein Hirsch durchs Gebüsch sprang. Maria und
Michael blieben stehen, in der Hoffnung noch einen Blick
auf den Hirsch zu erhaschen, doch er war verschwunden.

„Es gibt eine Geschichte von hier, darin geht es um einen Kapuzinermönch, der seinen Gürtel einem Hirsch ums Geweih geworfen hatte und ihn damit nach Hause geschleppt hat. Weil er seinen Gürtel so entheiligt und auch das fromme Gastrecht verletzt hatte, musste der Kapuziner nach seinem Tode noch lange Zeit als Geist umgehen. Mit dem Gürtel um den Leib!"

„Oh der Arme!" Michael lachte.

Als sie auf der Spitze des Michaelsbergs ankamen, war der Himmel wolkenverhangen und es roch nach Regen. Gemeinsam betrachteten sie die unter ihnen liegende oberrheinische Tiefebene. Vor ihnen erstreckten sich hellbraune Ackerflächen, grüne Wiesen und Felder, immer wieder durchbrochen mit dunkelgrünen Waldstücken. Dazwischen blitzten blaue Seen auf, direkt vor ihnen lag ein dunkelgrüner Waldsee, dessen Rand eine smaragdene Färbung hatte.

„So schön ist unser Land!", wisperte Michael ergriffen.

Maria zeigte Michael Bruchsal, die umliegenden Dörfer Mühlbach, Lichtenthal, den Pfälzer Wald mit seinem höchsten Berg, dem Kalmit, konnte man bei dem Wetter nur schemenhaft ausmachen und auch vom bombardierten Karlsruhe war kaum etwas zu sehen.

„Hoffentlich kommt Regen, dann kann sich das Feuer nicht weiter in die Stadt fressen. Komm lass uns in die Kapelle gehen und beten!"

Maria zog ihn zu einer einfachen Kapelle. Während sie Kerzen entzündete und für die Opfer des Luftangriffs betete, sah sie, wie Michael die wunderschönen Deckengemälde und Figuren betrachtete und still die über der Jesusfigur angebrachte Ablasstafel las.

Alle Christgläubigen, welche nach sakramentaler Beichte, eucharistischer Kommunion und Gebet nach der Meinung des heiligen Vaters am 29. September die Kapelle andächtig besuchen und dort das Vater Unser und das Glaubensbekenntnis beten, können einen vollkommenen Ablass erlangen. Dasselbe gilt für einzelne Pilger an einem anderen von ihnen selbst zu bestimmenden Tag des Jahres. Es gilt für Pilgergruppen so oft sie das Heiligtum besuchen, jedoch am selben Tag nur einmal. Die Ablässe können fürbittend den armen Seelen zugewendet werden.

Michael schüttelte den Kopf und setzte sich neben seine heiligbetende Verlobte. Maria spürte seinen Blick, beendete ihr Gebet mit einem Kreuzzeichen und legte ihre Hand auf seinen Oberschenkel. Nur diese leichte Berührung verband die beiden inniglich und gemeinsam betrachteten sie das Altarbild. Maria, die schon so oft hier gewesen war, studierte es zum ersten Mal genauer. Auf dem Altarbild waren neben dem Kreuz Maria, die Mutter Jesu und Maria von Magdala zu sehen. Zu den Füßen Jesu hatte der Künstler einen Schwan in seinem Nest gemalt, der seine drei Jungen zu füttern schien. Beim Anblick der drei Schwanenkinder musste Maria an ihren Zukunftstraum denken: Sie wollte mindestens drei Kinder mit Michael haben und hier in dieser wunderschönen Kapelle wollte sie mit ihrem Michael das heilige Sakrament der Ehe empfangen. Maria konnte nicht anders als sich noch einmal hinzuknien und ihren Heiland darum zu bitten. Novizinnentief versank sie ins Gebet, glaubenatmend vergaß sie die Welt um sich herum. Wenn ihr Herz nicht schon Michael gehören würde, so hätte sie doch auch eine Braut Christi werden können.

Als die Kirchturmuhr einmal schlug, merkten beide, dass sie hungrig waren.

„An was denkst du?", fragte Michael, während sie sich einen schönen Platz zum Essen suchten.

„Ich musste heute immer wieder an meinen Bruder Eugen denken. Immer wenn ich für die Bewohner von Karlsruhe beten wollte, kam er mir in den Sinn. Er ist irgendwo in Holland. Meine Seele wird so schwer, beim Gedanken an ihn. Ich glaube er ist schon von uns gegangen. Ich habe die ganze Zeit für sein Seelenheil gebetet. Ich weiß nicht, wie es um seinen Glauben bestimmt war. Doch seine Seele war eine der reinsten, die ich kannte!"

„Dann wird unser himmlischer Vater auf ihn aufpassen, wo immer er auch ist!", tröstete sie Michael und nahm sie in die Arme. „Ich werde auch für ihn beten, so wie ich für alle meine Kameraden an der Front bete. Das ist alles, was wir tun können."

Schweigend setzten sie sich unter eine Linde, deren grüne Zweige zum Rasten einluden. Sie wollten hier Gast sein, das Leben geschehen lassen. In ihren Armen war Michael kein Soldat, er war ihr Geliebter und sie hoffte, dass diese Liebe ihm Kraft gab.

Sie packte ihren Proviant aus, es gab ausreichend Brot, hart gekochte Eier und selbstgemachten Ziegenkäse. Von ihrem Ausflug zum Schelmengarten hatte sie sich große rote Äpfel eingepackt und für den Nachtisch noch für jeden Brot mit Zwetschgenschmures bestrichen. Dazu gab es wieder Pfefferminztee.

Nachdem sie sich gestärkt hatten, legte Maria ihren Kopf auf Michaels Schoß, sie genossen die Stille und gemeinsam versanken sie in der Schönheit der Natur.

„Maria, jetzt weiß ich, dass es möglich ist!"

„Was?"

„Das ‚Wir'!"

„Was meinst du damit: dass das ‚wir' möglich ist?"

„Wenn das ‚ich' ganz leise ist, kann es das ‚du' hören und das ‚wir' wird geboren!"

Maria nickte nachdenklich. „Das stimmt wohl, da habe ich noch nie darüber nachgedacht. Wahrscheinlich, weil es so selten leise ist in meinem Leben." Sie zuckte mit den Schultern. „Schau mal!" Sie zeigte nach rechts. „Dort ist der Odenwald mit dem Melibocus. Den lateinischen Namen hat Karl mir beigebracht. Leider kann man ihn nicht sehen."

„Die Wolken haben ihn verschluckt."

„Es ist schon seltsam, die Berge sind da und sie sind doch nicht da." Sie streichelte seine Hand. „Glaubst du an den Himmel?"

„Ja, natürlich, das weißt du doch!"

„Glaubst du auch an die Hölle und das Fegefeuer?", fuhr sie fort.

„Ja, aber nicht mit dem Teufel und dem Feuer."

„Du glaubst nicht an den Teufel?"

„Doch, es gibt den Widersacher, aber die Hölle ist kein Ort für mich, sondern für mich ist die Hölle das Getrennt-sein von Gott."

„Dann bin ich jetzt schon in der Hölle?"

„Wieso das denn?"

„Weil wir vor der Hochzeit miteinander geschlafen haben, das ist Sünde und wer sündigt, der kommt ins Fegefeuer. So steht es im Buch *Trost der armen Seelen*, das die Großmutter von ihrer Tante Josefina bekommen hat. Die war Nonne."

Michael nahm Marias Gesicht in seine Hände. „Ich liebe dich Maria, ich will für immer mit dir zusammen sein, ich will dir treu sein, bis dass der Tod uns scheidet", sagte er. „Das habe ich dir schon in unserer ersten gemeinsamen Nacht am See gelobt."

„Ich weiß, ich glaube dir, aber wir haben nicht das heilige Sakrament der Ehe empfangen, wir haben es nicht öffentlich gemacht, wir sind nicht offiziell verheiratet, sind nicht offiziell Mann und Frau."

„Ich bin dein Mann und du bist meine Frau. Gott weiß das und segnet uns. Er hat uns zusammengeführt und wenn Gott für uns ist, wer könnte gegen uns sein?"

„Oh Michael, ich will dir glauben und ich weiß ja auch tief in mir, dass du recht hast, aber ich fürchte mich vor dem bösen Geschwätz der anderen!"

„Hab' keine Angst, auch wenn ich nicht hier bin, so bin ich doch bei dir." Michael legte beruhigend seinen Arm um Marias Schulter.

„Aber wenn ich jetzt schwanger geworden bin? Was ist dann?"

„Dann komme ich sofort wieder zu dir, wir heiraten und dem Kind wird nichts passieren."

Der Rückweg ging schneller als der Aufstieg, und als die beiden am Fuße des Berges angekommen waren, war es erst früher Nachmittag.

„Sollen wir noch nach Bruchsal fahren? Dann kannst du unser schönes Schloss bewundern", schlug Maria vor. „Wer weiß, was morgen geschieht, und ob vom Karlsruher Schloss noch etwas übriggeblieben ist. Es ist nicht so weit, höchstens fünf Kilometer."

Michael gefiel die Idee und die beiden fuhren auf dem schnellsten Weg mit ihren Rädern von Untergrombach nach Bruchsal.

„Gibt es hier ein Café?", fragte Michael, als sie in Bruchsal ankamen. „Ich würde dich gerne einladen."

Maria war noch nie in einem Café gewesen und kannte auch keins, aber sie erinnerte sich daran, dass Hilde ihr des Öfteren von einem Café Keller erzählt hatte. Kurzerhand erkundigte sie sich bei einer freundlichen Passantin nach dem Weg und bald darauf nahmen sie im Café des Hotel Keller Platz. Es war eines der „ersten Häuser" der Stadt Bruchsal, direkt beim Bahnhof. Neugierig sah Maria sich um. Der Raum war groß und hell. Die Wände in chamoin gestrichen, mit großen Gemälden von Hans Thoma geziert und an der Decke hingen große, glitzernde Kronleuchter. Die zehn Tische im Raum hatten dunkle Tischbeine und marmorne Tischplatten. Die passenden Stühle hatten weinrote Sitzflächen und Maria genoss es auf so weichem Polster zu sitzen. Außer ihnen waren noch zwei weitere Paare im Raum. Beide allerdings deutlich älter und viel feiner angezogen als sie. Maria sah verschämt auf ihre einfache, hellblaue Blümchenbluse und den schlichten dunkelblauen Faltenrock. Ein Tisch weiter saß ein älterer Herr mit einem grauen Vollbart, der mit Hilfe eines Monokels in seine Zeitung vertieft war.

„Was möchtest du essen, Maria?", fragte Michael.

„Ich schau mal nach der Kuchenvitrine."

Maria traute ihren Augen kaum. Daheim in Mühlbach gab es beim Bäcker nur einfaches Brot, der Rest war Mangelware. Hier gab es Schwarzwälder Kirschtorte, Käsekuchen, Apfelkuchen, Bienenstich, und Baisertorte. Michael hatte inzwischen zwei Tassen Kaffee bestellt und nachdem Maria ihm die große Kuchenpalette aufgezählt hatte, bestellte er für beide noch Schwarzwälder Kirschtorte. Als die Bedienung die Kirschtorte gebracht hatte, strahlte Maria und nahm genüsslich einen großen Bissen.

„Köstlich!" Maria kam aus dem Grinsen nicht heraus. „Hier ist es wie im Himmel. Die letzte Schwarzwälder Kirschtorte habe ich an Karls 18. Geburtstag gegessen. Es war seine Lieblingstorte."

Nachdem Maria ihr Stück verspeist hatte, merkte sie, dass sie immer noch hungrig war. Michael schien es ebenso zu gehen. „Möchtest du noch ein zweites Stück?", fragte er und Maria nickte erfreut. „Auja, Bienenstich würde ich jetzt gerne probieren!"

Auch das zweite Stück Kuchen schmeckte Maria ausgezeichnet, doch dann begann sie, auf ihrem Stuhl herumzurutschen.

„Was ist denn?" Michael sah Maria fragend an.

„Ich muss mal", antwortete Maria verschämt. „Meinst du ich kann hier gehen?" „Natürlich, ich habe schon das Schild gesehen. Gleich neben dem Eingang."

Maria stand auf und ging schnell zur Toilette. Als sie sich wieder an ihren Tisch setzte, brachte sie den Duft von Lavendel mit.

„Stell dir vor Michael: zwei Toiletten. Alles in weiß, goldene Wasserhähne und gerochen hat es dort wie in einer Parfümerie, nicht wie auf dem Klo. Ich habe mir gleich ein bisschen Eau de Toilette draufgetan." Michael nahm ihre Hand, roch daran und küsste sie dann zärtlich.

„Du riechst wunderbar. Ich würd' dich am liebsten sofort vernaschen! Komm lass uns gehen!"

Maria wurde rot und flüsterte: „Michael, nicht so laut. Wenn die vornehmen Leute dich hören! Jetzt will ich dir zuerst noch das Schloss zeigen. Lass uns die Rechnung bestellen!"

Als die beiden vor dem Bruchsaler Schloss standen, war Michael tief beeindruckt von seiner imposanten Architektur. „Auf dieses Bauwerk könnt ihr wirklich stolz sein! Komm, wir schauen es von innen an!"

Doch leider konnte das Schloss nicht besichtigt werden und so gingen sie in den Schlossgarten. Dort setzen sie sich unter eine wunderschöne Rosskastanie, deren Blätter schon bunt gefärbt waren und schauten in den herrschaftlichen Park.

„Schön ist es hier, wunderschön!", meinte Michael. „Ich bin froh, dass wir hierher gefahren sind."

Maria nickte. „Wolfgang Amadeus Mozart hat es auch gefallen, als er hier auf einer Konzertreise übernachtet hat."

„Schau an, das Wolferl!" Michael zeigte sich beeindruckt von diesem prominenten Gast und hob die rechte Augenbraue hoch. Dann zog er die Lippen zusammen, machte einen Kussmund und sah Maria bettelnd an: „Hast du für einen weniger bekannten Besucher wie mich noch etwas zu trinken?" Maria lächelte und packte ihre Teeflasche von zuhause aus.

Sie gab Michael etwas zu trinken und küsste zärtlich seine Lippen. Sie schmeckten nach Sahne und Pfefferminztee.

„Ach", seufzte Maria nur.

Doch Michael legte ihr den Finger auf den Mund und flüsterte. „Schhh: Werd ich zum Augenblicke sagen: Verweile doch! Du bist so schön! Dann magst du mich in Fesseln schlagen, dann will ich gern zugrunde gehen."

Maria schaute ihn fragend an.

„Er hat doch recht der Faust, oder? Wir würden gerne diesen Moment für immer festhalten, aber das geht nicht, es geht immer weiter, aber das hindert uns nicht daran, diesen Moment voll und ganz zu genießen." Michael nahm Marias Gesicht in beide Hände und gab ihr einen langen Kuss.

„Du hast mir noch gar nichts aus deinem Gedichtbüchlein vorgelesen, ich wollte sie doch alle hören! Hast du schon ein neues Gedicht geschrieben?"

„Maria, unsere gemeinsame Zeit ist Poesie. Du bist das schönste Gedicht und für dich gibt es keine Worte. Die Reinheit deiner Seele kann ich nicht in Versen einfangen, vielleicht, wenn wir wieder getrennt sind und die Wehmut mir zur Muse wird, dann werde ich wieder schreiben. Doch jetzt lass uns unsere Liebe leben!" Michael gab Maria erneut einen Kuss und dann erkundeten sie gemeinsam den Schlossgarten, bis es langsam dämmerte und kühl wurde.

„Wir müssen nach Hause!", sagte Maria.

Doch Michael hatte sie nicht gehört. „Schau, Maria, was ich entdeckt habe. Ein ganzes Beet von Nachtkerzen! Wie schön sie leuchten in der Dunkelheit!"

Maria trat zu ihm. „Sie sind wunderschön. Bei uns gibt es ganz viele davon. Vor allem entlang der Bahngleise kann man sie finden. Komm lass uns zurückfahren, vielleicht sehen wir noch welche auf dem Weg."

Michael pflückte eine der Blumen und steckte sie Maria ins Haar. „Für meine Geliebte, meinen Sommerstern, mein Licht in der Dunkelheit!"

Maria lachte und gab Michael einen langen Kuss und fuhr wie der Wind davon. Kurz vor Bannbrück fiel Maria eine Familie auf, die sich langsam in Richtung des Dorfes bewegte. Die ältere der zwei Frauen zog einen Leiterwagen mit einigen Habseligkeiten darin. Sie bewegte sich nur mühsam fort und die jüngere schob einen Kinderwagen. Rechts und links vom Kinderwagen hielten sich zwei Jungen fest, Zwillinge, so wie es aussah, höchstens vier Jahre alt. Der Hunger war den Kindern ins Gesicht geschrieben und ihre Kleider waren zerlumpt.

Michael hielt sofort an und Maria sah ihm zu, wie er mit den Frauen ins Gespräch kam.

„Hast du noch etwas zu essen übrig?", rief er ihr zu. „Sie kommen aus Breslau und sind seit Monaten unterwegs und halbverhungert. Der Vater der Kinder ist im Krieg gefallen. Stell dir vor, sie sind zu Fuß erst nach Bayern gewandert, das Jüngste kam auf einer Almhütte zur Welt. Jetzt wollen sie nach Bannbrück. Dort haben sie Verwandte. Oh Maria, ich habe seit Wochen nichts mehr von meiner Familie gehört, vielleicht sind sie auch schon auf der Flucht."

Maria gab der Familie sofort das Essen, das noch übrig war und auch ihre Decke und ihre Weste. Als sie in die Augen der jungen Frau sah, die kaum älter war als sie, sah sie die unendliche Traurigkeit, die der Verlust ihres Mannes und der Heimat in ihr geboren hatte. Aber sie sah auch ihren Willen zu überleben und ihren Kindern ein sicheres Zuhause zu schenken.

„Hier seid ihr in Sicherheit", sprach Michael den Frauen Mut zu. „Das Schlimmste habt ihr hinter euch. Die Leute hier sind freundlich und werden sich um euch kümmern!"

„Vergelts euch Gott", bedankte sich die jüngere Frau. „Wir hoffen, dass die Leute hier so nett zu uns sind, wir ihr es gerade wart. Die meisten sind nicht so freundlich zu uns. Sie beschimpfen uns und sagen, wir hätten dort bleiben sollen, wo wir hergekommen sind."

„Immer wieder bekommen wir zu hören, wir seien zu nichts zu gebrauchen und sie hätten auch nicht genug zu essen", erzählte die ältere Frau. „Zum Glück wohnt hier eine entfernte Cousine von mir. Die hat sich bereit erklärt uns aufzunehmen."

Schweigend fuhren Michael und Maria weiter.

„Wie konntest du den Menschen versprechen, sie hätten das Schlimmste hinter sich?", fragte Maria plötzlich. „Du weißt doch gar nicht, was der Morgen bringt. Vielleicht stehen auch wir nächste Woche schon auf der Straße!"

„Maria, hier bist du doch sicher. Der Osten ist weit weg!"

„Der Osten ja, aber die Franzosen sind dafür umso näher und die werden auch keine Gnade walten lassen. Oh Michael, wenn doch der Krieg endlich vorbei wäre."

„Du bist hier in Sicherheit. Du hast ein Dach über dem Kopf und eine Familie, dir wird nichts geschehen!"

„Ach Michael, als ich die Frau mit dem Kinderwagen sah, war mir, als würde ich mich selbst sehen. Ohne Heimat und ohne Mann. Das hat mir Angst gemacht. Ich will nicht an die Zukunft denken, doch immer wieder stellt sie sich mir in den Weg. Ich hatte gehofft, wir könnten einfach das Leid der Welt ausklammern. Aber das geht wohl nicht."

„Nein, das geht nicht. Doch wir machen das Elend auch nicht besser, wenn wir uns elend fühlen. Komm, lass uns den Abend mit deiner Familie verbringen und gute Erinnerungen sammeln, für die Zeit, die vielleicht kommen wird."

In Mühlbach angekommen, hatte Marias Familie schon zu Abend gegessen und war in der guten Stube versammelt, um die Abendnachrichten zu hören.

„Wisst ihr was in Karlsruhe passiert ist? Wir haben die Rauchwolken gesehen", fragte Maria, nachdem die Nachrichten zu Ende waren.

„Wir haben es vom Ernst gehört, der weiß es von seinem Schwager Günther, der ist bei der Neureuter Feuerwehr. Sie meinen es waren mehr als 250 britische Flieger, die gegen 5 Uhr morgens knapp eine halbe Million Bomben auf die Stadt abgeworfen haben. Ganz Karlsruhe war ein Flammenmeer. Es hat vor allem die Innenstadt, die Süd- und Weststadt und Mühlburg erwischt. Das Rathaus und die evangelische Stadtkirche wurden getroffen und das Schloss ist bis auf seine Außenmauern niedergebrannt. Aber weil die Straßen in Karlsruhe so breit sind und es schon so viele Lücken wegen der vorherigen Angriffe gab, konnte sich das Feuer nicht überall ausbreiten." Käte war ganz aufgeregt. „Zum Glück hast du diese Woche nicht gearbeitet und seid ihr zwei nicht nach Karlsruhe gefahren, wie du es ursprünglich vorhattest!"

Maria nickte und es wurde ganz still in der kleinen Stube, Angst vor erneuten Angriffen war in allen Gesichtern der Anwesenden zu sehen. Zum Glück kamen Theresia und Karl-Jonathan mit einem Bilderbuch herein und baten Maria ihnen die *Häschenschule* vorzulesen.

Maria setzte sich mit ihnen auf das grüne Plüschsofa und las ihnen die Gute-Nacht-Geschichte vor. Auch Charlotte setzte sich zu ihnen.

„Kannst du Schach spielen?", fragte Otto.

„Ja", antwortete Michael.

„Sehr schön, dann kannst du für mich die Partie von gestern weiterspielen." Schon hatte sich der Großvater verabschiedet und Michael übernahm seine Partie.

Nachdem Käte und Charlotte die kleinen Geschwister ins Bett gebracht hatten, nahmen sie wieder neben Maria Platz und auch Emilie gesellte sich mit ihrem Strickzeug zu ihnen. Maria wurde es ganz schwer ums Herz, als sie ihren Michael im Kreis ihrer Familie sah. So klar wie heute war es ihr noch nie gewesen, wie nahe Glück und Leid beieinander lagen und wie sehr sie sich wünschte, dass ihre gemeinsame Zukunft wie der heutige Abend aussehen könnte.

Schließlich war es 21.00 Uhr und Zeit zu Bett zu gehen. Draußen war ein Sturm aufgezogen und es begann heftig zu regnen.

Als Michael ihr gute Nacht sagte, flüsterte er ihr „Heute wohl nicht, oder?", ins Ohr.

Maria nickte. „Ich weiß gar nicht, wie ich es ohne dich aushalten soll, wo du doch so nahe bist. Aber die Mutter ist schon ganz misstrauisch, die wird heute bestimmt deine Türe bewachen. Ich wünschte wir wären schon verheiratet."

Am nächsten Morgen war der Himmel immer noch grau, doch Maria wollte Michael an ihrem letzten gemeinsamen Tag ganz für sich allein haben. Die Mutter ließ sich erweichen und erlaubte noch eine Radtour. Doch weder Maria noch Michael wollten lange Fahrrad fahren, sondern fuhren auf schnellstem Weg zum Kohlplattenschlag. Als hätte auch der Himmel ein Einsehen, verschwanden die Wolken und die Sonne kam heraus. Das Grün des Waldes leuchtete und sie konnten die Frische der Bäume atmen. Es war wunderschön.

Sie setzten sich auf das Moosbett, das ihnen als Liebesnest gedient hatte und ließen ihre Augen über den See gleiten.

„Hier ist es wie im Märchen!" Michael durchbrach als erster ihr blaues Schweigen. „Ich bin so froh, dass wir einmal bei Tag hier sind. Es ist so schön hier, dass es weh tut. Ich frage mich, wie soviel Herrlichkeit an einem Platz nur möglich sein kann. Es gibt hier sogar eine Insel!"

„Natürlich, komm wir schwimmen hin!", schlug Maria vor.

Das Wasser war deutlich kühler geworden, doch Maria ließ sich nichts anmerken und tauchte gleich unter. Michael blieb am Seeufer stehen.

„Stell dich nicht so an, die Ostsee ist doch bestimmt noch viel kälter." Sie spritzte eine Ladung Wasser in seine Richtung.

„Na warte!", rief er und war schon neben ihr, um sie mit sich in die Tiefe zu ziehen, doch Maria schwamm ihm mit einigen schnellen Kraulzügen davon. Michael hatte Mühe sie einzuholen, aber auf halber Strecke gelang es ihm.

„Wer zuerst an der Insel ist!", rief er ihr zu.

Doch Maria schüttelte den Kopf. Sie merkte, wie sie in dem kalten Wasser einen Krampf im rechten Fuß bekam, der immer stärker wurde. Gemeinsam steuerten sie das Inselufer an und an einer Silberpappel gelang es ihnen, festen Boden unter den Füßen zu bekommen, aber ihre Zähne klapperten.

„Deine Lippen sind ja ganz blau. Komm mit." Michael zog sie an den weißen Windröschen den Weg am Ufer entlang bis zu einer sonnigen Stelle, an der sie sich niederließen und Michael massierte Marias Füße und Beine, bis sich der Krampf lockerte. „Ich wünschte ich hätte ein bisschen Nachtkerzenöl für dich, das hilft wunderbar bei Krämpfen!"

„Ist schon gut, ich brauch nur dich und meine Seele wird ruhig. Dann wird mein Körper ihr schon folgen."

Sie ließ sich in seine Umarmung fallen und die warmen Sonnenstrahlen wärmten ihre kühlen Glieder. Auch eine Ringelnatter hatte sich in ihrer Nähe ein trockenes Plätzchen gesucht und badete in den Sonnenstrahlen. Vor ihnen im Wasser schwammen ein Haubentaucher und eine Tafelente vorbei und am Ufer direkt vor ihnen stolzierte ein Flußregenpfeifer mit seinen dünnen Stelzchen vorbei.

Ein Eisvogel hatte auf den Ästen der Rotbuche Platz genommen und Michael war begeistert vom Blau und Orange seines Gefieders. Eine sanfte Brise spielte mit den Blättern der Birken um sie herum und die Sonnenstrahlen glitzerten auf dem dunkelgrünen See.

„Es ist wie das Elysion hier", meinte Michael. „Auf das die Götter die Helden, die sie am meisten liebten, schickten."

Maria fühlte sich selbst wie eine Heldin, behütet und sicher mit ihrem mellenthinischen Märchenprinzen, ewig jung und unverwundbar. Die rachedurstige Realität des

Krieges war weit weg. „Wenn wir doch nur für immer auf dieser Insel bleiben könnten. Fernab von Krieg und Sorgen, nur wir zwei auf unserer einsamen Insel, zwei Träumer, verborgen vor den Augen der Welt, unsterblich in unserer Liebe."

Als Antwort zog Michael sie an sich und sie bewegten sich wie ein Körper, verschmolzen miteinander und ihrer Umgebung. Die Pflanzen und Bäume, deren Kronen zum Himmel emporragten, schienen ein Teil von ihnen zu sein. Sie waren eingewebt in das Wunder des Lebens, verzaubert vom Duft der Liebe und der Poesie des Augenblicks. So tief und so stark war ihre Erregung, dass Maria nie wieder aufhören wollte. Doch genau in diesem Moment spürte sie, wie Michael sich wie ein Strom in ihr ergoss und sie selbst sich in diesen Strom fallen ließ.

„Ich bin so glücklich, Michael, so glücklich, dass es nur ein Traum sein kann", flüsterte Maria und Michael küsste sie sanft. Gemeinsam lauschten sie den glucksenden Geräuschen der Enten, sie hörten das Platschen, wenn wieder eine Ente untertauchte oder ein Bitterling aus dem Wasser sprang.

Als wollten die Tiere der Insel die Liebenden grüßen, entdeckte Michael eine wunderschöne Feder. Am Kiel war sie weiß und graubraun. Dann wurde das Graubraun immer dunkler, um dann von hellbraunen Streifen durchbrochen zu werden. Michael berührte mit der Feder Marias Nasenspitze und kitzelte sie am Hals. Dann berührte er immer wieder leicht ihre Arme, Beine und ihre Schenkel. Maria genoss die sanfte Berührung und schloss ihre Augen.

Da hörten sie ein Knacken, das der Wind über den lautlosen See geweht hatte. Sie entdeckten vier Rehe, die sie von der anderen Seite neugierig beäugten. Maria kam es vor als wüssten die zwei Eltern genau, wer sie waren und als hätten sie ihre Freude daran, sie in ihrem Liebesspiel zu beobachten. Als wollten sie ihnen sagen, seht her, irgendwann habt ihr auch einmal so eine Familie. Maria nickte ein wenig mit dem Kopf und als hätte die Rehmutter nur auf diese Geste gewartet, sprang sie ins Unterholz und ihre zwei Kinder und der Mann folgten ihr.

„Egal was passiert, ich möchte unbedingt ein Kind von dir", flüsterte Maria, während Michael die Feder von der Außenseite ihres Schenkels zur Innenseite wandern ließ. Als die Feder bis nach ganz oben gewandert war, ließ Michael sie fliegen und nahm Maria so heftig, dass der weiße Schmetterling, der sich auf Marias Fußzeh niedergelassen hatte, erschrocken davon flatterte. Maria bog sich unter der Last von Michaels Körper, roch das kalte Wasser und den heißen Schweiß auf seiner Haut, vermischt mit dem Geschmack von Holz, Sand und Erde und dem sanften Geruch von frischem grünen Gras. Das Zwitschern der Vögel über ihnen war ihre Symphonie und die Freude, die ihre Herzen erfüllte, versprühte Götterfunken in strahlendem Licht. Ewigkeit webte sie in ihr Heiligtum und sie waren wie betrunken vom Feuer ihrer Leidenschaft.

Während Michael danach in einen sanften Dämmerschlaf fiel, fühlte sich Maria so wach wie noch nie zuvor in ihrem Leben. Sie fühlte sich ihrem Schöpfer so nahe und wusste, diese Liebe war keine Sünde, sondern ein Geschenk, das sie als kostbaren Schatz für immer in sich tragen würde. Beseelt ließ Maria ihren Blick zu den Bienen wandern, die in den gelben, weißen und lilanen Blüten der Ackergladiolen die Pollen sammelten um den goldenen Honig, die Speise der Götter, herzustellen. Da fiel Maria ein, dass sie die ganze Woche nicht mehr nach ihren Bienen gesehen hatte.

„Michael, ich muss nach meinen Bienen sehen!", sagte sie. Die Sonne stand schon tief am Himmel und der Abend war bereits hereingebrochen. „Komm, wir müssen zurück." Maria schüttelte ihren Geliebten sanft und kurz darauf schwammen sie zügig ans Ufer zurück, suchten ihre Kleider und traten den Heimweg an.

Kaum hatten sie die ersten Meter zurückgelegt, begann es zu regnen, so heftig, dass sie kaum ihre eigene Hand vor Augen sehen konnten. Auch kam ein heftiger Sturm auf und die Bäume wiegten sich im Wind. Das sanfte Rauschen steigerte sich zu einem heftigen Brausen und sie kamen kaum vorwärts. Zweige peitschten ihnen ins Gesicht und die Regentropfen fühlten sich an wie Hagelkörner. Völlig durchnässt kamen sie zuhause an, erschöpft und ausgekühlt.

27

BERNSTEINAUGEN

Bruchsal, 13. Mai 2002

„Da bist du ja", begrüßte Sofia Maria fröhlich. „Wie geht es dir?"

„Hallo! Gut, danke. Wie geht es dir und wie gefällt dir dein neues Zimmer?"

„Danke, mit jedem Tag geht es besser. Ich bin so froh, dass sie mich auf die Wachstation verlegt haben und ich nicht mehr überall verkabelt bin. Es ist nur", Sofia brach ab und sah Maria unsicher an. „Ich muss so oft Pipi und es ist mir peinlich den Pfleger zu rufen."

Maria nahm ihre Hand: „Das muss dir nicht peinlich sein. Ich habe jahrelang im Krankenhaus gearbeitet und für uns ist das die normalste Sache der Welt. Glaube mir. Egal ob Mann oder Frau, das ist unser Job."

„Ach Maria, ich weiß nicht, was ich ohne dich machen würde. Ich bin so froh, dass du mich immer besuchen kommst und ich mit dir über alles reden kann. So jemand wie du hat mir immer gefehlt."

Maria nickte. „Da finden sich zwei Seelen, die aufeinander gewartet haben und erst im Zusammensein ergibt sich ein ganzes Bild. Du hast mir auch gefehlt. Dank dir kann ich hier sein und mein altes Ich und Michael wiederentdecken."

Mühlbach, 28. September 1944

Es war ihr letzter Abend und Emilie hatte noch einmal alles zusammengekratzt, um ihrem Gast ein würdiges Abschiedsmahl zu zubereiten. Otto wollte wissen, was Michael jetzt erwartete an der Front. Doch Michael wollte nicht über den Krieg sprechen, sondern fragte jedes Kind nach dem Weihnachtsgeschenk, das er ihnen mitbringen wollte, wenn er an Weihnachten wiederkommen würde. Die Kinder dachten sich die tollsten Geschenke aus.

„Erzähl uns doch noch eine Geschichte von dem Land, wo du wieder hinmusst", sagte Theresia, als das Abendessen vorbei war.

„Ich muss wieder nach Griechenland. Dort erzählen sie die Geschichte vom heiligen Georg, so wie wir in Deutschland. Wisst ihr was der heilige Georg mit meinem Namenspatron dem Erzengel Michael gemeinsam hat?"

Sofort schnellte wieder Charlottes Hand nach oben, die Heiligengeschichten liebte. „Sie waren beide Drachentöter", rief sie.

„Charlotte hat recht!" Michael sah sie liebevoll an.

„Lasst uns ins Wohnzimmer aufs Sofa gehen!", schlug Maria vor. Als sie es sich alle gemütlich gemacht hatten, erzählte Michael die Geschichte von der schönen

Königstochter, die dem Drachen geopfert werden sollte und dem tapferen Ritter Georg, der ihre Stadt mit Gottes Hilfe vom Drachen befreite.

„Dann zog er sein Schwert und tötete den Drachen. Da wurden die Bewohner der Stadt sehr froh und der König und viele andere Menschen ließen sich taufen."

„Das war eine sehr schöne Geschichte", meinte Theresia und gab Michael einen Gute-Nacht-Kuss. Das kleine Karlchen war auf seinem Schoß eingeschlafen. Er trug ihn in sein Zimmer und deckte ihn liebevoll zu. Maria war ihm gefolgt und beobachtete ihn dabei. Sie wollte nichts lieber als die Mutter seiner Kinder sein, er wäre so ein wunderbarer Vater.

Leise setzte sie sich an Theresias Bett und betete mit ihr das Gute-Nacht-Gebet. „Alles was ich red und tu, segne Guter Vater, du. Amen."

Als Maria mit Michael wieder ins Wohnzimmer kam, erwarteten sie dort Großvater Gustav und Mutter Emilie. Sie hatten feierliche Mienen aufgesetzt.

„Setzt euch", sagte Emilie. „Ich will nicht lange drum herumreden, Michael. Du bist ein guter Junge, auch wenn du evangelisch bist. Also, was hast du uns zu sagen?" Sie schaute ihn fragend an.

„Ich möchte deine Tochter heiraten. Ich liebe sie und sie liebt mich." Seit Sonntagabend hatte er diesen Satz sagen wollen.

„Dann seid ihr jetzt verlobt. Vater, gib ihnen eure Ringe."

Großvater Gustav hatte zwei Ringe vorbereitet. Maria erkannte sie wieder. Es war der Ehering ihrer Großmutter Christine und Großvater Gustavs Ehering.

„Emilie, ich danke dir, dass ich Maria heiraten darf, aber wir haben bereits die Zeichen unserer Liebe ausgetauscht." Und sie zeigten ihre Muschelketten.

„Papperlapapp, so ein Firlefanz. Ein richtiger Verlobungsring muss es sein, sonst zählt das nicht und an Weihnachten kommst du und bringst euren Ehering mit. Und dass wir uns verstehen: noch seid ihr nicht verheiratet und habt noch nicht das Sakrament der Ehe empfangen, also müsst ihr auch diese Nacht in getrennten Betten schlafen!"

Maria wusste nicht, ob sie weinen oder lachen sollte, aber sie widersprach ihrer Mutter nicht, nahm ihrem Großvater seinen Ring ab und steckte ihn an Michaels Finger. Er war viel zu groß. „Ich liebe dich, Michael, und will dich heiraten!", sagte sie. „Trag diesen Ring als Zeichen unserer Verlobung."

Michael nickte und steckte Maria den Ring ihrer Großmutter an den Finger. „Ich liebe dich, Maria, und will dich heiraten! Trag diesen Ring als Zeichen unserer Verlobung." Dann ließ er es sich nicht nehmen, seine Verlobte ausgiebig vor den Augen ihrer Mutter zu küssen.

In diesem Moment begann die kleine Elfriede zu schreien und Emilie verschwand im Schlafzimmer. Auch Opa Gustav verabschiedete sich und klopfte Michael zum Abschied anerkennend auf die Schulter. „Pass gut auf ihn auf. An Weihnachten gibst du mir meinen Ring wieder!"

Da konnte Michael nicht anders als gerührt zu sein von den Worten des alten Mannes, dessen Weltbild ein so ganz anderes war als seines, aber der es auf seine Art doch gut mit ihm meinte.

„Mach ich!", versprach Michael und in diesem Moment gab es nichts, was er und Maria sich sehnlicher wünschten, als an Weihnachten gemeinsam in Mühlbach zu sein.

„Es hat aufgehört zu regnen, lass uns noch einmal nach draußen gehen", schlug Maria vor, der die Stube zu eng geworden war.

„Heute Nacht bleiben wir einfach hier draußen, die ganze Nacht", sagte sie, als sie beide auf der Bank unter dem Nussbaum saßen. Sie kuschelte sich eng an Michael. Der Spätsommer war endgültig vorbei und damit auch ihr Sommernachtstraum. Sie hatte sich eine Wolljacke angezogen. Ab morgen mussten sie beide wieder der bitteren Realität des Krieges ins Auge blicken und eine tiefe Furcht begann sich wieder in Marias Herzen auszubreiten.

„Hab keine Angst", tröstete sie Michael, der ihre Gedanken erraten hatte. „Wir schaffen das alles. Jetzt sind wir sogar vor deiner Familie verlobt. Das ist gut." Er gab ihr wieder einen Kuss. „Ich habe übrigens schon einen Trauspruch für uns ausgesucht."

„Was ist denn ein Trauspruch?"

„Jedes Hochzeitspaar bekommt einen Bibelvers mit auf den Weg, der es sein Eheleben lang begleiten soll", erklärte Michael.

„Das ist sehr schön, bei uns Katholiken gibt es das nicht! Wie heißt denn der Vers?"

„Gott hat uns nicht gegeben den Geist der Furcht, sondern der Liebe, Kraft und Besonnenheit. Aus dem Brief des Apostels Paulus an Timotheus."

„Das ist ein wunderschöner Vers." Maria kuschelte sich noch enger an ihn. „Ich wünschte, es wäre so einfach und meine Furcht wäre jetzt weg. Wenn du bei mir bist, fühle ich mich stark und furchtlos. Aber wenn ich morgens alleine aufwache und du bist nicht bei mir, habe ich Angst. Wie soll das nur werden, wenn du nicht da bist? Was, wenn ich schwanger bin? Wir wollen beide ein Kind, aber wenn du nicht da bist, ohne dich mit der Schande fertig zu werden, wird schwer. Meine Mutter wird mir nie verzeihen, dass wir vor der Hochzeit miteinander geschlafen haben. Ich weiß, dass es nicht falsch war, aber sie weiß das nicht und sie wird mich hassen. Die Leute vom Dorf werden mit Fingern auf mich zeigen. Verlobt hin oder her. Verheiratet vom Pfarrer muss man sein, alles andere zählt nicht. Ich habe solche Angst! Weißt du, da war es früher doch auch irgendwie einfacher. Da hätte ich morgen, also an Michaeli, einfach zum Michaelsberg pilgern können, mein Geld bezahlen und mir den Ablass holen können und meine Seele wäre gerettet gewesen."

„Meine liebe Maria. Es ist ganz normal, dass du dich jetzt fürchtest, aber die Furcht darf nicht dein und mein Leben bestimmen. Weißt du, wenn dir der Hals weh tut, heißt das ja auch noch nicht, dass du schon Halsweh hast, du kannst immer noch etwas dagegen tun. Es sind die Symptome, die man bekämpfen kann und erst, wenn deine Mandeln angeschwollen sind, dann hast du Halsweh. So können wir es auch mit der Angst machen, die uns der Teufel einflößen will."

„Ich weiß nicht, ob ich das kann. Mich so wie du auf den Glauben konzentrieren."

„Das musst du doch auch alles nicht alleine tun, er schickt dir seine Engel, damit sie dir beistehen. Dir und mir!"

„Du meinst also nicht, dass der Heiland uns böse ist, dass wir nicht gewartet haben, bis zur Hochzeitsnacht? Du meinst, er hält uns nicht für nichtsnutzige Sünder, die sich nur der Wollust hingeben, ohne Scham und Keuschheit? Ich fühle mich so schlecht, für all die Lust, die ich empfunden habe und all die Dinge, die wir getan haben!"

„Maria, ich liebe dich. Ich werde dir immer treu sein. Alles, was wir getan haben, haben wir in Liebe getan. Wenn du jetzt schwanger bist, dann wird unser Kind ein Kind der Liebe sein!"

Michael umarmte Maria mit aller Kraft, so fest, dass es weh tat und küsste sie so leidenschaftlich, als wollte er alle Angst und Furcht aus ihr herausziehen und ihr all seine Liebe einflößen. Auch Maria küsste ihn voller Leidenschaft, als ob sie damit ihrer Furcht die Stirn bieten wollte und legte sich dann auf die Bank. Sie bettete ihren Kopf in Michaels Schoß, er streichelte sanft über ihr Haar.

„Schade, dass man die Sterne kaum sehen kann heute Nacht. Wobei, eigentlich ist es auch gut, dass die Nacht heute nicht klar ist, denn: ‚Ist die Nacht vor Michaelis hell, so soll ein strenger und langer Winter folgen', sagt man. Und du sollst nicht frieren müssen, wo immer du auch sein wirst." Maria seufzte und Michael gab ihr einen Kuss.

„Kennst du dich aus mit den Sternen?", unterbrach Maria erneut das Schweigen.

„Ein bisschen. Da drüben sieht man die Venus, die leuchtet am hellsten und man sieht sie fast immer, mal schon nach Sonnenuntergang, mal kurz vor Sonnenaufgang. Jetzt im Herbst ist sie der Abendstern im Westhimmel, im Sommer der Morgenstern im Osthimmel."

„Wie kann das sein?", fragte Maria erstaunt. „Ich dachte ein Stern kann nur ein Abend- oder Morgenstern sein."

„Das liegt daran, dass sich die Umlaufbahn unseres Nachbarplaneten Venus zwischen Erde und Sonne befindet. Außerdem umkreist die Venus die Sonne schneller als unsere Erde. Deshalb werden wir immer wieder von ihr überholt."

Maria runzelte ihre Stirn. „Du bist ganz schön gescheit Michael. Aber hat der Morgenstern nicht auch noch eine andere Bedeutung? Irgendwie erinnert es mich an etwas, aber ich komme nicht drauf."

„Petrus und Johannes sprechen in der Bibel von Jesus als Morgenstern. Meinst du das? Es gibt auch ein wunderschönes Weihnachtslied." Michael begann zu singen. „Der Morgenstern ist aufgedrungen, er leucht' daher zu dieser Stunde, hoch über Berg und tiefe Tal, vor Freud singt uns der lieben Engel Schar."

„Oh das ist wunderschön, das habe ich nicht gekannt. Bitte sing weiter…"

Doch anstatt weiter zu singen, zeigte Michael in den Himmel. „Schau, da vorne sieht man noch den Großen Wagen, den kann man fast immer sehen, wenn auch sonst kaum Sterne am Himmel zu sehen sind. Und wenn man den hinteren Teil des Wagens nimmt und ihn fünfmal verlängert, dann kommt man zum Polarstern. Er ist der letzte und hellste Stern an der Deichsel des kleinen Wagens!"

„Ja, den großen Wagen sehe ich auch. Und Polarstern habe ich auch schon einmal gehört. Hat der auch etwas mit den Polarlichtern zu tun?"

„Soweit ich weiß nicht. Polarlichter entstehen durch die Wechselwirkung von Sonne, Erdmagnetfeld und der hohen Atmosphäre."

„Das ist mir heute Abend zu kompliziert. Ich habe gehört, dass unsere Vorfahren in den Polarlichtern die Seelen der Toten und der ungeborenen Kinder sehen."

„Das ist auch eine sehr schöne Erklärung." Michael streichelte Maria wieder über ihr Haar und Maria schmiegte sich noch näher an ihn.

„Wenn ich Sehnsucht nach dir bekomme, dann schaue ich in den Himmel und wenn keine Sterne zu sehen sind, dann weiß ich doch, dass sie da sind, wie die Sonne und der Mond. So wie du da bist, in meinem Herzen, auch wenn ich dich nicht sehe. Und wenn Sterne am Himmel zu sehen sind, dann werde ich bestimmt den großen Wagen entdecken und mich daran erinnern, wie wir zwei hier saßen und den Großen Wagen anschauten."

Michael nickte: „ Ja, Sternenlicht ist Erinnerung. Ich werde mich auch immer an dich erinnern, wenn ich in den Sternenhimmel schaue. Und wenn ich dann all die vielen Sterne sehe, die unzählbar sind und sich erstrecken ins Unendliche, weiß ich, dass unsere Liebe unendlich ist."

Maria fielen die Augen zu und ihre Atemzüge wurden ruhig und gleichmäßig. Still betrachtete Michael seine schöne Verlobte, prägte sich jedes Grübchen ihres Gesichtes, jede Kurve ihres kräftigen Körpers, jeden Finger ihrer schwarz gefärbten Hand ein. Sie hatten alle vergeblich versucht, sich den Teer von der Haut zu schrubben – eine weitere Erinnerung an Mühlbach, die er mitnehmen würde. Wie sehr er sich wünschte, dass er hierbleiben könnte!

Schließlich nahm er Maria in seine Arme und trug sie zum Haus. Sie war zu schwer, um sie mit einem Arm zu halten, damit er die Haustür öffnen konnte. In diesem

Moment ging die Tür auf und Charlotte stand im Türrahmen. Als sie die schlafende Schwester sah, lächelte sie. „Kannst sie in unser Bett legen, die Tür ist auf!", sagte sie.

Er trug sie hoch bis in ihre Kammer, legte sie auf ihr Bett und schaute sie so lange an, bis Charlotte zurückkam und ihn mit einem „Gute Nacht" aus dem Zimmer schob.

Dann war der Freitagmorgen da, die sechs Tage waren vorbei. Es war Michaeli. Heute Abend würde die ganze Familie Heil zur Messe gehen und Maria wusste, dass alle ihre Schwestern mit ihr für ihren Michael beten würden, auf dass die ganze Engelschar ihn behüten möge.

Nach dem Frühstück war es Zeit.

Theresia wollte Michael gar nicht gehen lassen und sogar Mutter Emilie verdrückte eine Träne. Charlotte und Käte weinten für Maria, die keine Träne weinen konnte. Noch nicht. Sie hatten verabredet, dass Maria ihn begleiten würde und sie auf dem Bahnsteig nur schnell „Auf Wiedersehen" sagen würden.

Als ob der Himmel auch traurig war, regnete es sanft, ein leiser Nieselregen, der die Tränen, die nun doch zu fließen begannen, verwischte. Doch als der Zug einfuhr, hörte es auf zu regnen und die Sonne kam hinter den Wolken hervor.

„Wenn Engel reisen", dachte Maria kurz. Sie küssten sich ein letztes Mal und Michael drückte Maria zum Abschied einen Kieselstein in die Hand.

„Ich habe diesen Stein am Strand von Maronia gefunden. Seine Farbe hat mich an Bernstein erinnert. Das hat mich getröstet und mir ein Stück Heimat gegeben. Ich wusste nicht, welche Farben deine Augen genau haben würden, aber jetzt weiß ich, sie sind Bernsteinfarben, so wie meine. Das ist etwas ganz Besonderes. Wir gehören zusammen."

Sie umarmten sich ein letztes Mal. Maria machte ihrem Michael ein Kreuzzeichen auf die Stirn. „Gott beschütze dich", flüsterte sie. Dann war er weg.

Bruchsal, 13. Mai 2002

Plötzlich ging die Tür auf und Zoe lief freudestrahlend auf ihre Mutter zu: „MAMA, MAMA", rief sie immer wieder. Überglücklich schloss Sofia ihre Tochter in die Arme und auch Jens schien seine Sorgen zuhause gelassen zu haben.

Lächelnd stand Maria auf. „Ich lass euch mal allein", sagte sie. Doch Jens hielt sie zurück.

„Zoe, du hast doch vorhin gesagt, dass du ein Eis möchtest. Wie wäre es, wenn du mit Tante Maria zum Kiosk gehst?"

Maria zwinkerte Jens zu. „Das ist eine tolle Idee, Zoe. Was für ein Eis möchtest du denn gerne?"

„Ich will einen Flutschfinger!"

Maria lachte und sie machten sich auf den Weg.

Als sie eine Stunde später mit vollen Bäuchen und munter plappernd zurückkamen, herrschte eisige Stille im Zimmer.

„Brauchst du noch etwas vom Kiosk, Sofia?", fragte Maria.

„Nein, danke. Jens und Zoe wollten sowieso gerade gehen."

Zoe schien diesen Ton in der Stimme ihrer Mutter zu kennen und verabschiedete sich brav. Jens nickte mit dem Kopf und sie verließen das Zimmer.

Als die Tür zufiel, begann Sofia sofort zu weinen.

„Was war denn los?", fragte Maria.

„Er ist so schrecklich unsensibel. Ich will einfach nur von ihm in dem Arm genommen werden und gesagt bekommen, dass alles gut wird. Dass unser Baby ein gesundes Kind sein wird und dass bei mir keine Schäden zurückbleiben. Alles, was er dazu gesagt hat, war, dass der operierende Arzt meinte, die OP sei geglückt. Mehr hat er nicht gesagt. So hätte dein Michael nie reagiert. Der war viel einfühlsamer. Du und Michael, ihr hattet so etwas Wunderbares, so romantisch. Nicht wie bei uns."

Maria setzte sich neben Sofia. „Sofia, dein Jens liebt dich und du liebst ihn. Ihr seid eine wundervolle Familie. Du und Jens, ihr braucht einander, ihr seid einander zugedacht: du für ihn und er für dich. Das ist deine Aufgabe, das ist eure Aufgabe. Eure Liebe!"

Sofia holte tief Luft. „Du hast ja recht. Ich bin oft ungerecht und will, dass Jens sich so verhält, wie ich es gern hätte. Ich weiß, dass er jeden Tag hier war und nicht zur Arbeit gegangen ist. Das war gemein von mir. Aber ich habe Angst davor, dass ihm die Arbeit wieder wichtiger wird als die Kinder und ich."

„Das kann ich mir nicht vorstellen."

„Ach du weißt ja auch nicht, was schon alles war!", antwortete Sofia mit einer Heftigkeit, die Maria aufhorchen ließ.

„Dann erzähl es mir doch!", bat sie Sofia dann.

Bruchsal, 3. Februar 1998

Sofia stand auf. Sie wollte auf jeden Fall mit allem fertig sein, wenn Jens um 8.00 Uhr kam, um sie und die neugeborene

Zoe aus dem Krankenhaus abzuholen. Pünktlich um 8.00 Uhr hatte Zoe ihr Jäckchen an, ihr Mützchen auf und lag im Kindersitz. Wer nicht kam, war Jens. Sofia wurde unruhig, Zoe auch. Sie nahm das Baby aus ihrem Sitz und zog ihm das Jäckchen aus, rief bei Jens auf dem Handy an. Doch der ging nicht ans Telefon. Schließlich rief sie zuhause auf dem Festnetz an, erreichte aber nur den Anrufbeantworter. Inzwischen war es 10.30 Uhr.

Sie versuchte es noch einmal übers Handy und wollte gerade auflegen, da meldete sich Jens.

„Jens, alles in Ordnung?", fragte Sofia.

„Ja", antwortete dieser schläfrig.

„Wolltest du uns nicht abholen?" Sofia hatte große Mühe nichts ins Telefon zu schreien.

„Oh Mann, natürlich, bin gleich da. Tschüß!" Jens hatte aufgelegt.

Als er um kurz vor 12.00 Uhr endlich kam und Sofia einen Begrüßungskuss geben wollte, roch er nach Bier. Sie wendete sich von ihm ab, zog Zoe an und sie verließen die Klinik. Im Auto weinte Sofia lautlos vor sich hin, so hatte sie sich ihren ersten Tag außerhalb der Klinik nicht vorgestellt. Jens entschuldigte sich immer wieder. Er und seine Freunde hatten gefeiert, dass die kleine Zoe und Sofia jetzt heim durften, es war sehr spät geworden. Sofia war fassungslos. Zuhause trug sie die kleine Zoe nach oben ins Kinderzimmer, um zu stillen, Jens kümmerte sich um das Gepäck und musste dann zum Einkaufen. Im Kühlschrank herrschte gähnende Leere.

In der Nacht schlief nur Jens wie ein Stein. Am nächsten Morgen kam ein Anruf von der Arbeit und er war den ganzen

Tag weg. Am Abend hatte Sofia hohes Fieber und ihre Brüste waren ganz hart. Sie fühlte sich einsam und verlassen.

Diese Einsamkeit war in ihrer gemeinsamen Zeit ein stetiger Begleiter gewesen. Von Anfang an war Jens sich selbst genug, doch zugleich so rein, dass nur ein Blick genügte, um in seinen Bann gezogen zu werden.

So war der Beginn dieser Liebe ein Bann des einen zum andern, ohne zu wissen, wer der andere war, ohne es herauszufinden, für lange Zeit, manchmal sogar nie, weil der eine immer bei sich war und die andere so selten. Und wenn sie weinte, weil es trotz aller Verbundenheit immer zwei Wesen waren, die sich liebten, so konnte er ihre Tränen nicht verstehen, denn ihm fehlte nichts. Sie aber sehnte sich nach dem letzten Kuss, der abschließenden Umarmung, die ihr sagte, ich bin immer noch bei dir, in dir, wir sind eins.

Bruchsal, 13. Mai 2002

In diesem Moment erklang das Lied von U2 „One" auf ihrem Handy. Ihr Klingelton für Jens' Anrufe. Sofia ging nicht ran.

„Wir sind eins", sagte sie, „aber wir sind nicht gleich. Wir verletzen uns und werden es wieder tun."

„So ist das mit der Liebe und dem Zusammenleben. Ruf Jens zurück, bestimmt tut es ihm schon wieder leid."

„Mir tut es ja auch leid, ich weiß, dass ich ihm diesen Fehler vergeben sollte, aber irgendwie kommt die Erinnerung daran immer wieder."

„Du wirst sehen, er hat daraus gelernt. Gib ihm eine Chance!"

Maria kramte in ihrer Handtasche und zog eine einfache Schmuckschatulle heraus. „Ich habe ein Geschenk für dich."

Vorsichtig öffnete Sofia die Schatulle. „Ist die schön! Maria, das kann ich nicht annehmen."

„Doch, die ist für dich. Die Perlenkette wird von Generation zu Generation zur Hochzeit an die älteste Tochter weitergegeben. Sie ist von Jens Ur-Urgroßmutter Christine. Ich selbst habe keine Tochter, an die ich sie weitergeben kann. Du bist mir wie eine Tochter geworden und ich möchte, dass du sie trägst. Jede Perle steht für eine Erinnerung. Du hast mir meine Schatzkiste zurückgegeben und damit all die Erinnerungen, die ich tief vergraben hatte. Jetzt konnte ich sie anschauen und annehmen. Dafür danke ich dir."

„Nein, ich danke dir!"

„Sofia, dank dir weiß ich wieder, dass das Leben voller Wunder ist und dass aus Schmerzen Perlen werden können." Maria nahm ihre Hand. „Du musst keine Angst haben. Die Angst will dich klein machen, gefangen nehmen und lähmen. Ich kenne dieses Gefühl nur zu gut. Aber deine Seele ist frei, du musst das Geschenk der Freiheit nur annehmen und dein Leben leben. Es einfach geschehen lassen. Du schaffst das. Ihr zwei schafft das. Du und Jens.

Ihr dürft nur nie aufhören miteinander zu reden. Die Decke des Schweigens ist, was uns erstickt. Und wenn ihr füreinander keine Worte findet, dann lasst eure Herzen sprechen. Ihr habt so viel Liebe in euch, sie wird euch immer wieder zusammenführen. Und wenn du doch einmal denkst, dass ihr euch verloren habt, in Baustellenstaub, Einsamkeit und der Traurigkeit eurer Träume; wenn du glaubst, dass da nur noch Seelenchaos ist und Zukunftsfurcht und du dich verloren fühlst in Lieblosigkeit, Härte und Hass. Dann nimm du seine Hand und mach dich mit ihm auf die Suche nach den Liebenden, die ihr einmal wart: Die Liebe wird da sein, denn sie wuchs, unbemerkt, still und leise." Maria legte Sofia die Perlen um.

Sofia griff mit der Hand an die Kette und nickte. „Du hast ja so recht. Kannst du bitte mit Jens reden und ihm sagen, dass es mir leidtut? Bitte!"

„Es wird sich bestimmt eine Gelegenheit ergeben. Jetzt ruhst du dich erst einmal aus. Morgen komme ich wieder!"

28

DAS HOHELIED DER LIEBE

Im Auto zog Maria den Brief von Michael aus ihrer Handtasche, den sie am Morgen aus der Schatzkiste genommen
hatte.

Bruchsal, 29. September 1944

Meine geliebte Maria,
gerade ist der Zug aus Bruchsal fortgefahren und ich will dir
nur ein paar Zeilen schreiben. Ich vermisse dich schon jetzt.
An den Gleisen wächst unsere Blume, die Nachtkerze. Achtlos
rollen die Räder des Zuges an ihnen vorbei, doch mich grüßen sie
als holde Königinnen der Nacht, die meine Braut einst schmück-
ten. Beim Gedanken an dich im Beet der Nachtkerzen, beginnen
die Blüten zu tanzen und meine Augen füllen sich mit Tränen
vor Sehnsucht.
Ich würde so gerne deine weichen Haare berühren und dir eine
Strähne aus deinem wunderschönen Gesicht streichen. Aus dem
Gesicht meiner Königin, geschmückt mit der Blüte der Nacht. Ich
vermisse deine lieben Augen, die mich auch in der Dunkelheit an-
lächeln und in denen sich die Sonne, Mond und Sterne spiegeln.

Ich vermisse deine weiche Haut, gewärmt vom Tag und angenehm kühl in der Nacht. Ich höre deinen Atem sanft und deine Stimme stark und furchtsam zugleich. Stark für deine Geschwister, furchtsam für dich selbst.

Ich vermisse es mit dir und deinen Geschwistern unterm Nussbaum zu sitzen und Geschichten zu erzählen oder mit dir dort den Sonnenuntergang oder den Sternenhimmel zu betrachten.

Ich vermisse unsere Nächte am Kohlplattenschlag, jede Sekunde mit dir vermisse ich. Ich sehne mich jetzt schon so nach dir, dass es weh tut. Aber nicht nur mein Körper sehnt sich nach deiner Berührung. Meine Seele ruft jetzt schon nach dir, du meine Seelenverwandte, die ich verlassen musste und mit jedem Kilometer, den der Zug mich wegbringt von dir, wird meine Seele schwerer und der Riss größer. Wenn ich nur schon wieder im Zug Richtung Bruchsal sitzen könnte und bei dir wäre, meine Geliebte, meine Verlobte, mein Ein und Alles.

Für immer Dein,

Dein Michael

Maria wischte eine Träne aus ihrem Augenwinkel, packte Michaels Brief wieder in ihre Handtasche, öffnete das Fenster ihres Wagens und fuhr zurück nach Mühlbach.

Zu ihrer Verwunderung war Jens da. Er stand draußen und rauchte mit fahrigen Bewegungen.

„Hallo Jens, schön dich noch einmal zu sehen. Hast du gerade Zeit? Ich hätte da noch ein paar Fragen zu den Pflanzen hier im Garten. Du hast ihn so wunderbar angelegt. Ich würde einiges gerne genauer wissen und mir ein paar Ideen mit nach Greenville nehmen."

„Okay", willigte Jens überrascht ein. Als die beiden vor dem Rosenpavillon angekommen waren, fragte Jens: „Was möchtest du denn wissen?"

Maria legte ihre Hand auf seinen Arm. „Weißt du, eigentlich habe ich gar keine Fragen. Sondern Sofia hat mich gebeten, noch einmal mit dir zu reden. Ich soll dir sagen, dass es ihr leidtut und sie bittet dich um Verzeihung, dass sie heute so gemein zu dir war. Aber sie hatte einfach Angst."

Jens war erleichtert. „Weißt du, Maria. Mir ist klar geworden, wo meine Prioritäten liegen. Ich will mehr für Sofia da sein und für Zoe. Ihr Normalität geben, so gut es geht. Und wenn unser Baby da ist, dann werde ich mich um alle drei kümmern. Ich habe es schon mit meinem Chef geklärt."

„Du bist ein guter Mann. Sofia weiß das."

Jens schüttelte den Kopf. „Ich weiß nicht… Aber ich werde nie vergessen, wie ich mich gefühlt habe, als die Ärzte Sofia im Krankenhaus dabehielten. Ich war ganz allein. Zuhause erinnerte mich alles an sie. Ich hatte so schreckliche Angst, sie zu verlieren, aber ich musste doch für Zoe da sein, Wäsche waschen, einkaufen…" Jens schüttelte wieder den Kopf. „Danke, dass du uns so unterstützt. Du bist für Mama und Sofia eine große Stütze und auch wenn ich nicht gläubig bin, irgendwie scheinen deine Gebete doch geholfen zu haben…"

Zoe kam mit einem Ball angerannt. „Papa spielst du mit mir Fußball?"

„Klar", antwortete Jens, lächelte Maria an und kickte den Ball seiner Tochter zu.

Oktober 1944 war kein goldener Herbst. Der Krieg war zum ständigen Begleiter geworden und die andauernden Luftangriffe und Aufenthalte im Luftschutzkeller machten den Bewohnern von Mühlbach und auch Familie Heil das Leben schwer. Der Großvater schien dem Sieg nicht mehr zu trauen, aber vor seinem Enkel Otto ließ er sich nichts anmerken. Doch Maria hatte die Unruhe ihres sonst so stoischen Großvaters bemerkt. Das deutlichste Zeichen war, dass er dieses Jahr nicht bis zum Winter warten wollte, um seinen Tabak abzuhängen. Eigentlich suchte er für sich immer die besten Blätter aus, aber dieses Jahr nahm er einfach die Blätter, die schon getrocknet waren, zerhäckselte sie und stopfte sie in mehrere Kanister.

Normalerweise stellte Gustav zum Eigenverbrauch nur ein oder zwei Kanister zur Seite, aber wer wusste schon, was das neue Jahr bringen würde und er wollte auf jeden Fall im Winter genügend Zigarren und Kautabak haben. Während er die ersten zwei Kanister für seine Zigarren gedacht hatte, er würde sie dieses Jahr besonders dick und fett rollen, rechte Stumpen, war der dritte Kanister für den Kautabak vorgesehen. Zum Fermentieren brauchte der Tabak dann Wärme, also musste Mist her. Natürlich Pferdemist, denn der war wärmer als Kuhmist und da es im Hause der Familie Heil keine Pferde gab, mussten die Kanister zur Familie Groß gebracht werden.

Gustav konnte mit seinem lahmen Bein und seinem fortgeschrittenen Alter diese Arbeit nicht mehr tätigen und weil Otto sich dafür zu schade war, musste Maria dies tun.

Es war Ende Oktober, das Wochenende vor Allerheiligen, als Maria den Schubkarren mit den Kanistern durch das ganze Dorf zum Haus ihrer Großcousine Grete schob. Seit Michaels Besuch hatte Maria Grete gemieden, weil Grete immer alles genau wissen wollte und Maria nicht wusste, ob sie ihr trauen konnte oder nicht. Doch heute ging kein Weg daran vorbei, denn mit dem Großvater war nicht gut Kirschen essen, wenn man nicht tat, was er wollte.

Als Maria mit Grete am Mistloch stand, um die Kanister darin zu vergraben, wurde ihr auf einmal so schlecht, dass sie sich übergeben musste. Noch dazu wurde ihr ganz schwindlig und Grete konnte sie gerade noch halten, sonst wäre sie gestürzt.

„Was ist mit dir?", fragte sie und holte ihr Wasser vom Brunnen.

„Ich weiß auch nicht. Mir ist morgens in der letzten Zeit ein bisschen schwindelig und auch ein bisschen schlecht. Aber so schlimm wie heute war es noch nie." Maria blickte schuldbewusst zu Boden.

Grete nahm Marias Hand. „Wie lange bist du schon drüber?", fragte sie nur.

Maria antwortete leise: „Knapp zwei Wochen."

„Sonst hast du sie doch immer pünktlich, oder?"

Maria nickte. „Bitte sag's keinem. Wenn der Michael an Weihnachten kommt, dann heiraten wir und dann können wir es ja im Februar oder so sagen."

„In Ordnung, ich sag es keinem, ich verspreche es dir. Aber pass gut auf dich auf!"

„Danke!" Maria umarmte ihre Großcousine. „Danke, du bist wirklich eine Freundin. Aber sag es auch nicht deiner Mutter, gell?"

„Du kannst dich auf mich verlassen. Geht's wieder?"

„Geht schon, ich bin ja an der frischen Luft. Oh Grete, ich freu mich so auf das Kind. Aber ich hab' auch Angst. Die Mutter und der Großvater werden außer sich sein. Und was ist, wenn Michael etwas passiert. Ich darf gar nicht daran denken!"

„Mach dir keine Sorgen. Alles wird gut werden. Michael kommt bestimmt an Weihnachten zu dir und eurem Kind wird nichts passieren. Und du weißt, auf mich kannst du dich verlassen!"

„Was wäre ich ohne dich, nochmal vielen Dank. Ich glaube es wird ein Junge werden. Ich bekomme ein Kind, Grete!" Maria umarmte Grete noch einmal zum Abschied und Grete zeichnete ihrer Großcousine ein Kreuzzeichen auf die Stirn. Dann gab sie ihr ein „Gott schütze dich!" mit und Maria machte sich auf den Heimweg. Als Maria den leeren Schubkarren durchs Dorf in die Schützenstraße schob, war sie überglücklich. Sie war schwanger. Sie würde von ihrem Michael ein Kind bekommen und sie wusste auch schon seinen Namen: Micha. Wie sein Vater sollte er ein starker, furchtloser junger Mann werden und sie und Michael würden ihn beschützen.

Als Maria in den Hof ihres Elternhauses bog, wich die Freude über die Schwangerschaft der Furcht vor der Reaktion ihrer Mutter und des Großvaters. Sie beschloss, nicht einmal Charlotte etwas zu sagen und nachdem sie den

Schubkarren verstaut hatte, holte sie sich etwas zum Schreiben und verließ, ohne die Mutter um Erlaubnis zu bitten, das Haus.

Sie fuhr zum Kohlplattenschlag. Hier konnte es gewesen sein, in jener Nacht, als sie sich ewige Treue schworen und Michael zum ersten Mal seinen Samen in sie ergoss. Sie setzte sich auf das Moosbett, das ihnen in jenen Nächten als Unterlage gedient hatte und begann zu schreiben.

Mühlbach, 27. Oktober 1944

Mein lieber Michael,
ich bin schwanger. Vier Wochen ist es her, dass wir uns das erste Mal liebten und gleich in dieser Woche ein Kind zeugten. Ich kann es immer noch nicht richtig begreifen, aber das Gefühl, dass in mir ein Kind heranwächst, wird immer stärker. Unser Kind! Ich muss immer daran denken. Bald werden wir Eltern sein.
Bisher weiß es nur Grete. Ich war bei ihnen im Stall und musste mich übergeben. Sie wusste gleich Bescheid. Doch sie wird schweigen wie ein Grab.
Wenn ich morgens in die Küche komme und den Kaffee rieche, wird mir ganz übel. Überhaupt ist mir morgens immer schlecht und ich breche Galle. Ich muss nur aufpassen, dass es niemand sieht. Charlotte ahnt es, glaube ich, doch sie ist so lieb und verständnisvoll und wartet ab.
Ach, ich würde es so gerne allen erzählen, dass ich schwanger bin und meine Freude der ganzen Welt mitteilen. Aber zu wissen, dass du überglücklich sein wirst, wenn du diesen Brief erhältst, entschädigt alles. Wenn nur unserem Kind nichts passiert!

Ich werde vorsichtig sein und nicht mehr schwer tragen. Ich hoffe, ich kann es unauffällig machen, schließlich war ich seitdem meine Brüder im Krieg sind, die Lastenträgerin. Ich weiß ja, wie gefährlich so eine Schwangerschaft ist. Mutter hat drei Kinder verloren und das waren die, die ich mitbekommen habe. Ich bete zu Gott, dass er unser Kind immer beschützen möge.

Mein lieber Michael, wie sehr ich dich vermisse. Ich stelle mir vor, du würdest jetzt neben mir liegen und meinen Bauch streicheln und Micha Geschichten erzählen und Lieder vorsingen. Ich werde ihm alles von dir erzählen, von seinem wunderbaren, liebevollen Vater. Du fehlst mir so.

Mühlbach, 31. Oktober 1944

Es hatte geregnet in Mühlbach. Doch das schlechte Wetter konnte Marias Stimmung nicht trüben. Seit sie von ihrer Schwangerschaft wusste, war sie glücklich und hatte das Gefühl, sie würde von innen leuchten. Maria stand wie immer früh auf und die morgendliche Übelkeit war groß, doch es gelang ihr rechtzeitig im Plumpsklo im Garten anzukommen. Als sie zurück ins Haus kam, stand Alois, der Ortsbüttel schon vor der Haustür.

„Was machst du denn schon so früh hier, Alois?", fragte Maria misstrauisch. Als Alois das letzte Mal gekommen war, hatte er die Nachricht von Karls Tod gebracht.

„Ich habe schlechte Nachrichten für euch, kam gestern Abend noch", berichtete Alois ohne Umschweife.

„Komm mit in die Küche!" Maria öffnete die Tür und Alois trat ein. In der Küche saß Emilie mit Elfriede an der Brust und trank ihren morgendlichen Dinkelkaffee. Als sie Alois sah, verschüttete sie vor Schreck ihren Kaffee auf Elfriede. Maria nahm die schreiende Elfriede ihrer Mutter ab und hielt sie unters kalte Wasser. Zum Glück war der Kaffee nicht mehr heiß gewesen. Emilie trank ihn am liebsten lauwarm.

„Was ist, na sag's schon. Wer von meinen Männern ist es dieses Mal?" Emilies Stimme war eiskalt.

„Der Eugen." Alois drückte Emilie das Schreiben in die Hand. Emilie sank auf dem Stuhl zusammen. Inzwischen waren alle in der Küche versammelt. Charlotte und Käte hielten ihre Mutter, während Maria mit Elfriede auf dem Arm das Kuvert öffnete:

Eugen Jakob Heil verstarb am 24.9.1944 in Herzogenbusch, Holland, im Kampf für das Vaterland. Unser Mitgefühl ist bei den Angehörigen.

Marias Beine begannen zu zittern, ihr wurde schwindlig und sie hätte fast das Baby fallen lassen, wenn Charlotte ihr nicht zu Hilfe gekommen wäre.

„Ich habe es die ganze Zeit geahnt", stammelte Maria und erzählte von jener Nacht im September, in der das Bild umgefallen war. Charlotte schlug die Hände vor dem Gesicht zusammen und Käte bekam einen Weinkrampf. Nur Emilie saß erstarrt da und rührte sich nicht.

Alois verließ leise die Küche und überließ Familie Heil ihrem Leid.

Käte konnte sich nicht beruhigen, Elfriede begann wieder zu schreien und auch Theresia und Karlchen schluchzten. Maria schickte Charlotte mit den Kleinen in den Garten,

Käte auf ihr Zimmer und Elfriede gab sie ihrer Mutter. Diese legte sie mechanisch an die Brust, doch Elfriede wollte nicht trinken und schrie weiter.

„Nimm du sie!" Emilie stand auf und ging ins Schlafzimmer. Maria blieb mit Otto und Gustav in der Küche zurück und versuchte ihre jüngste Schwester zu beruhigen. Da holte Opa Gustav ein kleines Kästchen aus seinem Zimmer und schickte Otto zu den Ziegen um Milch zu holen. Maria wärmte die Milch für einen Schoppen und Opa Gustav gab ein bisschen schwarzen Mohn in die Milch hinein. Doch Elfriede wollte immer noch nicht trinken.

„Ich geh mit ihr spazieren!", sagte Maria, packte den schreienden Säugling in eine Decke, stellte die Flasche vors Fenster, wo es kühl war, und ging im Ort spazieren. Ihre kleinen Geschwister nahm sie mit und langsam liefen sie in Richtung Schelmengarten. Als die Räder zu rollen begannen, beruhigte Elfriede sich endlich und schlief ein. Theresia und Karlchen trotten nebenher oder spielten Fangen und Maria hatte einen kurzen Moment, um ihrem Bruder Lebewohl zu sagen. Ihre Ahnungen hatten sich bestätigt und sie fühlte sich wie Kassandra, jene trojanische Prophetin, die ihrem Volk nur Unheil vorhersagen konnte. Maria wollte nicht an weiteres Unheil denken, doch gerade als sie am Schelmengarten angekommen waren, gab es Fliegeralarm. So schnell sie konnte, rannte Maria mit ihren kleinen Geschwistern nach Hause und verschwand gerade noch rechtzeitig mit ihnen im Keller.

Man konnte das Dröhnen der Jagdbomber hören, sie hatten es wieder auf die Zuglinie abgesehen. Morgen würden sie wieder die Leichen aus den Zügen bergen müssen, wie so oft in den letzten Monaten.

Als es ruhig wurde verließen sie den Luftschutzkeller und versammelten sich in der Küche. Es war inzwischen Zeit fürs Abendbrot, doch die Mutter ging gleich mit Elfriede ins Schlafzimmer, um sie dort zu stillen. Maria richtete das Vesper, und stillschweigend aß jedes Kind sein Brot.

„Bring mir den Schoppen!", rief Emilie.

Käte sah Maria fragend an. Maria erwärmte das Fläschchen und gab es ihrer Schwester. Emilie hatte schon lange nicht mehr ausreichend Milch für Elfriede, jetzt schien es noch weniger geworden zu sein. Käte brachte der Mutter das Fläschchen, sie hörten Elfriedes Schreien noch lange, dann wurde es endlich ruhig und alle anderen Mitglieder der Familie gingen auch zu Bett.

Frühmorgens wurde Maria wieder von einem Schrei geweckt und fuhr sofort hoch. Auch Charlotte war gleich wach geworden. Noch ein Schrei, er kam aus dem Schlafzimmer der Mutter. Sie kniete über einem kleinen Bündel. Elfriede lag leblos auf der einen Seite des Ehebettes.

„Schnell, lauf Charlotte, hol Irma!" rief Maria. Irma war die Hebamme von Mühlbach.

Dann beugte sie sich über ihre kleine Schwester und versuchte eine Mund-zu-Mund-Beatmung. Sie hörte nicht auf, bis Irma da war. Die schob Maria sanft zur Seite und untersuchte die kleine Elfie.

„Ist gut Maria, wir können nichts mehr machen, sie ist schon einige Stunden tot."

Dieses kleine unschuldige Wesen hatte der Tod geholt? Das konnte nicht wahr sein. Sie wollte ihre Schwester weiter beatmen, doch Irma schüttelte nur den Kopf, nahm die kleine Elfriede auf den Arm und verließ mit ihr den Raum.

Emilie lag regungslos auf dem Bett. „Was habe ich nur getan, dass der Herrgott mich so straft?", murmelte sie vor sich hin. „Zwei Söhne hat er mir genommen, drei Ungeborene sterben lassen und jetzt mein Jüngstes. Womit habe ich das nur verdient. Was habe ich nur getan, dass der Herrgott mich so bestraft!"

Maria kniete sich neben ihre Mutter und versuchte sie zu beruhigen, auch Käte und Charlotte waren ins Zimmer gekommen, zusammen mit Theresia, Karlchen und Otto.

„Wo ist Elfie?", wollte Theresia wissen und holte so Maria wieder zurück in die Erfordernisse des Tages. Sie ging mit ihren kleinen Geschwistern und Charlotte in die Küche. Charlotte musste ihnen das Frühstück richten, während Käte bei der Mutter blieb und Maria nach Irma sah. Die hatte Elfriede gewaschen und bat Maria um frische Kleider. Gemeinsam zogen sie das tote Kind an und betteten es auf dem Wohnzimmertisch auf einer Decke. Jedes Geschwisterkind durfte sich nun von Elfie verabschieden und Maria hielt mit Charlotte Totenwache bei ihrer kleinen Schwester.

Emilie verließ ihr Schlafzimmer nicht.

Am nächsten Tag, an Allerseelen, sollte die Gedenkfeier für Eugen sein. Da Emilie nicht in der Lage war, Entscheidungen zu treffen, beschloss Maria, auch Elfriede beisetzen zu lassen. Fast der ganze Ort war gekommen, alle gedachten heute ihrer Toten und es gab keine Familie in Mühlbach, die niemanden zu beklagen hätte. Aber so schlimm wie die Emilie, da waren sich alle einig, hatte es bisher keinen getroffen.

Pfarrer Haag ließ es sich nicht nehmen in seiner Predigt die Allmacht Gottes zu verkünden. Doch fiel es den Anwesenden schwer, den Sinn im Tod eines unschuldigen Kindes zu sehen, auch wenn sich alle sicher waren, dass die kleine Elfriede jetzt bei Gott im Himmel war.

Maria hatte für Elfriede weiße Astern gepflückt, die sie ihr ins Grab warf. Als sie eine Schaufel voll Erde hinterher schüttete, bollerte es so, dass ihr ein Schauer über den Rücken ging, und es war ihr, als würde sie am Grab ihres eigenen Kindes stehen.

Maria schickte den Gedanken weit weg. Micha war ein Kind der Liebe, er würde leben.

Für Eugen hatte Maria auch noch zwei blutrote Astern dabei. Es war ein schlimmer Tod gewesen, da war sie sich sicher und er hatte ihn freiwillig gewählt, auch das spürte sie. Doch sie wusste, dass alle beide jetzt bei Gott im Himmel waren. Wenn es ihn denn gab, diesen Gott. Der Zweifel war ihr, seid Michael weg war, ein ständiger Begleiter geworden und sie wünschte, sie hätte diesen tiefen Glauben, wie Michael ihn hatte.

Nachdem Maria auch eine Kerze für Karl angezündet hatte, sah sie, dass Grete vor ihrem Familiengrab stand. Sie hatte eine Kerze für Heinrich entzündet.

„Wenn nur der Vater und der Hans gesund nach Hause kommen!" Sie drehte sich mit Augen voller Tränen zu Maria.

„Bestimmt!", sagte Maria und nahm ihre Freundin in den Arm.

„Wenn nur mein Michael nach Hause kommt!", dachte sie für sich. Doch sie sagte es nicht laut. Hans war doch immer ihr bester Freund gewesen. Doch dann war Michael gekommen und mit ihm eine Leidenschaft, die sie sich nicht einmal in ihren wildesten Träumen ausgemalt hatte. Sie schämte sich, dass sie jetzt daran dachte. Und dann waren da ja auch noch ihr Vater Hans-Jakob und ihr Bruder Fritz, die noch immer im Krieg waren. Sie nahm sich vor, heute Abend beim Abendgebet auch an ihren Vater, Fritz und Hans zu denken.

Schließlich hakte sie sich bei Grete unter und sie gingen zusammen durch die Straßen von Mühlbach. Keines der Mädchen sagte ein Wort.

„Was macht eigentlich die Übelkeit?", fragte Grete auf einmal.

„Ist immer noch ganz schön stark", gab Maria zur Antwort.

„Du hast ihn wirklich ganz schön lieb, den Michael und jetzt bekommt ihr sogar ein Kind. Ich freu mich für dich!"

„Danke, Grete, du bist ein Schatz!", sagte Maria.

„Ich hoffe, wir bekommen auch bald Nachwuchs!", flüsterte Grete noch, als sie bereits in den Hof der Familie Heil einbogen. „Aber wie vergänglich das Leben doch ist! Man kann sich nie sicher sein, was der nächste Tag bringen wird."

Als sie das Esszimmer betraten, hatte sich dort schon die ganze Nachbarschaft versammelt. Maria war Anna unendlich dankbar, dass sie sich mit Käte und Charlotte um die Gäste kümmerten. Die Mutter saß wie ein Schatten ihrer selbst am Kopfende des Esszimmertisches und rührte mechanisch in ihrer Tasse. Theresia, Karl-Jonathan, Otto und die Nachbarskinder stopften sich mit dem leckeren Hefekranz voll, den Anna gebacken hatte.

Maria bewunderte Anna. Sie hatte einen Sohn im Krieg verloren, der andere war in Gefangenschaft und der Ehemann krank im Lazarett. Dennoch war ihr Glauben unerschütterlich und sie war so hilfsbereit, dass Maria beschämt auf ihren Teller schaute, wo ein großes Stück Hefekranz lag. Seit Beginn ihrer Schwangerschaft hatte sie noch größeren Hunger als sonst.

Als die Trauergäste gegangen waren, legte sich Emilie gleich wieder hin und Maria erledigte mit Käte den Abwasch.

„Nochmals vielen Dank", verabschiedete sich Maria von Anna und Grete.

„Nichts zu danken, mein Kind." Anna drückte Maria fest zum Abschied. „Du weißt, ich bin immer für dich da!"

Maria nickte und fuhr fort das Geschirr abzutrocknen. Als sie fertig waren, trug sie das gute Geschirr wieder ins Esszimmer und räumte es ins Buffet. Dabei fiel ihr Blick auf Eugens Bild, um das eine Trauerschleife gebunden war. Von Elfriede gab es kein Bild und erst jetzt wurde Maria bewusst, dass ihre jüngste Schwester nicht getauft worden war, denn sonst würde hier ein Foto stehen.

„Dass der Pfarrer das heute gar nicht erwähnt hatte!", dachte sie. „Vielleicht hatte er es ja selbst nicht bemerkt. Oder er hatte keinen Zweifel daran, dass so ein unschuldiges Kind in den Himmel kommt, getauft oder nicht!"

„Maria!", rief Käte aus dem Schlafzimmer der Mutter, „komm schnell. Die Mutter!"

Emilie lag leblos auf ihrem Bett. Maria kam und überprüfte den Puls der Mutter. „Sie atmet und ihr Herz schlägt. Hol Riechsalz vom Großvater!"

Einen Moment später kam Käte mit dem Riechsalz und kaum hatte Maria es ihrer Mutter unter die Nase gehalten, schlug diese die Augen wieder auf.

„Mutter, hast du uns erschreckt!", rief Käte.

Emilie richtete sich auf. „Maria, du musst dem Vater einen Brief schreiben, er muss heimkommen. Alleine schaffe ich das hier nicht."

Mühlbach, 9. November 1944

Der November 1944 war grau und dunkel. Es war, als würde sich die Traurigkeit der Menschen in der Natur widerspiegeln und alle Freude und Farbe schien aus dem Leben der Menschen verschwunden zu sein. Maria tat ihr Bestes, um den Herbst weniger grau und trist erscheinen zu lassen und versuchte mit fröhlichen Geschichten Farbe in das Leben ihrer Familie zu bringen. Jeden Tag hoffte sie auf einen Brief von Michael.

Mühlbach, 9. Dezember 1944

Es war ein Samstag, morgen war der 2. Advent. Marias neunzehnter Geburtstag. Charlotte hatte ihr einen einfachen Geburtstagskuchen gebacken, Emilie war immer noch nicht aus ihrer inneren Versteinerung zurückgekehrt, und ihre kleinen Geschwister hatten ihr aus Tannenzapfel Weihnachtswichtel gebastelt. Käte und Otto hatten nichts vorbereitet und auch Großvater Gustav hielt das Feiern von Geburtstagen in Kriegszeiten und vor allem bei großen Enkeln für unnötig.

Marias sehnlichster Geburtstagswunsch aber war es, endlich wieder etwas von Michael zu hören. Nach dem Frühstück klapperte es tatsächlich im Briefkasten und Maria rannte nach draußen. Sie stieß einen Freudenschrei aus: Es war ein Brief von Michael.

Im Bienenhaus öffnete sie mit vor Freude zitternden Fingern das Kuvert.

Meine Geliebte Maria,

mein Herz ist so froh: wir bekommen ein Kind. Ich war so überglücklich, als ich deine Zeilen las. Wie wunderbar, was für ein Geschenk. Aus unserer Liebe wird ein kleiner Mensch. Liebste, wie gerne würde ich dir über den Bauch fahren, um unser Kind zu fühlen. Wie gerne würde ich mein Ohr auf deinen Bauch legen, um unser Kind zu hören, wie gerne würde ich neben dir liegen, um in deinen Bewegungen seine Bewegungen zu sehen. Ich glaube auch, dass es ein Junge wird und wenn du es magst, dann soll er Micha heißen. Und die Engel sollen ihn behüten, so sei es!

Du wirst eine wunderbare Mutter sein, das weiß ich schon jetzt. Wenn ich dich vor mir sehe, umringt von deinen jüngeren Geschwistern, um die du dich sorgst wie eine Mutter, bin ich gewiss, dass du erst recht für unser Kind eine liebevolle Mutter sein wirst. Ich glaube, dass mit dir an meiner Seite auch ich ein guter Vater sein werde.

Meine geliebte Maria, so sehr ich mich auch darüber freue, dass in dir der Samen unserer Liebe heranwächst, so sehr schmerzt es mich, dass ich nicht dabei sein kann, um zu sehen, wie dein Bauch wächst. Dass ich dich nicht halten kann und dir beistehen kann, wenn dir schwindelig ist oder dir schlecht wird.

Maria spürte die Sehnsucht, die Michael nach ihr und dem Kind empfand in jedem Wort, das sie in sich aufsog. Als sie weiterlesen wollte, konnte sie das nächste Wort nicht gut entziffern, es schien, ein großer Wasserfleck hatte die Buchstaben verwischt. Hatte Michael geweint? In Maria zog sich alles zusammen. Eine unheilvolle Angst kroch in ihr Herz und wurde stärker, als sie weiterlas:

Liebe meines Lebens,
Es schmerzt mich viel mehr noch, dass ich dir nicht den Rücken stärken kann, wenn du dann irgendwann deiner Mutter sagen wirst, dass du schwanger bist. Ich weiß, wir wollten es gemeinsam tun, doch ich weiß nicht, was die Zukunft bringen wird. Ich werde alles daransetzen, an Weihnachten bei dir zu sein, um dich zu heiraten, Liebe meines Lebens, doch ich muss dir sagen, der Krieg hat mich eingeholt.

Marias Augen begannen sich mit Tränen zu füllen, die angstvolle Ahnung, dass Michael etwas passiert sei, wuchs.

Ich wollte dir in diesem Brief nur Schönes schreiben, dass die Freude über die Existenz unseres Kindes nicht beschattet wäre, doch du musst wissen: wir sind in schwere Gefechte verwickelt. Meine Einheit wurde von Griechenland nach Jugoslawien verlegt. Genaueres darf ich nicht sagen, sonst wird mein Brief dich wohl nie erreichen. Es sieht nicht gut aus. Viele meiner Kameraden sind schon gefallen, Geliebte, ich könnte morgen der Nächste sein. Aber ich werde aufpassen und ich weiß, dass ich nicht auf dem Schlachtfeld sterben werde. Doch wenn es nicht der Tod ist, der mich von dir trennt, so droht mir doch

Gefangenschaft und das scheint mir fast wie der Tod, denn ich bin fern von dir. Aber ich will alles ertragen, alles durchhalten, um eines Tages wieder bei dir und unserem Micha zu sein.

Meine liebe Maria,
auch wenn ich deine Gestalt nicht neben mir ausmachen kann und dich nicht berühren darf, so finde ich dein Antlitz doch überall wieder. Deine Gegenwart erfüllt mein Herz mit Liebe. Vertraue auf unsere Liebe. Sie wird alles überstehen. Wir zwei gehören zusammen und ich werde mein Leben riskieren, jeder Zeit, um zu dir zu kommen. Verzage jetzt nicht, mein Schatz. Du bist nicht nur wunderschön, du bist auch stark und mutig. Du kannst alles schaffen. Pass auf dich und unsren Sohn auf. Ich bin bei dir, auch wenn ich so viele Kilometer entfernt bin. Es war wunderschön mit dir eins zu sein und ich werde immer ein Teil von dir sein. Meine Erinnerung an dich ist so tief, die Trennung von dir schmerzt so sehr, doch alles Leiden will ich auf mich nehmen für diese große Liebe.
Dankbar und demütig bete ich für euch, ohne Unterlass. Bete du auch für mich. Im Gebet sind wir vereint. Seid behütet und gesegnet: Meine Familie!
Dein dich auf immer liebender
Michael

Tränen liefen über Marias Wangen. Die Wärme und das Licht der ersten Zeilen, waren einer grauen Einsamkeit gewichen und Maria wusste nicht, was sie gegen diese Trostlosigkeit tun sollte.

„Maria?" Charlotte suchte sie. „Wo bist du denn?"

„Ich komme", antwortete Maria und wischte ihre Tränen ab.

„Was schreibt Michael? Geht es ihm gut? Was möchtest du denn heute machen? Es ist dein Tag!", fragte Charlotte.

„Ich möchte gerne meine Ruhe", sagte Maria.

„Was ist passiert?" Erst jetzt sah Charlotte, dass Maria geweint hatte.

„Es sieht nicht gut aus. Er wird an Weihnachten nicht nach Hause kommen, wenn er überhaupt je wieder nach Hause kommt!" Maria brach in lautes Schluchzen aus und fiel Charlotte in die Arme. „Sie sind eingekesselt, vielleicht ist er jetzt schon tot oder in Gefangenschaft!"

„Wir müssen für ihn beten, Maria, komm wir fahren zur Marienkirche und zünden eine Kerze für ihn an!"

Maria war einverstanden. Sie zogen sich warm an und fuhren mit den Fahrrädern nach Lichtenthal. Der Winter war nicht besonders kalt, aber auf dem Rad war es ungemütlich und es ging ein heftiger Wind.

Charlotte und Maria stellten ihre Räder bei der Kirche ab. Sie betraten die Kirche, bekreuzigten sich und gingen nach vorne zur Marienstatue. Auf der linken Seite, vor dem Jesus Bild, kniete Pater Johannes. Maria und Charlotte erkannten ihn an seiner schmächtigen Statur und seinem weißem Haar. Sonst war die Kirche leer. Die Mädchen knieten auf der rechten Seite vor der Mutter Gottes nieder. Die Worte des „Gegrüßt seist du Maria" gingen Maria wie von alleine über die Lippen. Mit jeder Wiederholung spürte sie, wie es ihr leichter ums Herz wurde. Der Herr würde sich ihrer erbarmen, der Heiland war ihr und dem Kind gnädig.

„Bring meinen Michael heim, Herr, ich bitte dich." Maria seufzte so laut, dass sich der Pater nach ihr umdrehte:

„Geht es dir gut mein Kind?", fragte er besorgt.

Maria nickte und sah beschämt nach unten. Charlotte stand auf und ging zum Pater.

„Pater Johannes, darf ich mit meiner Schwester wieder hoch in den Glockenturm? Ich weiß, es ist gefährlich wegen des Fliegeralarms, aber ich habe dort ein Geschenk für sie und sie hat heute Geburtstag!"

„Ist gut Charlotte, aber bleibt nicht zu lange dort oben! Kommt, ich schließe euch auf."

Die Mädchen wollten gerade die Treppen nach oben stürmen, da hielt der Pater Maria zurück: „Mein Kind, was immer dich bedrückt, der Herrgott verzeiht und vergibt, wenn die Liebe zu ihm aufrichtig ist. Wenn du reden möchtest, du weißt, wo du mich findest!"

Maria nickte, sagte aber nichts und folgte ihrer Schwester.

Seit jenem Sonntag im September war Maria nicht mehr hier gewesen. Beim Gedanken an jenen Nachmittag kamen Tränen in ihre Augen. Tränen der Trauer und der Freude. Trauer, weil sie Michael jetzt gerne wieder hier bei sich hätte, Freude, weil es so wunderschön gewesen war hier mit ihm und weil sie jetzt seinen Samen in sich trug. Er hatte sich für sie aufgehoben und das erfüllte sie mit Wärme und Hoffnung.

Charlotte hatte ein Tuch über ein Bild, das auf der Staffelei stand, gebreitet. „Komm her, Maria, das ist dein Geschenk. Ich wollte es bis zu deinem Geburtstag fertig haben, das ist mir leider nicht gelungen. Aber man kann es schon gut erkennen und bis Weihnachten ist es bestimmt fertig!"

Charlotte enthüllte das Gemälde. „Wie findest du es?", fragte sie gleich.

Ein wunderschönes Kind lächelte sie an. Es hatte etwas vom Jesuskind, ihrem Erlöser. In seinen Gesichtszügen fand sie etwas von sich und von Michael. Die Wärme, die begonnen hatte, sich in ihrem Inneren auszubreiten, wurde wie ein warmes wogendes Meer, das das Eis der Angst in ihr zum Schmelzen brachte.

„Es ist wunderschön!"

„Da bin ich froh, dass er dir gefällt, der Micha!"

Maria starrte ihre Schwester an. „Woher weißt du?"

„Du redest manchmal im Schlaf. In den letzten Wochen hast du dir nachts den Bauch gehalten und Micha, mein Micha, gemurmelt. Naja, und du weißt ja, dass ich nachts nicht tief schlafe und du warst öfter als sonst in der letzten Zeit auf dem Klo …"

„Du hast es alles mitbekommen, mit mir und Michael, wenn wir uns nachts getroffen haben. Ich habe mich nie dafür bedankt, dass du nichts gesagt hast!"

„Ich habe es dir doch versprochen, und was versprochen ist, ist versprochen und wird nicht gebrochen!"

Als Maria ihre kleine Schwester umarmte, hörten sie die Sirenen.

„Schnell, die Treppen runter!"

Maria wäre fast gestürzt, doch konnte sich gerade noch fangen.

„Wir müssen in den Keller. Ich weiß, wo er ist!" Charlotte lief voraus. Die Explosionen waren ganz nah. Da ging vor ihnen eine Türe auf und Pater Johannes zog die beiden in den Luftschutzkeller.

Unten waren die Kapuzinerbrüder des Klosters alle versammelt. Nur alte Männer trugen noch die Kutte, die jungen Brüder mussten auch ihren Dienst an der Front tun. In einer Ecke saß eine Gruppe älterer Frauen und Männer, Flüchtlinge aus Speyer, die im Kloster eine sichere Unterkunft bekommen hatten.

Charlotte wandte sich an Pater Johannes. „Pater, ich habe mich noch nie dafür bedankt, dass ich damals die Glocke zeichnen durfte, bevor sie eingeschmolzen wurde und auch, dass ihr mir weiterhin die Möglichkeit gebt im Turm zu zeichnen."

„Ist schon gut, aber in Zukunft solltest du nicht mehr dort hochgehen."

Maria dachte wieder an den Nachmittag mit Michael im Glockenturm und schlug schuldbewusst die Augen nieder. Pater Johannes war auch diese Reaktion nicht entgangen und er sah sie fragend an.

Maria kramte nach einer Antwort und antwortete schließlich: „Ich habe ihnen auch noch nie gedankt."

„Für was?", wollte der Pater wissen.

„Für die vielen Bücher, die sie zum Aufbewahren an uns verteilt hatten, damals vor vier Jahren, als die Gestapo die Bibliothek geschlossen hat. Ich habe sie alle gelesen!"

Pater Johannes lächelte. „Ich weiß, du bist ein gescheites Mädchen, vielleicht können wir uns ja mal über die Bücher unterhalten, aber nicht jetzt."

Noch immer war das Dröhnen der Bomben zu hören. Ein kleines Mädchen saß bei einer der alten Frauen auf dem Schoss. Es sah sehr verängstigt aus.

„Komm zu mir, Lina", sagte Pater Johannes und nahm das Mädchen auf den Schoß. „Ich erzähle dir wieder die Geschichte von deinem Papa!"

Lina nickte und lehnte sich an seine Schulter.

„Es war im Sommer 1938, da warst du noch nicht auf der Welt. Wir bereiteten uns auf unsere Dreihundertjahrfeier zum Gedenken an die Gründung des Klosters vor. Wir erwarteten viele Pilger. Denn obwohl die Nazis alles taten, um die Gläubigen einzuschüchtern und Volk und Kirche zu trennen, kamen mehr Pilger zu uns als vor der Machtübernahme durch Hitler. Sie wollten unseren Erzbischof Dr. Conrad Gröber hören. Der machte in seiner Predigt seinem Ärger über Hitler Luft und wurde von allen gefeiert. Auch von den Frauen, obwohl er nicht vor ihnen predigen wollte!"

„Ja, ich erinnere mich noch genau", unterbrach ihn Maria. „Wir mussten raus aus der Kirche, in die Pilgerhalle, obwohl wir als erste da waren!"

„Psst", machte Lina und warf Maria einen bösen Blick zu, „jetzt kommt mein Vater!"

„Es gab eine Gruppe von jungen Männern der Marienkongregation aus Speyer, angeführt von Robert Seebach – dein Vater, Lina –, die versammelten sich vor dem Klostergebäude und riefen so lange: ‚Wir wollen unseren Bischof sehen!' bis er sich zeigte und allen jungen Männern die Hand gab und sie seine ‚Lausbuben' nannte."

In der Ecke hustete jemand, es war Pater Matthias. Pater Johannes stand besorgt auf. „Was ist mit dir?"

„Es geht schon, alles in Ordnung!"

„Pater Matthias hätte vor acht Wochen fast sein Leben gelassen", sagte Charlotte zu Maria. „Er war auf dem Weg nach Neuhausen, um einen Krankenbesuch zu machen, als ein Tiefflieger angriff. Er wollte noch sein Fahrrad in Sicherheit bringen und schon war fünf Meter entfernt eine schwere Bombe niedergegangen, durch deren Luftdruck er einen Lungenriss bekam. Aber die Wunde ist geheilt, sagt er."

Das Dröhnen der Bomben kam näher, dann ein Schlag. Ein Volltreffer, aber der Keller hielt. Lina schrie, die Frauen weinten, Charlotte klammerte sich an Maria, aber die blieb ruhig.

„Wir müssen nachschauen, was passiert ist", sagte sie zu Pater Johannes.

Er nickte. Die alten Frauen und Kinder blieben im Keller, aber Charlotte und Maria verließen mit den Brüdern den Schutzraum und sahen das Ausmaß der Verwüstung. Es musste eine schwere Phosphor-Brandbombe gewesen sein. Sie hatte die Decke durchschlagen und den Dachstuhl in Brand gesetzt.

„Schnell, wir müssen löschen." Pater Johannes gab Kommandos. Die Kapuzinerbrüder waren trotz ihres Alters rüstig und verteilten Eimer. Maria und Charlotte schleppten Wasser herbei. Der Rauch biss Maria in den Augen. Ihre Lunge brannte und die Hitze schien sie zu erschlagen. Doch sie arbeiteten weiter. Die Brüder verteidigten ihre Existenz, ihr Zuhause, das Haus der Gottesmutter und ihres Herrn mit allen Kräften. Maria und Charlotte ließen nicht nach und schleppten unermüdlich weiter Wasser herbei. Maria spürte, wie ihr Bauch hart wurde, doch sie wusste, es ging hier um mehr als um ein Haus. Es ging um ihr Leben und das ihres Kindes, das sie unter den Schutz Gottes gestellt hatte und der sie bewahrt hatte. Dafür wollte sie ihm danken. Sie wollte jetzt nicht aufhören und spürte, wie sie über sich selbst hinauswuchs.

Nach zwanzig Minuten war der Brand gelöscht. Die Brüder fielen sich erleichtert in die Arme und bedankten sich überschwänglich bei den Mädchen. Ohne ihre Hilfe wäre die Kirche restlos niedergebrannt, aber es waren unzählige Fenster zerstört, Mauern aufgerissen und eingefallen und die Dachziegel abgedeckt worden.

Erschöpft sank Maria zu Boden.

„Was hast du denn, Maria?"

„Durst", flüsterte sie und Charlotte gab ihr zu trinken. Nachdem sie sich ausgeruht hatten und die Brüder ihnen etwas zu essen gegeben hatten, machten sich die beiden Mädchen auf den Heimweg. Maria konnte kaum noch die Pedale bewegen, mit letzter Kraft und völlig erschöpft kamen sie in Mühlbach an und Emilie nahm ihre Töchter überglücklich in die Arme. Während Charlotte noch berichtete, was passiert war, ging Maria gleich zu Bett und träumte von einem Engel, der sie mit einem Kind im Arm rettete und zur Gottes Mutter Maria trug. Die kniete zu Füßen von Jesus, der auf einem Thron saß, ganz in Weiß mit brennenden Augen und einem Schwert in der Hand.

Mühlbach, 23. Dezember 1944

Sie saßen alle in der Küche. Es war der einzige Raum, der wirklich warm war. Durch den vielen Regen war es inzwischen feucht und klamm im Haus. Draußen ging ein heftiger Wind. Der Nussbaum, der sich im Wind wiegte, stand kahl und leer im Garten.

Da klopfte es an die Tür. Die Kinder sahen ihre Mutter Emilie erstaunt an. Maria stand auf und öffnete die Tür. Vor ihr stand ein alter Mann mit abgehärmtem Gesicht und traurigem Blick.

„Vater?", fragte sie ungläubig.

Der alte Mann nickte und Maria umarmte ihn. Karlchen fing an zu weinen, weil der Mann mit dem schwarzen Mantel ihm Angst machte und hielt sich an der Schürze seiner Mutter fest, aber die anderen Kinder sprangen auf und rannten auf ihn zu.

Emilie stand auf und ging langsam auf ihren Mann zu. Der legte seine Arme um sie und zum ersten Mal, seit dem Tod von Elfriede, sahen die Kinder ihre Mutter weinen. Als ob alles Eis in ihrem Herzen auf einmal schmelzen würde, ergoss sich ein Strom von Tränen auf die Schultern ihres Mannes.

„Ist gut Emilie, ich bin ja jetzt da, ich lass dich nicht mehr allein", flüsterte der Vater und Emilie drückte sich fest an ihn.

Nun konnte es doch noch Weihnachten werden. Emilies Koch- und Backfreude war zurückgekehrt und aus dem wenigen, was sie hatten, zauberte sie zusammen mit ihren Töchtern Leckereien für die Weihnachtstage. Die gusseisernen Formen wurden gefüllt und es gab Springerlen, das Lieblingsgebäck von Vater Hans-Jakob. Der machte sich, als es dunkel wurde, mit Otto auf in den Wald, um der Familie einen Tannenbaum zu schlagen, auch wenn es verboten war. Sie brachten ein kleines, mickriges Bäumchen, aber es war ihr Tannenbaum und die Kinder schmückten ihn mit Strohsternen und Lametta.

Doch der 24. Dezember begann mit Fliegeralarm.

„Sie werden doch wenigstens heute nicht schießen?", fragte Charlotte ihren Vater, als sie alle unten im Keller saßen.

Der zuckte nur mit den Schultern. Sein eingefallenes Gesicht wirkte im schwachen Kellerlicht noch älter und noch nie hatte Maria seine Augen so müde gesehen. „Heute Abend ist bestimmt Ruhe. Aber zur Christmette gehen wir besser nicht", meinte er.

Hans-Jakob behielt Recht. Zum Abend gab es Entwarnung und die Familie konnte ein richtiges Abendessen zu Weihnachten genießen. In der Nacht mussten sie wieder in den Keller, aber sie schmiegten sich aneinander und waren froh, beieinander zu sein. Der erste und zweite Weihnachtsfeiertag blieb ohne Vorkommnisse und langsam gewöhnte sich die Familie wieder daran, dass der Vater zurück war und auch nicht wieder gehen musste. Familie Heil hatte dem deutschen Vaterland genügend Opfer gebracht und das Familienoberhaupt durfte sich jetzt um seine Familie vor Ort und vor allem um seine Frau kümmern.

Maria war dankbar, nicht mehr die Verantwortung für das Wohl der Familie tragen zu müssen, dankbar, dass ihr Vater sich jetzt um ihre Mutter kümmerte und sie endlich wieder an sich, Michael und das Kind denken konnte. Ihre eigene Familie.

Doch zuhause ging das nicht. Sie war die ganze Zeit für alles zuständig gewesen und das konnte sie ihren Geschwistern jetzt nicht so schnell abgewöhnen. So blieb ihr am 30. Dezember nur die Flucht zum Kohlplattenschlag, auch wenn es kalt und ungemütlich war, um für sich und bei

351

Michael zu sein. Der See war von einer dünnen Eisschicht überzogen, an manchen Stellen war das Wasser noch frei, aber dort bildeten sich Schlieren aus Eis, in denen sich der graue Himmel spiegelte.

Zwei Wildgänse flogen über den See mit weißen Flügeln. Dicke weiße Schneeberge türmten sich auf den Brombeerranken. Im Schilf hatten sich ein paar Enten versteckt und trotzten dem kalten Winter. Wie sehr sehnte sie den Sommer herbei und Michael! Mit ihm untertauchen im Wasser, das sie reinwaschen würde von all dem Schmutz des Krieges. Vielleicht könnte sie mit ihren Geschwistern wiederkommen, zum Schlittschuhlaufen. Oder sie könnten zum Altrhein fahren und dort Schlittschuhlaufen, im Winterparadies. Fern von den gefährlichen Gleisen, aber nahe am gefährlichen Rhein, von dem die Franzosen kommen könnten, um sich zu rächen. Für all das Leid, das die Deutschen dem französischen Volk angetan hatten. Für die toten Kameraden, die geschändeten Frauen, würde man töten und Frauen schänden.

In der Ferne fuhren Züge vorbei, beladen mit Waffen für die Front oder voll mit Menschen auf ihrem Weg ins Verderben oder der ganz normale Personenzug von Karlsruhe nach Mannheim. Wer wusste das schon. Aber wegen der Züge war ihr Dorf zu einem Ziel für die Jagdbomber geworden. Im Winter gab es keine Menschen auf dem Feld, die sie jagen konnten und die hüpften wie die Hüte bei *Fang den Hut*.

Auf der Autobahn rollten die Panzer. Nicht mehr so viele wie die letzten Jahre. Die Panzer waren inzwischen fast alle an der Ost- und Westfront, das Benzin war alle und die Männer, die sie fahren könnten waren gefallen, im kalten

Winter von Stalingrad oder am Ufer der Nordsee. Ihr Vater hatte es geschafft, er war nach Hause gekommen. Doch er war alt geworden.

Jetzt waren nur noch die Greise da, die ganz jungen Buben und die Frauen. Und die alten Mönche, die sie nicht eingezogen hatten. Die mussten sich um das Seelenheil der Lämmer kümmern, die die Stimme ihres Hirten nicht mehr hörten. Die einer anderen Stimme gefolgt waren, die ihnen Wohlstand versprochen hatte und Arbeit. Endlich wieder Arbeit.

Drei Schwäne schwammen am Seeufer entlang. Ein Vierter löste sich aus seinem weißen Versteck und ein weiterer kam hinzu, fünf unschuldige Wesen, die Schutz brauchten vor den Menschen und ihrem Krieg. Ein Spatz zwitscherte sein Lied, während der Rabe dazwischen krächzte. Zusammen stimmten sie die Sinfonie des Lebens an, des Überlebens, im kältesten Winter und in der größten Einsamkeit.

In diesem Moment gab ihr das kleine Wesen in ihrem Bauch einen Tritt, zum ersten Mal und sie wollte ihm diese Geschichte erzählen, von Hoffnung und von Mut, inmitten der Angst. Die Geschichte ihres Dorfes, das nur eines von vielen war und noch existierte, trotz der Unbarmherzigkeit des Krieges.

Ein Sperling flog vorbei. Die fünf Schwäne schwammen weiter, miteinander zum sechsten Schwan, glitten sie durch das Wasser, lautlos. Zu einem Schwanenkind, nicht strahlendweiß, sondern graugefleckt und hässlich.

Marias Atem zauberte Wolken, große und kleine, ihre Füße wurden kalt, trotz Tee und warmer Stiefel. Es war Zeit zu gehen.

Wieder fuhr ein Zug vorbei. Das Rattern der Räder verlor sich in der Ferne: „Mira que rápido ruedan las ruedas del ferrocarril." So sagte man in Argentinien. Seit damals, jenem letzten Abend, wo sie zusammen Schabbat gefeiert hatten, hatte sie nichts mehr von Hilde gehört.

29

FLIEGERTRÄUME

Mühlbach, 15. Mai 2002

Maria erfreute sich am Frühlingsduft des neuen Maientages und hatte den Seelenwinter in der vergangenen Nacht gelassen, genoss das Frühstück mit Käte.

Plötzlich stand Irmgard in der Tür. „Sofia geht es schlecht. Sie hat eine Lungenentzündung. Dem Baby geht es auch nicht gut. Sie denken über einen Kaiserschnitt nach! Ich fahre jetzt ins Krankenhaus."

„Wir dürfen nicht aufgeben", sagte Käte. „Sofia und dem Baby wird es bald wieder gut gehen. Lass uns heute Abend in die Kirche gehen."

Maria lächelte ihre Schwester dankbar an.

„Komm, Maria, wir setzen uns ein bisschen unter den Nussbaum."

Sie hatten gerade auf der Bank Platz genommen, als über ihr ein Flugzeug hinwegflog. Sie zuckte zusammen, in Greenville war sie es nicht gewöhnt, dass die Flugzeuge so tief flogen. Sie mochte Flugzeuge nicht, die Begeisterung ihrer Brüder und ihrer Großcousins für die Luftwaffe hatte sie nie verstanden.

Mühlbach, 7. Januar 1945

Sie waren alle im Wohnzimmer von Marias Nachbarn, der Familie Schneider. Bei ihnen wohnte Oskar Manz, der Staffelführer des 12. Jagdgeschwaders. Oskar und die anderen achthundert Luftwaffensoldaten waren in Mühlbach und Lichtental bei Privatpersonen untergebracht. Otto hätte auch gerne einen Soldaten beherbergt, aber Emilie war strikt dagegen. Sie hatten genug Menschen im Haus, aber bei Familie Schneider stand seit dem tragischen Tod von Hannelores Bruder, der im Rhein ertrunken war, ein Zimmer leer.

Sie hatten Oskar Manz aufgenommen. Oskar war nicht nur ein ausgezeichneter Pilot, er war auch sehr höflich, gutaussehend und konnte seine Zuhörer mit Geschichten begeistern. An diesem Abend berichtete er vom „Unternehmen Bodenplatte" am 1. Januar 1945, bei dem sein Jagdgeschwader mit fünfzig Messerschmitt-Jagdflugzeugen, darunter die Messerschmitt Bf 109 G und die Messerschmitt Bf 109 K, den alliierten Flugplatz Etain, etwa 45 km nordwestlich von Metz angegriffen hatte. Bei diesem Einsatz hatte die Gruppe zwei Verwundete zu beklagen und verlor zehn Flugzeuge. Oskar war zum Glück nichts passiert.

Es dauerte nicht lange, da hatte Oskar das Herz von Hannelore und Erna Schneider erobert. Otto verbrachte jede freie Minute bei den Schneiders und manchmal musste Oskar ihn förmlich rauswerfen, damit er ein paar Minuten alleine mit Hannelore verbringen konnte, mit der er sich, nach nur drei Wochen Bekanntschaft, verlobt hatte.

Otto feierte Oskar als einen der größten Kampfflieger aller Zeiten, gleich nach Erich Hartmann. Von „Bubi" Hartmann, hatte ihm Heinrich immer vorgeschwärmt. Dass der als Jagdfliegerpilot in England sein Leben gelassen hatte, hielt Otto nicht davon ab, selbst Jagdflieger werden zu wollen. Im Gegenteil. Jagdflieger waren für ihn die wahren Helden, nicht solche Verlierer wie sein Vater, der nur bei der Bahn gedient hatte und jetzt wieder zuhause war, um sich um die Familie zu kümmern und in Bruchsal auf dem Rangierbahnhof zu arbeiten.

Otto himmelte Oskar dermaßen an, dass er jedes seiner Worte im Originalton wiedergeben konnte, und das tat er bei jeder Gelegenheit, die sich im bot.

Die Geschwister waren nach dem Mittagessen noch in der Küche, in der Nähe des Herdes sitzen geblieben. Damit man kochen konnte, musste der Holzofenherd immer befeuert werden und für den Abwasch füllte Maria das heiße Wasser aus dem Schiff in die Spülschüssel, die sie auf den Wasserstein stellte.

„Weißt du, da oben in der Luft", sagte Otto zu Charlotte. „Da bist du ganz klar. Da siehst du alles und hörst alles viel genauer als auf dem Boden. Du bist nicht müde und du hast nur ein Ziel: den Feind zu vernichten. Schau mal, was mir der Oskar gestern geschenkt hat. Das ist eine Wunderpille. Wenn ich mich dann freiwillig melde, dann nehme ich die und werde nicht mehr müde und kann fliegen wie der Oskar."

Charlotte wollte sich die Pille genau anschauen, doch Maria kam und nahm sie ihren jüngeren Geschwistern weg. „Der spinnt ja, der Oskar, einem Jungen wie dir diese Droge zu geben. Das ist doch bestimmt Pervitin. Na, dem werd ich's zeigen!"

Otto hielt sie fest. „Nein, geh nicht rüber. Ich habe Oskar geschworen, dass ich es niemand sage, und ich habe ihn um die Pille angebettelt, er wollte sie mir nicht geben. Ich habe beobachtet, wie er immer wieder diese Pillen schluckt und ich wollte wissen, was das ist. Er wollte es mir nicht sagen und erst recht keine geben. Es ist meine Schuld."

Maria betrachtete die weiße Wunderwaffe. „Am besten schütte ich die Pille mit samt dem Schmutzwasser weg." Sie wollte sie gerade ins Wasser werfen, als sie sah, wie sich Otto bereits in Startposition brachte. „Das hättest du wohl gern, Freundchen. Meinst du, du kannst die Pille draußen im Abflussgräbelchen wieder rausfischen. Nein, den Gefallen tu ich dir nicht!"

Ohne ein weiteres Wort nahm sie Mörser und Stößel, mit dem die Mutter sonst die Kräuter kleinstampfte und zerkleinerte die Droge, bis nur noch feiner weißer Staub übrigblieb. Dann ging sie zum Fenster und schüttete die Überreste der Wunderpille der Wehrmacht in den Hof. Als ob auch der Wind diesem Übel ein Ende setzen wollte, kam genau in diesem Moment eine Brise auf, die die Blitzkriegpastille in alle Richtungen verteilte.

„Jetzt kann sie keinen Schaden mehr anrichten!", sagte sie und schickte den heulenden Otto aus der Küche.

Oskar und seine Kameraden wurden hauptsächlich zur Bekämpfung der zahlreichen amerikanischen Jagdbomber eingesetzt, die durch ihre verstärkten Angriffe die Zivilbevölkerung in Angst und Schrecken versetzten. Doch dann nahmen sie wegen allgemeinen Treibstoffmangels der Wehrmacht nicht mehr am Kampfgeschehen teil. Am 21. Januar 1945 brannte Lichtental und Oskar und sein

Jagdgeschwader taten nichts. Sie hatten keine Einsatzbefehle bekommen.

Als Otto sah, dass sich Oskar lieber mit seiner Verlobten Hannelore in die gute Stube zurückzog, als sich entgegen den Befehlen in sein Flugzeug zu setzen, war Otto zutiefst enttäuscht. Seiner Begeisterung für die Luftwaffe tat das keinen Abbruch.

Am 24. Januar traf er Oskar vor dem Haus der Familie Schneider. „Ich melde mich freiwillig, unser Führer braucht uns!", teilte Otto ihm stolz mit.

„Otto, der Krieg ist doch schon verloren, wir haben keine Chance mehr!"

„Du lügst, weil du feige bist, ein Waschlappen bist du!", schrie ihn Otto an.

Oskar schüttelte nur den Kopf und ging zurück ins Haus. Das war das letzte Mal, dass Otto ihn sah. Am nächsten Tag wurde Oskar über Lichtental abgeschossen. Als im März 1945 die Soldaten abgezogen wurden, wurde der Flugplatz unbrauchbar gemacht.

Mühlbach, 15. Mai 2002

Der Flugzeuglärm hatte gerade nachgelassen, da kam Irmgard auf Käte und Maria zu. Maria stand sofort auf und lief ihr entgegen.

„Die arme Sofia und der Kleine. Wieso Maria, wieso jetzt die Lungenentzündung?"

„Das kommt öfter vor. Es ist wegen dem vielen Liegen! Aber hab' keine Angst, dem Kleinen wird nichts passieren und Sofia geht es auch bald wieder besser."

„Maria und ich gehen heute Abend zusammen in die Marienandacht. Da werden wir zur Muttergottes um Hilfe beten!"

Irmgard nickte nur. „Ich habe für euch Spargel besorgt. Den könnt ihr heute essen."

Mühlbach, 15. Mai 1944

Es war Mai in Mühlbach. Spargelzeit. Der Anbau von Spargel war nicht besonders gefördert worden, schließlich war Spargel nicht sehr nahrhaft. Aber dennoch wollte niemand auf das weiße Gold verzichten und es gab mehr Spargel als gedacht. Spargel wuchs eben, egal ob Frieden oder Krieg. Und die reichen Leute, von denen es immer noch genug in Karlsruhe und Umgebung gab, wollten ihren Spargel essen.

Frühmorgens mussten sie alle zum Spargelstechen aufs Feld. Käte und Maria mussten sich wie immer beeilen, auch die kleine Theresia musste schon helfen. Dann rasch nach Hause, den Spargel richten. Käte musste ihn waschen, Maria und Charlotte die Enden sauber abschneiden und unter Aufsicht der Mutter sortieren. Es eilte, denn die Markthalle wurde zeitig geschlossen und sie durften die Abgabe nicht verpassen.

Mühlbach, 15. Mai 2002

„Gibt es die Markthalle noch?", fragte Maria.

„Ja, aber es gibt nicht mehr so viele Leute, die einen Spargelacker haben. Es ist einfach zu viel Arbeit. Wir haben unseren Acker ja auch verkauft."

Als Maria an die mühsame Arbeit des Spargelstechens dachte, spürte sie wie schwer ihre Glieder auch heute waren und wie erschöpft sie war. Käte sah es ihrer Schwester an und sagte:

„Geh und ruh dich aus. Ich koch uns solange die Spargel!"

Pünktlich zur Mittagszeit hörte Maria ihre Schwester rufen:. „Das Mittagessen ist fertig!"

Die Spargel schmeckten köstlich. Auch wenn Maria in Gedanken bei Sofia und dem Kind war, so war sie ihrer Schwester für die Gaumenfreude, die sie ihr bereitet hatte, dankbar. Derart gestärkt, machten die Schwestern danach zusammen einen kurzen Spaziergang durch Mühlbach. Viele Läden verkauften Spargel, überall waren die Schilder der Mühlbacher Spargelbauern zu sehen mit einem riesengroßen Spargel darauf. Wie ein Phallus, dachte Maria kopfschüttelnd. Sonst sind sie prüde diese Bauern, aber auf ihren Spargel, da sind sie mächtig stolz.

Maria merkte, wie schwach sie auf einmal wieder wurde und auch Käte freute sich, dass sie schon am Ehrenhain angekommen waren, wo sie sich auf eine Bank setzten. Ihr gegenüber war ein riesiges Mahnmal: Eine übergroße Frau hatte ein Kind auf dem Arm. Vor ihr stand ein Junge, auf dessen Arm eine Taube saß. *Wir mahnen* stand darunter und in der Mitte war ein Kreuz angebracht. Die anderen Schilder konnte sie aus der Entfernung nicht lesen. Es waren bestimmt die Namen der gefallenen, vermissten und verschollenen Soldaten. Sie hatten ihr Leben gelassen für einen sinnlosen Krieg.

„Der Junge sieht aus wie Otto", sagte sie. „Wie ist es ihm denn ergangen damals?"

Käte sah ihre Schwester strinrunzelnd an, doch dann schien ihr wieder einzufallen, dass Maria ja nichts wissen konnte von Ottos Geschichte.

„Er war ja noch ein Kind, unser Otto, als er in den Krieg zog. Gekämpft hat er nie, aber er ist bei den Franzosen in Gefangenschaft geraten. In Dachau hätte er in einen Zug Richtung Osten geschickt werden sollen. Sie hatten ihm eine SS-Uniform und kaputte Stiefel gegeben. Die Sohlen der Stiefel bestanden mehr aus Löchern, als dass sie eine Sohle hatten. Alle Jungen, die wie Otto noch mit vierzehn dem Ruf des Führers gefolgt waren, bekamen die SS-Kleidung, die war die einzige, die in so kleinen Größen noch da war. Für normale Soldaten gab es nichts mehr, aber es gab ja auch keine Soldaten mehr, weil sie tot vor Stalingrad lagen oder verschollen irgendwo auf dem Balkan. Otto fand die SS-Uniform toll, weil das doch eigentlich nur etwas für Erwachsene war. Aber Waldemar, ein Junge aus Oberschlesien, hatte ihm gesagt, dass gerade viele Sechzehnjährige zur SS gegangen waren, weil sie Notabitur machen wollten und dann studieren. Nachdem sie die ganzen Juden vernichtet hatten, natürlich, und die Bolschewiken und all das andere Ungeziefer. Otto hat dazu genickt."

Dachau, 29. April 1945

Otto stand in einer Zweierreihe, musste die Hände nach oben halten, sah die Halbtoten und Toten und hatte solche Angst, dass er sich in die Hosen machte. Als er spürte, wie sein Urin an seinem Bein runterlief, begann er zu weinen, wie seine kleine Schwester Theresia, wenn sie wieder ihre Alpträume hatte, nur dass dies kein Traum war. Er war tatsächlich umgeben von lebenden Leichen und bald würde er dafür umgebracht werden, dass er eine SS-Uniform trug.

Als er vor dem wachhabenden amerikanischen Offizier der *42. Rainbow Division* der *US Army* stand, sagte dieser: „Ausziehen", und deutete auf Ottos Uniform.

Otto hatte das Gefühl, das SS-Zeichen würde sich in seinen Oberarm brennen und war froh, die Uniform endlich loszuwerden.

„Arm", sagte der Offizier dann.

Otto nickte, ja, er war arm. Daheim hatten sie in den letzten Monaten nichts mehr zu essen gehabt und das bisschen bekamen die Kleinen.

„Hoch", sagte der Offizier und deutete auf seinen Oberarm. Da erhob er beide Arme und der Offizier suchte seine Arme nach dem SS-Zeichen ab, das alle SS Soldaten eingebrannt bekommen hatten.

Otto, der davon nichts wusste, bekam noch mehr Angst und weinte noch lauter.

„Shut up!", schrie ihn der Offizier an und schickte ihn zu den Jungen, die in einen Güterzug Richtung Frankreich gesteckt wurden. Als er in Frankreich war, hatte er zwar nichts zu essen, aber er war am Leben. Neben ihm starben die Jungen an Unterernährung, doch Otto hielt durch. Er wollte wieder nach Hause, denn er hatte noch ein Zuhause. Waldemar, der Junge aus Oberschlesien, hatte kein Zuhause mehr, sein Dorf war ausgelöscht worden, genauso wie seine Familie. Er starb am 1. Mai 1945 an Unterernährung.

Die Kirchenglocken schlugen, es war vier Uhr am Nachmittag.

Käte hörte auf zu erzählen. „Komm", sagte sie. „Wir dürfen nicht zu spät kommen!"

So schnell sie ihre alten Beine trugen, gingen sie zurück in die Schützenstraße, machten sich kurz frisch und fuhren dann aufs Feld zur Marienkapelle.

Alle waren da. Alle Frauen von damals, die noch am Leben waren. Sie sahen so alt aus wie die alten Frauen früher, als Maria als junges Mädchen in die Marienkapelle eingezogen war. Die Schwestern setzten sich in die zweite Reihe auf der rechten Seite. Maria spürte, dass alle Blicke auf sie gerichtet waren, doch der Rosenkranz hatte bereits begonnen und niemand sprach sie jetzt an.

Maria sah sich um. Die kleine Kapelle war hell gestrichen. Es waren nicht mehr als sechs Bankreihen auf jeder Seite und auf den Bänken waren rote Polster. Ein roter Teppich führte zum Altar. Der Altar war mit einer langen weißen Decke bedeckt und schön geschmückt. Eine große weiße Hortensienstaude stand davor. Direkt vor Maria hing eine Statue und Maria konnte ihren Augen nicht trauen. Es war der heilige Michael, der den Drachen zu seinen Füßen mit einem Stab durchbohrte. Michael, der Drachentöter. Er hatte auch ihr geholfen, den Drachen der Angst zu besiegen. Maria atmete tief durch. Auf der linken Seite war auch eine Statue angebracht, es war der heilige Josef.

Im Gotteslob waren beide Einlegefäden auf Seite 456 eingelegt und Maria las zu ihrer Verwunderung den Titel des Liedes „Gott ist gegenwärtig". Die Worte trafen sie mitten ins Herz. Wie konnte sie nur immer wieder an Gottes Liebe und Gegenwart zweifeln, wo sie doch schon so oft Gottes Macht und Güte erfahren hatte? Gerade hier hatte sie doch Gottes schützende Hand gespürt und er hatte ihnen seinen Engel geschickt.

Die Frauen begannen ein Ave Maria nach dem anderen zu beten und Maria betete mit. Während sie die Worte wiederholte, wurde sie ruhiger, spürte den Frieden und das Trostspendende des gebetsmühlenartigen Gemurmels. Spürte, dass Gott ihr Gebet erhören würde, denn er war gegenwärtig. Und treu.

Eine junge Gemeindereferentin kam mit den Erstkommunionkindern in die Kapelle. Sie hatte eine schöne Andacht vorbereitet, die vom Glauben Mariens handelte: dem Glauben an das Leben und die Liebe.

Nach der Andacht, als alle schon die Kapelle verlassen hatten, ging Maria alleine nach vorne, um eine Kerze für Sofia zu entzünden. In der Mitte des Altars stand ein einfaches Holzkreuz umrahmt von zwei schlichten goldenen Kerzenständern. Daneben jeweils eine rote Vase mit rosa Gerbera. Über dem Altar hing ein Bild von Maria mit dem Jesuskind auf dem Arm.

Maria betrachtete ihre Namenspatronin, ihre sanften braunen Augen, ihr lächelnder Mund, mit den vollen Lippen. Ihre Haare waren von einem weißen Tuch bedeckt, das in weichen Wellen über ihre Schultern fiel und in das zugleich der kleine Jesus, den sie in ihren Armen hielt, eingewickelt war. Die Hände, mit denen sie ihr Kind festhielt, waren klein und zeigten dennoch ihre Stärke.

Die Muttergottes war eingehüllt in einen langen grünen Mantel und war zusammen mit ihrem Kind in den Himmel entrückt. Vor fast sechzig Jahren hatte Maria bei der heiligen Jungfrau Zuflucht gesucht. Auch die Mutter Gottes hatte ein uneheliches Kind unter ihrem Herzen getragen und nicht gewusst, was die Zukunft ihr bringen würde. Aber Maria war nicht so gottesfürchtig gewesen wie ihre Namenspatronin. Der Zweifel an einen gnädigen Gott hatte sich bei ihr eingenistet und der Glaube, wie ihn ihr ihre eigene Mutter vorgelebt hatte, war ihr herzlos erschienen und viel zu eng.

Damals hatte sie begonnen, eine Mauer um ihr Herz zu bauen aus Schuld, Scham und Schicksalsflucht. Jeden Tag hatte sie ein Stückchen mehr Enttäuschung und Verbitterung hinzugefügt, bis diese Mauer so dick war, dass kein Lebenslicht hindurch drang. Ihre Augen konnten die Schönheit des Lebens nicht sehen, ihre Hände die Freuden des Lebens nicht spüren, ihre Ohren das Lied des Lebens nicht hören und ihr Mund die Süße des Lebens nicht schmecken: alles war bitter.

Marias Blick fiel auf den kleinen Jesus, seine Augen schienen sie direkt anzuschauen: Voller Liebe. Er hielt sich zärtlich an seiner Mutter fest und schien doch frei über den Wolken zu schweben. Jederzeit bereit, loszulassen um auf sie, Maria zuzugehen.

Maria kniete vor den brennenden Kerzen nieder. War sie nicht selbst geformt wie eine Kerze aus dem geschmolzenen Wachs ihrer Ängste? Und leuchtete sie nicht demütig im Licht der Freude und des Friedens? Wunderbar gehalten fühlte Maria sich in diesem Moment und spürte, wie ihre

Mauer schmolz und ihre Verbitterung sich in eine süße Frucht verwandelte.

Sie spürte wie ihre Erschöpfung von ihr wich und wie eine neue Kraft sie erfüllte, eine Kraft, von der sie nicht genug bekommen konnte. Sie wollte sich noch tiefer in die Andacht versenken, doch da hörte sie wie Schritte näherkamen.

„Maria, was machst du denn noch so lange hier", sagte Käte. „Komm nach draußen. Sie warten doch alle auf dich, komm schon."

Maria schaute noch einmal sehnsüchtig zum Jesuskind, machte noch ein Kreuzzeichen, dann stand sie auf und folgte ihrer Schwester. Die war schon wieder zum Kapellenausgang vorgelaufen und drehte sich erneut um.

„Jetzt mach schon!", rief sie ihr ungeduldig zu und Maria beeilte sich, ihrer Schwester zu folgen.

Draußen warteten die Frauen alle auf Maria. Wie eine Schar Hühner, die gleich über sie herfallen würden und sie war das Korn, das von ihren spitzen Schnäbeln aufgepickt werden würde. Doch Käte übernahm die Gesprächsführung und nachdem die erste Neugierde gestillt war und die hungrigen Hühner genug Körner aufgepickt hatten, unterhielt man sich weiter über Gott und die Welt. Für Maria schien sich keine besonders zu interessieren, so dass sie das Gerede an sich vorbeiziehen ließ wie einen sanften Strom aus Worthülsen und Satzgeflechten. Ihr Blick schweifte über die Felder und Maria dachte an Gottes schützenden Engel, hier auf dem Kartoffelacker.

Auch beim Geplauder der Frauen ging es um Kartoffeln, um den Schutz der Pflanzen vor Schädlingen. Heute wurden

Insektizide eingesetzt, aber damals war man ganz anders vorgegangen.

„Wir haben damals ja noch die Kartoffelkäfer und ihre Larven eingesammelt", sagte eine zierliche Frau mit weißem, leicht violettem dauergewelltem Haar. „Erinnert ihr euch? 1943 war es besonders schlimm. Aber wisst ihr, dass erst neulich in der Zeitung stand, dass die deutsche Wehrmacht 1943 Kartoffelkäfer züchtete und 14.000 bei Speyer abwarf, um zu testen, ob sie den Fall aus 8000 Meter Höhe überstehen würden."

„Und? Haben sie es überstanden?", wollte Maria wissen.

„Ja und einige hat es bestimmt auch zu uns herübergeweht", antwortete Gertrud. „1945 war es auch schlimm. Ich weiß noch, wie wir mit dem Oberlehrer Pfriem die Kartoffelkäfer suchen mussten. Wir waren gerade in die erste Klasse gekommen."

Mühlbach, 28. Juni 1945

Alle Schülerinnen und Schüler der Mühlbacher Dorfschule zwischen acht und dreizehn Jahren mussten zusammen mit ihren Lehrern aufs Feld gehen und sich an der Kartoffelkäfer-Suchaktion beteiligen. Alle hatten eine Getränkeflasche dabei, in die die Lehrer Petroleum gefüllt hatten. In diese beförderten die Kinder die glitschigen Eier und Larven des Käfers und natürlich auch die gelben Kartoffelkäfer.

Johann, der Sohn des Oberlehrers Pfriem erklärte den Kindern die Herkunft des Schädlings: „Die bösen Amerikaner haben uns den Kartoffelkäfer mit ihren Terrorfliegern abgeworfen. Ihr wisst doch dieses Frühjahr, wo die vielen Jagdbomber über unsere Felder geflogen sind!"

Gertrud nickte eifrig. „Das hat das Kasperle auch gesagt."

„Auf, auf Kinder, ihr sollt nicht schwätzen, sondern den Kartoffelkäfer suchen", ermahnte sie Oberlehrer Pfriem. „Ihr wisst ja, es gibt auch eine Belohnung: Für zehn Käfer einen Groschen und zehn Larven gelten so viel wie ein Käfer!" Das musste der Lehrer den Kindern nicht zweimal sagen und in Windeseile durchpflügten sie den Acker. Gertrud hatte gute Augen und ekelte sich vor nichts, so dass sie am Ende des Schulmorgens mit einer stattlichen Ausbeute nach Hause kam.

Mühlbach, 15. Mai 2002

Marias Handy klingelte und sie verabschiedete sich von den Frauen. Es war Irmgard. Während sie mit Käte zu ihrem Wagen lief, hörte sie ruhig zu.

„Es war doch keine Lungenentzündung", sagte sie nach dem Gespräch zu Käte. „Und dem Baby geht es auch wieder besser. Aber sie haben beschlossen es am Freitag zu holen. Dann ist die 37. Woche rum."

Nach dem Abendessen legte sich Maria sofort hin, sie wollte am nächsten Tag schon früh zu Sofia gehen. Sie hatte ihr noch so viel zu erzählen und spürte, dass ihr nicht mehr viel Zeit blieb. In dieser Nacht träumte sie von unzähligen Sternen und sie war mitten unter ihnen. Am nächsten Tag wusste sie nicht mehr, ob sie selbst der Stern auf der Deichsel des Großen Wagens gewesen war, aber sie war sich sicher, sie war durch die Nacht geflogen. Das Universum war unendlich und sie ein Teil davon. Und sie hatte geleuchtet.

30

PASSIONSZEIT

Maria ging Richtung Eingang. Sie musste um eine Baustelle herum, die bei ihrem letzten Besuch noch nicht da gewesen war. Überall war der Boden aufgerissen und es war schwierig, sich nicht schmutzig zu machen.

Sofia war inzwischen auf die Gynäkologie verlegt worden. Eine normale Station, keine Kabel mehr, keine Wachstation. Maria fühlte sich wie zuhause auf der Gyn. Da ihre Schuhe immer noch nicht sauber waren, beschloss sie, sie auszuziehen.

„Hallo", begrüßte sie Sofia. „Ich habe dich gar nicht gleich gefunden."

„Ja, ich bin so froh, dass ich jetzt auf der normalen Station bin. Es geht alles so schnell, ich kann es gar nicht fassen. Warum hast du deine Schuhe ausgezogen?"

„Sie sind so schmutzig, ich wollte den Schmutz nicht im Zimmer verteilen!"

„Wäre es nicht praktisch, wenn man den Seelenschmutz auch einfach ausziehen könnte wie ein paar schmutzige Schuhe?"

Maria nickte. „Ja, aber es ist auch gut, sich den Staub von der Seele zu reden." Sie nahm Sofias Hand. „Ich bin so froh, dass es dir wieder gut geht und ich dich heute wieder besuchen kann. Ich muss dir noch so viel erzählen."

Mühlbach, 14. Februar 1945

Maria hielt es nicht mehr aus. Sie brauchte die Beichte, die Absolution. Es gab keinen Tag, der ihr dazu besser erschien, als der Aschermittwoch. Alle Kinder der Familie Heil mussten an diesem Tag zum Beichten in die Kirche und danach war die ganze Familie im Gottesdienst.

In früheren Jahren hatte Maria sich immer irgendwelche Schuldbekenntnisse ausgedacht, der Mutter nicht genug im Haushalt geholfen zu haben zum Beispiel. Aber für das, was sie nun beichten würde, würde Pfarrer Haag ihr nicht nur ein Ave Maria auferlegen.

Neben den Kindern der Familie Heil mussten auch die Kinder der anderen Familien zum Beichten gehen. Mit Absicht setzte Maria sich als letzte in die Reihe der Beichtenden und ihr war schwindlig, als sie im Beichtstuhl Platz nahm.

Sie bekreuzigte sich und Pfarrer Haag antwortete: „Gott, der unser Herz erleuchtet, schenke dir wahre Erkenntnis deiner Sünden und seiner Barmherzigkeit."

Maria zögerte nicht:: „Ich bin schwanger. Der Herr erbarme sich meiner."

Jetzt war es raus. Endlich. Maria fühlte sich unendlich erleichtert. Auf der anderen Seite herrschte Stille.

„Was muss ich beten, damit ich die Absolution bekomme, Pater?", fragte sie schließlich. Immer noch Stille.

Nach einigen Minuten, die Maria wie Stunden vorkamen, hörte sie den Pater mit gepresster Stimme sagen: „Bereust du deine Tat?"

Maria konnte durch die Wand spüren, wie schwer es ihm fiel, nicht zu schreien. „Was meint ihr damit Herr Pfarrer?" Natürlich wusste sie, dass es für die Kirche eine Sünde war, vor der Ehe intim zu sein, doch sie bereute keine Sekunde.

„Du musst deine begangenen Sünden bereuen. Du musst dir deiner Schuld bewusst sein und aufrichtig um Vergebung bitten. Du musst deinen Vorsatz, dein schuldhaftes Verhalten zu ändern, äußern, den Schaden wiedergutmachen."

„Aber es ist doch kein Schaden entstanden, es ist ein Geschenk, unser Kind!"

Pfarrer Haag schien hinter der Wand um Fassung zu ringen. „Du hast deine Jungfräulichkeit verloren, das ist ein unbeschreiblich großer Schaden!"

„Aber wir haben doch vor Gott geschworen, dass wir uns ewig treu bleiben werden", entgegnete ihm Maria.

„Es reicht. Ich kann und will dir keine Absolution erteilen, du bist keine reuige Sünderin und ohne Reue keine Lossprechung von Sünden. Verlass dieses Gotteshaus und wage es nicht noch einmal zur Kommunion hierherzukommen, bevor du nicht aufrichtig deine Sünden bereut hast!"

Damit verließ er den Beichtstuhl und ließ eine völlig verwirrte, weinende Maria zurück. Nach einigen Minuten besann sie sich, nahm all ihren Mut zusammen, verließ den Beichtstuhl und ohne ihre Geschwister und die übrigen

Kinder und jungen Leute von Mühlbach eines Blickes zu würdigen, trat sie aus der Kirche in die kalte Februarnacht. Auf dem Rückweg in die Schützenstraße kamen ihr ihre Mutter und ihr Vater entgegen, denen sie ein „Mir ist nicht gut!" zurief und schnell an ihnen vorbei nach Hause lief.

Der Eklat in der Mühlbacher Dorfkirche verbreitete sich im ganzen Ort. Während der Messe tat der Pfarrer als sei nichts gewesen, doch nachdem er Emilie als letzte das Aschekreuz auf die Stirn gezeichnet hatte, bat er sie zu sich in die Sakristei.

Emilie schickte Hans-Jakob und die Kinder nach Hause und nahm in der Sakristei Platz. Ohne Umschweife klärte er sie über die Sündhaftigkeit ihrer Tochter auf und dass sie ohne wahre Reue nicht mehr an der Kommunion teilnehmen dürfe.

„Deine Tochter ist ein gefallenes Mädchen!" Damit verabschiedete er sich von Emilie.

Als Emilie zuhause war, musste Maria in die gute Stube kommen und wurde zur Rede gestellt.

„Mutter, wir sind doch verlobt, Michael liebt mich, er wird wiederkommen, dann werden wir heiraten und das Kind wird einen Vater haben!"

„So dankst du uns unser Vertrauen!", schrie sie Großvater Gustav an und gab ihr eine Ohrfeige.

Sofort stellte Hans-Jakob sich vor sie. „So gehst du nicht mit unserer Tochter um!", schrie er seinen Schwiegervater an.

„Maria ist nicht mehr unsere Tochter!" Emilie ging auf Maria zu. „Geh mir aus den Augen. Du bist an allem schuld! Du hast Schande über unsere Familie gebracht und den

Zorn Gottes auf uns gezogen. Du bist schuld an unserem Unglück!"

Maria stand da wie versteinert. Sie konnte nicht glauben, was sie da gerade gehört hatte.

Hans-Jakob wendete sich von seiner Frau zu seiner Tochter und wollte sie beschützen, doch der Großvater war schneller und gab Maria einen Tritt. „Mach dass du fortkommst, du Hure!"

Hans-Jakob wollte seine Tochter festhalten, doch sie riss sich los, rannte aus dem Wohnzimmer, aus dem Haus, die Schützenstraße runter, rannte durchs ganze Dorf, bis zu dem Haus, wo sie wusste, dass sie immer willkommen war. Grete öffnete ihr.

„Komm rein!" Sie umarmte Maria und diese sank erschöpft auf der Wohnzimmercouch der Familie Groß nieder. „Sie haben mich rausgeworfen!", war alles, was Maria herausbrachte.

„Das war nicht anders zu erwarten. Aber die beruhigen sich schon wieder." Anna nahm Marias Hand und tätschelte sie.

„Du weißt es schon?"

„Ich habe es dir schon bei der Beerdigung deiner Schwester angesehen!" Anna lächelte. „Du hattest diesen Blick, diese Gesten, das sich Freuen und das sich nicht Freuen, die Angst und die Zuversicht in einem. Ich kenne diesen Blick!"

Maria schaute Anna an. Die nahm ihre Hand. „Weißt du, warum ich sicher bin, dass deine Mutter dich wieder zurücknimmt?"

Maria schüttelte den Kopf.

„Weißt du, wann dein Bruder Karl geboren wurde?"

„Am 14.11.1921."

„Richtig, und weißt du, wann deine Eltern geheiratet haben?", fragte Anna weiter. „Am 24.8.1921!"

Ihre Mutter war schwanger gewesen bei ihrer Hochzeit? Sie hatte sich nicht aufgehoben, für ihren Vater? Maria war fassungslos und erleichtert zugleich. Aber warum hatte ihre Mutter sie so behandelt?

„Sie schämt sich, Maria. Sie hat gedacht, jetzt geht alles wieder von vorne los! Du bleibst erst einmal hier und ruhst dich aus. Lass deine Mutter eine Nacht darüber schlafen und morgen gehen wir zusammen zu dir nach Hause. Du wirst sehen, alles wird gut!"

Am nächsten Morgen, nach dem Frühstück, gingen sie zurück in die Schützenstraße. Hans-Jakob war schon bei der Arbeit in Bruchsal und Emilie war in der Küche und erledigte den Abwasch. Als sie Anna, Grete und Maria sah, verfinsterte sich ihr Blick.

„Was wollt ihr?", zischte sie das Trio an.

„Wir müssen reden", erwiderte Anna ruhig.

„Es gibt nichts zu reden!"

„Ist schon recht, Emilie, wir gehen in die gute Stube." Anna blieb hartnäckig. Widerwillig ging Emilie mit den dreien ins Wohnzimmer.

„Käte, kümmere dich um deine kleinen Geschwister!" Und damit schloss sie die Tür.

Nachdem sich alle gesetzt hatten, begann Anna zu reden.

„Dann soll sie halt wieder nach Hause kommen!", sagte Emilie schließlich.

Maria wollte ihrer Mutter in die Arme fallen, doch Emilie machte sich steif wie ein Brett und weigerte sich ihre Tochter zu umarmen.

„Das wird schon wieder!", meinte Anna. „Der Hans-Jakob wird sie schon noch zur Vernunft bringen! Auf Wiedersehen, Emilie, auf Wiedersehen Maria!"

Doch ihr Vater war nicht da und von einer liebevollen Mutter war nichts zu spüren.

„Du brauchst nicht zu glauben, dass jetzt wieder alles gut ist", sagte Emilie. „Wir werden alle büßen müssen für deine Schande!"

Weinend blieb Maria zurück. Was sollte jetzt nur aus ihr werden, solange Michael noch nicht da war? So lange hatte sie schon nichts mehr von ihm gehört. Wie eine schwarze Woge schwappte die Unsicherheit und Verzagtheit in ihr Herz. Wie eine Klammer legte die Angst sich um ihr Innerstes. Ihre Brust verkrampfte sich bis in die Fingerspitzen, ihr Herz war gelähmt von Traurigkeit und Einsamkeit.

In diesem Moment spürte sie einen Tritt und sie beschloss, nach ihren Geschwistern zu schauen. Die brauchten sie genauso wie der kleine Micha. Nein, es war nicht ihre Schuld, dass der Bruder und die Schwester gestorben waren. Es war nicht der Zorn Gottes, den sie auf ihre Familie herabbeschworen hatte. Sie war Zeugin, doch nicht Quelle des Leids und sie wollte alles daransetzen, dass nicht Trauer und Leid die Oberhand behielt, sondern Hoffnung und Freude.

Im Dorf wussten inzwischen fast alle Bescheid, nur die Protestanten, unter ihnen Dr. Augsteiner und die Hebamme Irma, hatten noch nichts mitbekommen. Für Otto war die Schande, die seine Schwester Maria über die Familie gebracht hatte, nicht zu ertragen. Er folgte dem Ruf des Führers und fuhr mit den anderen Jungen aus Karlsruhe-Land vom Karlsruher Hauptbahnhof Richtung Osten. Ohne ein Lebewohl. Sein Vater, das wusste er, hätte alles daran gesetzt ihn davon abzubringen.

Bruchsal, 16. Mai 2002

„Zeit fürs Mittagessen!", rief Schwester Cordula fröhlich.

Während Maria ihr mitgebrachtes Vesper aß, genoss Sofia mit gutem Appetit das panierte Schnitzel.

„Es freut mich zu sehen, wie gut es dir geht."

„Ich bin froh, dass die Ärzte beschlossen haben, den Kleinen zu holen. Dann ist diese Ungewissheit vorbei." Sofia machte eine Pause. „Es tut mir so leid, wie dich deine Mutter behandelt hat. Aber für sie muss es auch sehr schwer gewesen sein, dass auch noch Otto fort war."

Maria nickte. „Da hast du Recht. Auch wenn ich kein Verständnis für sie hatte. Am ersten März wurde alles noch schlimmer. Als Vater im Bombenhagel von Bruchsal umkam, dachte auch ich, dass alles meine Schuld war und für Mutter war das Maß voll."

Sofia sah Maria abwartend an.

„Willst du wirklich wissen, wie es weiterging? Nicht alles was passiert ist, muss gesagt werden."

„Doch, ich will es wissen."

Mühlbach, 2. März 1945

Maria fand Emilie am nächsten Morgen blutüberströmt. Alles war rot: überall war Blut. Blut an den Wänden, Blut auf dem

Bett und ihre Mutter lag blutüberströmt in einer roten Pfütze. Sie hatte sich die Pulsadern aufgeschnitten, doch sie lebte noch. Maria holte sofort zwei Handtücher, um den Blutfluss zu stillen, dann rief sie um Hilfe. Der Großvater kam als erster.

„Schick die Käte zum Arzt und sieh zu, dass keiner reinkommt", befahl sie ihm.

Doktor Augsteiner kam eine halbe Stunde später, Maria hatte ihre Mutter inzwischen stabilisiert.

„Du hast deiner Mutter das Leben gerettet!!", sagte er und beim Verlassen des Hauses, verabschiedete er sich von Gustav mit den Worten: „Es ist noch einmal gut gegangen. Sei froh, dass du die Maria hast, ohne sie wäre die Emilie jetzt im Himmel!"

Emilie erholte sich rasch, doch für sie wäre Sterben so viel leichter gewesen als das Leben. Sie musste weitermachen, obwohl sie nicht wollte. Dankbar war sie ihrer Tochter dafür nicht.

Bruchsal, 16. Mai 2002

Als ob er es gewusst hätte, begann der kleine Erdenmensch sich in Sofias Bauch bemerkbar zu machen. Sofia nahm Marias Hand und legte sie auf ihren Bauch, so dass auch sie die Tritte spüren konnte.

„Wie wunderbar", flüsterte sie. „Der Herr erhört unsere Gebete. Wir haben gestern für dich gebetet bei der Marienandacht."

„Ja, das habe ich gespürt. Danke. Du warst bei einer Marienandacht? Das ist doch nur etwas für Erzkatholiken. Das passt doch gar nicht zu dir."

„Das passt schon. Stell dir vor, ich gehörte sogar zur Kongregation Mariens!"

„Was ist das denn?", wollte Sofia wissen.

„Das ist so ähnlich wie Pfadfinder, man trifft sich in der Gruppenstunde und macht zusammen Ausflüge."

Mühlbach, 23. März 1945

Im März 1945 trafen sich die Mädchen der Mühlbacher Marienkongregation wie jede Woche zu einer Gruppenstunde, um zu besprechen, was sie in diesem Jahr unternehmen wollten.

„Zuerst muss Frieden sein", meinte Charlotte.

„Kann ja nicht mehr lange gehen, der Krieg ist sowieso bald verloren", entgegnete Maria, die eigentlich gar nicht zum Treffen hatte gehen wollen. Käte wollte sie nicht dabeihaben, aber Charlotte hatte darauf bestanden.

Nach dem Tod des Vaters und dem Zusammenbruch der Mutter glaubte Charlotte, sie könnten jeden Beistand gebrauchen, den sie kriegen konnten. Außerdem war Maria als Namensträgerin die Ehrenvorsitzende der Marienkongregation von Mühlbach.

Seit dem Eklat am Aschermittwoch waren sich die Mitglieder der Kongregation nicht einig gewesen, ob sie ein gefallenes Mädchen in ihren Reihen dulden würden oder nicht. Maria hätte auf die Mitgliedschaft liebend gern verzichtet, aber Charlotte hatte allen Mitgliedern die Leviten gelesen und ihnen gesagt, sie seien nicht besser als die Pharisäer, die die Ehebrecherin steinigen wollten. Daraufhin hatte sich niemand mehr getraut etwas zu sagen, aber hinter vorgehaltener Hand hatte Käte weiterhin ordentlich Stimmung gegen Maria gemacht.

„Was machen wir am Sonntag? Es ist der 25. März, da ist Mariä Verkündigung. Da fahren wir doch alle nach Lichtenthal in die Kirche." Ilsetraud war wie immer sehr organisiert.

„Das stimmt", gab Charlotte ihr recht, die so etwas wie eine Wortführerin geworden war. „Aber dieses Jahr fällt Mariä Verkündigung auf Palmsonntag, da wird die Feier verschoben und es ist ohnehin viel zu gefährlich, mit all den vielen Luftangriffen nach Lichtenthal zu fahren."

„Gut, dann wollen wir hoffen, dass im Mai Frieden ist und wir wieder unsere Ausflüge in den Wald machen können, um die Maiglöckchen zu pflücken und den Marien-altar zu schmücken!", sagte die kleine Geli.

„Wenn du sonst keine Sorgen hast?!" Maria verdrehte die Augen. „Bitte entschuldigt, aber ich glaube, es ist besser, wenn ich dieses Jahr nicht bei den Feierlichkeiten und Aus-flügen dabei bin. Ich bin in unserer Kirche nicht mehr gern gesehen und ich glaube, dass es vielen von euch sowieso lieber wäre, wenn ich nicht dabei bin!"

Mit diesen Worten verabschiedete sich Maria und Käte drückte Charlotte, die sie zurückhalten wollte, auf ihren Stuhl. „Lass sie!", zischte sie.

Maria war froh, der Enge des Gruppenraumes entflohen zu sein. Zwar tat es ihr leid um ihre Schwester Charlotte und um Grete, aber auf den Rest der Mädchen und vor allem auf Käte konnte sie verzichten. Der März war fast vorbei und sie hatte immer noch nichts von Michael gehört. Micha in ihrem Leib wuchs und gedieh und sie spürte, dass Michael am Leben war. Nein, an ihrer Liebe zu Michael war nichts Falsches und auch nicht an dem Kind, das sie unter ihrem Herzen trug.

Aber sie passte nicht mehr nach Mühlbach und erst recht nicht in die Mädchengruppe der Mühlbacher Marienkongregation. Dabei wusste jeder, dass Hannelore mit Oskar nicht nur Händchen gehalten hatte, aber sie war ja nicht schwanger geworden und jetzt tat sie als sei sie eine Heilige, die von allen bedauert werden musste.

Käte war die Schlimmste. Immer schon hatte sie den Jungen schöne Augen gemacht, war um Hans und Heinrich herumgeschwänzelt. Aber die wollten nichts von ihr wissen. Was konnte sie denn dafür, dass sich Hans in sie verliebt hatte. Ach Hans, der gute Hans … Von Grete wusste sie, dass er gesund war und gut behandelt wurde in Wales, aber dass seine Briefe immer sehr traurig waren. Maria hatte ihm zu Weihnachten geschrieben, doch seinen Antwortbrief hatte sie immer noch nicht gelesen. Sie traute sich nicht, hatte ihm gegenüber ein schlechtes Gewissen, weil sie sich für Michael entschieden hatte.

Doch sie bereute nichts, keine Sekunde. Ohne Reue gab es keine Absolution – wie sollte sie dieses Jahr nur Ostern feiern? Wie die Karwoche durchstehen? Am Palmsonntag fuhr Maria mit dem Fahrrad nach Lichtenthal. Vielleicht konnte sie mit Pater Johannes reden, der war ihr damals im Dezember so gütig und liebevoll erschienen. Außer Charlotte, die sich Sorgen um ihre große Schwester machte, hatte sie niemand davon abgehalten.

Es war eine bunt zusammengewürfelte Gemeinde in der Kirche. Außer den Bewohnern von Lichtenthal und den

Evakuierten aus der Pfalz waren noch einige andere Gläubige gekommen, aber mehr als zweihundert Leute durften den Gottesdienst nicht besuchen, da nicht mehr in den Luftschutzkeller passten.

Einige Soldaten, die in der Pilgerhalle untergebracht waren, waren gekommen. Die Offiziere hatten ihre Schreibstube im Kloster eingerichtet und wurden von den Brüdern verpflegt. So wie alle Menschen, die auf der Flucht am Kloster vorbeikamen, hier ein Essen und Schutz erhielten. Kranke, die nicht mehr weiterkonnten, wurden aufgenommen und Theologen aus ganz Deutschland fanden eine Zuflucht.

Kaum waren die letzten Töne des Eingangsliedes verklungen, war Kanonendonner zu hören. Lichtenthal stand unter Beschuss. Alle flüchteten in den Luftschutzkeller. Maria folgte ihnen und nahm neben Pater Johannes Platz. Das Artilleriefeuer war noch weit weg und kam von der anderen Rheinseite, doch sie erinnerte sich noch gut an den Angriff im Dezember und wie schnell sich das Blatt wenden konnte.

Die versammelten Gläubigen beteten wie damals. Als das erste Ave Maria mit „bitte für uns, jetzt und in der Stunde unseres Todes", zu Ende ging, nahm Maria all ihren Mut zusammen.

„Pater, darf ich bei euch beichten, ich fürchte mich vor dem Tod."

Pater Johannes nickte. „Was liegt dir auf dem Herzen mein Kind."

Wie auch schon bei Pfarrer Haag bekannte Maria, dass sie schwanger war. „Ich weiß, dass das für die Kirche eine Sünde ist Pater, aber ich weiß auch, dass ich Michael liebe und er mich und wir uns vor Gott geschworen haben, einander für immer zu lieben, deshalb bereue ich nichts."

„Mein liebes Kind, der Herr kennt dein Herz und er weiß, was du fühlst. Die Ehe ist ein heiliges Sakrament und auch wenn es euch kein Priester geschenkt hat, so scheint mir eure Liebe doch aufrichtig und rein, genauso wie deine Liebe zu unserem Herrn. Das ist das Wichtigste. Sünde ist immer unrein und die Folge der Sünde ist das Getrennt sein von Gott und du suchst seine Nähe und willst nicht getrennt sein von ihm, so werde auch ich dir keine Steine in den Weg legen."

Maria kniete sich nieder und der Pater gab ihr die Absolution: „Ich vergebe dir, im Namen des Vaters und des Sohnes und des Heiligen Geistes."

Maria bekreuzigte sich. „Ich danke euch, Pater Johannes."

„Du musst nicht mir danken, Dank gebührt nur unserm Herrn."

Als Maria in einer Feuerpause nach Hause fahren wollte, bestand Pater Johannes darauf, dass sie nicht wieder zurück nach Mühlbach fuhr, sondern wie die anderen Flüchtlinge im Kloster Schutz suchte. Doch Maria wusste, wie verängstigt ihre Geschwister waren und wie sehr sie sich Sorgen um sie machen würden. Morgen würde es auch nicht besser werden, vielleicht sogar die ganze Woche anhalten. So lange konnte sie unmöglich von zuhause wegbleiben.

Sie verabschiedete sich von Pater Johannes, doch sie musste ihm versprechen, nicht so schnell wieder den gefährlichen Weg nach Lichtenthal anzutreten.

„Aber ich möchte doch am Gründonnerstag und an Ostern in die Kirche und in Mühlbach wollen sie mich nicht haben. Pfarrer Haag verurteilt mich, so wie meine Mutter."

„Denk immer daran, der Herr kennt dein Herz!"

Maria nickte und verließ das Kloster. Während der Fahrt bewegte sie die Worte von Pater Johannes in ihrem Herzen. „Der Herr kennt dein Herz." Wenn doch nur die Anderen das verstehen könnten.

Zuhause erwarteten ihre Geschwister sie schon sehnsüchtig.

„Da bist du endlich Maria!", rief Charlotte und Theresia fiel ihr um den Hals.

Die Mutter sagte nur: „Mach dich nützlich. Kannst mir noch beim Abendbrot helfen."

Maria deckte den Tisch und als sie das Tischgebet sprach, dankte sie ihrem Heiland von Herzen, dass er sie und ihre Geschwister heute beschützt hatte.

Am nächsten Morgen waren die Jagdbomber wieder unterwegs. Eine ganze Woche dauerte der Beschuss von Lichtenthal, der Ort brannte, aber Mühlbach blieb verschont. Während in der Nachbargemeinde Menschen von Granatsplittern tödlich verletzt wurden, herrschte in Mühlbach die Ruhe vor dem Sturm, der sich am anderen Rheinufer zusammenbraute.

Am Gründonnerstag wollten Charlotte und Maria in die Kirche gehen. Die Fußwaschung bedeutete Charlotte viel, doch Emilie verbot den Kirchgang.

„Was nützt dir die Fußwaschung, wenn du tot bist!", herrschte sie ihre Tochter an. „Wenn Maria gehen will, soll sie gehen, die macht ja doch, was sie will. Aber du bleibst hier."

Maria verließ allein und ohne ein weiteres Wort das Haus. In der Kirche saßen nur ein paar alte Frauen, keine

Kinder und keine Mädchen in Marias Alter. Maria nahm ganz hinten Platz. Der Pfarrer betrat mit dem kleinen Julius Strohm den Altarraum. Julius war Ministrant und musste wie jedes Jahr die Schüssel zur Fußwaschung tragen, doch dieses Jahr gab es niemanden der sich bereit erklärt hatte, sich vor dem Altar die Füße waschen zu lassen. Deshalb war die Wahl auf Julius gefallen.

Maria fasste sich ein Herz, ging nach vorn, kniete vor dem Altar nieder und bat um die Fußwaschung. „Ich möchte mich reinwaschen lassen wie Simon Petrus. Ich weiß, ich habe gesündigt, doch der Herr hat mir vergeben."

Pfarrer Haag sah Maria kritisch an und wollte sie schon des Altarraums verweisen, aber da er so schnell wie möglich wieder zuhause sein wollte und die Fußwaschung kein Sakrament war, nickte er und Julius war froh, dass er nicht allein vor dem Altar sitzen musste.

Während Pfarrer Haag Maria die Füße wusch, kam es ihr vor, als ob die Altarkerzen heller leuchteten als zuvor. Die Gebetsnacht, die sonst nach der Waschung stattfand, fiel in diesem Jahr aus, es war zu gefährlich bei Nacht in der Kirche zu bleiben.

So schnell sie konnte fuhr Maria nach Hause zurück. Zusammen mit Charlotte begann sie in ihrem Zimmer mit ihrer eigenen Gebetsnacht. Nachdem Charlotte eingeschlafen war, blieb Maria noch lange wach. Sie fühlte sich ihrem Heiland so nahe wie schon lange nicht mehr. Das tiefste Tief war ihm nicht verborgen gewesen und auch er hatte dreimal gebetet, dass der Kelch an ihm vorübergehe. Schließlich hatte er ihn doch angenommen und ausgetrunken bis zum Schluss, denn nicht sein Wille, sondern der Wille des Vaters geschehe.

31

OSTERN

Am Ostersamstag wurde es endlich ruhig in Lichtenthal. Die Osternacht konnte gefeiert werden. Auf das Osterfeuer vor der Kirche hatte man aus Sicherheitsgründen verzichtet und auch der Gesang des Kirchenchors fiel aus, weil die Männerstimmen fehlten. Stattdessen hatte Lioba, die Dorfschullehrerin ein Lied komponiert, das sie mit ihren Schwestern vortrug. Hedwig, die jüngste Schwester, sang den Sopran wie ein Engel und die Verse drangen direkt in Marias Herz. So wie die dunkle Kirche durch das Licht der Osterkerze erhellt wurde, spürte Maria, wie all das Dunkel des Krieges in ihrer Seele von diesem Lichtgesang vertrieben wurde. Wie ein Kind Gottes fühlte sie sich, das Teil hatte an der Auferstehung des Herrn.

Du hast mir eine Krone aufgesetzt.
Du machst mich strahlend und schön.
Du lässt mein Antlitz leuchten
und machst mich würdig.
Würdig dein Kind zu sein.
Würdig mein Kreuz zu tragen,

zum leeren Grab.
Du hast mir eine Krone aufgesetzt.
Ich will sie tragen,
voll Stolz und Würde.
Ich will Ihn weitergehen,
diesen Weg zu dir.
Du hast mir eine Krone aufgesetzt.
Und wenn ich falle, stehe ich auf.
Und gehe mit dir,
denn ich bin dein Kind,
ein Königskind.

Am nächsten Morgen, dem 1. April 1945, war von der österlichen Auferstehungsfreude im Hause Heil nichts zu spüren. Heute wäre Hans-Jakob Heil 45 Jahre alt geworden. Sogar der kleine Karl-Jonathan bemerkte die Traurigkeit im Haus und ließ sich ohne Murren die Hände und das Gesicht waschen. Auch den Seitenscheitel für den Kirchgang ließ er stillschweigend über sich ergehen.

Im Trauermarsch ging die ganze Familie am Ostermorgen zur Frühmesse um 8.00 Uhr. Nur Großvater Gustav fand, er müsse heute nicht gehen, gestern Nacht sei doch genug gewesen. Er wollte stattdessen an der Pfinz sein Glück versuchen, um die Familie mit ein paar guten Bachforellen aufzuheitern.

In der Dorfkirche angekommen, fühlte sich Maria wie einer der Jünger auf dem Weg nach Emmaus, die Jesus nicht erkannten. Gestern war sie noch ein Gotteskind gewesen und und wie einsam und steinig war heute ihr Weg.

Emilie saß still und gedankenverloren in der Kirchenbank. Ihr Herz schien so traurig zu sein, dass jeder Mensch in der Kirche ihren Schmerz hätte spüren können, wenn nicht all die anderen Kirchgänger selbst erfüllt gewesen wären von ihrem Leid. Als sie die Hostie vom Pfarrer mit den Worten: „Leib Christi" empfing und einen Schluck Wein mit den Worten: „Blut Christi" trank, schwankte sie und Käte, die hinter ihr stand, konnte sie gerade noch stützen und sie zur Kirchbank führen, auf der sie zitternd Platz nahm.

„Irgendetwas wird heute wieder passieren", flüsterte sie Käte zu.

Maria blieb das Sakrament der Eucharistie verwehrt, sie hatte bereits die Kirche verlassen und stand nun am Grab von ihrem Vater. Als sie den Friedhof verließ, um sich auf den Heimweg zu machen, sah sie am Rheinhofener Wald Schatten, die sich auf Mühlbach zuzubewegen schienen. Soldaten! Mit dunkler Haut, soviel konnte Maria erkennen, und sie trugen etwas Weißes auf dem Kopf. Sie rannte los.

„Die Franzosen kommen!", rief sie, als sie in der Schützenstraße ankam. Die Familie war gerade von der Kirche zurück. Käte hatte bereits das Wasser hingestellt und wollte eben die Kartoffeln schälen.

„Los, los, Maria, Käte, Charlotte in den Dickrübenkeller!", rief Großvater Gustav..

Maria, Käte und Charlotte kauerten sich eng aneinander. Es war dunkel und stickig, kaum auszuhalten. Ein Gefühl von Panik begann in Maria aufzusteigen. Wenn dann auch noch die Luke verschlossen würde, Maria wagte nicht daran zu denken.

„Los Emilie, geh du auch in den Keller!", rief der Großvater. „Der Rest bleibt bei mir."

„Nein, Vater. Ich bleib draußen, eine Frau muss doch im Haus sein, sonst werden die misstrauisch."

Der Großvater knurrte, aber ließ es gut sein und befahl Theresia draußen auf der Straße zu warten und sofort zu kommen, wenn die Soldaten in die Schützenstraße einbogen. Es hatte etwas Gutes, dass die Läuse der Baders doch auf Theresia und den kleinen Kar-Jonathan übergesprungen waren: Theresia unterschied sich wegen ihrer kurzgeschorenen Haare in keinster Weise von einem Jungen.

„Und du Emilie mach dich nützlich, wenn du schon nicht machst, was ich dir sage. Bereite die Forellen zu, das kannst du doch so gut. Wenn sie das gute Essen riechen und erst einmal satt sind, haben wir vielleicht Glück."

Dann ging er zurück zum Kellereingang und wartete, während Emilie drinnen die Kartoffeln schälte und begann dann die Forellen zuzubereiten, bereit, sich für ihre Kinder zu opfern. Theresia und der kleine Karl-Jonathan brauchten ihre Mutter und auch die großen Mädchen und den Vater konnte sie nicht alleine lassen. Nur die Maria, die war ja schon verloren…

Die Kartoffeln waren bereits im Topf, als Theresia in den Hof kam und das Signal gab. Großvater Gustav machte sofort die Falltür zu und schob mühsam die Brühmulde darüber. Er war gerade fertig und wieder in der Küche mit einer guten Flasche Wein in der Hand, als drei Franzosen das Haus betraten. Zwei schwarze Männer, nicht besonders groß mit weißen Turbanen und ein weißer Soldat, der auch recht klein war und den anderen Soldaten Befehle gab. Sie rissen die Türen auf und brachten alle Zimmer in Unordnung. Zum Glück hatte Emilie nach dem Tod ihres Mannes das Hitler-Bild abgenommen und stattdessen wieder das Bild von Jesus und seinen Jüngern im Kornfeld an die Wohnzimmerwand gehängt. Und nachdem sie vom alten Bauern Maag gehört hatten, der im Nachbardorf gefangen genommen worden war, nur weil er ein Arbeitshemd mit SS-Abzeichen trug, hatten sie alle Uniformen, die sich noch im Haus befanden, verbrannt.

„Filles?", schrie einer der Schwarzen.

Gustav schüttelte den Kopf. Er deutete auf Emilie, die sich ihre zweiten Zähne herausgenommen hatte, und ganz eingefallen aussah.

„Seulement vielle femme! Nur alte Frau. Vous voulez manger quelque chose?" Gustav hatte im 1. Weltkrieg in Frankreich gekämpft und dort ein paar Brocken Französisch aufgeschnappt.

Der weiße Soldat setzte sich an den Tisch. „Cherchez la cave!", rief er den anderen Beiden zu.

„Zeig ihnen den Keller!", befahl der Großvater Theresia und schenkte dem Soldaten ein Glas Wein ein.

Mit zitternden Händen öffnete sie die Tür zum Luftschutzkeller. Die schwarzen Soldaten rannten hinunter und kamen nach kurzer Zeit zurück.

„Rien", meldeten sie.

„Jardin", gab der weiße Soldat Anweisungen.

Die schwarzen Soldaten rannten nach draußen. Sie liefen durch den Garten bis zum Bienenhaus, gingen in den leeren Stall, fanden nur den aufgeschreckten Horschdl in seinem Käfig, durchsuchten die Scheune, den Heuboden und den Schuppen und kamen nach einiger Zeit wieder in die Küche zurück.

„Pas de personne."

„Bien, alors, mangez!"

Großvater Gustav schenkte Wein nach, den der Soldat gierig austrank.

„Pas de vin pour vous!", sagte der Offizier zu den Schwarzen, die sich ohne zu murren Wasser einschenkten.

„C'est pas comme un vin francais, mais ce n'est pas mal", sagte Großvater Gustav und goss dem Offizier noch ein weiteres Glas Wein ein.

Dieser verzog das Gesicht, aber trank weiter. „Besser als nichts!", sagte er. Er sprach also deutsch.

Inzwischen waren der Fisch und die Kartoffeln fertig. Emilie hatte zur Zubereitung sogar gute Butter genommen und es schmeckte köstlich. Der Offizier war sehr zufrieden und auch den anderen Soldaten schmeckte es. Nach dem Essen brachte sie den Sonntagskuchen. Für den Oster-montag hatte sie einen wunderschönen Kranz gebacken, in dessen Mitte bunte Eier waren.

„Brioche?", fragte der Großvater und die Soldaten nick-ten erfreut. „Café? Té? Lait?", fuhr er fort.

Emilie versorgte die Soldaten mit Tee und Dinkelkaffee, sagte aber nichts.

„Das war wirklich ausgezeichnet", sagte der Soldat schließlich. „Morgen komme ich wieder zum Essen."

„Ich halte das hier drin nicht mehr aus", wimmerte Charlotte im Scheunenkeller. „Ich bekomme keine Luft mehr. Wir müssen alle sterben."

Käte fing an zu schluchzen. „Es ist so dunkel hier!"

Maria, der es genauso ging, nahm die Hände ihrer Schwestern. „Lasst uns beten!", wisperte sie.

Während Charlotte und Käte ein Vater unser und ein Ave Maria nach dem anderen beteten, bewegte Maria nur ihre Lippen, doch ihre Gedanken jagten davon. „Was, wenn sie alle umbringen? Wir kommen hier nicht alleine raus. Die Tür können wir nicht öffnen. Wir sind hier gefangen." Der Moder, die niedrige Decke, die Dunkelheit. Maria wurde schwindlig, vor ihren Augen tanzten kleine Sternlein, sie verlor jedes Zeitgefühl..

Endlich wurde die Brühmulde zur Seite geschoben, langsam und schwerfällig. Die Mädchen klammerten sich aneinander, Charlotte drückte Marias Hand so fest, dass es weh tat.

Als dann der Großvater mit seinen großen Schuhen zu sehen war, fühlte Maria nur Dankbarkeit, auch wenn es noch nicht so lange her war, dass er mit diesen Schuhen nach ihr getreten hatte.

Erst später erfuhren sie, dass die Frau des Zahnarztes vergewaltigt worden war ebenso wie die Lucia aus der Kirchenstraße. Von den anderen wusste man es nicht, aber es seien wohl noch mehr gewesen. Grete war nichts passiert, die hatte Anna im Schrank versteckt und wie Emilie den Soldaten etwas Gutes gekocht.

32

KAPITULATION

Am nächsten Tag kam der Offizier zum Mittagessen ins Haus und stellte sich als Henri Vinçon vor. Er war überrascht am Mittagstisch nicht nur die Mutter, den Großvater und die drei kleinen Kinder vorzufinden, sondern auch drei hübsche Mädchen. Vor allem das Mädchen mit dem langen braunen Zopf, den üppigen Brüsten und den sanften braunen Augen hatte es ihm sofort angetan.

„Monsieur, ich brauche noch eine Unterkunft für mich", erklärte er dem Großvater nach dem Essen. „Ich sehe, Sie haben viele Zimmer. Ich werde ab heute Nacht bei Ihnen wohnen. Bitte bereiten Sie alles vor." Danach verließ er das Haus.

„Als ob man nicht genug Sorgen hätte", jammerte Emilie.

„Stell dich nicht so an, dann sind die Mädchen wenigstens sicher! Ein Offizier wird sich nichts zu Schulden kommen lassen und dann passiert in unserem Haus nichts."

Am Abend zog Henri Vinçon in Großvater Gustavs Zimmer ein. Er schien nicht viel älter als Karl zu sein, ungefähr 25 Jahre. Marias Aufgabe war es, das Bett des Offiziers zu machen und seine Kleidung zu waschen. Alle

Dinge, die keiner sonst erledigen wollte, musste sie verrichten, um Buße zu tun für ihre Sünden. Da keiner etwas mit dem Franzosen zu tun haben wollte, musste sie ihm auch das Frühstück machen und ihm beim Abendessen Gesellschaft leisten, zusammen mit dem Großvater.

Maria hatte sich daran gewöhnt, von ihrer Mutter und ihrer Schwester gedemütigt und drangsaliert zu werden. Es lenkte sie von ihrem eigenen Leid und ihren Sorgen ab. Sie hatte ihrer Mutter das Leben gerettet, doch die bestrafte sie dafür mit Verachtung und Liebesentzug. Wann immer es ging, flüchtete Maria sich in Michaels Briefe, die seit seiner Gefangenschaft nur noch sehr spärlich und seit dem Einmarsch der Franzosen gar nicht mehr ankamen. Da ihr Herz nach jedem Brief schwerer war als zuvor, und auch das Schreiben an ihn ihr keine Erleichterung mehr brachte, weil keine Antworten mehr kamen, war sie wieder zum Lesen von Romanen übergegangen, um der Wirklichkeit zu entfliehen, und verschlang alles, was ihr unter die Finger kam.

Dass auch der Franzose gern las, hatte sie auf seinem Nachttisch gesehen und eines Morgens konnte sie der Versuchung nicht widerstehen. Sie hatte schon von Voltaire gehört und nahm das Buch *Romans et contes* in die Hand, blätterte ein wenig darin herum. Vorn stand eine Widmung von einer Léa Cecile:

L'amour es de toutes les passions la plus forte, parce qu'elle attaque a la fois la tete, le coeur et le corps.

Ihr Französisch war schon etwas eingerostet, aber sie hatte fleißig mit Karl gelernt, damals, als sie unbedingt nach

Paris wollte. Es fiel ihr schwer, die fremde Handschrift zu entziffern, doch als sie den Sinn der Worte verstand, war sie wie elektrisiert. Genauso war es, dachte sie. Als sie mit Michael die Liebe fand, spürte sie eine so große Leidenschaft wie nie zuvor, nicht nur körperlich, sondern auch geistig und vor allem hatte sie gefühlt, dass Michael in ihr Herz eingezogen war und ganz davon Besitz genommen hatte. Maria dachte an jene letzte Nacht unterm Nussbaum und sie fühlte sich ihm so verbunden, wie schon lange nicht mehr. Ob es Monsieur Vinçon mit seiner Léa Cecile auch so ging? Gewiss, sonst hätte sie nicht so eine Widmung gewählt.

„Wo bleibst du Maria?", hörte sie Käte rufen. Maria legte schnell das Buch zurück auf den Nachttisch, strich die Bettdecke noch einmal glatt und verließ Henris Zimmer.

„Gefällt dir Voltaire?", fragte Henri beim Abendessen.

Maria nickte schuldbewusst mit dem Kopf. Zum Glück war Großvater Gustav gerade nicht da. „Ja, sehr gut, aber auf Französisch ist es sehr schwierig für mich. Ich verstehe leider nicht alles."

„Hast du die Widmung verstanden?" Henri bohrte weiter. Maria nickte erneut.

„Bitte entschuldigen Sie, ich wollte nicht neugierig sein. Ich lese nur so gerne und ich wusste nicht, dass da eine Widmung ist."

„Hab keine Angst, es freut mich, dass du gerne liest. Ich habe dich mit einem Gedichtband von Rilke gesehen. Ein sehr guter Dichter. Vielleicht können wir uns ja gelegentlich ein wenig über Literatur austauschen, wenn es meine Zeit erlaubt. Ich hätte gerne Literatur und Philosophie studiert, aber die Vinçons sind schon immer beim Militär gewesen, nun ja. Denkst du Voltaire hat recht?"

„Mit was?" Maria wusste nicht, was sie sagen sollte.

„Dass die Liebe die stärkste Leidenschaft ist?", erklärte Henri.

Maria nickte.

„Kennst du denn die Liebe?", fragte Henri weiter.

„Ja, Monsieur, ich habe meine Liebe fürs Leben gefunden und sie hat meinen Körper, meinen Geist und mein Herz ergriffen!"

„Und wo ist dein Geliebter jetzt?"

Das ging ihn eigentlich nichts an und die Mutter hatte ihr verboten, über Michael zu sprechen. Aber es war zu verlockend und Henri erinnerte sie so an Karl. „Er ist in Gefangenschaft, irgendwo auf dem Balkan. Wir sind verlobt, wenn er nach Hause kommt, werden wir heiraten und…"

„Und?", fragte Henri hartnäckig.

„Und Sie?"

„Ich?", erwiderte Henri überrascht. „Ja, ich bin auch verliebt und verlobt mit Léa Cecile, wie du ja weißt. Wir werden heiraten, eigentlich war die Hochzeit für Mai geplant, ich hoffe, dass ich bis dahin heim darf."

„Das freut mich für Sie. Ich werde wohl noch warten müssen, ich hoffe nur, dass Michael bis …" Sie sah ihn erschrocken an.

„Dass er da ist, bis euer Kind kommt?", vollendete Henri den Satz.

„Ja, woher wissen Sie?" Maria schaute beschämt zu Boden.

„Meine Liebe, ich habe drei ältere Schwestern, die alle schon Kinder bekommen haben. Es ist offensichtlich.

Wie du dich bewegst, wie du von innen leuchtest, du bist wunderschön und gleichzeitig entrückt in einer geheimnisvollen Schönheit, die ich nur von Schwangeren kenne. Deine Augen leuchten, dein Teint ist wunderbar und naja, dein Dekolleté ist sehr einladend."

Maria wurde rot.

„Du musst übrigens besser aufpassen. Wir haben nicht immer alle Soldaten hier unter Kontrolle. Das können wir Offiziere nicht leisten und es denken auch nicht alle Offiziere wie ich."

Maria nickte: „Danke, Monsieur Vinçon, ich werde besser aufpassen."

„Ich denke, nach dieser vertrauten Unterhaltung solltest du mich Henri nennen, meinst du nicht?" Henri lächelte sie augenzwinkernd an.

In diesem Moment kam Großvater Gustav in die Küche. „Du dreckiges Miststück", herrschte er sie an. „Ab mit dir nach draußen!"

Maria verließ sofort den Raum.

„Monsieur Gustav, es ist alles in Ordnung. Ihre Enkelin hat mir nur zur Hochzeit gratuliert. Ich werde Deutschland Ende der Woche verlassen, nach Hause zurückkehren und heiraten."

„Oh, na dann, herzlichen Glückwunsch!", brummte Gustav und verließ ebenfalls die Küche.

Es wurde kein neuer Offizier in Großvaters Stube einquartiert und alle waren erleichtert, das Haus wieder für sich zu haben. Nachts war der Großvater auf der Hut, dass kein französischer Soldat seinen Enkelinnen zu nahekam, aber Henri schien klargemacht zu haben, dass die Mädchen in der Schützenstraße unter seinem persönlichen Schutz standen.

Dann kam der erste Mai, der Tag der Arbeit. Es war Spargelzeit. Käte und Maria standen in der Schlange vor der Markthalle zusammen mit allen anderen Mädchen von Mühlbach.

„Der Hitler hat sich umgebracht, jetzt ist es aus mit dem Krieg!", rief der Vater von Ilsetraud, der immer gegen Hitler gewesen war, das wussten alle.

Käte und Maria jubelten und stießen Freudenschreie aus. Edda fiel vor Schreck der Spargelkorb aus den Händen. Heulend rannte sie nach Hause. Käte und Maria sammelten die Spargel ein, um sie für Edda abzugeben. Edda war doch eine Freundin von Käte und dieser Freundschaft hatte es Maria zu verdanken, dass ihre abfälligen Bemerkungen über Hitler und die Freundschaft zu Hilde für sie keine Konsequenzen gehabt hatten.

„Jetzt haben wir endlich bald Frieden, Käte!" Maria umarmte ihre Schwester voller Freude. „Und der Fritz und der Otto können wieder heim. Und Michael kann endlich zu mir kommen und wir können heiraten!"

Bruchsal, 16. Mai 2002

„Ich vermisse meinen Bruder so", sagte Sofia. „Als meine Mutter starb, habe ich mich um ihn gekümmert, so wie du um deine Geschwister. Jetzt ist er weit weg und wir haben kaum noch Kontakt. Er lebt jetzt in einer anderen Welt, da hat Familie keinen Platz und mein Leben findet er nur spießig."

„Hast du denn schon mit ihm geredet?", wollte Maria wissen.

„Es ging nur der Anrufbeantworter dran. Das ist jetzt schon eine Woche her." Sofia wurde ganz still. „Erzähl du weiter. Wie war es denn, als die Amerikaner kamen?"

33

SCHWING GUM

Mühlbach, 11. Juni 1945

Mit den Amerikanern änderte sich die Stimmung im Dorf. Es schien, als ob mit dem Ende des Krieges auch das Ende des Hasses gekommen war. Ja, sie hatten ihre Kameraden verloren, doch die amerikanischen Soldaten wussten, das hatten die Deutschen auch. Und die amerikanischen Frauen waren nicht geschändet, die Äcker nicht verwüstet und die Häuser nicht zerstört worden. Zuhause erwartete sie eine heile Welt und sie hatten kein Problem damit, diese heile Welt mit den Bewohnern von Mühlbach zu teilen.

Theresia, die anfangs große Angst vor den Amerikanern gehabt hatte, schließlich hatte das Kasperle ihnen eingebleut, sie seien alle so böse wie der Teufel, lernte früh, dass der Kasper nicht Recht gehabt hatte. Ebenso wurde ihr schnell klar, dass auch die Erwachsenen, die das gleiche gesagt hatten, gründlich danebenlagen. Da sie sehr geschäftstüchtig war, begann sie bald mit den Amerikanern einen Tauschhandel zu betreiben und brachte ihnen vom guten Schnaps, den Großvater Gustav im Keller gelagert hatte. Dafür bekam sie in großen Mengen Schokolade, die sie teuer an die Nachbarskinder verkaufte. Als Maria sie dabei erwischte, las sie ihr gehörig die Leviten und Maria hoffte, dass Theresia mit dem Tauschgeschäft aufhörte.

Die *cigarettes* verteilten die Amerikaner nur an die Erwachsenen, vorzugsweise an die deutschen Frauen. Die deutschen *Fräuleins* wurden dabei unverhohlen beobachtet und als ebenso freizügig eingestuft wie die französischen *Mademoiselles*. Maria erfuhr später, dass für viele junge Amerikaner die Aussicht auf eine Liebschaft, fernab vom moralischen Elternhaus in den Staaten, eine Motivation gewesen war in den Krieg zu ziehen.

Da kam es den jungen *soldiers*, die in Lichtenthal stationiert waren, gerade recht, dass der Vorstand des Mühlbacher Musikvereins beschlossen hatte, zur Erinnerung an seine Gründung, ein Zeichen der Hoffnung und Freude zu setzen. Fraternisierungverbot hin oder her: Am Johannistag waren alle zum Musikfest eingeladen.

Käte war Feuer und Flamme, als sie ihrer Familie vom bevorstehenden Musikfest berichtete. „Endlich können wir wieder tanzen und fröhlich sein!", sagte sie beim Abendessen.

„Es gibt nichts zum fröhlich sein", antwortete ihre Mutter nur knapp und starrte Maria an, die schuldbewusst auf ihr Brot schaute. „Und wer soll überhaupt spielen? Der Adam und der Herman, der Anton und der Ludwig, der Kurt und der Andreas und wer war es noch, wo nicht zurückgekommen ist aus dem Krieg? Ach ja, der Lorenz."

„Aber dafür haben wir doch auch wieder Zugezogene im Musikverein, den Dietmar und den Detlef zum Beispiel", entgegnete ihr Käte.

Am Samstag, den 23. Juni machten sich die Mädchen der Schützenstraße hübsch. Maria war inzwischen hochschwanger und hatte seit jenem Brief im Dezember von Michael nichts mehr gehört. Ihr war nicht nach Feiern zumute, aber Charlotte wollte, dass sie wieder auf gute Gedanken kam und sich ein wenig ablenkte.

Grete kam, um Maria ein Kleid von sich zu bringen. Sie war schon immer etwas fülliger gewesen und Anna hatte es immer verstanden ihr dennoch Kleider zu nähen, in denen sie wunderbar aussah. Maria beschloss alle negativen Gedanken für diesen Abend in die hinterste Schublade ihres Geistes zu verbannen. Ihr kleiner Micha würde so lange warten, bis sein Vater aus dem Krieg zurückkam. Sie zog das Kleid an und die alte Lebensfreude kam wieder in ihr hoch.

„Schick siehst du aus, meine Liebe." Grete zupfte das Kleid zurecht. „Der Schnitt ist ideal für dich. Man kann gar nichts erkennen und dein Busen ist eine Wucht!" Grete gab Maria einen Klapps auf den Po und Maria schaute sich verschämt und zugleich stolz im Spiegel an. „Meinst du wirklich? Mein Bauch ist doch ganz schön dick!"

„Papperlapp! Was soll ich denn dann sagen? Ich bin nicht schwanger und habe bei weitem nicht so eine gute Figur wie du. Der Stoff ist halt auch ideal!"

Als Käte das Zimmer betrat, verstummten die beiden jungen Frauen und Käte warf Maria einen missbilligenden Blick zu: „Hast dich ganz schön aufgebrezelt!", zischte sie.

„Ach sei doch nicht so, Käte!", mischte sich nun auch Charlotte ein. „Komm, ich helf dir mit der Frisur!"

„Das kann ich auch alleine!", lehnte Käte ab und begann sich eine jener kunstvollen Frisuren zu machen, die gerade angesagt waren.

„Aber mir kannst du helfen!", bat Maria, „kannst du mir einen Haarkranz flechten? Der ist so praktisch!"

Das Festzelt war gerammelt voll, als die Mädchen dort ankamen. Neben den Dorfbewohnern waren auch Bewohner der anliegenden Dörfer gekommen, darunter viele junge Mädchen, denn die amerikanischen Soldaten waren ja auch eingeladen. Junge deutsche Männer sah man kaum, die waren entweder noch in Gefangenschaft oder würden nie zurückkommen.

Der Abend begann mit dem Totengedenken, das war man den gefallenen Mitgliedern des Musikvereins schuldig. Nach der Schweigeminute begann das lustige Treiben und es sollte bis nach Mitternacht gehen, denn Johannistag war erst am Sonntag. Man hatte beim zuständigen amerikanischen Offizier, einem Jack Pearis, dafür extra eine Ausnahmeregelung erwirkt.

Als das Fest im Gange war, aber die Mädchen mit den Mädchen tanzen mussten, da nicht genügend Männer da waren, kamen die amerikanischen Gäste. Als der erste GI den Kopf durch die Zelttür streckte, hörten alle zu tanzen auf, nur Charlotte und Maria hatten so eine Freude am Tanzen, dass sie gar nicht bemerkten, dass sie bald die einzigen waren, die noch tanzten. Als der Tanz zu Ende war, applaudierten die Amerikaner und es kamen sofort zwei auf Maria und Charlotte zu, um sie zum Tanzen aufzufordern.

Charlotte nahm die Einladung gerne an.

„Entschuldigung, ich kann nicht mehr!", servierte Maria den anderen Soldaten ab. Der blitzte sie mit seinen grauen Augen an, doch Maria brauchte dringend eine Pause und ging zur Tür. Der abgewiesene Soldat blieb nicht lange allein. Sofort ergriff Käte ihre Chance und bot sich ihm zum Tanze an.

Maria trat ins Freie. Eine Gruppe schwarzer Soldaten schien mit einer Gruppe weißer Soldaten zu streiten, es sah nach einer Rangelei aus.

Rasch ging Maria zurück ins Zelt und suchte den diensthabenden Offizier der Truppe.

Er war nicht schwer auszumachen, stand in der Mitte des Zeltes, umringt von jungen Mädchen, die ihn anhimmelten. Jack Pearis sah umwerfend gut aus. Groß gewachsen, Maria schätzte so ungefähr 1,90m, kräftig, muskulös, mit rotblonden Locken, grünen Augen und einem wunderbaren Lachen im Gesicht.

Sie ging schnell auf ihn zu und sprach ihn auf Englisch an: „Excuse me, sir, but I think you should go outside, there seems to be trouble!"

Pearis nickte ihr zu und verließ das Zelt.

„Was soll das denn?", zischte Ilsetraud erbost. „Willst ihn wohl beeindrucken, mit deinem Englisch!"

Maria ließ Ilsetraud einfach stehen und folgte dem Offizier nach draußen. Der hatte die Unruhestifter schon ausfindig gemacht, die Situation geklärt und kam gerade mit den schwarzen Soldaten zurück zum Festzelt.

„Danke, dass Sie mir Bescheid gegeben haben!", sagte er zu ihr.

„No problem", antwortete Maria.

„Darf ich Sie zu einem Getränk einladen?" Pearis lächelte sie mit seinen wunderschönen weißen Zähnen an.

„Gerne. Ich habe ganz schön Durst, ich hätte gerne eine Apfelsaftschorle!"

Pearis schaute Maria erstaunt an. „Keinen Alkohol?"

„Nein danke." Maria lächelte.

„Ich trinke auch keinen Alkohol, ich bin hier schließlich immer im Dienst!"

Als Maria mit Pearis das Zelt betrat, fühlte sie, wie sämtliche Blicke der anwesenden Mädchen auf ihr lagen. Als sie sich dann auch noch mit ihm an einen Tisch setzte und von ihm ein Getränk gebracht bekam, das von weitem auch Bier hätte sein können, war sie das Gespräch der Stunde. Doch Maria achtete nicht auf die neidischen Blicke der anderen Mädchen. Sie genoss die interessante Unterhaltung und als Pearis sie zum Tanz aufforderte, nahm sie die Einladung gerne an. Er war ein sehr guter Tänzer und wenn Maria nicht hochschwanger gewesen wäre, hätte sie gerne noch weiter mit ihm getanzt. Doch so stellte sie ihm nach dem ersten Tanz ihre Schwester Käte vor, die sich gerade mit Ilsetraud den Mund über sie zerriss.

Maria setzte sich und sah ihren Schwestern beim Tanzen zu. Charlotte, die ebenso gerne tanzte wie Maria, hatte gerade einen Tanz mit einem schwarzen Amerikaner beendet, als sie schon vom nächsten aufgefordert wurde. Maria dachte an die Situation, die sie vor dem Festzelt gesehen hatte und sie entschloss sich, einen der schwarzen Amerikaner, der gerade mit Charlotte getanzt hatte, anzusprechen.

„Hi, I am Mary, Charlotte's sister!", stellte sie sich vor und deutete auf Charlotte.

Ilsetraut und Hannelore ließen sie nicht aus den Augen.

„Hi, nice to meet you, madam! I am Gordon, Gordon Mortimer Johnson, at your service, madam!", antwortete der amerikanische Soldat.

„I don´t want to be impolite but could you tell me what happened outside?", fragte Maria neugierig.

Gordon Johnson hatte gerade Zeit gehabt ihr kurz zu antworten, da tippte *Officer* Pearis ihr auf die Schulter.

„Schenken Sie mir noch einen letzten Tanz?", bat er Maria höflich. Sein Lächeln war verschmitzt und verführerisch zugleich, da konnte Maria nicht nein sagen.

Es war schon kurz nach Mitternacht, als die drei Heil-Mädchen nach Hause gingen. Charlotte und Käte plapperten munter, aber Maria taten die Füße weh und ihr Bauch war hart.

Charlotte war wie berauscht vom Tanz und Käte betonte immer und immer wieder, wie schön es gewesen war mit *Officer* Pearis zu tanzen und was für ein toller Mann er war.

„Und über was hast du mit *Officer* Pearis gesprochen? Und mit dem Schwarzen?"

„Ich habe Herrn Johnson gefragt, über was er sich mit den weißen Soldaten gestritten hat. Wusstet ihr, dass die weißen und die schwarzen Soldaten zwar zusammen kämpfen müssen, aber dass die schwarzen Soldaten nicht in den gleichen Unterkünften schlafen dürfen wie die weißen und in USA zum Beispiel auch nicht nebeneinander im Bus sitzen dürfen? Also zumindest in den Südstaaten."

Käte sah Maria ungläubig an. „Ach was. Und wen interessiert das? Ich finde *Officer* Pearis so männlich!"

Charlotte kicherte. „Wo sind die Soldaten denn untergebracht?"

„Die schwarzen Soldaten in der Zuckerfabrik. Die weißen weiß ich nicht, wahrscheinlich die Offiziere wieder bei Privatpersonen oder im Kloster." Maria zuckte mit den Schultern. „Auf jeden Fall feiern die schwarzen Soldaten ihren Gottesdienst in der Wallfahrtskirche. *Private* Johnson hat mich dazu eingeladen!"

„Auja, lass uns mal wieder nach Lichtenthal zum Gottesdienst fahren, da waren wir schon so lange nicht mehr!" Charlotte war begeistert.

Käte schnaubte verächtlich. „Gottesdienst, pah, die Zeiten sind rum!" Sie überlegte einen Moment. „Obwohl, ist am 2. Juli nicht Mariä Heimsuchung? Da wollen wir doch mit der Marienkongregation nach Lichtenthal in den Gottesdienst. Das wird ein Spaß!"

Zuhause wartete Emilie schon ungeduldig. „Abmarsch, schnell ins Bett!", begrüßte sie ihre Töchter.

Käte ließ sich wie sie war ins Bett plumpsen und begann sofort zu schnarchen und auch Charlotte war nach kurzer Zeit eingeschlafen. Nur Maria lag noch wach und dachte an den heutigen Abend. Die amerikanischen Soldaten waren die Sieger und hatten überlebt. Und ihr Michael? Wo war er? War er noch am Leben? Sie vermisste ihn so fürchterlich.

Da spürte sie wieder einen Tritt. Ihr kleiner Micha war lebendig, das machte ihr Mut. Doch ging es ihm auch gut? Vor der Geburt hatte sie keine Angst, sie und Micha würden das schon schaffen. Und Michael war hoffentlich schon auf dem Weg zu ihr.

Natürlich dürfte es keiner mitbekommen, wenn er in Mühlbach eintraf, sonst würden sie ihn womöglich noch in Kriegsgefangenschaft schicken. So wie es den Männern von Mühlbach ergangen war, als die Franzosen noch da waren. Zur Sommerschule sollten sie kommen, um sich zu melden. Und dann wurden sie einfach weggeführt nach Frankreich, in die Kriegsgefangenschaft. Sie hatten den Krieg überlebt, waren der Gefangenschaft entkommen, endlich zuhause bei ihrer Familie und dann wurden sie wieder gefangengenommen. Keiner hatte bisher von ihnen gehört.

Maria schaute aus dem Fenster. Es war Vollmond. An Vollmond wurden mehr Kinder geboren als sonst im Monat, aber sie hatte nicht das Gefühl, dass sich Micha schon so tief gesenkt hatte und sein Köpfchen im Geburtskanal war. Obwohl sie im Rücken und im Oberbauch ein kräftiges Ziehen spüren konnte, schienen das noch keine richtigen Wehen zu sein. Nein, heute war noch nicht die Zeit des Gebärens.

Maria konnte die ganze Nacht nicht schlafen und fiel erst kurz vor dem Morgengrauen in einen leichten Schlaf. Ihre Schwestern hätten an diesem Sonntag gerne ausgeschlafen, doch das ließ Emilie nicht zu. „Wer feiern kann, der kann auch in die Kirche gehen!", rief sie und warf ihre Töchter aus dem Bett.

Während des Mittagessens berichteten Käte und Charlotte in allen Einzelheiten von der gestrigen Feier. Als Käte erzählte, dass Maria als erste mit *Officer* Pearis getanzt hatte, verdrehte Emilie die Augen und zischte: „Sie kann es einfach nicht lassen, dieses Weibsstück!"

Maria beteuerte ihre Unschuld und Charlotte unterstützte sie. Aber als Käte von ihrem ausgelassenen Tanz erzählte, wurde die Mutter noch wütender und schickte beide Mädchen auf ihr Zimmer.

„Ich halt das hier nicht mehr aus. Es ist schlimm genug, dass Michael noch nicht wieder da ist, aber die Mutter tut gerade so, als würde ich mich wie eine Hure verhalten. Dabei stimmt das doch gar nicht!"

„Ich weiß, natürlich stimmt es nicht, aber du weißt doch, dass sie Käte mehr glaubt als dir und mir. Und Käte ist nun einmal schrecklich eifersüchtig auf dich. Das war sie doch schon immer, denk doch an Hans!"

Hans. Maria hatte noch immer den Brief nicht gelesen, sondern in der Schatzkiste verstaut. Sie nahm Charlottes Hand. „Versprich mir, Charlotte, dass du immer gut auf unsere Schatzkiste aufpassen wirst. Gib sie nie der Käte oder der Mutter. Ich habe da alle Briefe von Michael drin und alles was mir lieb und teuer ist. Pass gut darauf auf."

„Natürlich werde ich gut darauf aufpassen, so wie du auch. Was ist denn los mit dir?"

Doch Maria schaute aus dem Fenster und schien Charlotte gar nicht mehr wahr zu nehmen. „Ich weiß nicht, was los ist, Charlotte", sagte sie nach einer gefühlten Ewigkeit. „Aber ich glaube, Michael geht es nicht gut. Wenn es Michael nicht gut geht, dann kann es auch mir und dem kleinen Micha nicht gut gehen."

„Du wirst sehen, Ende der Woche kommt der Michael aus dem Krieg zurück und ihr werdet euren Sohn in den Händen halten."

Eine Woche später war die Lage unverändert. Ungeduldig wartete Maria auf ihre Niederkunft, doch Micha und Michael ließen sich weiter Zeit.

Charlotte kam in ihr gemeinsames Zimmer. „Wir fahren heute mit der Mühlbacher Marienkongregation nach Lichtenthal zum Gottesdienst. Komm doch mit!"

Maria war des Wartens müde. Obwohl sie sich eigentlich vorgenommen hatte, mit dieser Gruppe nichts mehr zu unternehmen, radelten sie gemeinsam in Richtung Lichtenthal. Maria fuhr ganz hinten. Es ging ihr noch erstaunlich gut, obwohl sie hochschwanger war, Micha sich inzwischen gesenkt hatte und ihr Bauch ihr riesig erschien. Käte und ihre Freundinnen waren wie immer nicht erfreut über Marias Teilnahme und vergrößerten den Abstand.

Nur Charlotte blieb bei ihrer Schwester und plauderte munter auf sie ein. „Heute wäre doch wirklich ein guter Geburtstag für den kleinen Micha!", meinte sie. „Maria Heil bekommt ihr Kind an Mariä Heimsuchung. Das wäre ein Fest für die Tratschweiber von Mühlbach!"

Maria nickte.

Als sie an der Kirche ankamen, hatten die anderen bereits ihre Räder abgestellt und die Kirche betreten. Maria schickte Charlotte voraus und ließ sich beim Treppensteigen Zeit. Es waren nur wenige Stufen bis zum Kircheneingang, aber sie war ganz schön außer Puste.

In der Kirche musste sie sich erst ans Halbdunkel gewöhnen. Viele Gläubige waren nicht da und nur die schwarzen Amerikaner waren bisher erschienen.

Die Mühlbacher Marienkongregation nahm in den ersten zwei Reihen Platz, nur Maria setzte sich in die letzte Reihe. Kaum hatte sie sich hingesetzt begannen die Soldaten zu singen. Noch nie hatte Maria so schöne Männerstimmen gehört, sie war völlig hingerissen und merkte gar nicht, dass jemand neben ihr stand.

„Entschuldigen Sie, ist dieser Platz noch frei?", fragte Jack Pearis leise.

Maria nickte und rutschte zur Seite.

Pearis kniete nieder, machte das Kreuzzeichen und setzte sich dann neben sie. „Sie sind katholisch?", fragte er Maria, die überrascht nickte.

Pater Johannes las aus dem 1. Kapitel des Evangelisten Lukas, sie standen beide auf. Als er fertig war, ging Jack Pearis nach vorne zur Kanzel, um zu übersetzen, während Pater Johannes eine Predigt hielt zum Magnifikat Mariens.

Während der Kommunion sang Gordon Johnson allein ein wunderschönes Lied, das Maria tief ins Herz traf. Sie hatte als eine der letzten die Kommunion empfangen, kniete nieder und versank im Gebet. Sie bemerkte kaum, wie Jack Pearis wieder neben ihr Platz nahm. Erst als sie nicht mehr knien konnte, erhob sie sich schwerfällig und setzte sich auf die Kirchenbank.

Nach dem Gottesdienst wartete Maria, bis alle Anwesenden die Kirche verlassen hatten, und ging als Letzte hinaus. An der Kirchentür bedankte sie sich bei Pater Johannes für seine befreiende und ermutigende Predigt. Dieser lächelte sie liebevoll an.

„Schön, dich wiederzusehen. Wie geht es dir denn?", erkundigte sich Pater Johannes gleich und fuhr fort: „Wann ist es denn soweit?"

„Ich bin schon eine Woche drüber, es kann jeden Moment losgehen. Aber ich denke, er wartet, bis sein Vater wieder da ist." Maria versuchte zu lächeln, doch stattdessen füllten sich ihre Augen mit Tränen.

Da trat Jack Pearis hinzu.

„Das ist *Officer* Pearis", stellte Pater Johannes Jack vor.

„Wir kennen uns schon", erklärte Maria. „Wir haben uns beim Musikfest kennengelernt."

Jack Pearis lächelte wieder sein umwerfendes Lächeln und sagte: „Ja, sie ist eine wunderbare Tänzerin!"

Doch Maria war nicht nach small talk zu Mute. Sie zog nur die Schultern hoch, und sagte „Bitte entschuldigen Sie. Ich muss nach Hause. Auf Wiedersehen!" Dann ließ sie die beiden Männer stehen.

Draußen standen die Mühlbacher Mädchen und schnatterten. Maria befürchtete schon, sie würden sich wieder den Mund über sie zerreißen, doch dann hörte sie wie Käte sagte: „Kommt, lasst uns zu den weißen Soldaten rüber gehen. Vielleicht haben sie ja etwas geplant für morgen!"

Ilsetraud schaute Käte fragend an.

„Na morgen ist doch der 4. Juli, das ist ein großer Feiertag bei den Amis."

„Ach so!", antwortete Ilsetraud. „Warum waren die eigentlich nicht im Gottesdienst?"

Käte schnaufte verächtlich. „Na, weil sie nicht mit den Schwarzen zusammen in die Kirche gehen, ist doch klar! Jetzt kommt schon!" Käte nahm Charlottes Hand und als Maria bei ihrem Rad angekommen war, hörte sie das Gekicher der Mädchen und die Einladung der jungen Amerikaner mit ihnen übermorgen den Unabhängigkeitstag zu feiern.

Maria schloss ihr Fahrrad auf und wollte gerade aufsteigen, als sie Charlotte bemerkte, die sich mit Gordon Johnson unterhielt. Maria ging auf die beiden zu.

„Thank you for that beautiful song!", bedankte sich Maria bei Gordon.

„Thank you, madam. It's a Spiritual, my Grandma taught me!", antwortete Gordon höflich.

„Ich fahr schon einmal vor, mir geht es nicht gut!", sagte Maria zu ihrer Schwester.

„Soll ich mit?"

„Ist schon gut, ich schaffe das allein!" und radelte los und war schon am Klostergebäude als sie ihren Namen hörte.

„Maria!" Es war Jack Pearis.

Sie hielt an.

„Soll ich Sie nicht besser mit dem Auto nach Hause fahren?"

„Nein, danke. Es geht schon!"

„Aber in ihrem Zustand!" Jack hielt den Fahrradlenker fest. Er hatte wohl die Unterredung mit Pater Johannes mitbekommen und das einfache Kleid, das Maria heute trug war auch lange nicht so vorteilhaft. Ihre Schwangerschaft war nicht zu übersehen.

„Ich bin das gewöhnt. Wirklich! Das ist sehr aufmerksam von Ihnen, aber ich glaube die frische Luft wird mir guttun und so weit ist es jetzt auch wieder nicht. Nochmals vielen Dank für das Angebot!" Maria schob Jacks Hand sanft weg.

Jack sah erst verlegen zur Seite, dann schaute er sie noch einmal direkt an. Seine moosgrünen Augen sprachen eine klare Sprache, doch seine Worte blieben versteckt hinter seinen langen Wimpern. „Alright, take care", sagte er nur.

Maria fuhr los, doch so weit war es ihr noch nie vorgekommen. An der Straßensperre, kurz vor dem Mühlbacher Wald saßen zwei amerikanische Soldaten und spielten Karten. Sie schauten nur kurz hoch, als Maria vorbeifuhr. Maria erkannte den Soldaten mit den grauen Augen wieder. Er war ganz schön wütend gewesen über ihre Abfuhr auf dem Fest. Ihre Blicke trafen sich für eine Sekunde und ein Schauer ging über Marias Rücken.

Am amerikanischen Unabhängigkeitstag, dem 4. Juli 1945, war Maria zehn Tage über dem von ihr errechneten Termin. Sie konnte nicht mehr, sie wollte, dass ihr Sohn endlich auf die Welt kam. Wenn das Kind erst einmal da war, würden ihre Mutter und der Großvater sich ändern. Sie würden sie wieder als Tochter und Enkeltochter annehmen. Ein neues Leben, ein Wunder, dem würden sie sich nicht entziehen können. Und wenn erst einmal Michael vom Krieg zuhause und sie verheiratet sein würden, dann würde diese schwere Schuld nicht mehr auf ihren Schultern lasten, dann wäre sie endlich frei und glücklich.

Es klapperte im Briefkasten. Der Postbote hatte die Post gebracht. Maria lief schnell zum Briefkasten und holte die Post herein. Ein Brief von Michael! Marias Herz begann zu hüpfen. Sie wollte in den Garten zu den Bienen gehen, um ihn in Ruhe zu lesen, da hörte sie schon die Stimme ihrer Mutter:

„Maria, komm in die Küche und hilf mir beim Brotbacken."

Mittwochs wurde Brot gebacken, da gab es keine Ausnahme. Während Maria Emilie half, hüpfte Micha in ihrem Leib. Auch er schien sich zu freuen.

„Vergiss nicht, noch nach den Hühnern zu schauen."

Maria nickte und ging in Richtung Hühnerstall und zum Bienenhaus. Mit zitternden Händen öffnete sie den Umschlag. Als sie das Blatt Papier herauszog, erkannte sie, dass zwei unterschiedliche Personen darauf geschrieben hatten. Es waren nur wenige Zeilen.

Meine geliebte Maria,
es war wunderschön mit dir eins zu sein. Ich werde dich und den kleinen Micha immer lieben, über den Tod hinaus.
Dein Michael

Liebe Maria,
Michael hatte mir aufgetragen, dich im Falle seines Todes zu benachrichtigen. Es tut mir so leid. Er ist am 25.5.1945 von uns gegangen.
Ich bringe dir seine Sachen, wenn ich aus der Gefangenschaft entlassen werde.
Dein Bernhard, Michaels Kamerad und Freund

Maria starrte auf das Blatt Papier. Es war übersät mit Wasserflecken. Michael hatte beim Schreiben seiner Abschiedszeilen geweint und wo ‚Dein Bernhard' stand war ein ganz großer Wasserfleck. Auch Bernhard musste geweint haben.

Michael würde nie wieder in den Garten kommen und sie umarmen. Er würde nie wiederkommen. Sie war allein und der kleine Micha hatte keinen Vater. Eine gähnende Schlucht tat sich vor ihr auf und sie ließ sich in den Abgrund hineinfallen, bereit für immer darin zu verharren. Ihr Michael war tot. Die Liebe ihres Lebens, ohne ihn hatte nichts mehr einen Sinn. Ohne ihn keine Familie, ohne ihn kein Leben, weder für sie noch für den kleinen Micha. Ihre Mutter würde sie aus dem Haus werfen und wohin sollte sie dann gehen? Der kleine Micha, dessen Tritte sie gerade noch gespürt hatte, bewegte sich nicht mehr. Als sei auch er erstarrt. Eine Totenstarre aus der es kein Erwachen gab.

Bruchsal, 16. Mai 2002

Sofia schluchzte.

Sofort hörte Maria auf zu erzählen. „Das ist meine Geschichte, Sofia, nicht deine! Dir und deinem Baby geht es gut. Morgen wirst du einen gesunden Jungen im Arm halten!"

Doch Sofia ließ sich nicht beruhigen. „Was, wenn es unserem Kind nicht gut geht. Was wenn mein Aneurysma wiederkommt, wenn der Stent nicht hält, wenn ich die Narkose nicht verkrafte…"

„Sofia, du wolltest, dass ich dir meine Geschichte erzähle. Doch es ist meine Geschichte und du hast deine eigene. Du hast einen Mann, eine Tochter und du wirst einen Sohn haben. Deine Aufgabe ist es, dein Leben zu leben, ohne Angst. Ich wollte damals nicht mehr leben, ich war so verzweifelt und habe keinen Ausweg gesehen. Ich habe meinen Sohn verloren, aber du bist gerade auf wundersame Weise gerettet worden und so wird auch dein Sohn gerettet werden. Glaube mir. Ich bin zurückgekommen, um mich meinen Ängsten zu stellen. Erst wenn man seine Angst ansieht, kann man sie auch loslassen. Ich weiß jetzt, dass wir nur dieses eine Leben haben und dass es das Schönste ist, was wir bekommen können. Ich bin froh und dankbar, dass ich das erkennen durfte und ich wünsche mir, dass du nicht so lange dafür brauchst, um das zu verstehen wie ich. Du hast eine wunderbare Chance bekommen, nutze sie!"

Maria nahm Sofia in die Arme und hielt sie fest, bis sie sich beruhigt hatte und der Tränenstrom versiegte. Dann gab sie ihr ein Taschentuch und Sofia hatte sich gerade laut die Nase geputzt, als die Tür aufgerissen wurde und Zoe mit Jens im Zimmer stand.

„Warum weinst du Mama?"

„Ich bin so froh, dass du da bist. Dass ihr da seid!" Sofia schaute ihren Mann liebevoll an.

Der ging auf sie zu und nahm sie in die Arme. „Klar sind wir da, wir sind immer für dich da!", sagte Jens leise.

„Ja, und wenn morgen mein kleiner Bruder auf der Welt ist, dann kannst du endlich wieder nach Hause!", rief Zoe, rannte zu Sofia, umarmte sie, rannte dann zu Jens, gab ihm einen Klaps auf den Po, um schließlich Maria an die Hand zu nehmen und mit ihr im Zimmer herumzutanzen. Lachend sahen die Eltern ihrer Tochter zu.

„Wir brauchen noch einen Namen für unseren Sohn, mein Schatz", sagte Jens. „Jetzt, wo wir wissen, dass es ein Junge werden wird. Zoe hat da schon einen Vorschlag…" Er sah seine Tochter auffordernd an.

„Elias! So wie mein bester Freund aus dem Kindergarten!", platzte Zoe heraus.

Sofia nickte. „Elias ist schön, aber er soll Micha heißen", sagte sie dann und sah Maria an. „Es ist auch meine Geschichte, unsere Geschichte!" Sie nahm Jens' Hand. „Das erkläre ich dir später!"

Maria nahm Sofia in die Arme. „Dankeschön", flüsterte sie. Dann verabschiedete sie sich von Jens und Zoe. Sie war bereit. Ohne Umwege fuhr sie zurück nach Mühlbach. Sie ging in ihr Zimmer und schaute aus dem Fenster. Sie sah den Garten. Es war der gleiche Garten wie damals. Sie war eine andere, doch so wie damals, begann es zu regnen.

34

DER TEUFEL HAT GRAUE AUGEN

Mühlbach, 4. Juli 1945

Dicke Tropfen prasselten auf die Erde und aufs Bienenhaus. Maria lag mit dem Rücken auf dem nassen Rasen und starrte in den Himmel. Als Charlotte in den Garten gelaufen kam, war sie vollkommen durchnässt.

„Maria, was ist mit dir?" Charlotte schüttelte ihre Schwester. „Maria, rede mit mir!"

Doch Maria blieb stumm.

„Maria, du musst mit mir ins Haus gehen. Du holst dir hier noch den Tod!"

„Den wünsch ich mir!", sagte Maria und schloss die Augen.

Charlotte lief ins Haus, um Hilfe zu holen, doch der Großvater ging mittwochs immer in die Traube und Käte war auch nicht da. Sie würde heute bei Ilsetraud übernachten. Die zwei hatten vor zum Gambrinus zu gehen und dort mit den Amerikanern ihre Unabhängigkeit zu feiern. Emilie weigerte sich hinaus in den Regen zu gehen und schickte die kleine Theresia.

Maria ließ sich von ihren Schwestern hochhelfen und ins Haus befördern, sich die nassen Sachen auszuziehen. Auch das wärmende Bad ließ sie über sich ergehen, aber es half nicht gegen die Kälte in ihrem Herzen. Charlotte zog Maria ihr weißes Nachthemd an und brachte sie nach oben. Sie deckte Maria zu und legte sich neben sie.

Maria starrte an die Decke. Nicht einmal Theresia konnte sie antworten, als die kam, um „Gute Nacht" zu sagen. Charlotte hielt sie fest, sang ihr „Der Mond ist aufgegangen" und schlief nach der letzten Strophe ein.

Langsam stand Maria auf und ging die Treppen hinunter. Kurz blieb sie stehen und horchte. Großvater Gustav schnarchte. Auch im Zimmer der Mutter war es leise und dunkel. Maria verließ das Haus und ging zum Schuppen, um ihr Rad zu holen. Es hatte aufgehört zu regnen, aber es war immer noch warm, auch wenn es durch den Regen etwas abgekühlt hatte.

Ihr Rad fand den Weg zum Kohlplattenschlag alleine. Sie nahm den Umweg, über den Galgengraben, damit sie nicht am Wachposten der Amerikaner vorbeimusste, schließlich war Ausgangssperre und der See war auf der anderen Seite des Mühlbacher Waldes. Maria wollte nichts riskieren.

Endlich war sie an der alten Eiche. Der abnehmende Mond hatte sich hinter den Wolken versteckt. Es war dunkel im Wald, doch sie kannte den Weg zum See. Hier waren sie zum ersten Mal wirklich eins gewesen, Michael und sie, hier hatte er seinen Samen in sie gegossen und hier hatte sie

Micha empfangen. Ihre Liebe war rein gewesen, doch die Welt hatte ihr Michael genommen.

Das Wasser war kalt, kälter als sie es in Erinnerung hatte, durch den Regen hatte es merklich abgekühlt. Doch das störte sie nicht. Auch die Steine störten sie nicht und nicht das Schilf, das ihr ins Gesicht peitschte. Immer tiefer ging sie in den See hinein. Der Weiher wartete schon auf sie. War nicht mehr unbefleckt und rein, er würde sie nicht verschmähen. Die dunklen Wellen sehnten sich nach ihr, streckten sich aus und hießen sie willkommen. Ihre traurigen Wangen berührten die lockenden Fluten und ihr Herz schlug im Schatten der Strömung, die sie hinabzog. Maria ließ sich treiben, sank hinab, immer tiefer, bis auf den Grund. Das samtene Grün hüllte sie ein wie ein weicher Mantel, gab ihr Ruhe und Frieden, wiegte sie sanft in den Schlaf. Hier wollte sie bleiben, hier fühlte sie sich beschützt und sicher.

Plötzlich ging ein Ruck durch sie, eine mächtige Hand schien sie aus dem Wasser zu ziehen, sie wehrte sich, sie wollte sterben und nicht leben. „Du bist stark Maria", sagte eine Stimme. „Du versinkst nicht im See, wirfst deinen Bogen nicht weg. Du bist eine Kämpferin. Kämpfe!"

Maria wollte nicht kämpfen, sie wollte sterben, doch die Wellen des Sees spülten sie an Land, wo sie regungslos im Sand liegen blieb. Sie spürte wie ihre Lungen nach Luft ächzten, aber Maria verweigerte sich ihrer Rettung und verschloss ihre Lippen, bis sie nicht anders konnte als zu atmen. Kalte Nachtluft durchflutete ihren Körper.

Langsam stand sie auf und wankte zu ihrem Rad. Sie hielt sich an ihm fest und machte sich auf den Weg nach Hause. Sie nahm den kürzesten Weg, der Wachposten vor dem Mühlbacher Wald interessierte sie nicht mehr. Die Wolken am Himmel hatten sich inzwischen verzogen und der abnehmende Mond war gut zu sehen. Marias nasses Haar flatterte im Wind, ihr feuchtes Nachthemd lag durchsichtig und eng an ihr, ihre Brüste waren riesengroß und ihre Brustwarzen schimmerten dunkel hindurch, der Bauch prall und unübersehbar.

Am Wachposten wollte sie einfach weiterfahren, doch der wachhabende Soldat stellte sich ihr in den Weg.

„Hey stop, anhalten!"

Maria hätte fast den Soldaten umgefahren, aber konnte gerade noch bremsen.

„What the fuck!", fluchte dieser. „Sperrstunde!"

Maria roch den Atem des Soldaten. Er hatte getrunken.

Die Tür des Wachhäuschens ging auf und ein weiterer Soldat kam heraus. „Was ist los, Tom?", fragte dieser. „Oh, schönes Kind, so spät noch unterwegs?" Er konnte kaum noch gerade laufen.

„Komm herein und feiere ein bisschen mit uns, wir machen hier eine Party, es ist der 4. Juli!"

Als Maria nicht reagierte, kam er näher. „Na, wen haben wir denn da. Die Eiskönigin aus Mühlbach. Willst du heute mit mir tanzen?" Er packte sie am Arm. Es war das dritte Mal, dass sie diese grauen Augen sah. Doch dieses Mal waren sie stark gerötet und blitzten sie nicht nur grimmig grob sondern gnadenlosgrausam an.

„Dass wir uns so schnell wiedersehen, hätte ich nicht gedacht. Du hast dich ja richtig hübsch für mich gemacht." Gierig griff er an Marias Brüste, die vom Mond beleuchtet wurden. Doch Maria nahm es kaum wahr.

421

„Hilf mir Tom, wir bringen sie hinein!"

„Okay, Ed." Sie zogen Maria in das Haus. Ed schien der Anführer der Truppe zu sein. Im Haus war noch ein dritter Soldat.

„Hey Taylor, schau mal, was wir hier Schönes haben!" Taylor konnte kaum noch die Augen offenhalten, er war völlig betrunken. „Ist die für mich?"

„Für jeden von uns. Wer will als erster mit der Lady tanzen? Was haben wir doch für ein Glück, da dachten wir, die feiern die Party ohne uns und da bekommen wir das beste Stück frei Haus geliefert!"

„Willst du einen Schluck?" Taylor bot Maria einen Schluck aus einer Schnapsflasche an. Maria erkannte die Flasche wieder, sie war aus dem Bestand ihres Großvaters. Tom nahm Taylor die Flasche aus der Hand und presste sie an Marias Lippen.

„Trink, schönes Kind! Trink!" Doch Maria hielt ihre Lippen verschlossen. Tom leerte den Schnaps über ihr aus und leckte ihren Mund und ihren Hals ab. „Du bist anscheinend wirklich aus Eis. Bist dir wohl zu schade für uns. Lässt nur die Offiziere dran. Da scheint dir ja schon einer einen Braten in die Röhre geschoben zu haben!"

Tom lachte und Taylor lachte mit.

Ed lachte nicht. „Ist mir das letzte Mal gar nicht aufgefallen, bei den Titten war der Bauch nicht so wichtig. Dann zeig uns doch mal was du zu bieten hast, du Nutte. Runter mit den Klamotten."

Maria rührte sich nicht.

„Du sollst dich ausziehen, habe ich gesagt!", schrie Ed sie an. Als Maria sich immer noch nicht rührte, trat Ed auf sie zu und zerriss ihr das Nachthemd. Prall und weiß ragten ihre Brüste zwischen dem zerrissenen Stoff hervor.

„Man sind das dicke Dinger!" Er griff mit beiden Händen zu.

„Lass mich auch mal!" Tom drängte sich vor Ed und begrabschte Marias Brüste.

„Taylor, darfst auch mal ran langen!"

Ed schob Taylor an Maria. Vorsichtig berührte er Marias Busen.

„Hast wohl noch nie Titten in der Hand gehabt! Warte, da kannst du heute etwas von uns lernen. So meine Schöne, wie hätten wir es denn gerne: von vorne, von hinten."

Maria begann zu wanken.

„Na endlich, zeigst du mal, dass du noch lebst. Wie wäre es mit einem Tänzchen, einem Küsschen für den Anfang."

Ed nahm Marias Hand und wollte sie drehen, während Taylor erneut an Marias Busen griff. Tom hatte sich noch einen Schnaps eingeschenkt und zündete sich eine Zigarette an. Er versuchte einen Radiosender zu finden, denn sie wollten ja tanzen. Doch es kam nur Rauschen.

„Scheiß drauf, wer will schon tanzen, wenn er was viel Besseres machen kann!" Ed schubste Taylor von Maria weg und zog sie näher an sich. Seine grauen Augen waren wild und unberechenbar. Sein Atem ging schnell. Auf einmal packte er Maria und drückte sie auf den Tisch. Er schob ihr Nachthemd hoch. Marias weißer Po kam zum Vorschein.

„Na wenn das nicht ein Prachtexemplar von Hintern ist. Schau ihn dir an Tom, birnenförmig, wie ich es gerne hab." Und auf einmal ging es ganz schnell: Ed hatte seine Hosen runtergelassen und drang mit aller Wucht in Maria ein. Maria schrie auf.

„Na, endlich, wusste ich doch, dass ich dich zum Schreien bringen kann. Los, schrei weiter, zeig's mir Baby, ja, ich kann es dir so richtig besorgen." Ed drang immer weiter in Maria ein und sie hatte das Gefühl, er wollte nicht nur sie, sondern auch ihren Micha aufspießen. Das riss sie endlich aus der Erstarrung.

Mit dem Schrei einer Löwin drehte sie sich um und warf Ed zu Boden. Der hatte damit nicht gerechnet, fiel hart gegen das Tischbein und schlug sich den Kopf auf. Er blutete.

„Die *Bitch* hat mich geschlagen!" Ed holte aus, doch Maria bückte sich schnell und der Schlag ging ins Leere. „Steht nicht rum, haltet sie fest!"

Tom und Taylor griffen nach Maria, doch sie konnten sie nicht halten. Maria lief zur Tür, doch Ed war schneller und versperrte ihr den Weg. Die beiden anderen Männer packten sie. Sie versuchte sich aus dem Griff der Männer zu befreien, doch jeder hielt einen Arm von ihr fest während Ed ihr einen Kinnhaken nach dem anderen verpasste.

Maria versuchte ihren Kopf wegzudrehen, doch Tom packte ihn und Ed kam ganz nahe an Maria heran. Sie konnte seinen heißen Atem auf ihrer Wange spüren. Ihre Augen waren angeschwollen und die Nase blutete.

„So meine Schöne, jetzt bist du nicht mehr schön. Ein Stück Scheiße bist du. Und jetzt wirst du schön stillhalten, bis wir es dir alle besorgt haben. Los Tom, du bist dran." Tom zögerte nicht. Er ließ sofort die Hosen fallen.

Es tat noch mehr weh als bei Ed und Marias Schrei ging durch Mark und Bein.

„Siehst du, wir können es dir auch besorgen, nicht nur die Offiziere. Give me five, Tom!" Die beiden klatschten ab.

Maria sank zu Boden. Sie spürte wie sie zwischen den Beinen feucht wurde. War ihre Fruchtblase geplatzt, würde sie jetzt hier ihr Kind gebären?

„Hey, Fräulein, wir sind noch nicht mit dir fertig." Eds stinkender Atem war wieder dicht neben Marias Ohr. Sie erstarrte. „Der kleine Taylor ist auch noch dran. Ist doch sein erstes Mal. Darfst dir aussuchen, willst du sie auch von hinten oder lieber von vorne, das du auch triffst!"

Ed und Tom lachten dreckig.

„Scheiße, warum ist hier denn alles so nass? Los Taylor, du bist dran."

„Aber sie ist doch schwanger!"

„Scheiß egal, *Bitch* ist *Bitch* und schwanger kann man sie genauso gut ficken! Los stell dich nicht so an."

Zitternd versuchte Taylor seine Hose aufzuknöpfen, doch das ging Ed zu langsam.

„Ach du Memme, dann besorg ich es ihr eben noch einmal!"

Taylor rannte nach draußen. Eine Autotür klappte.

Als Ed über Maria war und erneut in sie eindringen wollte, rammte Maria ihm ihr Knie in die Genitalien, dass dieser laut aufheulte und sie mit seinen Springerstiefeln in den Bauch trat. Maria schrie auf und Ed trat weiter gegen ihren Bauch, ihre Beine und Knie, bis Maria zusammensackte.

Tom nahm die Schnapsflasche und zog ihr eins über.

Er war gerade dabei, sich ein zweites Mal an ihr zu vergreifen, als Pearis in der Tür stand.

Maria verlor das Bewusstsein.

Als Maria aus der Narkose erwachte, lag sie in einem Krankenhausbett und Charlotte saß bei ihr.

„Gordon hat mir Bescheid gegeben und mich hierher nach Heidelberg ins Krankenhaus gefahren."

Maria sah Charlotte und fasste an ihren Bauch. „Wo ist mein Kind, was haben sie mit meinem Kind gemacht?"

Charlotte hielt Marias Hand. „Es tut mir so leid, Maria, der kleine Micha hat es nicht geschafft."

„Nein! Nein, das kann nicht sein. Micha!" Sie brach in Tränen aus. Charlotte hielt sie fest, bis eine Krankenschwester kam und Maria eine Spritze gab. Um sie herum wurde alles dunkel.

35

MICHA

Maria setzte sich in der Morgendämmerung unter den Nussbaum. Die Trauer der Nacht um ihren Sohn, den sie damals nicht einmal mehr hatte sehen dürfen, begann behutsam dem Licht des neuen Tages zu weichen. Sie hatte in die Vergangenheit geschaut, den Schmerz noch einmal gefühlt in seiner ganzen Wucht, doch nun würde sie in aller Stille den neuen Tag begrüßen und das neue Leben, das er mit sich brachte. Sie liebte das Glitzern des Taus auf dem grünen Gras und wie sich langsam die Strahlen der Sonne durch den Wolkenhimmel ihre Bahn brachen.

Erst als ihr kalt wurde, ging sie langsam zurück ins Haus. Käte hatte gestern frisch gebacken, das gute Brot, wie damals die Mutter. Maria schnitt sich eine große Scheibe ab, bestrich sie gerade mit Butter und ganz viel Erdbeermarmelade, da kam Käte in die Küche.

„Du bekommst heute wieder einen Urenkel, meine Liebe", sagte Maria. „Wie wunderbar. Sofia möchte ihn Micha nennen."

Käte rang nach Luft. „Warum musstest du ihr das von Micha erzählen?"

„Sofia hat mich nach meiner Geschichte gefragt und ich habe ihr erzählt, was ich ihr erzählen sollte. Ich musste meine Geschichte erzählen, damit aus den Scherben meines Lebens eine Schale werden kann, mit der andere zum Brunnen gehen, um zu leben. Und was gibt es Schöneres als ein neues Leben. Kommst du mit, wenn wir heute ins Krankenhaus gehen?"

„Nein, ich warte noch ein wenig, so viel Trubel ist nicht gut fürs Kind und auch nicht für Sofia. Im Krankenhaus braucht man seine Ruhe."

„Hast du mich deshalb damals auch nie im Krankenhaus besucht, weil ich meine Ruhe brauchte?"

„Das war doch etwas ganz anderes, damals. Ich durfte dich doch gar nicht besuchen, der Großvater hatte es verboten. Das weißt du doch."

„Nein, das weiß ich nicht, bitte erzähl es mir."

Mühlbach, 5. Juli 1945

Im Hause Heil hatte man schon auf Charlotte gewartet. Charlotte war am Morgen ohne ein Wort aus dem Haus gerannt, nachdem ein schwarzer Soldat mit ihr geredet hatte. Maria war seit gestern Nacht verschwunden.

„Was ist mit Maria?", fragte Theresia. Alle hatten sich in der Küche versammelt.

„Sie ist im Krankenhaus, dem Kind ging es nicht gut, es ist tot."

428

Theresia und Karl-Jonathan begannen zu weinen. Von Emilie und Gustav kam keine Reaktion.

„Theresia, geh doch mal nach dem Horschdl schauen, nimm das Karlchen mit!" Auf keinen Fall wollte sie die kleinen Geschwister dabeihaben, wenn sie den Rest der Vorkommnisse der letzten Nacht erzählte.

Charlotte berichtete alles, was *Private* Johnson ihr mitgeteilt hatte. „Sie sieht furchtbar aus: ihr Gesicht ist völlig geschwollen und die Lippe aufgeplatzt!" Charlotte weinte hemmungslos.

„Was haben sie mit den Verbrechern gemacht?", fragte Käte.

„*Officer* Pearis kümmert sich um ihre gerechte Strafe. Sie sind im Militärgefängnis", brachte Charlotte unter Schluchzen hervor.

„Wieso war sie überhaupt nachts unterwegs, wo hat sie sich rumgetrieben, die Hure!", zischte Großvater Gustav.

„Großvater! Maria war verzweifelt. Sie war am See!"

„Recht geschieht es ihr." Emilies Stimme war voller Verachtung. „So hat sie es gewollt. Konnte nicht genug kriegen von den Männern. Kaum war der eine unter der Erde, hat sie sich an den nächsten rangeworfen. Diese Hure. Besser für den Micha, ohne Vater. Maria wäre sowieso keine gute Mutter gewesen, dieses Weibsstück."

„Mutter, was redest du da. Maria ist doch deine Tochter!"

„Maria ist schon lange nicht mehr meine Tochter und sie soll es ja nicht wagen, noch einmal einen Fuß in dieses Haus zu setzen!"

„Käte, sag du doch auch mal was. Sind denn alle irre hier?" Charlotte war fassungslos.

„Pass auf, was du sagst!", herrschte sie der Großvater an. „Sonst bist du die nächste, die hier kein Zuhause mehr hat! Und mit dem Schwarzen will ich dich nie wieder sehen."

Käte blieb stumm und blickte zu Boden.

„Dass das klar ist: keiner von euch besucht Maria. Das Militärkrankenhaus ist tabu und jeglicher Kontakt mit den amerikanischen Soldaten ist euch verboten. Hier herrscht jetzt wieder Zucht und Ordnung und wer nicht pariert, hat hier nichts zu suchen!"

„Es ist alles eure Schuld!", schrie Charlotte und verließ wutentbrannt die Küche.

Käte folgte ihr in ihr gemeinsames Schlafzimmer.

„Käte, wieso hast du nichts gesagt?"

„Hätte doch nichts gebracht und was hätte ich denn sagen sollen? Wir haben doch alle gesehen, wie sie sich an den Pearis rangeschmissen hat!", antwortete Käte.

„Was redest du denn da, Käte, das ist doch gar nicht wahr!" Charlotte konnte es nicht fassen.

„Auf jeden Fall haben wir es jetzt ihr zu verdanken, dass wir die Amis nicht mehr treffen können!" Käte blieb stur.

„Käte, wie kannst du nur!" Charlotte verließ das gemeinsame Zimmer und schlug die Tür hinter sich zu.

Mühlbach, 17. Mai 2002

Irmgard stand strahlend in der Küche. „Der kleine Micha ist gesund, es geht ihm gut und Sofia hat den Kaiserschnitt gut verkraftet. Ich bin so glücklich. Jetzt können wir feiern! Ich hole uns mal eine Flasche Sekt!"

„Herzlichen Glückwunsch, Käte, jetzt bist du schon zum zweiten Mal Uroma!", sagte Maria.

„Danke!", brachte Käte leise heraus. „Es tut mir so leid, was ich dir damals angetan habe, kannst du mir verzeihen?"

Bevor Maria antworten konnte, war Irmgard wieder da mit gefüllten Gläsern und die drei Frauen ließen den neuen Erdenbürger hochleben. Maria stieß mit Käte an und sah ihr in die Augen. Sie war gekommen, um Versöhnung zu bringen, das wusste sie jetzt.

Als Maria mit Irmgard und Zoe bei Sofia ankam, stürmte Zoe sofort auf ihren kleinen Bruder zu. Maria blieb in der Tür stehen und genoss das Bild des Glücks, das sich ihr bot, bevor sie langsam auf Sofia zuging und sie vorsichtig in den Arm nahm.

„Siehst du, alles ist gut!", flüsterte sie.

Sofia lächelte dankbar.

„Hier ein Geschenk für den kleinen Micha! Und eines für dich Zoe! Möchtest du sie beide auspacken?"

Zoe riss Maria die Geschenke aus der Hand und packte sie in Windeseile aus. Nur wenige Sekunden später lag das Geschenkpapier zerrissen auf Sofias Bett.

„Das Buch kenn ich, das haben wir auch im Kindergarten!", rief sie erfreut und legte es dann aber sofort zur Seite. „Und hier ist eine Decke für dich, kleiner Bruder. Damit dir nicht kalt wird." Sie deckte den kleinen Micha mit einer engelblauen Wolldecke zu.

Sofia nahm das engelblaue Mützchen und die Babyschühchen, die unter dem Papierberg vergraben waren und betrachtete sie mit Tränen in den Augen.

„Die sind aber schön", flüsterte sie.

Maria nickte. „Sie waren für meinen Micha gedacht."

„Du gibst zu viel Maria, das sind doch deine Erinnerungsstücke."

„Manche Erinnerungen muss man verschenken. Das ist jetzt unsere Geschichte. Jetzt kann meine Erinnerung bei euch weiterleben." Maria gab Sofia einen Kuss. „Ich muss noch was erledigen, bis morgen!"

36

ZAUBERBRUNNEN

Kurz vor Lichtenthal verkrampften sich Marias Hände, doch das Kontrollhäuschen war nicht mehr da. Maria atmete erleichtert auf. Sie parkte ihr Auto am Friedhof und ging auf die Eremitage zu. Ein schnurgerader Weg führte zum Hauptgebäude, dessen dreigeschössiger Kuppelsaal aufwändig restauriert worden war. Alle Gebäude waren in einem freundlichen Orange gestrichen und nichts erinnerte Maria mehr an die dunklen Schrecken des Krieges. Doch sie interessierte sich nicht für den neuklassizistischen Eingang der Eremitage, sondern suchte das Nebengebäude, in dem Jack gewohnt hatte.

Auch dieser Seitenbau war sehr schön restauriert. Nur das alte Gartenhäuschen hatten sie wohl vergessen und es sah noch aus wie damals. Es war kaum zu entdecken. Die Natur hatte sich den Garten zurückerobert und es stand hinter wilden Hecken und war umwucherte von Schachtelhalmen. Dort entdeckte sie zu ihrer großen Freude auch einen alten Brunnen, verziert mit einem Mosaik aus kleinen und großen Steinen, Schnecken und Muscheln umrankt von wildem Efeu, das ihm ein magisches Aussehen gab, wie aus einem längst vergangenen Märchen. Maria schaute in das Brunnenbecken und ein silberner Wasserspiegel leuchtete ihr entgegen.

Greenville, 2. November 1945

Es war noch warm, obwohl es schon November war. Sie fuhr mit Jack in seinem neuem *Chevrolet*. Maria liebte das *Cherokee County*, die wunderschöne Landschaft und das viele Grün. Als sie am Ziel waren, fand sich Maria in einem Zauberwald wieder. Die uralten Bäume waren von einem tiefen Braun, mit langen, starken Wurzeln, ihre Blätter waren saftig grün und unter einem Wasserfall glitzerte ein kleines Wasserbecken. Maria war es als wartete dort der Spiegel ihrer Seele auf sie, der sie magnetisch anzog.

Sie achtete nicht auf den Weg und stolperte über eine der Wurzeln. Doch sie fiel nicht. Jack fing sie auf, hielt sie mit seinen starken Armen fest und in diesem Moment berührten sich zum ersten Mal ihre Lippen. Schüchtern und sanft küsste er sie, ganz vorsichtig, als ob er diesen Moment nicht zerstören wollte. Und Maria, die gedacht hatte, nie wieder die Süße eines Kusses spüren zu wollen, schmolz dahin unter der Selbstvergessenheit seiner Lippen.

Das Licht, das sich im Wasserfall brach, ließ Jack als jenen Jüngling erstrahlen, der mit seinen grünen Augen ihre Seele streichelte. Seine rotblonden Locken, die er zu einem Pferdeschwanz gebändigt hatte, lösten sich in der Feuchtigkeit des Waldes und gaben ihm das Antlitz des jungen Ritters zurück, der sich geschworen hatte, Maria für immer zu beschützen, unschuldig liebend, Treue atmend mit der reinen Seele eines

Engels. In diesem Zauberwald hatte die Vergangenheit ihre Macht verloren und seine samtweichen Lippen ließen Maria fühlen, dass das Leben gut war und die Hoffnung moosgrün.

Lichtenthal, 17. Mai 2002

Maria schlenderte langsam durch den von Löwenzahn und Schafgarbe buntgemalten Garten zurück zum Haus. Jack war jener Ritter gewesen, der sie vom Scheiterhaufen gerettet, zu seinem Schloss gebracht und dafür gesorgt hatte, dass ihre Peiniger bestraft wurden.

Sie sah sich um und bemerkte einige Pflanzen, deren Blüten noch nicht geöffnet waren: auch Nachtkerzen hatten in diesem Zaubergarten Wurzeln geschlagen.

Maria ging zurück zum Auto. Doch sie wollte noch für ihre Mutter eine Kerze am Marienaltar anzünden, dort wo die vielen Tafeln mit „Maria hat geholfen" hingen.

Maria betrat die Wallfahrtskirche und las das Schild „Willkommen bei der Mutter mit dem gütigen Herzen." Die Kirche schien vor nicht langer Zeit renoviert worden zu sein. Die Wände strahlten weiß und Maria gefielen die bunten Glasfenster. Sie ging bis zum Altarraum und setzte sich in die vorderste Reihe. Lange betrachtete sie das orangerot leuchtende Kreuz über dem Altar.

Emilie war nicht gütig zu ihr gewesen. Doch Gott hatte Maria Menschen an die Seite gestellt, von denen sie Güte und Liebe empfangen durfte. Und Emilie? Ihre Mutter hatte mit ihrem Schicksal gehadert. Hatte sich selbst nicht vergeben können und ihrer Tochter auch nicht.

Langsam stand Maria auf und ging zum Marienaltar. Sie entzündete eine Kerze für ihre Mutter. „Und vergib uns unsere Schuld, wie auch wir vergeben unseren Schuldigern", betete sie.

Der Fluch war gebrochen, für immer.

Als Maria nach Mühlbach zurückkam, saß Käte unter dem Nussbaum und wartete schon auf sie. Sie schien sich nicht richtig über die Geburt ihres Urenkels freuen zu können und Maria blickte Käte fragend an.

„Weißt du ich gehe einfach nicht gerne ins Krankenhaus", erklärte Käte. „Ich kann Menschen nicht leiden sehen, das halten meine Nerven nicht aus. Und auch wenn die Geburt von Micha ein freudiges Ereignis ist, fällt es mir schwer das Gebäude zu betreten. Hans ist damals in Bruchsal auf der C1 gestorben und es tut immer noch weh, wenn ich daran denke. Ich war nicht da, als er starb. Er hat so gekämpft und keine Luft mehr bekommen. Ich hatte gehofft, er würde friedlich sterben, meine Hand haltend, doch so ein Abschied war weder ihm noch mir vergönnt. Ich weiß, ich hätte dich damals in Heidelberg besuchen kommen sollen, Maria, überhaupt hätte ich alles anders machen sollen. Meinst du, du kannst mir verzeihen?"

„Deshalb bin ich zurück nach Deutschland gekommen. Aber ich brauche deine Hilfe!"

„Wie kann ich dir denn helfen?"

„Hör mir zu."

Heidelberg, 5. Juli 1945

Es war später Nachmittag. Maria schlug die Augen auf. Langsam begann sie sich an die vergangene Nacht zu erinnern und an die schreckliche Wahrheit: Ihr Sohn, ihr Kind der Liebe war tot. Maria wollte wieder weinen, aber sie hatte keine Tränen mehr, was sie fühlte war der blanke Hass. Sie hasste die amerikanischen Soldaten, die sie geschändet und ihr ihren Sohn genommen hatten, sie getreten und fast umgebracht hatten.

Langsam ging die Tür auf und Jack Pearis kam herein. Hatte er sie etwa gerettet?

„Wie geht es dir? Bist du okay?" Er lächelte sie an, seine Stimme klang so wunderbar sanft wie immer.

„Okay? Nein, ich bin nicht okay. Mein Sohn ist tot!", fuhr sie ihn an. „Wo haben sie ihn hingebracht? Ich durfte ihn nicht einmal mehr sehen und warum bin ich überhaupt hier? Warum hast du mich nach Heidelberg ins Krankenhaus gebracht? Warum hast du mich nicht einfach dort auf dem Boden liegen gelassen?"

Jack runzelte die Stirn. Seine fröhlichen Augen verdunkelten sich. „Ich konnte dich doch nicht verbluten lassen."

„Ich wollte nicht mehr leben!", schrie Maria. „Ich wollte sterben, mit meinem Sohn. Aber ich war zu schwach, ich konnte mir nicht das Leben nehmen. Dann waren da deine Soldaten, ich wollte, dass sie es für mich machen. Aber du hast es nicht zugelassen. Jetzt bin ich gerettet und mein Sohn ist tot. Und ich habe nicht einmal ein Grab, an dem ich um ihn trauern kann. Verschwinde!"

„Also gut, ich lasse dich allein. Aber ich kümmere mich darum, dass dein Kind beerdigt wird. Ich verspreche es."

Jack hielt sein Wort.

„Sie haben dein Baby gestern mit den anderen namenlosen Kriegsopfern beerdigt!", erzählte die Krankenschwester ihr, während sie ihr half, die Milch aus ihrer Brust zu streichen.

„Mein Sohn hatte einen Namen", dachte Maria, doch sie war zu schwach, diese schmerzenden Worte auszusprechen. Alles an ihr schmerzte, ihre Seele und ihr ganzer Körper. Auch ihre Brüste schmerzten. Sie hatte so viel Milch und keinen hungrigen Mund, dem sie sie geben konnte. Während Marias Tränen flossen, verlor sie nicht nur die Nahrung, die für das neue Leben gedacht war. Es war ihr als würden die Schwestern den Lebenssaft aus ihr herauspressen und sie ließ es geschehen, denn ihr Leben machte für sie keinen Sinn mehr.

Als hätte das Schicksal es nicht schon schlecht genug mit ihr gemeint, ging kurz darauf die Türe auf und dieselben Schwestern brachten eine Frau mit ihrem gerade geborenen Baby zu ihr aufs Zimmer. Während sie diese große Leere in sich spürte, konnte jene Frau glücklich ihr Kind in den Armen halten.

Zwei Tage später besuchte Jack sie wieder, aber Maria wollte ihn immer noch nicht sehen. „Warum bist du wieder da? Habe ich mich das letzte Mal nicht klar ausgedrückt?"

„Doch, hast du."

„Ich brauche deine Hilfe nicht."

Er legte ein Stück Papier auf ihren Nachtschrank. „Das ist in Ordnung", sagte er. „Aber ich lass dir ein Gebet da, das ich sehr mag."

Maria reagierte nicht, aber als er aus der Tür war, rutschte sie ein wenig in ihrem Bett nach oben, um das Papier genauer zu betrachten zu können. Es war ihr Gebet, das sie am Palmsonntag im Luftschutzkeller geschrieben und in der Mariengrotte am Kloster unter die Marienstatue gelegt hatte. Sie hatte keine Ahnung, wie es in Jacks Hände gekommen war. Vorsichtig nahm sie es in die Hand und begann zu lesen.

Wenn die Sorgen und Ängste kommen,
lege ich mein Haupt in deine Hände und du salbst es mit Öl.
Meine Seele wird ruhig,
die Sorgen und Ängste können mich nicht mehr beherrschen.
Welch wunderbares Geschenk, du stets für mich bereit hältst,
ich nehme es dankend an, mein Herr, mein Heiland.

Maria begann zu weinen. Sie war so weit weg von ihrem Heiland. So weit weg von einem guten Gott. Wie konnte es einen Gott geben, der all das zuließ? Wieso hatte er sie nicht beschützt, wenn er doch wollte, dass sie lebte? Wieso hatte er ihren Sohn nicht beschützt und Michael? Den guten tapferen gottesfürchtigen Michael? Wollte sie wirklich zurück zu so einem grausamen Gott? Was für ein Geschenk hätte dieser Gott wohl als Nächstes für sie? Schlangen und Steine statt Brot?

Maria war bereit gewesen zu sterben und hatte ihren Sohn mit in den Tod nehmen wollen. Das hatte der grausame Gott nicht zugelassen, aber den Sohn hatte er ihr genommen und den Mann. Maria knüllte das Gebet zusammen und warf es in den Papierkorb, aber verfehlte ihn knapp. Das Papier blieb daneben liegen.

Am nächsten Tag kam Jack wieder. Maria schlief noch. Leise trat er an ihr Bett und sah sie an, ihr entstelltes Gesicht, in dem er ihre Schönheit trotz all der Wunden erkennen konnte. Ihr Schmerz würde lange brauchen, um zu heilen, doch er war bereit zu warten.

Jacks Blick fiel auf das zusammengeknüllte Papier, das neben dem Papierkorb lag. Er hob es auf, strich es glatt und legte es auf Marias Nachttischchen, unter das Wasserglas. Dann verließ er leise den Raum.

Als die Tür ins Schloss fiel, erwachte Maria. Sie atmete tief ein. Es roch nach frischem Rasierwasser. Es roch nach Jack, doch sie machte die Augen nicht auf. Sie wollte den Mann nicht sehen. Sie wollte niemanden sehen, nichts hören und nie wieder etwas fühlen.

Da klopfte es an der Tür und Maria öffnete nun doch die Augen, sah das glattgestrichene Papier unter ihrem Wasserglas.

Die Tür ging auf. Grete und Anna kamen herein.

„Oh mein Gott!", flüsterte Grete und schlug die Hände vors Gesicht.

Anna kam auf Maria zu, beugte sich zu ihr herunter und streichelte über ihre Wange. „Mein armes Mädchen, mein armes Mädchen!"

Maria hatte sich noch nicht im Spiegel angeschaut, doch die Reaktion ihres Besuches sprach Bände.

„Was haben sie nur mit dir gemacht, es tut mir so leid!" Anna drückte Marias Hand ganz fest. Wie immer, wenn Anna in Marias Nähe war, fühlte sie sich geborgen und wieder begannen die Tränen zu fließen. Die zwei Frauen saßen an Marias Bett und teilten ihre Tränen, bis sie schließlich ruhiger wurde. Schließlich öffnete Anna ihre Handtasche und holte frischen Hefezopf heraus und ein Glas Marmelade. Sie schnitt ein Stück ab, strich die Marmelade darauf und bot es Maria an.

Maria, deren Lippen so geschwollen waren, dass sie kaum etwas beißen konnte, versuchte vorsichtig ein Stückchen abzubeißen. Es ging. Der Hefezopf war weich und köstlich. „Danke, Anna, das tut gut." Sie kaute langsam weiter. „Wo ist eigentlich Charlotte?"

„Sie durfte nicht mit. Sie geben dir die Schuld für dein Unglück, weil du in der Nacht draußen warst."

„Sie geben mir die Schuld?" Maria sah Anna ungläubig an. „Das kann doch nicht wahr sein."

„Emilie will es nicht wahrhaben, sie will sich deinem Schmerz nicht stellen und zieht es vor alles zu leugnen. So hat sie es schon immer gemacht. Und dein Großvater denkt nur an Ehre und Schande. Er ist so ein alter verbohrter Mann." Anna schüttelte den Kopf. „Aber du hast ja noch uns!"

„Immer, wenn wir den Vater besuchen gehen, kommen wir auch bei dir vorbei. Sein Krankenhaus ist ganz in der Nähe. Er ist in der Thoraxklinik."

Maria sah die Beiden erschrocken an. „Wie geht es dem Erwin?"

Grete schaute zu Boden und Anna schien zum ersten Mal um Fassung zu ringen.

„Nicht gut. Er ist so tapfer, klagt nicht, aber er ist nur noch Haut und Knochen. Es sieht nicht gut aus."

„Er ist erst 45, Maria, und sieht aus als wäre er schon 60. Er hat gar keine Kraft mehr." Grete hatte Tränen in den Augen.

„Ist gut jetzt, Grete", unterbrach sie Anna. „Wir sind nicht hier, um Marias Sorgen noch größer zu machen. Wir werden weiter für den Vater beten und für dich auch, mein

Engel!" Sie beugte sich zu Maria hinüber und gab ihr einen Kuss auf die geschwollene Backe. „Wir müssen jetzt gehen. Behüt' dich Gott, mein Kind!"

„Ich werde Charlotte von dir berichten", sagte Grete zum Abschied und umarmte sie lange. „Wenn du ihr einen Brief schreiben willst, nehm' ich ihn das nächste Mal mit, in Ordnung?"

Am nächsten Tag klopfte es wieder an die Tür. Es war Jack. Diesmal durfte er hereinkommen.

„Ich habe mich noch gar nicht bei dir bedankt", sagte sie, nachdem er sich gesetzt hatte.

„Das ist schon okay."

„Ich meine, für das Gebet", entgegnete Maria.

„Gern geschehen!" Jack lächelte. „Ich habe dir amerikanische Schokolade mitgebracht, möchtest du?" Er hielt ihr einen Schokoriegel hin.

„Sehr gerne. Ich liebe Schokolade." Maria lächelte vorsichtig und packte die Schokolade gleich aus. Es war nicht leicht, ein Stück abzubeißen, die Schokolade war ziemlich hart, aber das Gefühl auf der Zunge herrlicher, als sie zugeben wollte. „Oh, wie unhöflich von mir", meinte sie mit vollem Mund. „Möchtest du auch etwas?"

„Nein, die ist nur für dich!"

Während Maria ihre Schokolade aß, erzählte Jack über seine Lieblingsschokolade, kam auf seine Familie und sprach vor allem über seine Kindheit in Greenville, South Carolina.

„Es scheint sehr schön zu sein in Greenville. Du musst eine glückliche Kindheit gehabt haben", meinte Maria, als Jack aufgehört hatte zu erzählen.

„Ja, das stimmt und auch als junger Mann war ich sehr glücklich in Greenville. Ich durfte in einer liebevollen Familie aufwachsen."

Marias Augen verdunkelten sich.

„Entschuldigung, habe ich etwas Falsches gesagt?"

„Nein, ist schon gut. Du kannst ja nicht wissen, dass meine Familie nichts mehr mit mir zu tun haben will."

„Oh, das tut mir leid." Jack wollte Marias Hand ergreifen, doch sie versteckte ihre Hände unter der Bettdecke.

„Ich muss los, ich habe bald Dienst. Darf ich dich wieder besuchen?", fragte er nach einem Moment der Stille.

„Ja, gerne."

Jack besuchte Maria fast jeden Tag, doch Anna und Grete kamen nicht mehr. Hatten sie sich jetzt auch von ihr abgewendet? Inzwischen war es Ende Juli und sie hatte nichts mehr von ihnen gehört. Doch dann, Maria hatte gerade zu Mittag gegessen, klopfte es an der Tür und Grete kam herein. Sie war allein.

„Maria!" Grete lief auf Maria zu und vergrub ihren Kopf in ihrem Schoß. „Der Vater ist tot. Vor einer Woche ist er gestorben. Er ist einfach eingeschlafen, haben sie gesagt. Gestern war Beerdigung."

Grete fing an zu schluchzen.

Maria streichelte ihr über das Haar. „Jetzt ist er im Licht", murmelte sie. „Die Finsternis ist vorbei."

Sie selbst hatte aus der Finsternis ins Licht fliehen wollen, aber es war noch nicht an der Zeit gewesen, sie hatte noch hier auf der Erde bleiben sollen.

„Ich muss wieder heim, der Mutter geht es nicht gut. Sie war die ganze Zeit so stark, so fest im Glauben, jetzt ist sie schwach und ich muss mich um sie kümmern. Soll ich Charlotte einen Brief mitnehmen?"

„Ja", Maria gab Grete den Brief, den sie schon vor zwei Wochen geschrieben hatte. „Gib ihr einen Kuss von mir und sag deiner Mutter mein herzliches Beileid!"

„Mach ich. Dir gute Besserung. Jetzt haben wir gar nicht über dich geredet!"

„Ist schon recht. Mir geht es besser."

„Das ist gut. Ich komme nächste Woche wieder vorbei." Grete verließ das Zimmer und die Tür fiel ins Schloss.

Maria erholte sich langsam von ihren körperlichen Schmerzen, doch ihre Seele war noch immer eine klaffende Wunde. Jack war der Einzige, der sie regelmäßig besuchte, Gretes Besuche wurden durch den Tod ihres Vaters immer seltener und damit auch Charlottes Briefe, in denen sie ihr von Theresia und Karl-Jonathan schrieb oder von ihren täglichen Arbeiten im Garten und auf dem Feld:

Mühlbach im August 1945

Liebe Maria,
Gestern Nacht hat es geregnet. Die Luft ist süß von Mirabellen und satt von frisch gemähtem Gras. Die Heuballen warten darauf in die Ställe gebracht zu werden und die Störche suchen in der dampfenden Erde nach Würmern.
Rebhühner rennen über das neue Feld, sie können sich nicht mehr zwischen hohen Halmen verstecken.
Die Kirschbaumallee grünt dieses Jahr besonders prächtig und am Wegesrand leuchten wilde Sonnenblumen. Die Kranichwiesen sind saftig und überall wachsen Windröschen um die

Wette in den Himmel und die Königskerze macht es ihnen gleich.

Die reifen Ringlo fallen mir fast in den Schoß, wenn ich im Schatten ihrer Bäume eine Pause mache. Theresia habe ich einen Kranz aus Katzenschweif gemacht, sie sieht aus wie eine Elfe mit ihren dunklen Locken und den weißen Blüten.

Der kleine Karl-Jonathan ist in die Brennnesseln gefallen und hatte am ganzen Körper Ausschlag. Er hat viel geweint, vor allem in der Nacht. Die Elstern fliegen fast nur noch nachts. Sie machen Radau und meckern. Doch ihre Federn schimmern im Dunkeln und meine Seele schimmert wie Elsterglanz, schwarz und blau.

Gott schütze dich,
deine Charlotte

Über ihre Mutter, den Großvater oder Käte verlor Charlotte nie ein Wort und gerade die ungesagten Worte hinterließen in Maria eine tiefe Traurigkeit. Sie waren beide unterwegs im Meer der Verzweiflung und der Eisberg der Einsamkeit ragte aus jeder Zeile heraus, auch wenn nur ein Drittel davon über Wasser war. Maria schrieb ihrer Schwester täglich, doch Grete als Überbringerin ihrer Briefe fehlte.

Die Tage zogen sich wie Kautschuk. Während der Rest der Welt sich über das Ende des Krieges freute und mit dem Sommer die Freude am Leben langsam zurückkehrte, war für Maria jeder Tag belastend und schwer. Ihre innere Wunde pochte laut und hallte wider im Schmerz, den ihr jeder Schritt bereitete. Maria musste erst wieder laufen lernen, denn der Soldat hatte mit seinen Tritten nicht nur ihr Kind getötet und damit ihr Herz entzwei geschlagen, sondern er hatte ihr auch mehrere Knochen gebrochen. Unter Schmerzen setzte sie einen Fuß vor den anderen und wollte doch eigentlich keinen einzigen Schritt nach vorne gehen. Erst recht nicht hinaus in eine Welt, die für Maria nur Trostlosigkeit, Angst und Schmerzen bereithielt.

Daran änderten auch die Sonnenstrahlen nichts, die der Sommermonat August ihr jeden Morgen schickte. Marias Seele blieb dunkel. Als am 15. August der Dienst habende Stationsarzt Maria bei der morgendlichen Visite mitteilte, dass sie Ende der Woche entlassen werden könnte, begann Marias Herz zu rasen. Wo sollte sie jetzt hin? Nach Hause konnte sie nicht mehr. Heute war Mariä Himmelfahrt. Im Zustand ihrer größten Verzweiflung hatte sie den Himmel ihrer irdischen Bleibe vorgezogen, doch sie hatte nicht gehen dürfen.

In diesem Moment klopfte es an der Tür und Anna und Grete betraten den Raum, wie zwei Engel, die der Herr gesandt hatte. Vielleicht hatte Gott sie doch nicht vergessen?

Grete hatte einen Strauß aus sieben Kräutern dabei, den sie in eine Vase stellte. „Wir haben dir einen Strauß mitgebracht, den hat der Pfarrer heute morgen im Gottesdienst gesegnet. Nimm ihn, damit du weißt, dass Gottes Segen dir noch immer gilt und er alle deine Wunden heilen kann."

Maria nahm Annas Hand. „Es tut mir so leid, dass der Onkel Erwin gestorben ist."

„Ist schon gut, der Herr hat's gegeben, der Herr hat's genommen." Anna verstummte. „Wie geht es dir, mein Kind?"

„Der Arzt hat gesagt, ich werde Ende der Woche entlassen." Maria blickte auf ihre Bettdecke.

„Das ist doch wunderbar!", rief Grete.

„Aber wo soll ich denn hin?" Marias Stimme zitterte.

„Du kommst natürlich zu uns, nicht wahr, Mutter?"

Anna nickte. „Wir lassen dich nicht im Stich und bestimmt kommt Emilie bald zur Vernunft."

„Danke, das ist so gut von euch. Aber ich weiß nicht, ob ich zurück nach Mühlbach kann."

„Auf jeden Fall hast du fürs erste ein Dach über dem Kopf. Dann schauen wir weiter." Anna streichelte beruhigend Marias Wange.

„Wann kommst du denn nach Hause? Wir holen dich am Bahnhof in Bruchsal ab." Grete wollte es genau wissen.

„Ich weiß es nicht." Marias Angst war groß, nicht vorm Bus oder Zugfahren, sondern vor allem vor Mühlbach. Sie konnte sich nicht vorstellen in ihr Dorf zurückzukehren.

„Wir müssen los. Wir sehen uns am Freitag." Anna umarmte Maria zum Abschied und auch Grete hielt sie lange fest.

Als sie wieder allein war, betrachtete sie den Kräuterstrauß. Grete hatte besondere Kräuter für sie ausgewählt: Rosmarin, Lavendel, Kamille, Blutströpfchen, Johanniskraut, Minze und Melisse verbreiteten einen angenehm würzigen Geruch im Raum und Maria atmete ihn tief ein. Der Duft des Rosmarins ließ sie schläfrig werden und der liebliche Duft der Kamille erinnerte sie an die Liebe ihres Schöpfers zu seiner Schöpfung, von der sie doch auch ein Teil war. Ein zaghaftes Gefühl der Ruhe breitete sich in ihr aus.

Wieder klopfte es an der Tür. Jack! „Hirohito hat heute für Japan die Kapitulation verkündigt, jetzt ist der Krieg für uns vorbei." Dann wurde seine Stimme ernst. „Auch wenn der Preis dafür viel zu hoch war."

Maria fragte nicht nach, lächelte Jack an. „Endlich."

„Was ist los?", fragte Jack sofort.

„Ich werde am Freitag entlassen."

„Das sind doch gute Nachrichten!"

„Wo soll ich denn hin?" Maria sah ihn verzweifelt an, ihre Augen füllten sich mit Tränen. „Anna und Grete sind bereit, mich aufzunehmen. Aber das ist keine Lösung. Ich will nicht zurück nach Mühlbach."

„Ist schon gut", beruhigte sie Jack. „Wir finden eine Lösung. Fürs erste hast du ein Zuhause und das ist gut."

„Ich habe gestern gleich bei meiner Mutter angerufen", sagte er am nächsten Nachmittag „Wir könnten dir eine Wohnung in Greenville suchen und ich kümmere mich um die Einwanderungsformalitäten. Ich denke in vier Wochen, vielleicht auch schon früher, habe ich alle Papiere zusammen. Und bis dahin wohnst du in Mühlbach bei deiner Tante. Was meinst du?"

Nach Amerika, in das Land der unbegrenzten Möglichkeiten sollte sie gehen, alles hinter sich lassen und neu anfangen. Träumte sie? Sie merkte, dass Jack sie noch immer erwartungsvoll ansah.

Sie nickte stumm.

Jack lachte. „Sehr gut. Ich gebe meiner Mutter Bescheid, sie hat schon einen Plan!"

Sofort dachte Maria an ihre eigene Mutter. Wie konnte sie so lieblos sein? Was hatte ihr Herz so verstockt? Auf einmal fühlte sie sich wieder unendlich schwach und kraftlos, sank zurück in ihr Kissen. „Und was mache ich so lange bei meiner Tante?", fragte sie verängstigt.

„Das bekommen wir schon hin. Am Freitag fahre ich dich auf jeden Fall nach Mühlbach." Jack war voller Zuversicht.

„Nein, besser nicht. Ich fahre mit dem Zug. Anna und Grete haben versprochen mich am Bahnhof in Bruchsal abzuholen."

Jack verstand. Maria wollte nicht mit ihm in Mühlbach gesehen werden. „Dann nehme ich dich mit zu mir nach Hause und deine Verwandten können dich bei mir abholen. Du solltest in deinem Zustand noch nicht Zug fahren."

Am Freitagmorgen war Jack pünktlich da, um Maria abzuholen. Maria lief ein Schauer den Rücken hinunter, als sie am Kontrollhäuschen vorbeifuhren. Sie schaute auf ihren flachen Bauch und spürte, wie er sich zusammenzog und ein Würgereiz in ihr aufkam. Sie holte ein großes weißes Taschentuch aus ihrer Tasche. Maria faltete es schnell auseinander, ein großes M war mit weißem Garn drauf gestickt. M wie Michael, Micha, Maria. Die Dreieinigkeit war vorbei gewesen, bevor sie begonnen hatte. Maria spuckte hinein. Mit der sauberen Ecke des Taschentuches tupfte sie sich die Tränen weg.

Jack schaute zu ihr herüber und legte seine Hand kurz auf ihren Schenkel. „Du brauchst keine Angst mehr zu haben. Sie sind nicht mehr da. Sie müssen sich vor dem Militärgericht verantworten. Ich werde dafür sorgen, dass sie für das Leid, das sie dir angetan haben, bezahlen müssen."

Stumm schaute Maria aus dem Fenster, verlor sich im grünen Wald. Der 4. Juli war nur wenige Wochen her, doch es erschien ihr wie ein anderes Leben. Sie hatte keine Angst, aber sie fühlte auch keinen Hass mehr. Der war ebenso verschwunden wie ihre Lebenskraft. Jack würde sein Wort halten, das wusste sie. Doch das gab ihr ihren Micha nicht zurück, machte ihre Seele nicht gesund.

Zehn Minuten später parkte Jack vor seiner Unterkunft. Er war in einem Nebengebäude der Lichtenthaler Eremitage untergebracht.

Ihre Beine zitterten, als sie versuchte aus dem Wagen auszusteigen. Jack war sofort bei ihr. Er half ihr aus dem Wagen und sie ließ ihn ihre Stütze sein. Langsam, Schritt für Schritt, gingen sie zu seiner Wohnung.

Die Wohnung war einfach eingerichtet. „Möchtest du noch etwas trinken, bis Grete kommt?", fragte Jack.

„Ja gern, ich habe richtig Durst jetzt." Sie sah sich um.

Ein Kreuz hing über der Tür und auf der Anrichte stand ein Familienfoto.

„Ist das deine Familie?", fragte sie.

„Ja, meine Mutter, mein Vater und meine drei älteren Brüder, ich bin der Jüngste", antwortete Jack und reichte ihr ein Glas Wasser.

„Oh, du hast auch drei ältere Brüder." Ein Schatten fiel auf Marias Gesicht. „Leben sie noch?"

„Ja! Sie sind alle drei nicht zur Army. Sie mussten auch nicht gehen. Sie waren wichtig für unsere Firma."

„Was für eine Firma ist das?", wollte Maria wissen.

„Textilindustrie, sehr wichtig für Greenville. Und deine Brüder?", erkundigte sich Jack.

„Zwei sind gefallen, der dritte ist vermisst und mein kleiner Bruder Otto ist in Gefangenschaft bei den Franzosen."

Ihre Beine schmerzten, sie war es nicht gewöhnt so lange auf zu sein und ihre Gehhilfen hatte sie im Auto gelassen. „Kann ich meine Beine hochlegen, bis Grete kommt? Sie schmerzen so", antwortete Maria.

„Selbstverständlich!" Jack nahm vorsichtig ihre Hand, als ob die auch schmerzen würde und führte sie zum Sofa. Maria ließ sich langsam nieder und klammerte sich dabei an die Holzlehne der Couch. Sie fühlte sich unendlich schwach, schloss die Augen und versuchte ihre Tränen zurückzuhalten, doch vergeblich. Sanft nahm Jack ihre Beine und bettete sie auf ein Kissen, setzte sich neben sie.

„Ich weiß einfach nicht, wie es weitergehen soll! Es tut alles so weh!", schluchzte sie.

„Ich passe auf dich auf, Maria. Wenn du mich lässt", flüsterte er und streichelte sanft über ihre Haare. All die Wochen im Krankenhaus hatte er an ihrem Bett gesessen, Blumen gebracht. Das Gebet. Es würde lange dauern, bis Marias Wunden geheilt waren, aber wenn es nach ihm ging, dann hatte sie alle Zeit der Welt dafür.

Jack wollte gerade einen Kaffee machen, da kam Grete schon mit Winfried, um Maria abzuholen. Winfried blieb im Wagen. Grete stieg aus und klingelte.

„Guten Tag", begrüßte Grete Jack höflich.

„Guten Tag", antwortete Jack. „Kommen Sie bitte herein. Sie ist im Wohnzimmer."

„Vielen Dank, dass Sie sie nach Lichtenthal gebracht haben. Das war sehr nett von Ihnen", sagte Grete und folgte Jack.

Maria war aufgestanden und ging Grete schon entgegen. „Danke, dass ihr mich abholt", sagte sie, aber ihre Beine schienen schwer wie Blei und das Ziehen im Unterleib war unerträglich.

„Geht's?" Grete schaute Maria fragend an.

Maria biss die Zähne zusammen und ging weiter, ihre Hand klammerte sich an Gretes Hand. Jack folgte ihnen mit Marias kleinem Koffer. Draußen am Auto nickte Winfried stumm zur Begrüßung und verstaute das Gepäck im Kofferraum.

Maria drehte sich zu Jack um. „Danke für alles."

„Bis bald", sagte er. „Ich halte dich auf dem Laufenden!"

Anna begrüßte Grete und Maria am Tor. Im Haus wartete Charlotte auf sie und die beiden Schwestern fielen sich weinend in die Arme.

„Ich habe dich so vermisst!", schluchzte Charlotte und wollte sie gar nicht wieder loslassen.

„Ich dich auch." Maria atmete den vertrauten Duft der Schwester tief ein, so als wollte sie ihn sich für immer einprägen.

Beim gemeinsamen Mittagessen berichtete Charlotte über das Leben im Hause Heil, über die kleinen Geschwister und dass sie noch immer nichts von Fritz gehört hatten. Doch Marias Frage nach der Mutter wich sie aus. Auch Käte und Großvater Gustav klammerte sie aus ihren Berichten aus.

„Ich muss los", verabschiedete sie sich gleich nach dem Essen. „Aber ich komme wieder sobald ich kann!"

Als Charlotte gegangen war, musste Maria sich hinlegen. Grete hatte ihre Sachen ins Zimmer von Hans und Heinrich getragen. Maria setzte sich auf das frisch gemachte Bett und schaute sich im Zimmer um. An den Wänden hingen Fotografien von Flugzeugen, da war eine Fokker D. VII, von der Hans und Heinrich als Jungs geträumt hatten …

Hans, das war ihr altes unbeschwertes Leben. Es kam ihr wie eine Ewigkeit vor, dabei war es gerade einmal ein Jahr her, dass sie mit Hans auf Gretes Hochzeit getanzt hatte. Maria fühlte sich alt, verbraucht, schmutzig. Nein, sie konnte hier nicht noch einmal von vorne anfangen, sie hatte Hans nichts mehr zu bieten. Und ob sie in Amerika wirklich ein neues Leben beginnen könnte, wusste sie auch nicht. Ohne Michael, ohne Micha, ohne ihre Familie.

Erschöpft legte sie sich auf Hans' Bett und schlief sofort ein.

Mühlbach, 17. Mai 2002

„Du kannst jetzt doch noch nicht gehen, Maria. Ich hatte doch keine Ahnung, was du alles durchgemacht hast. All die Tage, die du dann noch in Mühlbach warst, habe ich auf die Mutter gehört, dass du nicht mehr zu unserer Familie gehörst und es auch so verdient hast. Du selbst wolltest es ja so. Sonst wärst du ja auch zu uns gekommen und hättest dich entschuldigt."

„Aber ihr habt doch mich verstoßen. Ich war krank, einsam und todtraurig. Ich hätte eure Hilfe gebraucht. Ich hatte überhaupt keine Kraft mehr. Jeden Tag musste ich mich quälen aufzustehen und habe mein Zimmer so gut wie nie verlassen. Manchmal bin ich in den Hof, aber ins Dorf habe ich mich nicht getraut. Und wie oft habe ich gehofft, dass nicht nur Charlotte mich besuchen kommt, sondern auch du. So oft habe ich mir vorgestellt, die Mutter würde vor mir stehen und mich heimholen. Wie sehr habe ich Theresia vermisst und den kleinen Karl-Jonathan. Ihr habt mir mein Zuhause weggenommen. Es war doch das Einzige, was ich noch hatte! Unseren Nussbaum hier, die Bienen und den Horschdl."

Maria sah ihre Schwester an. „Weißt du noch Käte, wie klein der Nussbaum am Anfang war, als der Vater ihn gepflanzt hatte?"

Käte nickte. „Charlotte war gerade auf die Welt gekommen und Mutter konnte gar nicht verstehen, dass Vater jetzt einen Baum pflanzen musste."

„Stimmt. Und dann ist er so schön gewachsen. Im Herbstnebel, im kalten Winter, im Frühjahrssturm und im heißen Sommer. Er hat immer gewusst, dass er mal ein großer Baum werden würde. Mit tiefen Wurzeln, starken Ästen, grünen Blättern und ganz vielen Früchten. Und in seinem Schatten durften wir sitzen und uns Geschichten erzählen." Maria machte eine Pause. „Und jetzt erzähle ich dir meine Geschichte."

37

ABSCHIED

Mühlbach, 25. August 1945

Maria saß mit Anna in der Küche und bereitete das Mittagessen vor, als Grete völlig aufgelöst in die Küche kam. „Die arme Charlotte, jetzt hat sie es büßen müssen! Der Gustav hat herausgefunden, dass sie dich heimlich besucht und hat sie windelweich geprügelt. Sie hat überall blaue Flecken und muss jetzt erst einmal liegen bleiben. Vielleicht hat er ihr sogar etwas gebrochen, das alte Scheusal."

„Oh je, ich muss zu ihr, ich muss ihr helfen!" Maria war schon fast zur Tür hinaus, bevor Grete sie noch aufhalten konnte.

„Geh nicht. Emilie hat keine Kraft sich gegen deinen Großvater zu stellen. Niemand hat das. Er wird sie alle schlagen, wenn du Charlotte besuchen gehst. Emilie hat deinen Geschwistern strengstens verboten Kontakt aufzunehmen."

Maria war es, als könnte sie die Schläge des Großvaters an ihrem eigenen Leib spüren. Die Tritte, die er ihr verpasst hatte, waren ihr noch so bewusst, als wäre es gestern gewesen.

„Meine Geschwister sollen nicht auch noch wegen mir leiden. Ich muss weg von hier, so schnell wie möglich. Grete, kannst du Jack Bescheid geben und ihn bitten meine Ausreise zu beschleunigen? Ich schreibe noch ein paar Zeilen an Charlotte und an meine Mutter."

Mühlbach, 25. August 1945

Geliebte Mutter,
ich sende dir den Ring von Großmutter Christine zurück.
Ich werde gehen, so wie es dein Wille ist, auch wenn es meine
Seele zerreißt. Ich würde dich gerne noch einmal sehen und
mich von dir und den Geschwistern verabschieden. Doch
wenn du es nicht wünschst, so nimm nur den Ring als
Erinnerung an mich. Er hat Michael und mir keinen Segen
gebracht.
Möge der gnädige Gott dich und meine lieben Geschwister
segnen und behüten.
Deine Tochter Maria

Mühlbach, 17. Mai 2002

„Du hast es also für uns getan", schluchzte Käte. „Du wolltest uns beschützen."

Maria zog die Schultern hoch. „Es hat mir das Herz gebrochen, besser gesagt, das, was von meinem Herzen noch übrig war, ist in die Brüche gegangen."

„Es tut mir so leid, bitte verzeih mir, Maria. Ich hab' der Mutter geglaubt, dass du die Schuldige warst. Und dem Großvater. Ich habe mich seinem Hass nicht entgegengestellt, sondern mich von ihm anstecken lassen. Es tut mir so leid. Kannst du mir jemals verzeihen?"

„Ist schon gut", Maria strich Käte liebevoll über die Wange. Der zarte Flaum darauf war von ihren Tränen feucht. „Ich verzeihe dir." Sie nahm Kätes vom Rheuma gekrümmte Hand und hielt sie fest. „Jetzt musst du auch noch das Ende anhören."

Mühlbach, 2. September 1945

Als General McArthur an jenem Sonntagmorgen in der Bucht von Tokio den zweiten Weltkrieg ein zweites Mal beendete, war auch das Ende von Marias Martyrium in Mühlbach in Sicht. Nun hieß es Abschied nehmen. Für immer.

Der junge Septembermorgen begrüßte Maria sanft. Mit seinen Sonnenstrahlen kitzelte er Marias Nase, als wolle er die Zukunftsfurcht verjagen und ihr Mut machen. Doch Marias Füße wollten nicht unter der Decke hervorkommen.

„Wieso bleibe ich nicht einfach hier?", fragte sie sich. „Hier geht es mir doch gut." Hans und seine Familie hatten sie nie im Stich gelassen und würden es auch nie tun. Warum also die Flucht? Aber Maria wusste, sie konnte sich nicht für immer verstecken und bei aller Dankbarkeit, die sie für die Familie Groß empfand, war ihr doch klar, für ihr eigenes Leben war hier kein Platz.

Anna und Grete waren in die Kirche gegangen und Maria trank allein im Hof ihren Kaffee. Grete hatte ihr am Brunnen ein gemütliches Lager errichtet und Maria ließ sich auf ihrer Liege nieder. Der Hof, die Scheune, der Garten und der Stall waren so ähnlich wie bei ihr Zuhause und doch war es nicht ihr Zuhause. Maria stellte sich vor wie alle in der Kirche saßen, Familie Groß und Familie Heil, aber sie durfte nicht dabei sein. Sie war die Ausgestoßene und für sie gab es nur die Flucht.

Grete bewunderte ihre Entscheidung und ihren Mut. Doch Maria fühlte sich nicht mutig. Was war das schon für ein Mut, wenn die Verzweiflung ihn gebiert? Und doch spürte sie in diesem Moment eine Aufregung, ein Kribbeln, das von ihren Fingerspitzen bis in die Fußspitzen reichte. Sie war bereit zu gehen. Maria schaute in den blauen Himmel, der grenzenlos war und sie spürte, wie die Wolken kamen und gingen durch die Sonne ihres Herzens. Grenzenloser Himmel. In der Weite würde sie sich verlieren und in der Ferne sich wiederfinden und eines Tages in ihrem eigenen Garten erblühen. Ihr Herz begann immer schneller zu schlagen und es war nicht mehr die Furcht, sondern eine neue Zuversicht, die es antrieb. Alles würde gut werden, noch nicht heute, aber irgendwann. Maria atmete die wasserklare Luft und im Traum saß sie hoch auf dem gelben Wagen, vollgeladen mit duftendem Heu. Hans stand am Wegesrand und lachte ihr zu. Daneben Charlotte und alle ihre Geschwister. Maria lachte zurück.

Grete schüttelte Maria sanft und holte sie aus ihrem Tagtraum. Sie aßen zum letzten Mal zusammen zu Mittag. Die Stimmung war feierlich und erinnerte Maria an das Abschiedsessen mit den Gottschalks, auch wenn es nur Kartoffelsuppe mit Dampfnudeln gab. Danach ging sie auf ihr Zimmer, um ihren Koffer zu packen. Es fiel ihr schwer, die paar Habseligkeiten, die sie hatte, zu verstauen. Sie hätte sich so gerne noch einmal von ihren Geschwistern verabschiedet, doch so musste Grete ihnen ihre Küsse bringen. Und auch Hans hätte sie gerne noch einmal gesehen, nun nahm sie von ihm das Lachen mit aus ihrem letzten Traum.

Als Maria ihr Köfferlein fertig gepackt hatte, klopfte es an der Tür. Grete und Anna hatten noch ein Geschenk für sie. Mit zitternden Händen öffnete Maria das Paket und fand eine engelblaue Wolldecke, ein Mützchen und ein paar Babyschühchen.

„Wir wussten nicht, ob wir es dir noch geben sollten, aber wir haben es für dich gemacht und für deine Kinder, die du bestimmt noch haben wirst!"

Maria verabschiedete sich früh morgens von Grete und Anna. Die ganze Zeit hatte sie auf eine Antwort von ihrer Mutter auf ihren Brief gehofft, doch es war nichts gekommen. Maria wusste nicht einmal, ob sie ihn überhaupt gelesen hatte. Der Hahn hatte den Morgen noch nicht begrüßt und Maria fühlte sich wie eine Delinquentin, die im Morgengrauen den Ort des Verbrechens verließ.

„Bitte gib Charlotte einen Kuss von mir!", bat sie Grete unter Tränen. „Alles was mir gehört, gehört jetzt ihr. Ich will nur das Nötigste mitnehmen und den Ballast der Vergangenheit nicht mit in die neue Welt tragen." Maria nahm ihren kleinen Koffer, es war wirklich nicht viel, was sie mit auf die Reise nahm. Doch genug für einen Neuanfang.

Jack war wie immer sehr pünktlich.

Maria begrüßte ihn mit einem zaghaften Lächeln. „Können wir noch einmal an meinem Elternhaus vorbeifahren?", fragte sie leise.

„Ja natürlich."

Charlotte, Theresia und der kleine Karl-Jonathan spielten auf der Schützenstraße vor ihrem Haus, als sie dort ankamen. Jack hielt an und Maria wollte aussteigen, um sie ein letztes Mal zu umarmen. Doch in diesem Moment kam Käte aus dem Hoftor, gefolgt von Großvater Gustav. Der griff sofort nach Charlotte und Käte hielt Theresia und das kleine Karlchen fest. Gustavs Blick war so eiskalt, dass Marias Herz stehen blieb und sie wie gelähmt auf dem Beifahrersitz verharrte. Emilie stand am Fenster wie eine Fremde.

Jack, der eine Eskalation vermeiden wollte, startete den Wagen. Da riss Theresia sich von Käte los und rannte hinter dem Wagen her. Maria sah ihre kleine Schwester und flehte Jack an, den Wagen zu stoppen. Als Jack anhielt, war Theresia schon fast beim Wagen. Maria wollte gerade die Beifahrertür öffnen, als auch Käte beim Auto angelangt war. Sie stieß Theresia zur Seite und schlug die Türe wieder zu. Alles was Maria in Kätes Augen sah, war Hass. So abgrundtief, dass Maria in ihren Sitz zurückgeschleudert wurde. Kätes Blick hatte ihre Seele zermalmt und ihr Schlag hinterließ ein Blutgerinnsel der Verzweiflung auf Marias Seelenboden.

Jack startete den Wagen erneut.

Theresia gab nicht auf, sie lief dem Auto noch die ganze Schützenstraße hinterher. Erst als Jack in die Hauptstraße abbog, konnte Maria ihre Schwester nicht mehr sehen.

EPILOG

Es war die Zeit der Abenddämmerung. Sofia machte sich auf zum Kohlplattenschlag, um Maria ihren letzten Wunsch zu erfüllen. Maria war letzten Monat friedlich eingeschlafen und hatte an Jacks Seite ihre letzte Ruhe gefunden. Als Sofia am Seeufer ankam, war es noch immer schwülwarm. Die Sonnenstrahlen ergossen sich kupferrot in den Abendhimmel und entluden die Fülle des Frühsommers in die Freiheit der anbrechenden Nacht. Der Abendwind ließ die Blätter der alten Eiche leise zittern und der See kräuselte sich in sanften Wellen.

Mehr und mehr nahm der Wind zu und vertrieb die drückende Last des Tages: Die Nachtkerzen begannen zu tanzen, öffneten ihre Blüten und verströmten ihren betörenden Duft. Da blies Sofia etwas von Marias Asche über den See. Die Staubflocken wirbelten durch die Luft, um dann langsam im Wasser zu verschwinden und das Alte mit dem Neuen zu verbinden.

Während der Himmel den See mit den letzten Strahlen der Sonne zärtlich streichelte, hatte Sofia Marias Stimme im Ohr, Verse, die sie ihr kurz vor ihrem Tod geschrieben hatte.

Freudefunken
Freude sind wir doch statt Trauer,
Hoffnung statt der Tränen Flut
und es schmilzt des Herzens Mauer,
wo Vergebung Wunder tut:
Feindin wird zur Schwester,
Kriegessturm ruht friedensstill
und Versöhnung bindet fester
als des Hasses böser Drill.
Mutig gehn wir in das Morgen,
mit dem Gestern Arm in Arm,
wissen golden uns, geborgen,
und das Neue bricht sich Bahn.
Sehn den Schöpfer in den Sternen,
in dem Du, dem See, dem Wald,
fühlen nah uns auch den Fernen
und die Liebe gibt uns Halt:
Sind bei uns, um loszulassen.
fliegen bis zum Himmelszelt,
wollen Freudefunken fassen,
Danke sagen dieser Welt.

DANKE

Danke an alle, die mit ihrem Wissen und ihren Dokumenten über die letzten Jahre des zweiten Weltkrieges und der Nachkriegszeit dazu beigetragen haben, dass ich meine Geschichte schreiben konnte. Danke vor allem an meine Eltern Ingeborg und Joachim und meine Schwiegereltern Marlies und Helmut.

Danke an Rebecca, die mit mir ihr Wissen über die Bienen geteilt hat und danke an Irene, die mich an der Geschichte ihrer Familie teilhaben ließ.

Danke an Melanie, die durch ihre Unterstützung dafür gesorgt hat, dass die erste Variante meines Romans fertig wurde.

Danke an Andrea, Annette, Beatrice, Claudia, Karen, Kerstin, Silvia und Ulrike für ihr Feedback.

Danke an Sandra, die durch ihre Unterstützung dafür gesorgt hat, dass die zweite Variante meines Romans fertig wurde.

Danke an Susanne, die durch ihr ausgezeichnetes Lektorat dafür gesorgt hat, dass die dritte und endgültige Variante vorliegt.

Danke an meine Kinder Emily und Nicolas für ihr Verständnis und vor allem danke an meinen Mann Frank, der an mich und meinen Traum vom Schreiben glaubt und mich bedingungslos unterstützt.